$S \, 7\frac{12}{3}$ *Doublure*

$S \quad \mathcal{J} \, 5051$

ESSAI

SUR LA FABRIQUE

DE L'INDIGO

ESSAI

SUR LA FABRIQUE

DE L'INDIGO

Par M. CHARPENTIER DE COSSIGNY, Ingénieur du Roi, *Correspondant de l'Académie* ✗ *Capitaine* *d'Infanterie* *Royale des Sçiences de Paris.*

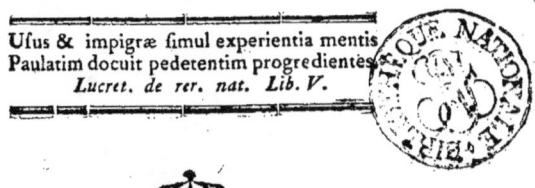

Ufus & impigræ fimul experientia mentis
Paulatim docuit pedetentim progredientès.
Lucret. de rer. nat. Lib. V.

A L'ISLE DE FRANCE;

DE L'IMPRIMERIE ROYALE.

M. DCC. LXXIX.

A MONSIEUR

Le Vicomte de SOUILLAC, Capitaine de Vaisseaux du Roi, Commandant Général des Isles de France & de Bourbon, &c.

ET A MONSIEUR

De FOUCAULT, Commissaire Général de la Marine, Intendant de justice, police, finances, guerre & marine des Isles de France & de Bourbon, Président des Conseils Supérieurs y établis, &c.

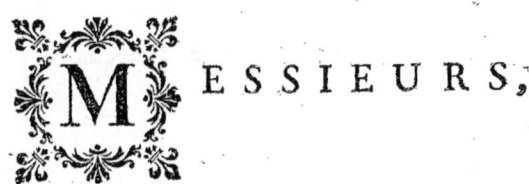 ESSIEURS,

LE mémoire que j'ai l'honneur de vous présenter ne peut paroître ici sous des auspices plus heureux que les vôtres. L'accueil flatteur que vous avés fait à mes essais & qui m'a soutenu dans une entreprise audessus de mes forces, m'impose la loi de vous adresser cet ouvrage, comme un témoignage public de ma reconnoissance.

ANIMÉS des mêmes vues que le ministère actuel qui porte une attention particulière à la perfection des arts & à l'invention des branches d'industrie, vous avés compris, Messieurs, en hommes d'état, que les progrès de l'art de l'indigotier intéressoient les Colonies, les manufactures & le commerce de la nation ; vous avés vu, en administrateurs éclairés, que la culture de l'anil & la fabrique de l'indigo, pouvoient contribuer à la prospérité des Colonies confiées à vos soins ; & vous avés souhaité les établir dans ces isles ; vous avés senti, en hommes instruits que l'art étoit éloigné de la perfection, & vous avés désiré en citoyens qu'il y parvint : Tels sont les motifs des encouragements que vous avés proposés & des récompenses que vous avés fait espérer aux colons laborieux & industrieux qui auroient le bonheur de perfectionner l'art de l'indigotier.

JE ne me flatte pas, Messieurs, d'avoir rempli vos désirs & votre attente ; le zèle & le travail ne peuvent pas suppléer au talent, mais ils obtiennent votre indulgence, surtout lorsqu'ils ont pour motif & pour but l'utilité publique. Puissai-je encore à d'autres titres mériter votre suffrage ! C'est le vœu d'un Bon Citoyen.

J'ai l'honneur d'être avec Respect,

MESSIEURS,

Votre très - humble & très - obéissant Serviteur,

COSSIGNY. FILS.

A Palma dans l'Isle de France le 16 Août 1779.

AVANT-PROPOS.

LA plufpart des artiftes s'attachent à fuivre fidellement leur méthode pratique, lors-même qu'elle n'eft fondée que fur une routine aveugle, fans chercher à connoître la théorie de leur art. Le plus grand mérite, felon eux, confifte dans l'exactitude des procédés qu'ils ont appris, dont ils ne peuvent point rendre raifon, ou qu'ils expliquent d'une manière peu fatisfaifante, & quelquefois contraire aux principes de la faine phifique. Il s'eft établi parmi eux un préjugé qui s'oppofe en général aux progrès des arts : C'eft qu'ils font parvenus au plus haut point de perfection, qu'elle eft par conféquent une chimère dont fe repaiffent des fpéculateurs & des gens à illufion, enfin que la pratique eft infiniment fupérieure à la théorie, & doit en tenir lieu. Cependant ne pourroit-on pas dire avec raifon que la première eft la main qui exécute, & que la feconde eft l'œil qui la conduit.

LORSQUE la pratique d'un art conduit toujours à des réfultats certains & fructueux, il y auroit de la témérité peut-être à chercher un point de perfection dans une méthode nouvelle d'opérer : Dans le cas contraire, on peut fans crainte de reproches, fe livrer à des expériences guidées par une théorie fûre ou vraifemblable, foit pour fimplifier les procédés de la fabrique, foit pour fixer l'incertitude des règles de la pratique, foit pour obtenir des produits plus abondants ou plus précieux, fans augmenter la dépenfe des manipulations. La voie des expériences eft donc celle qu'on doit tenter. Comme le champ en eft vafte, on fe perdroit dans des recherches infinies, laborieufes, & la plufpart ftériles, fi on n'étoit pas guidé dans leur choix par des principes. Malgré ce fecours, celles qui reftent à faire ne laiffent pas que d'être très-nombreufes : elles demandent la plus grande exactitude dans les procédés, beaucoup d'attention pour en faifir les réfultats, des connoiffances pour en pénétrer les caufes, de la jufteffe dans les comparaifons qu'on peut faire & dans les conféquences qu'on en déduit; Enfin il faut les répéter plusieurs fois, & les varier de plusieurs manières, afin d'en constater les effets.

J e ne me suis pas dissimulé la difficulté de mon entreprise. Combattre des préjugés invétérés, attaquer des erreurs accréditées, donner un système nouveau, montrer une route inconnue; que de raisons pour élever contre cet ouvrage la voix de l'habitude & celle de la critique! le zèle & les succés peuvent seuls me justifier. J'en appelle donc à l'expérience. Guidée par l'interêt particulier, elle doit déterminer un jour les artistes à abandonner une routine aveugle, (*a*) incertaine, peu fructueuse; elle doit les engager à suivre une méthode qui procure des produits plus abondants, plus assûrés, plus précieux; & dont les principes faciles à saisir sont appuyés sur ceux de la chimie.

(*a*) Touts les auteurs qui ont écrit sur l'art de l'indigotier, conviennent touts de l'incertitude des règles qu'ils préscrivent. J'aurai occasion de citer dans le cours de cet ouvrage l'aveu qu'en fait Mr. de Beauvais Raseau, auteur estimé, qui paroît avoir employé touts ses efforts pour instruire & pour guider les artistes, & qui a été pendant dix ans directeur d'une indigoterie à St. Domingue. Je rapporterai seulement ici le passage suivant du P. Maillart, tiré du journal économique, Septembre 1754. P. 48.

Le juste degré du pourrissage est le chef d'œuvre de l'indigotier. (D'autres auteurs prétendent que le battage est l'opération la plus difficile). *Il est bien étonnant que depuis plus de 80 ans que l'on fabrique de l'indigo* (L'auteur veut parler sans doute de la Louisianne où il a demeuré longtems, car l'époque de l'établissement des premières indigoteries à St. Domingue est beaucoup plus ancienne). *presque personne n'ait encore pu atteindre au véritable point du pourrissage, ni même du battage. Dix-sept années d'expérience & de pratique encore douteuse, m'arrachent cet aveu malgré moi. Le plus habile ne sauroit disconvenir qu'il n'y ait un moment précis où la dissolution est parfaite & où le pourrissage est à son vrai point. Si on laisse passer cet instant précieux, & presque indivisible, l'indigo y perd considérablement, tant pour la quantité que pour la qualité, & cet inconvénient est plus ou moins grand, suivant qu'on laisse écouler plus ou moins de tems; une diligence prématurée, & un délai trop long opérent à peu près le même effet. Il faut pourtant convenir qu'on peut corriger une cuve qui n'a pas pourri assés longtemps, au lieu que celle qui l'est trop, est perdue totalement.*

C'est

C'eſt un ſujet d'étonnement ſans doute que depuis plus de deux ſiècles que les Européens fabriquent de l'indigo dans leurs colonies, (*a*) cet art qu'ils tiennent des Aſiatiques & dont les élémens paroiſſent aſſès ſimples, n'ait pas été perfectionné. Je pourrois expliquer les cauſes d'un fait qui paroîtra extraordinaire à toutes les perſonnes qui ne connoiſſent pas la marche routinière des hommes en général. Je m'en tiendrai à fournir dans le cours de ce mémoire les preuves de ce que j'avance.

Ce n'eſt pas que je me flatte d'avoir atteint le dernier point de perfection: Je ſens trop tout ce qui me manque du côté des lumières & même de l'expérience, pour oſer former une pareille prétention ; mais j'eſpère décrire une méthode plus claire que celle qu'on a ſuivie juſqu'à pré-

---

(*a*) Il étoit réſervé à deux Chevaliers de l'Ordre de Malthe, d'établir la culture de l'indigo dans les colonies françoiſes. M. de Beauvais Raſeau [édition de Paris, in folio, 1770, p. 2] en fait honneur à M. *de Poincy Commandeur de l'Ordre de Malthe & zélé cultivateur qui commença à en encourager le travail.* [en 1644] *dans toutes nos Iſles* [de l'Amérique] *dont il eut le Gouvernement.* Si cette culture s'établit aux iſles de France & de Bourbon, on en ſera redevable aux encouragements donnés par feu M. de Guiran la Brillanne, Chevalier de l'Ordre de Malthe, & Capitaine de Vaiſſeaux du Roi, qui étoit le Commandant Général de ces deux colonies, par M. le Vicomte de Soüillac qui lui a ſuccédé dans le Gouvernement & qui eſt entré dans les mêmes vues que ſon prédéceſſeur & par M. de Foucault Intendant des mêmes iſles.

M. de Beauvais Raſeau [même édition p. 4] dit, *qu'au rapport de Joſeph Acoſta, la flotte enleva des ports de la Nouvelle Eſpagne, en* 1547, 5663 *arrobes d'anil ou d'indigo, & en* 1586, 25, 260 *autres arrobes de même marchandiſe* [Joſeph Acoſta, L. IV. p. 255] *D'un autre côté, nous liſons dans l'hiſtoire de St. Domingue* [Charlesvoix T. II. p. 489] *que cette fabrique avoit fait de tels progrès dans cette Iſle, que le produit de la vente de ſon indigo, montoit en* 1724, *à trois millions de livres de notre monnoye.*

Suivant l'Auteur de l'hiſtoire philoſophique & politique. T. V. p. 163 & 164, St. Domingue a produit en 1767, 1,769, 562 livres d'indigo, *d'après des inſtructions très-fidelles,* priſes ſur l'état *des productions enrégiſtrées aux Douanes de St. Domingue,* même année.
** **

fent, plus facile à faifir, plus fûre dans fes effets & plus fructueufe dans fes réfultats ; J'efpère ouvrir un chemin qui pourra conduire à de nouvelles découvertes.

Si je n'avois confulté que mon talent, je ne me ferois pas hâté de donner au public un fyftême & une méthode fur l'art de l'indigotier; le défir d'être utile a triomphé de cette réfléxion. La culture de l'anil, fi les colons des Ifles de France & de Bourbon veulent s'y adonner, peut contribuer à la profpérité future de ces ifles. Je fais que le peu de produit de cette plante dans les effais qu'on y a faits, a rallenti l'ardeur des colons fur cet objet ; mais ils doivent confidérer que les connoiffances dans la fabrique leur manquoient, pour travailler avec fruit, & furtout que les efpèces de leurs anils ne font pas les mêmes & donnent moins de produit que celles qu'on cultive à St. Domingue. (*a*) Je fais encore que les colons des Antilles fe dégoûtent touts les jours de cette culture qui intéreffe le commerce & quelques manufactures de la nation : Les accidents aux quels l'anil eft fujet dans ces ifles, pendant tout le tems de fa végétation, les pertes aux quelles on eft expofé à raifon des difficultés de la fabrique, engagent les habitants à cultiver des productions moins incertaines. Rien ne paroît plus propre à ranimer le travail des uns & des autres, qu'une méthode nouvelle qui le rend plus facile, & qui leur affûre un produit beaucoup plus confidérable & plus précieux que celui qu'ils retiroient, en fuivant la routine ordinaire. Ce qui doit furtout encourager les colons de l'Ifle de France, c'eft que les infectes qui font en Amérique le plus grand fléau

---

(*a*) Je fuis porté à croire que nous n'avons pas encore à l'ifle de France l'efpèce *d'indigo-bâtard* de St. Domingue, ou du moins fi elle exifte ici, elle y eft très-rare & je ne l'y ai pas encore vue. Nous ne fommes même pas affurés d'avoir *l'indigo-franc*. Il eft bien certain qu'aucun colon n'a pu encore le cultiver en grand, faute de graines. La plufpart de nos plantations à été faites avec des anils qui donnent trop peu de produit ; mais nous devons nous repofer fur les foins de nos Chefs, pour nous procurer les efpèces d'anils fructueufes qui nous manquent, foit de St. Domingue, foit de Madagafcar, foit d'ailleurs. Voyez le C. III. de la troifième partie, Article I. & II.

de l'anil n'ont point paru attaquer cette plante , dans aucun quartier de notre iſle.

QUELQUE perſuadé que je ſois des avantages de la méthode que j'expoſe, je ſerois injuſte envers les auteurs qui m'ont précédé & qui ont traité le même ſujet , ſi je dépriſois leurs ouvrages. Les premiers qui écrivent ſur un art , atteignent rarement le point de perfection ; mais on leur a l'obligation d'avoir défriché un champ inculte. Je dois à leur travail le fruit de mes recherches. Quoiqu'elles m'aient conduit à un ſyſtême oppoſé au leur & à des pratiques différentes de celles qu'ils enſeignent , je me fais un devoir de les regarder comme mes maîtres , puiſqu'ils m'ont donné les premières notions d'un art que j'ignorois.

JE dois un témoignage public de ma reconnoiſſance à M. de Foucault Intendant des iſles de France & de Bourbon. L'accueil qu'il a fait à mes eſſais, l'intérêt qu'il a pris à mes travaux, les avis qu'il m'a donnés ſur quelques détails de la fabrique, les ſecours qu'il m'a procurés en tout ce qui a pu dépendre de ſa bonne volonté , ont été des encouragements qui ont excité & ſoutenu mon zèle. J'ai trouvé les mêmes ſentiments dans M. de Mellis Commiſſaire Général de la Marine. Je ne puis me refuſer à la ſatisfaction de lui marquer combien j'y ſuis ſenſible.

Plan de l'ouvrage.

ON ne doit pas s'attendre à trouver ici la déſcription de l'art de l'indigotier, tel qu'il eſt pratiqué & tel qu'il eſt enſeigné par les auteurs qui en ont traité. Dès les premiers pas que j'ai faits dans la carrière, j'ai cru voir que l'art étoit ſuſceptible de perfection , que la théorie en étoit abſolument ignorée , que la pratique adoptée généralement, n'étoit qu'une routine ſans principes & que les procédés connus & ſuivis n'avoient aucune règle. On me taxera peut-être de témérité, pour avoir conçu le projet de perfectionner un art en vigueur dans les quatre parties du monde depuis bien des ſiècles. Je trouverai mon excuſe auprès des perſonnes qui connoiſſent par eux - mêmes tout ce dont le zèle eſt capable.

J'EXPOSERAI dans la première partie de cet ouvrage, la théorie de la fabrique de l'indigo , telle que je l'ai conçue, en rappel=

lant les principes de chimie fur lesquels cet art est fondé. J'entrerai dans quelques détails qui pourront paroître inutiles ou minutieux aux personnes instruites ; mon but est de me faire entendre par celles qui font peu initiées dans les mistères de cette science, de les instruire sur toutes les pratiques de la manipulation, & de rendre compte de toutes les observations que je puis avoir faites sur le sujet que je traite : ainsi je sacrifierai la concision à la clarté & à l'exactitude; j'écris moins pour les savants que pour les artistes. Je supprimerai seulement la plupart des expériences, dont les résultats ont été sans fruit. J'ai jugé qu'il étoit très-important de faire connoître la théorie de l'art, parcequ'elle seule peut guider l'artiste dans la marche qu'il doit suivre, s'il ne veut pas s'égarer. Ces connoissances font nécessaires pour rendre raison des causes & des effets, & pour trouver les moyens de déterminer les effets désirés, en employant àpropos les causes. Je conviens que la pratique est absolument nécessaire, pour former un artiste habile ; mais il ne peut devenir tel que lorsqu'il y joint la spéculation fondée sur des principes, & le raisonnement appuyé de l'expérience.

L A première partie de cet ouvrage fera divisée en quatre chapitres. Je débuterai dans le premier, par exposer les notions générales de l'art de l'indigotier. Je développerai dans le second mes principes sur la fermentation de l'anil & dans le troisième ceux que je me fuis faits sur l'effet du battage de l'extrait. Le quatrième exposera succinctement les principes de la dessication de la fécule, opération que je traiterai par la suite avec plus d'étendue.

L A seconde partie présentera dans le plus grand détail les préceptes de la fabrique en sept chapitres.

L E premier renfermera tout ce qui a rapport à la fermentation en quinze articles & le second tout ce qui a rapport au battage en treize articles.

J E tâcherai de rendre raison des manipulations que je conseille, afin que l'artiste puisse mieux saisir ce qu'il concevra : Il en résultera peut-être un autre avantage ; C'est de mettre sur la voie des découvertes celui qui doué de plus d'intelligence que moi, auroit le talent d'aller plus loin & le bonheur de perfectionner ma méthode. Je serai souvent obligé de rappeller les principes que j'aurai établis dans la première partie. Souvent le fujet lui même m'y entraînera, pour obferver les différences qui diftinguent des chofes qui ont des circonftances communes, ou pour rendre compte des circonftances différentes qui donnent les mêmes réfultats; fouvent j'aurai pour objet que le lecteur ne perde pas de vue l'application des principes aux opérations de la fabrique. J'établirai le raifonnement par les faits & ceux-ci par le raifonnement. Mon fyftême fur l'art de l'indigotier étant oppofé à celui des auteurs qui m'ont précédé, j'ai cru devoir non feulement les combattre dans les règles qu'ils ont établies & dans les préceptes qu'ils ont donnés, mais encore fournir les preuves de ce que j'avance. J'ai jugé que ma tâche n'eut pas été remplie, fi j'euffe fimplement expofé les préceptes de ma méthode, fans en développer la théorie. Le manouvrier travaille machinalement, mais le véritable artifte doit connoître les principes de fon art.

JE traiterai dans le troifième chapitre de la feconde partie, divifé en fix articles, la queftion fameufe du précipitant, agitée depuis longtems par les indigotiers & reftée jufqu'à préfent indécife. Je donnerai la recette de plufieurs liqueurs faciles à préparer & peu coûteufes, qui ont toutes la proprieté de précipiter la fécule, fans l'altèrer; & j'indiquerai comment on peut en affûrer l'effet. Je ferai voir que cette découverte eft réellement intéreffante; & j'en détaillerai les avantages.

ELLE fournit le moyen de réparer le produit d'une cuve manquée & d'aviver un indigo de médiocre qualité, ou même altèré. Ce fera le fujet du quatrième & du cinquième chapitre. Ces découvertes font nouvelles dans la fabrique de l'indigo & paroîtront fans doute importantes à tous les indigotiers. Ils apprendront des moyens fimples, faciles & peu coûteux d'obtenir une fécule de la plus grande beauté & telle qu'il n'en exifte point dans le commerce. Les teinturiers eux-mêmes trouveront des procédés nouveaux, pour améliorer & pour aviver un indigo médiocre, ou terne, ou noirâtre. J'employerai deux articles à leur inftruction particulière. Comme ce fujet n'eft point étranger à celui que je traite, j'ai penfé qu'on me pardonneroit les détails dans lefquels je fuis entré à cette occafion, en faveur du motif qui me les a dictés.

POUR fuivre le plan que je me fuis prefcrit, j'expliquerai phyfiquement l'effet des ingrédients que je confeille d'employer. Je n'affûrerai

rien qui n'ait été conftaté par l'expérience. Les artiftes qui la répéte-
ront, ne doivent imputer qu'à un défaut d'exactitude dans les manipulations, les réfultats qui pourront différer de ceux que je promettrai.

O N fera peut-être étonné que des moyens auffi fimples que ceux que
j'indique, amènent des effets fi heureux dans des circonftances qui paroiffent différentes ou oppofées. Je me fuis attaché dans le cours de ce
mémoire, à développer autant que je l'ai pu, les principes qui donnent
l'explication de touts les phénomènes, qui fe préfentent dans le cours de
la fabrique.

I L en eft un fur lequel les auteurs qui m'ont devancé, n'ont fait aucune recherche; ils paroiffent l'avoir oublié, ou méconnu; c'eft l'écume
très-abondante qui furnage l'extrait après le battage; fouvent elle difpa-
roît, mais elle réfifte quelquefois au moyen que l'on employe pour la
diffiper; elle a été jufqu'à préfent en pure perte pour les artiftes. J'indique un moyen fimple & facile à fuivre de la réunir en fécule dans le
fixième chapitre, après avoir dit dans un autre endroit, comment on
peut empêcher cette écume de fe former.

L E feptième traite de la deffication de l'indigo en douze articles.
J'expofe fuccinctement les inconvénients des méthodes reçues fur ce
point très-important de la fabrique. La plus belle fécule peut être dété-
riorée ou même perdue par le vice de la deffication. Je propofe des
moyens nouveaux d'éviter touts ces inconvénients.

A P R È S avoir fuivi la fabrique de l'indigo, depuis le commencement de la manipulation jufqu'à la fin, je commence la troifième partie par décrire dans le premier chapitre plufieurs machines pour le battage. La théorie & l'expérience m'ont fait reconnoître que celles qui
font en ufage pour battre l'extrait, n'étoient en général, ni les plus fimples, ni les moins coûteufes dans leur conftruction, ni les moins pé-
nibles dans leur exécution, ni les plus favorables à la fabrique. On ne
s'eft fait aucuns principes fur cette opération importante. Ceux que j'ai
établis m'ont conduit à imaginer des machines nouvelles, qui fe mettent
facilement en jeu par les bras d'un feul homme, & qui font plus avantageufes par l'effet qu'elles produifent, que toutes celles dont on s'eft
fervi jufqu'à préfent, pour remplir le même objet.

J E fais part dans le fecond chapitre de quelques obfervations nouvelles fur la conftruction d'une indigoterie, telles que l'expérience m'en
a démontré la néceffité ou l'utilité. J'engage à donner aux cuves qu'on
appelle *trempoires* & *batteries*, une autre forme que celle qui eft en ufage. On pourroit croire fans examen qu'elle eft indifférente : on verra
qu'elle tient à la théorie de la fermentation & du battage.

L E troifième chapitre renferme une courte defcription des différentes efpèces d'anils que nous avons raffemblées à l'ifle de France, jufqu'au
moment où j'écris, & le quatrième mes idées fur la culture de ces plantes. On trouvera dans ce dernier la defcription d'un femoir de nouvelle
invention propre à enfemencer un champ, avec toute forte de grains.
La meilleure méthode de cultiver l'anil, eu égard à notre fol & à notre
climat, doit être l'objet de nos recherches & le fruit d'une longue expérience ; elle nous manque aujourd'hui ; c'eft ce qui m'avoit engagé à
garder le filence fur cette matière ; mais j'ai réfléchi que les colons des
Ifles de France & de Bourbon pourroient retirer quelque utilité de mes
effais ; cette confidération l'a emporté fur toute autre ; & j'ai pris le
parti de leur propofer mes doutes, mes idées & mes vues ; heureux
fi par mon travail, je puis contribuer à l'utilité de mes compatriotes.

J E décris fuccinctement dans le cinquième chapitre la méthode
des Indiens de la Côte Coromandel de fabriquer l'indigo : elle eft plus
curieufe qu'inftructive. J'ai jugé qu'elle pourroit faire plaifir au plus
grand nombre des lecteurs. On voit le point d'où nous fommes par-
tis dans un art intéreffant, car les indiens n'ont rien changé à la méthode qu'ils fuivent, depuis un temps immémorial. Quoique nos
procédés foient très-différents des leurs, on connoîtra facilement par
les réfultats des uns & des autres, le peu de progrès qu'a fait cet art
entre les mains des Européens, depuis plus de deux fiècles qu'ils l'exercent jufqu'à nos jours. L'ignorance où l'on eft encore de fes principes
& des procédés qui doivent en être la fuite, prouve bien qu'il n'y a
rien de plus facile que de fabriquer l'indigo. Je compare cet art à ces
jeux qu'il fuffit d'avoir vus une fois, pour être en état de faire fa partie ; mais qui demandent enfuite de l'expérience & de la fagacité, pour
en connoître les combinaifons les plus recherchées.

E N F I N je termine ce mémoire par une récapitulation de tout l'ouvrage. Je m'arrête moins à expofer fommairement les principes que j'ai détaillés, qu'à raffembler fuccinctement fous le même point de vue les préceptes de ma méthode. Au refte, pour faciliter les recherches des lecteurs qui aiment à trouver les principes & les preuves à côté des préceptes, j'ai ajouté une table des chapitres avec la divifion de leurs articles.

C E mémoire fera fuivi de deux lettres ; l'une adreffée à M. le Baron de Souville Chevalier de l'Ordre Royal & Militaire de St. Louis, Capitaine de Vaiffeaux du Roi, de l'Académie Royale de Marine ; l'autre à M. le Monnier Premier Médecin Ordinaire du Roi, Penfionnaire de l'Académie Royale des fciences de Paris.

L A première de ces lettres a pour objet de conftater que la découverte d'améliorer de l'indigo, appartient à l'auteur ; & de relever les erreurs répandues dans le mémoire fur l'indigo de M. Quatremere Dijonval, pièce qui a remporté le prix à l'Académie Royale des fciences de Paris, en l'année 1777.

L A feconde rendra compte d'un procédé par lequel on retire de l'anil une fécule verte, que j'appelle *indigo-verd*.

A V E R T I S S E M E N T.

P O U R éviter des équivoques & des répétitions fréquentes j'appellerai conftamment anil, *la plante qu'on nomme quelquefois* indigo ; & j'affecterai toujours ce dernier nom, ou celui d'anir à la fécule qu'on en retire ; ainfi je dirai, anil-bâtard, anil-franc, *au lieu* d'indigo-bâtard, indigo-franc.

ESSAI

ESSAI
SUR LA FABRIQUE
DE L'INDIGO.

PREMIÈRE PARTIE,
THÉORIE DE LA FABRIQUE
DE L'INDIGO.

CHAPITRE PREMIER.

Notions générales sur la Fabrique de l'indigo.

L A fabrique de l'indigo eſt une opération chimique, une eſpèce d'analyſe qui a pour but d'extraire de l'anil, une ſubſtance colorante qu'il contient, & de la ſéparer des autres mixtes qui forment avec elle les parties conſtituantes de cette plante. On y parvient à l'aide de la fermentation & du battage.

A

ON met avec de l'eau les herbes d'anil, foit vertes, foit féches, fermenter dans un vaiffeau, foit de terre cuite, foit conftruit en maçonnierie, foit de bois. Quand on juge que le liquide a diffout tout l'indigo de la plante, on tranfvafe l'eau du premier vaiffeau dans un autre, pour la féparer des herbes; on agite cette eau pendant quelque temps, enfuite on la laiffe repofer. La fécule fe précipite au fond de ce fecond vaiffeau; alors on décante l'eau, fans la troubler; après quoi on retire l'indigo qu'on met à égoutter dans des facs, enfuite fécher au foleil ou à l'ombre dans des caiffes.

LES détails de ces procédés ne font plus auffi fimples dans la pratique, qu'ils paroiffent l'être dans leur expofé. L'excès ou le défaut de fermentation ou même de battage nuifent au fuccès plus ou moins; c'eft-à-dire que le défaut de précifion dans l'une ou l'autre opération diminue la quantité du produit, ou en altère la qualité plus ou moins, fuivant qu'on s'eft éloigné de cette précifion. J'indiquerai par la fuite les moyens de la faifir; en attendant pofons des principes qui foient la bafe de notre fyftême fur l'art de l'indigotier. Les conféquences qui en dériveront, nous inftruiront fur les détails des procédés que nous aurons à fuivre dans la fabrique.

L'EAU aidée du mouvement fermentatif, s'empare de tous les principes prochains de la plante, diffolubles dans ce menftrue, tels que les fubftances, favoneufes extractives, comme les fels, les huiles, & les réfines, tels que les gommes & les mucilages. L'art vient à bout par l'opération du battage, de féparer l'indigo des autres mixtes, avec lefquels il eft allié ou combiné dans l'eau. Cette féparation forcée tient à un principe de chimie que nous allons expofer & développer avec quelque étendue, en l'appliquant au fujet qui nous occupe.

LES matières colorantes de l'indigo font de nature réfineufe (*a*) & par conféquent ne fe diffolvent pas dans l'eau, à moins qu'elle ne foit imprégnée d'un intermède que la plante contient naturellement

---

(*a*) Les obfervations & les expériences des chimiftes modernes, nous ont appris que toutes les plantes contenoient une fubftance réfineufe, laquelle s'y trouve combinée avec des matières extractives

& qu'elle ne foit aidée par l'action du mouvement fermentatif. L'indigo fans intermède & fans fermentation eft indiffoluble à l'eau ; il eft même de la nature des réfines qui ne fe diffolvent pas dans l'efprit de vin. On peut bien le divifer mécaniquement, enfuite le délayer dans l'eau ; mais fes parties quelques ténues qu'on les fuppofe , refteront difperfées & interpofées dans la liqueur, furtout fi on la rend plus denfe par l'addition d'une fubftance favoneufe , amilacée , ou mucilagineufe & ne feront point diffoutes. Après quelque repos, elles fe dépoferont au fond du vafe. Une teinture en bleu d'indigo , tant que cette matière n'aura pas été préliminairement diffoute , ne feroit que fuperficielle & ne pénétreroit pas l'étoffe d'une manière intime ; ce feroit une peinture que le lavage emporteroit. (*a*)

qui opèrent leur diffolution dans l'eau. Cette réfine eft une huile devenue concrète par l'abfence de fes parties volàtiles , ou par l'addition de quelque autre fubftance & paroît être prefque toujours le principe de la couleur dans les plantes. Elles contiennent auffi beaucoup d'alkali fixe ou volatil ; & c'eft peut-être à l'action de ces fels fur une réfine bleue, qu'elles doivent la couleur verte de leurs feuilles : il y auroit une belle fuite d'expériences à faire fur cette matière ; elles n'ont pas été entreprifes. L'anil n'eft pas la feule efpèce de plante qui fourniffe de l'indigo , mais elle eft celle qui eft connue jufqu'à préfent pour en fournir d'avantage.

Au refte nous n'affurons pas que l'indigo foit une pure réfine, quoique cela nous paroiffe très vraifemblable. L'art n'a pu encore parvenir à obtenir cette fubftance , dans fon état de pureté.

(*a*) On donne un œil bleu aux étoffes quelconques, en les mettant tremper dans une eau foit mucilagineufe foit favoneufe , où l'on a délayé de l'indigo réduit en poudre fine ; dans cette opération, il n'eft point diffout, mais feulement délayé ; & cette efpèce de teinture n'a aucune folidité; au lieu que dans l'art de la teinture , les bleus d'indigo font folides , parceque cette fubftance a été diffoute, c'eft-à-dire réduite à fes molécules primitives intégrantes , avant d'avoir été appliquée fur l'étoffe & parcequ'alors elles ont contracté une adhérence intime non feulement de juxta-pofition , mais encore de pénétration , tant avec les parties extérieures , qu'avec les parties intérieures de l'étoffe.

A ij

On entend chimiquement par la diffolution d'une fubftance dans un liquide, fa combinaifon parfaite avec ce même liquide, telle que les parties primitives intégrantes de cette fubftance, foient unies aux parties primitives intégrantes du liquide, chacune à chacune, de façon qu'il en réfulte un nouveau compofé qui participe aux propriétés de l'une & de l'autre fubftance combinées. Pour que la diffolution foit complète, il faut que le liquide qui tient une fubftance en diffolution, paffe à travers les filtres les plus ferrés qu'il puiffe pénétrer, fans laiffer aucun réfidu. Si l'eau fort pure en paffant par de tels filtres, fans mélange de la fubftance qu'on lui a donnée à diffoudre, & que cette fubftance refte fur le filtre, il ne s'eft fait aucune diffolution.

Elle ne peut avoir lieu que lorfque les fubftances font réduites à leurs molécules primitives intégrantes. L'eau opère feule cette divifion fur quelques fels & autres matières; elle ne l'opère fur d'autres qu'à l'aide d'un intermède, dont l'action réunie à celle de l'eau eft néceffaire, pour procurer la divifion de ces mêmes fubftances, au point de les réduire à leurs molécules primitives. Ainfi la diffolution des matières qui reftent en maffes d'aggrégés ne peut avoir lieu.

C'est à cette propriété qu'a l'indigo d'être indiffoluble à l'eau, lorfqu'il eft dégagé de l'intermède diffolvant, pendant que les autres mixtes qni font avec lui dans l'extrait (*a*) y reftent diffous, qu'on doit rapporter la féparation qui s'en fait par le moyen du battage; c'eft fur elle qu'eft fondée toute l'opération de la fabrique. Sans cette propriété, la fécule ne pourroit ni fe féparer fans agent, ni fe précipiter d'elle-même au fond du vaiffeau; ainfi elle paffe-roit avec l'eau à travers les facs de toile, dans lefquels on la met à égoutter, quand on la retire de la batterie.

C'est encore à cette propriété qu'on doit rapporter les rai-

(*a*) Ce mot dans un fens général, s'applique à toute diffolution faite par un menftrue. On entend ordinairement par le mot, *extrait*, le réfidu des fucs des végétaux évaporés & épaiffis. Les indigotiers nomment *extrait* la diffolution qui s'eft faite dans l'eau des fubftances de l'anil par la fermentation. Dans ce fens que nous fuivrons pour nous conformer à l'ufage, l'extrait eft liquide.

fons du procédé ufité, pour teindre en bleu d'indigo & même la ténacité de cette couleur fur les étoffes. Dans l'art de la teinture, on ajoute des alkalis au bain & on le fait fermenter, pour opérer la diffolution de l'indigo. Cette matière adhère fortement aux étoffes, parcequ'ayant été préliminairement réduite à fes molécules primitives intégrantes, elle les a pénétrées : elle ne peut être enlevée par l'eau, parcequ'elle eft de nature réfineufe.

L'INDIGO eft une fubftance végétale, combinée dans la plante avec un mucilage & avec l'alkali volatil, formant dans cet état le compofé univerfellement répandu dans les végétaux, & que les chimiftes nomment extracto-réfineux; il n'eft point le produit de la fermentation; il exifte tout formé dans la plante; je m'en fuis affûré par des expériences décifives, dont les réfultats peuvent devenir intéreffants & dont je pourrai rendre compte un jour au public, lorfque mes recherches me paroîtront affès avancées. L'indigo contenu dans la féve fe fixe avec les autres fubftances, qui font combinées avec lui, dans le parenchyme des feuilles; une partie exude à travers les pores de la plante & fe fige fur les feuilles, au moyen de l'évaporation des parties aqueufes, par l'action combinée de l'air & du foleil; il eft fouvent apparent à la vue, fur le revers des feuilles. L'art confifte donc à le féparer de la plante, dans fon état de pureté & d'homogénéité. Si la nature en le formant peut lui donner par des combinaifons délicates qui tiennent au mécanifme de la végétation, des qualités différentes, fuivant les circonftances, il paroît impoffible aux efforts de l'art de l'obtenir abfolument pur. Ainfi telle efpèce d'anil, tel terrain, telle influence de la faifon, donneront des indigots différents de ceux provenus dans telles autres circonftances. Le but des colons & des artiftes doit être de rechercher les efpèces de plantes les plus riches, tant pour la qualité, que pour la quantité, les terrains, les expofitions & les cultures qui leur conviennent le mieux; & quels font dans la fabrique les procédés les plus fimples, les moins difpendieux & les plus fructueux. Revenons à notre fujet.

L'EAU en pénétrant les pores de la plante, qu'on a mife dans la cuve à fermenter, diffout à l'aide d'un degré de chaleur & du mouvement fermentatif, les alkalis que l'anil contient & qui fervent d'in-

termède pour diffoudre l'indigo & pour le féparer de la plante. (*a*)
L'alkali forme avec lui un compofé favoneux qui eft mifcible à l'eau,
tant que l'indigo eft réduit à fes molécules primitives & qu'il eft combiné avec une fuffifante quantité d'alkali volatil.

M A I S l'union de ces deux fubftances eft lâche; l'une tend naturellement à la précipitation & l'autre à la volatilité ; elles font
combinées avec beaucoup d'air; cet air eft facilement dégagé par le
battage, dont le mouvement occafionne le frottement des molécules les unes contre les autres.

L E dégagement de l'air occafionne l'évaporation de la quantité
d'alkali volatil furabondante à l'effence de l'indigo; ce qui en refte au

_____

(*a*) Je fuppoferai toujours dans le cours de cet ouvrage que
la diffolution de l'indigo par les alkalis volatils eft parfaite, quoi-
quelle ne le foit peut-être pas ftrictement & chimiquement parlant.
Je regarde l'état où il fe trouve dans l'extrait fermenté, comme une
demi-diffolution, qui tient le milieu entre une diffolution parfaite & une émulfion. Voici les raifons fur lefquelles j'appuye mon
fentiment & que je foumets à la décifion des chimiftes. 1. L'extrait eft un peu opaque. 2. On voit toujours à fa fuperficie après
le repos une crême violette ; elle n'eft autre chofe que de l'indigo qui s'eft féparé fans agent du refte de la liqueur & qui s'eft
raffemblé à la furface de l'eau ; cette crême fe forme toujours fpontanément, foit pendant la fermentation, foit après, & très-promptement [c'eft l'affaire de quelques minutes] dès qu'on expofe une partie quelconque de l'extrait à l'air ; ce qui femble prouver
une décompofition qui n'auroit pas lieu auffi promptement, fi la diffolution étoit parfaite. 3. On voit fouvent des nuages verds dans la
liqueur, & qui en font diftincts, comme nous le dirons dans le cours
du mémoire. 4. J'ai renfermé de l'extrait d'anil fermenté, avant le
battage, dans une bouteille que j'ai bien bouchée, & que j'ai tenue
à l'ombre, pendant plufieurs jours. Au bout de ce temps j'ai trouvé
la plus grande partie de l'indigo précipité, fans que l'extrait parut
avoir fermenté. Mais la diftinction que je fais ici entre deux états de
diffolution, étant trop recherchée pour la plufpart des indigotiers
& peu importante pour faifir la théorie de la fabrique & pour fuivre
les détails de fes procédés, je ne m'y arrêterai pas. Je m'en tiendrai donc
à la fuppofition que j'ai établie.

bout de quelque temps de battage, ne fuffit pas pour tenir l'indigo en diffolution. Ses parties intégrantes fe rencontrent par le moyen du mouvement communiqué à l'extrait, fe réuniffent tant par leur tendance mutuelle, que par leur vifcofité, fe pénétrent mutuellement, augmentent de poids par cette pénétration & de volume par leur aggrégation; enfin fe précipitent d'elles-mêmes par leur propre poids, parce qu'alors elles n'ont plus d'adhérence avec les parties aqueufes & ne peuvent contracter d'union avec elles, & parceque leurs molécules font fpécifiquement plus pefantes dans l'état d'aggrégation que celles de l'eau.

APPLIQUONS ces principes à la fabrique. Nous avons dit qu'elle confiftoit dans deux opérations fucceffives de la nature & de l'art, qu'il falloit faifir avec précifion, pour obtenir un fuccès complet.

SI la fermentation n'a pas continué affès longtemps, elle n'a pas eu le tems de diffoudre tout ce que la plante contient de fubftances réfineufes colorantes & l'on perd fur la quantité. Si la fermentation a été trop longue, elle a combiné avec l'indigo d'autres fubftances qui lui font hétérogènes & qui altèrent fa couleur; plus loin encore, elle parvient à le décompofer, c'eft-à-dire à le dénaturer. Dans le premier cas, l'opération du battage agiffant fur une petite quantité de molécules d'anir noyées dans beaucoup d'eau, ne peut pas déterminer leur réunion complète. Dans le fecond cas, la même opération dégage avec peine & imparfaitement l'indigo des fubftances avec lefquelles il eft allié, qui interpofées entre les molécules du grain, empêchent leur réunion. Dans le troifième cas, s'il refte encore quelques parties colorantes qui n'ont pas fubi de décompofition, elles font en petite quantité; elles s'allient avec les parties décompofées qui font noires & leur couleur en eft offufquée.

LE défaut ou l'excès de battage préfentent à peu-près les mêmes inconvéniens, lors même que la fermentation a été faifie àpropos. Un battage trop ménagé n'a pas fait évaporer une affez grande quantité de fels alkalis qui tiennent l'indigo en diffolution. Celui qui refte diffous par ces fels, ne fe précipite pas; il eft perdu pour l'artifte: un battage trop long divife mécaniquement les maffes d'in-

digo qui s'étoient aggrégées ; il flotte dans le fluide, & ne se précipite pas, autre perte pour l'artiste. Bien plus, celles qui peuvent se
précipiter, entraînent avec elles des matières hétérogènes, dont le
mélange altère la qualité de l'indigo.

E n ne perdant pas de vue cette théorie, j'expliquerai les phénomènes de la fermentation & du battage; ils fourniront de nouvelles
preuves à mes principes, répandront un grand jour sur les procédés de la fabrique & enseigneront une méthode plus sûre & plus
profitable, que la routine généralement adoptée.

CHAPITRE II.

Théorie de la fermentation de l'anil.

L E s Physiciens-chimistes ont divisé la fermentation en trois
degrés, parceque les résultats de ces trois termes sont différents
entr'eux ; la *vineuse*, ou *spiritueuse* ; *l'acide* ; la *putride*, ou
alkalescente. La plupart des végétaux passent successivement par
ces trois degrés. Quelques-uns cependant tels que l'oseille, les citrons dépouillés de leurs écorces, l'alleluya dit *oxytri-pillon* &c.
ne paroissent pas susceptibles de la fermentation spiritueuse;ou du moins
elle n'est guère sensible dans ces végétaux.D'autres plantes telles que les
cruciformes ont leurs principes tellement disposés, qu'ils n'éprouvent que la fermentation alkalescente.

M. de Beauvais Raseau établit pour principe de la théorie qu'il
a donnée sur la fabrique de l'indigo, que l'anil passe successivement par les trois états de la fermentation. *La crise acide* [dit-
il] *étant peu sensible, l'herbe semble passer tout d'un coup, de
l'état le plus spiritueux & le mieux marqué à la putréfaction
qui lui est entièrement & uniquement préjudiciable, ce qui est
cause que les indigotiers ne font aucune mention du genre putride dans leurs procédés. Ils divisent seulement la fermenta-*
tion

tion ardente en deux temps ou degrés. Ils nomment le premier degré, pourriture imparfaite , *& le second* bonne *ou* parfaite pourriture. *Quant au genre putride ou alkalescent, ils l'appellent* pourriture excédée *, & ils n'omettent rien pour l'éviter. (a).*

CE paſſage rapide de la fermentation ſpiritueuſe à la putride , m'a d'abord donné des doutes ſur cette théorie. L'auteur cité prétend que la criſe acide eſt peu ſenſible & ajoute qu'elle ſemble paſſer tout d'un coup de l'état le plus ſpiritueux , à la putréfaction. M. de Beauvais Raſeau a fait ſon ouvrage en France , après avoir été pendant dix ans directeur d'une indigoterie à St. Domingue. Il n'étoit plus à portée de vérifier les phénomènes de la fermentation de l'anil. On peut préſumer qu'il avoit adopté l'opinion vulgaire des artiſtes ſans avoir obſervé les faits, comme il en a embraſſé la routine qu'il a décrite avec beaucoup d'intelligence.

EN effet ce paſſage immédiat de l'état le plus ſpiritueux & le mieux marqué à la putréfaction , ſans paſſer par le degré intermédiaire, qui eſt l'acide , n'eſt pas dans l'ordre naturel. Lorſque les matières végétales ont ſubi la fermentation ſpiritueuſe , elles paſſent à l'acide d'une manière marquée & quelquefois promptement. La continuation du mouvement fermentatif occaſionne l'évaporation des eſprits ardents & met à nu l'acide contenu dans le végétal ; cet acide étant alors développé eſt certainement ſenſible ; il a beſoin d'un nouveau mouvement de fermentation continué aſſés longtemps , pour que l'alkali prenne le deſſus ; la criſe acide eſt toujours plus longue que la ſpiritueuſe ; elle n'eſt jamais aſſés rapide , pour qu'on ne puiſſe pas la ſaiſir.

IL n'eſt point étonnant que M. de Beauvais Raſeau & les autres indigotiers qui n'ont point de connoiſſances en chimie, ſe ſoient trompés. La fermentation de l'anil eſt du genre alkaleſcent. Cette plante contient naturellement un alkali volatil , principe de ſa fétidité. La fermentation elle-même volatiliſe la totalité ou partie des alkalis fixes

(*a*) Art de l'indigotier, Editon de paris in fo. 1770. L. I. C. VI. p. 35.
Idem Édition de l'iſle de france , in 8.° 1778. L. I. C. II. p. 3 & 4.

qui font auffi dans la plante. L'évaporation des efprits volatils urineux a été prife pour celle des efprits ardents, fans examen. Je me fuis af-fûré par des diftillations réitérées & par des rectifications répétées, tant avec des herbes fraîches, qu'avec l'extrait de celles que j'avois fait fermenter, que l'anil ne donnoit point d'efprits ardents, mais toujours des alkalis volatils.

A la rigueur, la fermentation peut bien développer quelques parties fpiritueufes de l'anil, comme il arrive dans la putréfaction de certaines fubftances animales; mais ces fpiritueux font en fi petite quantité dans l'un & l'autre cas, en comparaifon de celle des alkalis volatils, que ces fermentations paffent à jufte titre, pour être du degré putride.

LES épreuves chimiques m'ont fait connoître l'exiftence de l'alkali volatil dans l'extrait fermenté. En quelque état que j'aye pris cet extrait & que je l'aye gouté ou éprouvé, il n'a jamais donné de liqueur fpiritueufe, ni aucun indice d'acidité, mais toujours des al-kalis volatils.

ON fait qu'ils font le produit conftant de la putréfaction qui ne donne point d'efprits ardents, du moins en quantité bien fenfible, quelque foient les fubftances végétales & animales qui fubiffent ce dernier terme de la fermentation; au lieu que le degré purement fpi-ritueux ne fournit point d'alkali volatil. Cependant l'analyfe de l'in-digo prouve dans cette fubftance l'exiftence de l'alkali volatil qui y refte combiné, malgré l'opération du battage & malgré la deffica-tion.

LA fermentation fpiritueufe eft toujours accompagnée d'un bouillonnement, d'un bruit fourd, d'un frémiffement plus ou moins confidérables, fuivant la quantité d'efprits ardents que les matières peuvent fournir; fuivant le volume de ces mêmes matières, le de-gré de chaleur qu'elles éprouvent & la promptitude de la fermenta-tion. Dans le cas dont il s'agit, toutes les circonftances font raffem-blées, pour occafionner un frémiffement confidérable. Les fpiri-tueux, fuivant l'auteur cité, font abondants; le volume des matiè-res d'une cuve & la chaleur de l'atmofphère dans notre été font confi-dérables; la fermentation eft prefque toujours achevée en moins de vingt-quatre heures. Cependant ce bruit sourd, ce frémissement sont à peine sensibles dans la fermentation de l'anil.

D'AILLEURS comment seroit-il possible que des herbes fraîches (lorsquelles sont séches, leur dissolution est plus prompte) éprouvâssent la fermentation spiritueuse, l'acide & la putride en 24 heures? que dis-je? en dix heures? l'opération ne dure pas quelquefois d'avantage. Elle ne dure même que quatre à cinq heures, & souvent moins, lorsqu'on employe des herbes séches. Les sucs des végétaux les plus susceptibles de la fermentation spiritueuse, demandent quelques semaines avant de tomber en putréfaction; & l'anil ne demanderoit que quelques heures, pour parcourir ces trois degrés. D'où pourroit provenir une telle exception? cette plante ne contient pas les principes qui sont propres à la fermentation vineuse; au lieu d'avoir une saveur douce & sucrée & d'être nutritif, qualités qui rendent les substances végétales, propres à la fermentation spiritueuse, l'anil est amer, astringent, acre & contient dans son état de fraîcheur une substance résineuse, un alkali fixe & même un alkali volatil, un mucilage & point d'acide, du moins en quantité sensible. Il paroît donc que ses principes prochains sont de nature à entrer promptement en putréfaction & non à fournir des esprits ardents.

IL passe pour constant que la fabrique de l'indigo est mal-saine & qu'elle expose *aux risques de contracter des maladies dangereuses.* (*a*) Comme on doit saisir la fermentation, lorsqu'elle est parvenue *au degré spiritueux, le seul convenable à la manipulation,* suivant l'auteur déjà cité, il s'ensuivroit que les *risques* prétendus n'existeroient pas. Les miasmes mortels de toute fermentation spiritueuse, font plutôt périr sur le champ qu'ils ne causent des maladies; ils occasionnent une asphyxie subite, dont l'effet est instantannée. Ces miasmes ne sont point dangereux, lorsque les vaisseaux qui contiennent les matières fermentantes ont communication avec l'air de l'atmosphè-

(*a*) Art de l'indigotier, Edition de paris in fo. 1770. L. III. C. I. p. 90.
Idem Edition de l'isle de france in 8.° 1778. p. 142. & 143.

re, comme les cuves d'indigo qui font en plein air ; mais les miafmes putrides peuvent en effet s'infinuer dans la maffe du fang , par
les pores de la peau ou par l'afpiration , apporter le trouble dans l'é-
conomie animale , caufer des engorgements, des obftruétions , corrompre les liquides & occafionner à la longue & non fubitement des
fièvres inflammatoires , putrides ou malignes.

LA plante n'éprouve donc dans la cuve , ni le premier, ni le fecond degré de la fermentation & prend le troifième degré, comme je
l'ai dit. L'eau diffout d'abord les fels alkalis des herbes ; & au moyen
de cet intermède & du mouvement fermentatif, diffout l'indigo lui-
même. C'eft à cette diffolution caufée par les alkalis, qu'on doit attribuer la couleur verte de la fécule dans l'extrait. On fait que les alkalis
verdiffent la couleur bleue des végétaux. M. de Beauvais Rafeau
attribue cette couleur verte au mélange des parties extraétives jaunes avec les parties bleues de la fécule. Cette opinion eft fpécieufe;
mais elle n'explique pas comment fe fait la diffolution de l'indigo,
ni comment ce mélange du bleu & du jaune, qui donne après la
fermentation la couleur verte à l'extrait , change fa couleur pendant le battage , au point que l'eau redevient bleue , enfuite noire ,
quoique les parties jaunes foient toujours confondues dans le liquide avec l'anir. Elle n'explique pas pourquoi l'eau après le battage
prend une couleur rouffe le plus fouvent, mais quelquefois fauve ,
quelquefois rougâtre, quelquefois verte , quelquefois bleue. Comment les matières colorantes jaunes peuvent elles changer ainfi de
couleur ? Enfin l'opinion de M. de B. R. n'explique pas ce qui fe paffe dans les cuves de teinture. (*a*) Le bain eft verd, l'étoffe fort verte

(*a*) J'ai mis différentes étoffes fans préparation , foit avant le battage , dans l'extrait, lorfqu'il eft au point de fermentation convenable,
foit après le battage. Celles qui ont été mifes dans l'extrait , avant le
battage , ont été retirées vertes & jamais jaunes , ni bleues. Quelques
minutes après que les échantillons ont été expofés à l'air, ils font
devenus bleus. Les étoffes qui ont été mifes dans l'extrait après le battage , ont une couleur fale , un peu noirâtre & parfemée de quelques
points bleuâtres. Dans le premier cas, l'indigo étoit diffout, pénétroit

du bain & ne bleuit qu'à l'air. L'indigo peut-il retenir une assès grande quantité de matières jaunes, pour que leur mélange avec les molécules bleues verdiffent le bain? en ce cas, pourquoi n'est-il pas verd lui-même? comment se fait-il que le bain qui est verd par le mélange des parties jaunes avec les parties bleues teigne l'étoffe en bleu? elle sort verte du bain, mais elle bleuit promptement à l'air. Que deviennent les atomes colorants jaunes? je ne nie pas absolument leur existence dans l'extrait, mais je nie leur influence sur la couleur de l'indigo; & je soutiens que ces atomes prétendus jaunes n'ont pas un ton de couleur constant & décidé.

TOUTS ces phénomènes s'expliquent aifément par ma théorie. L'anil subit d'abord la fermentation alkalefcente. Je la diviserai elle-même en quatre degrés. Premier, *fermentation commençante*; fecond *bonne*; troisième, *excédée*; quatrième *putride*. Je ne crois pas qu'aucun indigotier tombe dans ce dernier excès, qui feroit to-talement préjudiciable à l'opération. Dès que la fermentation est *bonne*, le moindre excès devient nuifible, à proportion de ce qu'il est outré. On ne pêche ordinairement que par un peu plus ou un peu moins.

LES alkalis volatils diffolvent l'indigo, & lui donnent la couleur verte, dans la fabrique de cette substance, comme dans les cuves de teinture, ce font les alkalis fixes qui le verdiffent. Je dirai au cha-

l'étoffe & y adhéroit. Dans le fecond cas l'indigo n'étoit plus diffout; il étoit réuni en petites masses; il ne pouvoit contracter aucune adhérence avec l'étoffe, tant parcequ'il ne pouvoit la pénétrer, étant dans l'état d'aggrégation, que parceque l'eau qui imbibe d'abord l'étoffe, empêche les atomes colorants d'y adhérer, vu qu'ils font par leur nature immifcibles à l'eau pure.

Je pense qu'on pourroit tirer parti de ces effais, qui paroiffent in-diquer un moyen nouveau de teindre les étoffes en bleu. On fent bien qu'ils ne pouvoient pas donner beaucoup d'intenfité de couleur aux étoffes: L'indigo dans les cuves de la fabrique est beaucoup plus rare que dans les cuves de teinture proportionellement à la quantité de l'eau employée dans l'une & l'autre opération. Je laisse à d'autres le foin de faire là-deffus les rechercher néceffaires.

pitre du battage, comment & pourquoi fe fait la réunion des molécules qui conftituent par leur aggrégation ce que l'on appelle le
grain. J'expliquerai la raifon qui fait que ce même grain paroît dans
fa couleur naturelle qui eft la bleue. Un feul principe fuffira pour
rendre raifon de tout. Suivons maintenant les circonftances de la
fermentation alkalefcente, dans fes quatre dégrés.

Premier. Les herbes exhalent peu d'odeur. On ne voit point encore de bulles d'air à la fuperficie de l'eau, ou il en paroît fort peu
qui difparoiffent promptement. Il n'y a point encore de crême violette; l'eau n'a prefque pas de couleur; elle n'en prend point, ou fort
peu, quand on appuye fortement fur les herbes. Le battage lui-même développe peu d'écume, & quelquefois point du tout, & n'occafionne aucun grain dans l'extrait, ou il eft très-rare & ne paroît qu'au
bout d'un long battage. Lorfqu'on lâche la cuve à ce degré, on a de
la peine à former un grain; on eft obligé de battre longtems pour
le former; il eft très-léger, & très-petit; il fe précipite difficilement
& on retire peu de fécule.

Second. La fermentation que j'appelle *bonne*, eft celle où la
trempoire exhale une odeur affès vive & pénétrante, où l'on voit çà
& là des bulles d'air raffemblées & une crême violette fur la fuperficie de l'eau; elle eft verte, ou d'un jaune verdâtre, fuivant l'efpèce & la qualité des herbes (*a*). Si on appuye fortement fur les
herbes, on voit des nuages de fécule verte, s'élever & fe répandre dans l'eau. L'extrait en tombant de la trempoire dans la batterie,
forme une écume blanche qui devient bleue, fans taches noires. Le
battage occafionne promptement une écume plus abondante; le grain
eft gros, abondant, bleu; il fe précipite facilement & entièrement;
l'eau paroît enfuite claire & rouffe & on retire beaucoup de fécule.

Troifième. Quand la fermentation eft excédée, la cuve exhale

(*a*) Il y a des efpèces d'anils, dont l'eau eft toujours verte, & jamais jaune, comme celles que j'appelle, *Anil-Bouchet*, *Anil-Affri-*
cain, *Anil-Tromelin* &c. Nous ne connoiffons encore leurs produits
que par des effais en petit.

une odeur forte & fétide ; la surface de l'eau est parsemée d'une grande quantité de bulles d'air, qui forment des flocons d'écume, & couverte entièrement d'une crême violette. L'eau paroît d'un verd foncé & quelquefois d'un jaune foncé, suivant les circonstances ; en
pressant les herbes, on voit comme ci-devant des nuages de fécule
verte, mais en plus grande quantité & d'une couleur moins brillante & plus foncée. L'écume qui se forme dans la batterie par la chûte
de l'eau, lorsqu'on vide la trempoire est quelquefois d'une assès
belle couleur bleue, lorsque l'excès n'est pas outré ; mais elle est
parfemée de points noirâtres à la superficie. Le battage présente un
grain divisé qui est noir, qui se précipite difficilement & qui est de
mauvaise qualité ; l'eau est embrouillée & on retire peu de fécule.

O N se tromperoit, si dans l'espérance d'un plus grand produit,
on attendoit que la cuve eut atteint ce degré. Il est bien vrai qu'une
fermentation plus longue pourroit dissoudre une plus grande quantité d'indigo, mais elle dissoudroit en même temps beaucoup plus de
matières extractives, qui retiennent opiniâtrément beaucoup de grains, ✗
précipités ; ainsi on perdroit sur la quantité & sur la qualité, comme on va le voir.

Quatrième. Ce degré approche de la putridité totale. La cuve
& surtout l'extrait ont une odeur insupportable, lorsqu'on vide la
trempoire & dans les premiers moments du battage. La trempoire est
couverte de flocons d'écume de couleur livide ; c'est ce que les teinturiers appellent de la *fleurée.* Celle formée par la chûte de l'extrait
dans la batterie, est de couleurs diverses par veines ; les unes sont
d'un bleu sale & pâle, les autres blanches, les autres livides,
d'autres noirâtres. L'extrait en sortant de la trempoire est d'une couleur jaune foncée, & paroît dense & visqueux ; dans la batterie, il
est d'un verd sale. Le battage débarrasse avec peine le grain des matières extractives qui lui sont alliées & on n'y parvient jamais complètement, il ne se précipite qu'en partie, il est noir, allié à des substances hétérogènes, & d'une odeur fétide. L'eau après le repos & la
précipitation conserve un œil noirâtre, parcequ'elle retient une partie du grain qui a déjà subi un commencement de décomposition.

J E prie le lecteur de faire attention à ces différentes circonstan-

✗ malgré un long battage, en dous le mélange
altéreroit la couleur des grains

ces. J'aurai occafion de les rappeller dans la fuite. Voici en attendant comment j'explique ces phénomènes.

D A N S le premier degré, la fermentation n'ayant pas continué
affès longtemps, l'eau n'a pas encore diffout tous les fels alkalis, qui
étant peu abondants, font comme noyés; ils n'ont ni la force ni le
temps néceffaire pour diffoudre toute la fubftance des herbes & ils
ne s'évaporent pas facilement par le battage; les grains d'indigo étant
rares, ne peuvent pas fe rencontrer, s'accrocher, fe réunir, & par
conféquent fe précipiter.

D A N S le fecond degré, toutes les circonftances qui manquent
au premier, fe trouvent raffemblées; & l'opération va bien.

M A I S dans le troifième & le quatrième degré, la fermentation
approche plus ou moins de la putréfaction, fuivant la proportion
de l'excès, & diffout par la continuation de fon mouvement & à l'aide des alkalis volatils qui fe développent & qui fe forment de plus en
plus, les matières extractives de la plante, lefquelles fe combinant
avec la fécule l'altèrent en partie, & la décompofent en partie (*a*).
La fermentation parvient même à décompofer l'indigo totalement,
fi on la pouffe plus loin, au point qu'on ne peut plus obtenir d'anir
du tout, & qu'on ne retire que des matières noires. Elle enlève aux
atomes colorants leur phlogiftique, principe de leur couleur & le
fait entrer dans une nouvelle combinaifon, pour former de l'alkali
volatil. La putréfaction dénature toutes les fubftances végétales &
animales; delà touts les phénomènes de la félidité, de la divifion,
de la décompofition & de la noirceur du grain, enfin de fa deftruc-
tion.

L'E X T R A I T eft verd dans la trempoire & même dans la
batterie, avant que le battage ait produit un certain effet; il en eft
de même du bain dans les cuves de teinture; ils ne doivent point

---

(*a*) Les indigotiers difent quelquefois dans ce cas que le grain eft
diffout, tandis qu'il eft décompofé. Leur expreffion eft impropre, faute d'en connoître la vraie figniffication. La diffolution ne caufe aucune
altération réelle au grain, mais la décompofition le dénature.

l'un

l'un & l'autre cette couleur au mélange des parties jaunes, mais aux alkalis qui verdiffent les molécules colorantes de l'indigo. L'étoffe fort du bain imprégnée de ces parties vertes ; mais elle devient bleue, quelques minutes après qu'on l'a expofée à l'air, & qu'on l'a exprimée ou tordue. L'évaporation des alkalis volatils, jointe à la féparation qui s'en fait par l'expreffion de l'étoffe, ne laiffe plus affés de fels pour agir fur les parties colorantes, elles fe réuniffent & l'étoffe reparoît bleue.

J e dirai en paffant que je foupçonne que l'addition de l'alkali fixe dans le bain de teinture, n'eft pas abfolument néceffaire au fuccès de la cuve, ou du moins qu'une petite quantité d'alkali volatil, foit fluor, foit concret, remplaceroit tout l'alkali fixe qu'on eft dans l'ufage d'y ajouter.

F e u M. Hellot qui a fait un traité fur l'art de la teinture des laines, explique à-peu-près de la même manière la couleur verte du bain ; mais il n'attribue pas affés d'influence à la fermentation, pour expliquer la diffolution de l'indigo. Sans fermentation, les alkalis fixes même aidés par la chaleur du feu, & les alkalis volatils fluors par un long temps, même dans des vaiffeaux clos, ne peuvent les uns & les autres diffoudre l'indigo, quoique réduit préliminairement en pouffière. (a).

P o u r que les alkalis fe combinent avec l'indigo, il faut que cette fubftance ait été réduite par la fermentation à fes molécules intégrantes

---

(a) J'ai fait plufieurs effais qui fervent de preuves à cette affertion. J'ai pulvérifé de l'indigo & je l'ai mis dans une fiole avec de l'alkali fixe en liqueur. J'ai mêlé d'autre poudre d'indigo avec de l'alkali liquide & rendu cauftique. J'en ai mêlé avec de l'eau de chaux vive & pure. J'ai agité fouvent les mélanges pendant plufieurs mois. J'ai mis fur le feu de l'alkali fixe en liqueur avec de l'indigo en poudre. J'en ai mis dans une fiole avec de l'alkali volatil fluor dégagé du fel ammoniac par la chaux. Aucun de ces effais n'a procuré la diffolution de l'indigo, & n'a pu même altérer fa couleur. Les acides minéraux eux-mêmes qui étant concentrés, attaquent l'indigo, en s'emparant du phlogiftique qui fait une de fes parties conftituantes, ne le diffolvent pas, lorfqu'ils font affoiblis par l'eau.

C

qui préfentent alors plus de furfaces. Tant qu'elles font dans l'état d'aggrégation, elles ne font point attaquables par les alkalis. Ainfi je confeillerois volontiers aux teinturiers, d'ajouter à leurs cuves d'indigo, une plus grande quantité de *brevet*, qu'ils n'en mettent, (*a*) lequel n'a de vertu que comme matière fermentefcible.

LES raifons que donne l'habile chimifte, dont je viens de parler, pour expliquer la ténacité de la couleur de l'indigo fur les étoffes, font affûrément très-ingénieufes, & très-fpécieufes; mais cette ténacité dépend principalement de ce que les parties colorantes de l'indigo font de nature réfineufe; c'eft ce qui fait que fi la fermentation eft néceffaire à la diffolution de l'indigo, les molécules colorantes fe prêtent difficilement à une décompofition; elles y parviennent cependant, lorfque la fermentation a été continuée trop longtems. Voilà pourquoi l'opération eft alors manquée. Ainfi cet excès eft également à éviter dans la fabrique de cette fubftance, comme dans la teinture.

NOUS aurons occafion de nous étendre d'avantage fur cette théorie, lorfque nous en appliquerons les principes aux phénomènes & aux procédés de la fabrique, dans la feconde partie de cet ouvrage. Nous fommes forcés d'y renvoyer le lecteur, pour éviter des redites qui ne feront déjà que trop multipliées.

CHAPITRE III.

Théorie du battage de l'extrait.

L'OBJET du battage eft de féparer l'indigo des autres matières extractives qui ont été diffoutes avec lui dans l'eau, de former le grain par la réunion de plufieurs molécules & d'occafionner fa précipitation au fond du vaiffeau, fans mélange d'autres matiè-

(*a*) Les teinturiers appellent *brevet*, un mélange de fon lavé, & de racines de garance.

res, afin qu'on puisse le retirer facilement, après avoir fait écouler
toute l'eau qui surnage. L'indigo a été réduit par la fermentation à
ses parties primitives intégrantes, dissout par l'alkali volatil & s'est
combiné avec ce dernier. L'union de ces deux substances l'une avec
l'autre est lâche, parcequ'elles ont peu d'affinité entr'elles ; l'eau qui est
le menstrue de cette dissolution n'a point d'affinité avec l'anir, mais
elle en a beaucoup avec l'alkali. Il faut donc regarder ces deux substances (l'alkali & l'indigo) dans un état de *nisus* continuel. L'alkali volatil tend à la volatilité, & l'indigo à la précipitation.

LE battage chasse d'abord l'air combiné avec ces deux substances, d'où s'ensuit leur défunion; cet air dégagé forme l'écume considérable qui surnage l'extrait, pendant le battage : cette opération rompt donc
facilement & mécaniquement l'adhérence foible de ces substances : en
exposant successivement à l'air extérieur les molécules des sels contenus
dans l'extrait, ce mouvement après avoir séparé l'alkali de l'indigo occasionne d'une part l'évaporation du sel urineux, non en totalité, mais
en grande partie ; & d'autre part rejette les unes contre les autres les
molécules de l'indigo, lesquelles étant libres sont indissolubles à l'eau; elles se réunissent par la tendance qu'elles ont les unes vers les autres; &
constituent par leur aggrégation un grain *sur son gros*. La viscosité
qui leur est naturelle & l'affinité qu'elles ont entr'elles les retiennent
unies ; dès qu'elles forment masses, elles se précipitent par leur poids.

AVANT le battage, le grain dissous par les alkalis est verd &
se trouve combiné avec les molécules du liquide ; après le battage, il
reprend sa couleur naturelle qui est la bleue, parceque cette opération a fait évaporer la plus grande partie des alkalis volatils, sans lesquels l'eau ne peut tenir l'indigo en dissolution; dès lors cette substance qui s'est aggrégée en petites masses qui forment les grains se
trouve interposée & non dissoute dans le liquide; & ne pouvant contracter, lorsqu'elle est libre, aucune union avec les parties aqueuses, se précipite d'elle-même, quand rien ne s'y oppose. Les matières extractives contenues dans l'extrait, n'étant point volatiles, ne
se séparent point de l'eau par le battage, mais elles y restent dissoutes : n'ayant aucune affinité avec l'indigo, elles ne se combinent point
avec lui, à moins qu'elles n'y soient comme forcées par un battage

outré, ou que l'indigo n'ait été décompofé par une fermentation trop longue.

D'APRÈS cette théorie, il eft facile d'expliquer les phénomènes de l'excès ou du défaut de battage & les raifons de fes variations fur fa durée.

SUPPOSONS d'abord que la fermentation ait été faifie à-propos.

DANS ce cas, fi le battage a été excédé, le mouvement trop long temps continué, a divifé mécaniquement les parties conftituantes des grains d'anir qui s'étoient formés; alors ou ils ne fe précipitent pas, ou ils le font lentement & partiellement, parcequ'ils font réduits à des particules trop déliées, pour vaincre la réfiftance & la denfité de l'extrait. Une percuffion trop forte, trop rapide & trop longue, peut dans touts les cas occafionner la pénétration intime & réciproque des molécules d'indigo & des matières extractives, ou au moins forcer mécaniquement leur alliage; d'autant plus que ces matières extractives étant par leur nature gommeufes, ou mucilagineufes, ont naturellement quelque vifcofité. Quand même leur adhérence avec les molécules d'indigo ne fe feroit que par contact, cela feroit fuffifant pour tenir ces dernières fufpendues dans le liquide & pour arrêter leur précipitation.

L'EXCÈS du battage a encore l'inconvénient de donner une couleur noirâtre à la fécule, comme l'excès de fermentation, mais par une caufe différente. J'ai dit que ce dernier occafionnoit la décompofition de l'indigo, au lieu que l'autre excès rendant le grain extrêmement divifé, fait que celui qui fe précipite, retient avec lui, foit en vertu de la pénétration réciproque, dont nous venons de parler, foit par la feule force du contact, des matières extractives de la plante; celles-ci altèrent la couleur de la fécule, à raifon du mélange, & proportionnellement à la plus grande quantité de furfaces, que préfente un plus grand nombre de molécules plus petites d'indigo. On conçoit que la pénétration de ces fubftances, ou le fimple contact, peuvent varier dans leurs proportions, à l'égard des particules, de façon que les unes aient encore affes de pefanteur relative, pour fe précipiter, & que les autres formant dans leur volume un corps auſſi léger que l'eau, y reſtent ſuſpendües.

MAIS s'il y a défaut de battage, l'évaporation des alkalis volatils n'eſt pas ſuffiſante; la quantité qui en reſte dans l'extrait eſt trop conſidérable & tient en diſſolution beaucoup de molécules d'anir qui ne peuvent ni ſe réunir ni ſe précipiter; celles mêmes qui ſont libres ſont rares, & ne ſe rencontrent pas facilement; elles reſtent très-diviſées, d'où il réſulte qu'elles ſe tiennent ſuſpendües dans le liquide & qu'on retire très-peu de produit. Dans ce cas, l'eau eſt verte, preuve qu'elle tient de l'indigo en diſſolution.

LORSQUE la fermentation péche par défaut, les molécules d'indigo ſont rares dans l'extrait. Un court battage ne peut en occaſionner la rencontre, ni la réunion, ni par conſéquent la précipitation, j'entends complètement. Un battage trop long diviſe les grains qui s'étoient réunis, en même temps qu'il en forme d'autres. De quelque façon qu'on s'y prenne, on obtient peu de produit, mais il eſt de bonne qualité, parceque l'eau n'eſt pas chargée de matières extractives.

SI la fermentation eſt excédée, l'anir a éprouvé un commencement de décompoſition; alors les matières extractives qui ſont en abondance dans l'extrait, ont priſe ſur lui, empêchent la réunion de ſes molécules, en s'interpoſant entr'elles, rendent l'eau plus denſe & ralentiſſent par conſéquent la précipitation des maſſes d'indigo qui ont pu s'aggréger, enfin ſont entraînées en partie avec celles-ci au fond du vaiſſeau, & altèrent par leur mélange la couleur de l'indigo. Ainſi l'excès de fermentation eſt ce qu'on doit éviter le plus. Le battage quelqu'il ſoit, ne peut en réparer les inconvéniens. S'il eſt modéré, les alkalis volatils qui ſont alors abondants dans l'extrait, ne s'évaporent pas en totalité & tiennent la plus grande partie de l'indigo diſſoute; elle ne ſe réunit pas, & ne ſe précipite pas. Les grains qui ont pu ſe former, ou reſtent ſuſpendus, ou s'allient avec des matières hétérogènes. Si le battage eſt trop long, il en réſulte les mêmes inconvéniens; mais dans un degré plus éminent, que ceux que nous avons rapportés, à l'occaſion d'une fermentation ſaiſie à-propos & d'un battage outré.

ON déduira facilement de cette théorie, les cauſes des varia-

tions sur la durée du battage. Plus l'extrait contient d'alkalis volatils, plus toutes autres chofes égales, le battage doit être long,
pour procurer l'évaporation des fels. Plus l'extrait eft chargé de
fucs de la plante hétérogènes à l'indigo, plus celui-ci fe trouve embarraffé, & plus il a de peine à fe réunir & à fe précipiter, même
après l'évaporation des fels. Plus l'indigo eft rare dans l'extrait, plus
fa réunion eft difficile & lente. Ainfi le degré différent de fermentation, la vîteffe ou la lenteur du mouvement du battage, apportent néceffairement des différences dans la durée de cette opération. Ajoutons auffi que l'efpèce & la qualité des herbes que l'on
emploỵe, influent beaucoup fur l'effet du battage. Les unes à raifon du fol, de l'expofition, de la faifon, de l'efpèce, de l'âge,
de la culture, exigent plus de fermentation ou de battage que les
autres.

Il arrive quelquefois que tous les efforts de l'art ne peuvent occafionner la précipitation complète du grain, de quelque façon qu'on
s'y prenne pour battre l'extrait. Ce contre-temps peut provenir de
plufieurs caufes que nous expliquerons dans le cours de ce mémoire; elles tiennent toutes à un principe. C'eft qu'alors l'indigo eft
très-rare dans l'extrait, ou bien il eft allié ou combiné à des fucs
extractifs qui s'oppofent à fa réunion, qui le retiennent fufpendu dans
le liquide & qui empêchent fa précipitation même après le battage.
Dans ce cas il n'eft point diffout; il eft feulement interpofé dans le
fluide, auquel il communique la couleur bleue, lorfqu'il n'eft point
décompofé; & une couleur noirâtre, lorfqu'il eft décompofé par excès
de fermentation. Mais lorfque l'eau refte verte après un long battage, c'eft une preuve qu'elle tient de l'indigo en diffolution par
l'abondance des alkalis fixes qui ont été fournis par la plante, ou
par l'artifte. Ainfi les couleurs, verte, bleue, & noire de l'extrait
qui jufqu'à préfent n'ont point été expliquées chimiquement, ferviront à guider l'artifte dans fes opérations. Je réferve à en parler dans
la feconde partie.

CHAPITRE IV.

Théorie de la deffication de l'indigo.

L' INDIGO eft une fubftance extracto-réfineufe, indiffoluble à l'eau. Lorfque par le moyen de la décantation & de la filtration, on a féparé la plus grande partie de l'eau dans laquelle il étoit noyé, on l'étend dans des caiffes, pour occafionner l'évaporation fpontanée des parties aqueufes, qui reftent interpofées parmi celles de la fécule, mais qui ne font pas combinées avec elle. L'impreffion du foleil, ou feulement le contact de l'air ambiant, fuffifent pour enlever les molécules liquides; alors la pâte fe deffèche peu à peu; elle diminue de volume; fes parties fe rapprochent & contractent enfemble une adhérence très-forte. Lorfque l'anir eft mêlé avec des matières hétérogènes, celles-ci n'étant pas fufceptibles d'évaporation, reftent alliées à la pâte, altèrent fa couleur & fouvent la rendent friable. Si la deffication eft trop prompte, l'effort des parties liquides qui tendent à s'échapper contre les folides, divifent celles-ci & l'indigo eft friable. Si la deffication eft trop lente, il s'établit une fermentation dans les matières extractives contenues dans la pâte. Alors il fe fait une décompofition de quelques parties de la fécule; l'alkali volatil qui s'en évapore, attire des infectes qui la dévorent. Nous renvoyons tout ce qui nous refte à dire fur ce fujet, au chapitre de la deffication, à la fin de la feconde partie de cet ouvrage. Nous n'ajouterons qu'un mot. S'il étoit poffible dans la fabrique, de retirer un indigo abfolument pur, c'eft-à-dire purement & entièrement réfineux, touts les inconvénients qui réfultent du vice de la deffication, ou n'exifteroient pas, ou feroient très-foibles.

SECONDE PARTIE,

PRÉCEPTES SUR LA FABRIQUE DE L'INDIGO.

APRÈS avoir donné une théorie nouvelle fur les phénomènes de la fermentation & du battage, dans la fabrique de l'indigo,
appliquons en les principes à notre méthode & détaillons en les procédés.

CHAPITRE I.

Préceptes relatifs à la fermentation de l'anil.

CE fujet eft des plus intéreffants dans l'art de l'indigotier.
Auffi nous avons fait touts nos efforts, pour le traiter dans le plus
grand détail. Nous indiquerons des procédés nouveaux, pour obtenir une fermentation fruétueufe; nous établirons les principes qui
nous y ont conduit ; & nous donnerons autant qu'il fera en nous,
l'explication de touts les phénomènes que nous avons obfervés.

ARTICLE PREMIER.

De la maturité des herbes pour la coupe.

LES indices fournis par les auteurs pour reconnoître la maturité des herbes, c'eft-à-dire, le moment de la coupe favorable à la
fabrique, ne me paroiffent pas affès bien expliqués, & peuvent même induire en erreur. C'eft, dit fimplement M. de Beauvais Rafeau

feau, lorſque l'anil (*a*) *approche de trois pieds & qu'il entre
en fleur , dont l'odeur ſuave eſt très-remarquable , & que preſ-
ſant légérement une poignée de ſon feuillage , il eſt aſſés roide,
pour ſe rompre un peu , & faire un petit bruit , comme s'il crioit
dans la main.* M. de B. R. ne s'étend pas d'avantage ſur ce ſujet , qui me paroît cependant très-important. M. Monnereau en dit
encore moins. Je vais tâcher de ſuppléer au ſilence de ces auteurs.
En ajoutant quelques autres remarques , en montrant les inconvéniens d'une coupe prématurée ou tardive , j'aiderai peut-être le cultivateur à ſaiſir le moment le plus favorable à cette opération.

J E commencerai d'abord par contredire le paſſage que je viens
de citer. La hauteur de la plante ne peut pas ſervir de règle , pour
déterminer le moment de la coupe ; puiſque cette hauteur varie ſuivant l'eſpèce d'anil qu'on cultive , ſuivant le ſol qui la nourrit & ſuivant l'influence de la ſaiſon. J'ai vu en hyver des herbes qui n'avoient
pas deux pieds & qui étoient bonnes à être miſes en coupe. On ſait
d'ailleurs que *l'anil-bâtard* vient beaucoup plus haut que le *franc.*
Ainſi la hauteur de la plante ne peut pas ſervir de règle fixe & générale pour la coupe. Je ne dis rien de l'odeur ou ſuave ou déſagréa-
ble de la fleur , parceque cette odeur ne varie que du plus au moins,
quelque ſoit l'âge de la plante. D'ailleurs les feuilles ont toujours une
odeur fétide qui domine, & l'on ne peut pas ſuppoſer que l'auteur donne pour indice du moment de la coupe cette odeur quelqu'elle ſoit.
Je m'arrêterai d'avantage ſur ceux du cri des feuilles & de la florai-
ſon de la plante , comme les plus eſſentiels.

L E S Indiens, dit-on , coupent l'anil , pour en fabriquer de l'indigo , lorqu'il ceſſe de croître & lorſque les feuilles de la partie inférieure de la plante commencent à jaunir ; c'eſt alors qu'elles tombent. Je n'ai remarqué ici cette chûte d'une partie des feuilles les plus
anciennes , que lorſque l'anil entre en graines; & le moment de mor-
te-ſéve, que lorſque ces mêmes graines approchent de leur maturité.

(*a*) Art de l'indigotier , Edition de paris in fo. 1770. L. II.
C. II. p. 53.
Idem Edition de l'iſle de france in 8.⁹ 1778. p. 52.

D

Tant que la plante a des fleurs, fa végétation eſt forte; elle pouſſe de nouvelles feuilles. Si on prend de celles-ci, pour eſſayer leur cri, on reconnoîtra qu'elles n'en produiſent point, parcequ'elles ſont molles, tendres & ſans roideur. Ces nouvelles pouſſes n'ont pas encore acquis toute la ſubſtance néceſſaire à l'élaboration de l'indigo; elles en fourniſſent très-peu qui n'a pas toutes les qualités déſirables. Si l'on prend en même temps ſur la même plante des feuilles plus âgées qui ayent pris tout leur accroiſſement & qu'on les froiſſe dans la main, elles rendront un cri qui n'eſt autre choſe que le bruit qu'elles font, en ſe rompant.

A I N S I la plante n'a pas dans toutes les parties de ſon feuillage, une maturité ſimultanée, excepté dans le moment de la fructification qui ne peut être celui de la coupe ; on eſt donc obligé de ſaiſir le point où la plus grande partie de ſes feuilles ont acquis tout leur accroiſſement & toute leur ſubſtance ; alors elles ont plus d'intenſité de couleur ; elles ſont chargées ſur le revers d'un duvet qu'elles n'ont point, lorſqu'elles ſont naiſſantes, ou qui n'eſt guère apparent ; elles ſont comme charnues, elles ont quelque roideur qui occaſionne le cri qu'elles font, lorſqu'on les froiſſe.

S I on coupe la plante, lorſqu'elle *entre en fleur*, comme c'eſt alors le moment de ſa plus grande végétation, on perdroit ſans dédommagement, le produit de toutes les feuilles de la nouvelle pouſſe qui ſont très-nombreuſes. Bien plus, toutes ces feuilles tendres fermenteroient beaucoup plus vîte que les autres, rendroient le battage difficile & la précipitation du grain incomplète, comme on le verra tout à l'heure. Il vaut donc mieux attendre que la plante ſoit chargée de fleurs & même qu'il y en ait une partie de nouée. Si toutes les fleurs étoient nouées, alors on perdroit toutes les feuilles qui tombent en grand nombre, lors de la grande fructification ; & l'opération du battage ne ſeroit ni facile, ni fructueuſe.

I L arrive quelquefois, mais rarement, que les fleurs tombent ſans nouer par l'influence de la ſaiſon ; ce n'eſt pas le moment de la coupe. La plante a ſouffert par cet accident; les feuilles ne peuvent pas être nourries, & ne produiſent que peu d'indigo, médiocre en qualité, & difficile à la fabrique.

I L réfulte de tout ceci, qu'une coupe prématurée & une coupe tardive donnent également peu de produit, de mauvaife qualité & même difficile à obtenir. Dans le premier cas, les feuilles font à peine indigofères ; les matières extractives qu'elles contiennent, fe diffolvent facilement, rendent la fabrique très-difficile, fe mêlent à l'indigo & l'altèrent. Dans le fecond cas, il y a peu de feuilles & par conféquent peu de produit ; mais il y a beaucoup de branches proportionnellement aux feuilles ; ces branches fourniffent auffi beaucoup de fucs extractifs qui préfentent les mêmes inconvénients ; d'autant plus que ces mêmes fucs font plus nourris. Ainfi il eft prefque égal de pêcher par un peu trop de diligence, ou par trop de retard. Les herbes trop jeunes donnent un grain petit, rare, qui n'a pas de corps ; qui ne fe réunit pas, qui ne fe précipite pas. Les herbes trop avancées, ayant peu de feuilles, donnent peu de grains ; & quoiqu'ils foient mieux nourris, ils font embatraffés dans des fucs hétérogènes plus fubftantiels. Le plus long battage ne peut rémédier aux vices des herbes.

D E S longues & fréquentes pluyes font fur les herbes le même effet ; elles redeviennent molles, peu fucculentes, elles femblent avoir *déchargé* leur indigo (pour me fervir de l'expreffion des indigotiers) J'ai de la peine à croire qu'une ou deux pluyes de quelques heures fuffifent, comme on le prétend, pour enlever aux feuilles de l'anil leur indigo ; mais je préfume que les pluyes rendent la plante plus tendre ; il en réfulte que l'eau la pénètre plus facilement, & qu'elle extrait plus promptement & plus abondamment les fucs extractifs des herbes. Des pluyes continuelles pendant plufieurs jours de fuite, donnent donc à la plante trop de fucs aqueux, empêchent leur évaporation, en privant les herbes des rayons du foleil, fufpendent par interpofition la réunion des molécules réfineufes, empêchent leur coction, leur élaboration, & enfin entraînent avec elles les molécules qui peuvent fe trouver fur la partie extérieure des feuilles. Il vaut mieux dans ce cas courir les rifques d'outrepaffer le moment précis de la maturité des herbes, afin de donner le temps au foleil de réparer les influences des pluyes fur la plante, que de la couper après un temps trop pluvieux.

L E S herbes de la troifième coupe & des fuivántes, quand il
y a lieu, font à-peu-près dans le même cas ; les plantes font épuifées par les premières récoltes ; elles ont peu de fubftance indigofère & fourniffent à l'eau plus de matières extractives que de grains. Je
fuis d'avis par cette raifon, de différer les dernières coupes ; c'eft-à-
dire, d'attendre à les faire, que la plante ait acquis plus de maturité
que pour les premières.

L E moment à faifir pour la coupe de l'anil eft donc en général
celui où la plante eft chargée de fleurs, où il y en a même quelques-unes
de nouées, où la plus grande partie des feuilles ont acquis tout leur
accroiffement, leur couleur, leur fubftance, où elles font un cri,
lorfqu'on les froiffe entre les mains.

J E pourrois ajouter ici, que lorfqu'on fait ufage d'un précipitant
efficace après le battage, il y a moins de danger, il eft même plus avantageux, de retarder un peu la coupe des herbes, que de la faire trop tôt.
L'inconvénient d'une coupe tardive, provient comme nous l'avons dit
de ce que les plantes contiennent alors beaucoup de fucs extractifs qui
fe diffolvent dans l'eau pendant la fermentation & qui confondus avec
les molécules d'indigo, empêchent à un certain point leur réunion &
même la précipitation d'une partie des grains ; mais ce feroit prévenir ce que j'ai à dire fur l'effet du précipitant. Je me contenterai donc
d'affûrer ici qu'il obvie par fon efficacité aux inconvéniens que je
viens d'expofer & qu'il procure à l'artifte, à-peu-près tout l'indigo que
des herbes un peu avancées contiennent en plus grande abondance
que de jeunes plantes. Mais il ne faut pas abufer de cet avantage,
plufieurs raifons doivent en détourner. La plus effentielle eft, que
les plantes parvenues à un certain point d'accroiffement, fe dépouil-
lent en partie de leurs feuilles qui feules fourniffent de l'indigo ; car
celui que peuvent contenir les fommités des tiges tendres & vertes peut être compté pour rien.

Q U E L Q U E S indigotiers penfent que les herbes trop mûres
ne donnent point d'indigo ; c'eft un erreur : On en retire des feuilles
des fouches les plus âgées, pourvu qu'elles aient été cueillies étant
vertes ; j'en ai fait plufieurs fois l'expérience ; j'aurai occafion de le
répéter plus d'une fois dans le cours de ce mémoire.

ARTICLE SECOND.

De la coupe des herbes.

L'opération de couper les herbes eſt aſſès longue, parcequ'elles ſont ligneuſes, & qu'on doit ménager les racines. Si on ſoulève celles-ci hors de terre, elles peuvent ſe deſſécher par le contact de l'air & par l'impreſſion des rayons du ſoleil.

On ſe ſert de couteaux ou de ſerpettes pour couper les herbes. Lorſque les couteaux ne ſont pas bien acérés, l'opération eſt longue; on déchire l'écorce, on ouvre ou l'on ſcie le tronc de la plante, ce qui lui eſt très-préjudiciable. S'ils ne ſont pas forts, ils plient, & la coupe n'avance pas; elle eſt plus prompte, plus ſûre & plus exacte, lorſqu'on ſe ſert de ſerpettes fortes de jardiniers.

Comme il eſt très-intéreſſant d'employer les moyens les plus expéditifs, non ſeulement pour diminuer les frais de la main d'œuvre, mais pour éviter les inconvéniens qui peuvent réſulter quelquefois d'une coupe trop longue, je me ſuis aviſé de me ſervir d'une faulx; elle a bien réuſſi; il faut qu'elle ſoit plus courte, plus forte, c'eſt-à-dire plus épaiſſe & mieux acérée, s'il ſe peut, que les faulx dont on ſe ſert en France pour couper le foin. Les anils ſont ligneux & préſentent plus de réſiſtance à la coupe que les herbes des prairies de France.

A meſure qu'on coupe l'anil, il faut l'étendre ſur le terrain. On ne doit pas craindre que l'indigo ne s'évapore, il n'eſt pas volatil. Lorſqu'on juge qu'on a coupé aſſès d'herbes, on les enferme dans des balandras (ce ſont des carés de toile, qui ont des cordes aux quatre angles) ou dans des ſacs de Voakoas; ceux-ci me paroiſſent préférables; ils ſont plus propres à préſerver les herbes qu'ils contiennent des rayons du ſoleil & de la pluye, s'il en ſurvient pendant la coupe, & pendant le tranſport des herbes du champ à l'indigoterie. S'il n'y a pas de danger à étendre les herbes ſur la terre, où elles ſont expoſées au ſoleil, mais éparpillées, on ne doit pas leur laiſſer prendre de la chaleur; ce qui arrive lorſqu'elles ſont entaſſées & preſſées, parcequ'alors elles fermentent aſſès promptement. C'eſt pour cette raiſon qu'il eſt plus

à-propos de retrancher le bois des herbes dans la cuve même, à mefure qu'on la charge, que dans le champ. C'eſt encore par cette raifon qu'on doit différer la coupe lorſqu'il pleut ; mais ſi l'on craint pendant cette opération, l'arrivée ſubite d'un grain de pluye, il faut ſe
hâter d'enfermer les herbes dans les ſacs. On ne doit pas non plus
faire la coupe pendant les grandes chaleurs du jour, ni lorſque l'herbe eſt mouillée par la roſée ; dans touts ces cas, elle eſt trop fer-
menteſcible ; ainſi le moment de la journée le plus favorable à la
coupe, eſt le matin à 7 heures en été, & à 8 en hyver, & le ſoir à
5 heures en été & à 4 en hyver.

J E ne ſais ſur quel fondement, quelques indigotiers penſent qu'un
tranſport un peu long des herbes, lorſque le champ eſt éloigné de
l'indigoterie, eſt défavorable à la fabrique. Mes premiers champs d'anil
étoient à une lieue de mes cuves; on a toujours tranſporté les herbes
dans des ſacs de Voakoas, & je ne me ſuis jamais apperçu, qu'il en ré-
ſultât le moindre inconvénient; d'autres perſonnes croyent que la pouſſière de l'anir ſe détache facilement des herbes; c'eſt une erreur; la méthode des Indiens qui le font deſſécher, avant de le fabriquer, prouve le
contraire. Si cette opinion étoit vraie, il n'y auroit pas tant de myſtère
à faire de l'indigo; il ſuffiroit d'en détacher la pouſſière par un moyen
purement mécanique & de la recueillir.

ARTICLE TROISIÈME.

Comment on doit arranger les herbes dans la cuve.

R I E N n'eſt minutieux dans la pratique des arts, pour les perſonnes qui s'en occupent, ſur tout lorſqu'ils ſont du reſſort de la chimie. La plus petite circonſtance en plus ou en moins influe ſur le
ſuccès de l'opération. Il eſt du devoir d'un auteur qui traite d'un art,
de s'arrêter à tout ce qui peut être important dans la pratique, quoiqu'-
on puiſſe préſumer de l'intelligence des artiſtes, qu'ils connoiſſent les
préceptes qu'on peut leur donner, inſtruits par l'expérience ou par la
théorie.

QUAND l'herbe eſt coupée, (a) on l'embarque dans la trempoire ou pourriture, & on l'y répand de façon à ne laiſſer aucune maſſe & aucun vide . . . on remplit la cuve juſqu'à ſix pouces du bord, de façon que, l'eau . . . ſurmonte l'indigo de trois à quatre pouces. M. de B. R. s'en tient à ce précepte, ſans en donner la raiſon. Il n'eſt point indifférent de mettre plus ou moins d'eau dans la trempoire, proportionnellement aux herbes. *Les ſubſtances qui ſont ſuſceptibles de la fermentation,* dit un de nos fameux chimiſtes modernes (b), *n'éprouvent bien ce mouvement qu'autant que la partie aqueuſe ſe trouve dans des proportions convenables. Lorſque ces ſubſtances ſont mêlées avec beaucoup d'humidité, elles paſſent à la putréfaction preſqu'auſſitôt qu'elles éprouvent le premier degré de la fermentation.* Ce principe confirme ce qui a été dit au chapitre II. de la premiere partie, ſur la fermentation de l'anil, qui mêlé avec beaucoup d'eau dans la trempoire, doit paſſer à la putréfaction, preſqu'auſſitôt qu'il éprouve le premier degré de la fermentation; mais ce n'eſt pas dans cet objet que nous avons cité ce paſſage.

INDÉPENDAMMENT de l'inconvénient qui réſulte, comme l'on voit, d'une trop grande quantité d'eau dans la trempoire, pour le ſuccès de la fermentation, le battage lui même devient auſſi plus difficile. Les grains d'indigo étant noyés & rares en proportion du volume d'eau, ſe rencontrent avec peine, ne ſe réuniſſent pas, ne ſont pas des maſſes peſantes, & ſe précipitent difficilement. Moins il y a d'eau proportionnellement aux herbes, plus la fermentation eſt forte & fructueuſe, plus le battage eſt facile & avantageux. Les alkalis étant en plus grande proportion relativement au liquide, ont plus d'action ſur l'indigo contenu dans les herbes, & doivent en diſſoudre une plus

---

(a) Art de l'indigotier, Editon de paris in fo. 1770. L. II. C. IV. p. 70.
Idem Edition de l'iſle de france, in 8.° 1778. p. 89 & 90.
(b) M. Baumé de l'Académie Royale des ſciences de Paris, dans ſon mémoire ſur les argilles, in 12, 1770. p. 75.

grande quantité. Il eft donc important de ne pas mettre trop d'eau dans la trempoire. D'un autre côté, fi on n'en met pas affès, & que les herbes foient trop foulées, on tombe dans d'autres inconvéniens. L'eau ne peut pas s'introduire entre les herbes ; la fermentation n'eft alors que partielle & on retire moins de fécule. En outre comme l'eau pendant les premières heures qui fuivent le rempliffage de la cuve, a de la retraite qui laifferoit une partie des herbes du haut de la trempoire à découvert, elles feroient prefque toujours en pure perte pour l'opération. Il eft donc effentiel de ne pas les fouler & de ne pas les mettre trop rares. Je fuis d'avis que l'eau furnage les herbes d'un pouce à un pouce & demi tout au plus. Si l'eau ne devoit pas baiffer, ou fi elle avoit une afcenfion conftante, comme le prétend M. de B. R. (ce que nous examinerons dans l'article fuivant) il feroit à-propos de ne mettre de l'eau qu'au niveau des herbes à demi-foulées, pour fe conformer au principe établi par **M.** Baumé.

Il faut remplir la cuve de façon que les herbes ne faffent *aucune maffe & aucun vide.* J'approuve cette partie du confeil de M. de B. R. mais je ne fuis pas d'avis que *l'eau furmonte l'anil de trois à quatre pouces.* Si les phénomènes de la fermentation de cette plante étoient tels que le dit cet auteur, fon précepte impliqueroit contradiction.

Si en effet l'eau n'avoit pas de retraite, mais toujours une afcenfion marquée, il ne conviendroit pas d'en mettre au deffus du niveau des herbes. Il en réfulteroit que la partie aqueufe ne fe trouveroit pas dans des proportions convenables ; mais comme l'eau a d'abord de la retraite dans la trempoire, il eft bon d'en mettre audeffus des plantes, en rempliffant la cuve.

La trop grande quantité d'eau occafionne encore d'autres inconvéniens. Plus il y a de liquide, plus l'indigo eft rare proportionnellement. La partie fupérieure de la cuve, où les grains font totalement noyés, ne préfente jamais qu'une eau foiblement chargée, qui ne peut pas fervir d'indice à l'artifte pour faifir le point de la fermentation ; le battage eft plus difficile ; plus les grains font rares dans le liquide, plus ils ont de peine à fe rencontrer pendant l'opération du battage & à fe réunir : c'eft ce qui fait que l'anil-franc

qui

qui fournit plus d'indigo que le bâtard eſt plus facile à travailler.

LORSQUE les ſouches de l'anil ſont fortes & vigoureuſes, il eſt à-propos de les tailler, & d'en rejetter le bois; non ſeulement il occupe une place perdue dans la trempoire, mais il fournit à l'eau des matières extractives qui la rendent noirâtre & qui retardent ou même empêchent la précipitation du grain comme nous l'avons dit dans l'article premier de ce chapitre.

ARTICLE QUATRIÈME.

Du degré de la fermentation.

NOUS prévenons que par la fermentation de l'anil, nous entendons uniquement dans cet article, & dans le cours de tout cet ouvrage, l'état où ſe trouve l'eau dans la trempoire, après un ſéjour de quelques heures, avec des herbes d'anil. Cette eau a de l'action ſur les parties de la plante, & diſſout à l'aide d'une chaleur ſpontanée, toutes les ſubſtances diſſolubles dans ce liquide, ſoit par leur nature, ſoit par le moyen d'un intermède que la plante contient. L'état où ſe trouve l'eau pendant cette diſſolution, état qui varie ſuivant les progrès de celle-ci, eſt ce que nous appellons les différents degrés de la fermentation. Il n'eſt pas douteux qu'il n'y ait un point où la diſſolution ſe trouve dans l'état le plus favorable à la fabrique; & c'eſt ce qui va nous occuper dans cet article. Ainſi nous ne ferons point d'attention à l'état où ſe trouvent les herbes elles-mêmes, pendant la durée de la diſſolution. Telles parties de la même plante, par exemple les ſommités tendres des branches, fourniſſent à l'eau les ſubſtances qu'elle peut diſſoudre, beaucoup plus promptement que telles autres parties plus ſubſtantielles & plus nourries du même végétal; mais toutes ces parties ſe confondent dans l'extrait. Il ſeroit eſſentiel de connoître les progrès de la fermentation relativement à l'effet qu'elle peut avoir ſur les différentes herbes, & ſur les différentes parties de la même plante, toutes contenues dans la même trempoire; mais nous ne nous y arrêterons pas dans cet article. L'état progreſſif où ſe trouve le liquide, pendant la durée de la fermentation, eſt ce qui va nous occuper.

E

L E s indigotiers de tous les pays ont reconnu par la pratique, que la fermentation de l'anil avoit un point, qu'il étoit important de faifir, & qu'en deça ou en delà, l'opération étoit manquée en tout ou en partie.

M. de B. R. entre dans un grand détail fur les indices qui peuvent faire reconnoître le degré de la fermentation. Leur multiplicité même, fert à prouver leur infuffifance.

E n effet toutes les confidérations que cet auteur expofe pour régler l'artifte, & pour l'aider à faifir le point de la fermentation & celui du battage, & qu'il prend de la qualité des herbes, fuivant leur âge, le terrain où elles ont crû, leur efpèce, l'influence qu'elles ont éprouvée de la part des faifons, font fi variables & fi difficiles à pefer, qu'elles jettent plus d'incertitude fur les points qu'il cherche à faifir, qu'elles ne les éclairciffent. Les autres confidérations prifes du degré de chaleur ou de fraîcheur de l'eau dont on fe fert, & les indices fur l'écume, fur l'épreuve de la taffe, fur la température de l'air pendant l'opération de la fabrique, fur la couleur de l'eau, fur la qualité mordante de l'extrait, fur l'état des facs, après qu'on y a mis l'indigo à égoutter, n'ajoutent guère de lumières. Auffi a-t-il raifon de dire que (a) *l'art n'indique point de règles précifes fur la durée de la fermentation & du battage,* & plus bas il ajoute, *ce qui rend la pratique de cet art variable, obfcure & fujette à beaucoup d'erreurs.* Quand on n'a pas des principes, on eft expofé à fe perdre dans des conjectures hazardées. Tout le myftère de l'art de l'indigotier confiftoit dans la connoiffance de fa vraie théorie ; elle placera elle-même le fil qui nous conduira dans ce labyrinthe, & nous tracera une route facile & débarraffée des circonftances qui obfcurciffent la marche des auteurs & des combinaifons defquelles nous laifferons le foin à la nature elle-même, parcequ'il nous feroit difficile, pour ne pas dire impoffible, de les bien faifir.

(a) Art de l'indigotier, Editon de paris in fo. 1770. L. I. C. VI. p. 35 & 36.
Idem Edition de l'ifle de france, in 8.° 1778. L. I. C. II. p. 5.

L E s deux indices auxquels je m'arrêterai, comme les plus ap-parents & les plus effentiels, pour connoître le degré de la fermen-tation, font fuivant l'auteur déjà cité, 1.° l'afcenfion & la retraite de l'eau dans la trempoire ; cette obfervation indique felon lui le mo-ment où il eft à-propos de lâcher la cuve, 2.° l'épreuve de la taffe.

M. de B. R. ne s'arrête pas au premier indice ; il n'en parle qu'-en paffant. M. Monnereau auteur du *parfait indigotier*, n'en fait pas mention. Cependant s'il étoit tel que M. de B. R. le dit, il feroit fatisfaifant. Ce feroit un moyen mécanique & à la portée de tout le monde de connoître le degré de fermentation utile à la fabrique ; mais il s'en faut bien que les chofes foient ainfi.

D a n s les temps froids, l'extrait a peu d'afcenfion ; il a au con-traire beaucoup de retraite ; j'ai même obfervé qu'elle alloit quelque-fois, jufqu'à trois pouces de hauteur perpendiculaire. Il arrive auffi dans le temps des chaleurs que l'extrait a beaucoup de retraite & peu d'afcenfion ; ainfi elles paroiffent dépendre de la qualité des her-bes, ou d'autres circonftances que je n'ai pas encore faifies, faute d'ex-périences & d'obfervations fuffifantes. Je foupçonne avec quelque fon-dement que plus la fermentation eft lente, plus la retraite de l'eau eft confidérable. Quoiqu'il en foit, elle a toujours lieu plus ou moins pendant les premières heures que la cuve a été chargée, dans touts les temps de l'année & avec toutes les efpèces d'anils que j'ai em-ployées.

P r e m i è r e m e n t, l'eau chaffe peu à peu toutes les bul-les d'air qui font reftées interpofées entre les herbes, après que la cuve a été remplie. L'eau occupant la place de cet air paroît diminuer de volume & baiffe. Il ne faut pas confondre ces bulles d'air pur qui difparoîffent, quand elles arrivent à la furface du liquide avec celles occafionnées par la fermentation ; ces dernières forment ce que l'on appelle l'écume, & font un peu favonneufes.

S e c o n d e m e n t, les herbes quoique plus légères que l'eau, avant d'être entièrement putréfiées, s'affaiffent fur elles-mêmes au bout d'un certain temps, & perdent pendant la fermentation une par-tie de leur reffort ; ce qui peut faire préfumer qu'elles diminuent de volume ; elles occupent plus de place, avant qu'on ait rempli d'eau la trempoire , qu'après qu'on en a retiré l'extrait.

TROISIÈMEMENT, l'écume que l'on voit fur la furface de l'eau , n'eft autre chofe que l'air fixe de la plante, rendu libre par la fermentation. L'eau en pénétrant le tiffu cellulaire des feuilles & des écorces de la plante, prend la place de l'air qui y étoit logé ou fixé, ce qui occafionne une diminution de volume dans la cuve.

QUATRIÈMEMENT, cette même eau pompée par les tiges de la plante eft prife aux dépens du volume de celle de la trempoire.

CINQUIÈMEMENT, quelqu'attention qu'on ait apportée dans la conftruction de la trempoire, il eft naturel de penfer que la maçonnerie abforbe quelques portions d'humidité.

SIXIÈMEMENT, l'évaporation de tout liquide eft plus confidérable, lorfqu'il fermente , & contribue encore à la diminution de l'eau. Tout indigotier eft aportée de vérifier mon obfervation.

DANS le temps furtout des chaleurs de l'été, l'extrait après avoir baiffé confidérablement par une fuite des raifons que je viens d'expofer , monte enfuite, quoiqu'elles continuent d'agir, & furmonte le point où il étoit, lorfque la cuve a été chargée. Nous avons dit que dans l'hyver, cette afcenfion étoit moindre. Elle eft due à la dilatation excitée dans le liquide par la chaleur de la fermentation, & furtout à la raréfaction d'une quantité prodigieufe d'air fixe qui fe développe de la plante. Cet air devenu libre occupe un volume infiniment plus confidérable , que lorfqu'il eft fixé dans la plante ; de façon que malgré les circonftances rapportées plus haut, qui tendent à faire baiffer l'eau, elle monte, parceque la force qui l'élève agit plus que toutes celles qui la font baiffer. Peut-être la plante dans le temps de fa plus grande végétation qui eft l'été , contient-elle une plus grande quantité d'air fixe que dans l'hyver, & a-t-elle une difpofition plus prochaine à le développer. En effet dans la première faifon , il fe dégage une beaucoup plus grande quantité de bulles d'air, que dans la feconde. Il faut même être habitué à en faire l'obfervation, pour juger de l'état d'une cuve par la feule infpection. L'indigotier qui n'auroit travaillé que fur des herbes d'hyver, voyant en été la cuve chargée d'écume, en croiroit la fermentation excédée , tandis qu'elle n'auroit pas encore atteint le point convenable.

J'ADMETTRAI sans peine que l'eau baisse après son ascension. Je n'ai pas vérifié cette supposition. Le développement de l'air fixe & sa raréfaction me paroissent être les causes de l'augmentation du volume de l'eau. Lorsque la plus grande partie de cet air fixe s'est dégagée des herbes & s'est réunie à la surface du liquide en forme d'écume, ou à l'air de l'atmosphère, il est clair qu'alors l'eau doit baisser, *sublatâ causâ, tollitur effectus*. Mais la durée de cette ascension est très-longue, & la cuve seroit totalement pourrie, si on attendoit cette seconde retraite. J'ai même éprouvé par essai que la fermentation étoit excédée, avant que l'eau eut baissé pour la seconde fois; cependant c'est dans cette circonstance que M. de B. R. indique, qu'il faut lâcher la cuve. *Il faut avoir observé* [dit-il] *le point où l'eau montoit, lorsqu'on a achevé de remplir la cuve & prendre le moment où le ralentissement de la fermentation permet de voir la moitié ou les deux tiers de cet intervalle à découvert, pour lâcher la cuve* (a). Il a renversé l'ordre des choses. L'extrait commence par baisser pendant les 5, 6, ou 8 premières heures, & monte ensuite. On pourroit dire que cet auteur n'a pas observé cette première retraite de l'eau, puisqu'il n'en parle pas, ou qu'il n'entend que celle qui doit suivre l'ascension de la liqueur. Je répondrai que cette première retraite doit changer la proportion de l'intervalle auquel il fixe un point pour lâcher la cuve, & que si on attend la seconde retraite de la liqueur, alors la fermentation est outrée. Les matières animales qui subissent la putréfaction, ont d'abord un gonflement, ensuite un affaissement qui accompagne la défunion de leurs principes, c'est-à-dire leur décomposition; & c'est alors qu'elles exhalent une odeur cadavéreuse.

ON ne peut donc tirer aucun parti de cet indice, parcequ'on n'a aucune règle pour déterminer le point de l'ascension de la liqueur.

(a) Art de l'indigotier, Edition de paris in fo. 1770. L. III. C. I. p. 86.
Idem Edition de l'isle de france in 8.° 1778. p. 130.

Cette afcenfion varie, à raifon de la qualité & de l'efpèce des herbes, du fol où elles ont crû, du temps où fe fait la coupe, du degré de chaleur de l'atmofphère pendant la fermentation. Lorfque l'eau baiffe une feconde fois, la diffolution eft beaucoup trop avancée.

S i je contredis auffi formellement M. de B. R. dont je loue d'ailleurs le génie & le talent, c'eft que mes obfervations font tout-à-fait contraires à fes affertions & je les ai vérifiées plus d'une fois. Je me fuis bien affûré que mes cuves ne perdoient pas d'eau. Je répéterai pour juftifier cet auteur, qu'il a entrepris fon ouvrage en France, où il ne pouvoit plus examiner les faits. Je pourrois ajouter que l'efpèce des anils avec lefquels on fabrique de l'indigo à St. Domingue, étant différente de celles que nous avons à l'Ifle de France, amène d'autres phénomènes; cela peut-être. Mais je fuis porté à croire, que les circonftances de la fermentation dans les deux pays ne peuvent différer que du plus au moins & qu'elles font effentiellement les mêmes. Si en effet les degrés de la fermentation étoient marqués par l'afcenfion & par la retraite de l'eau, on auroit un indice facile & qui feroit fûr, pour reconnoître le point de la diffolution à faifir dans les cuves d'indigo; il n'y auroit plus d'incertitude fur ce point.

T o u t ce que j'ai dit jufqu'à préfent fur la retraite de l'eau dans la trempoire, ne peut pas être appliqué à la première cuvée. Je réferve ce que j'ai à en dire, pour l'article où il en fera queftion.

M e s obfervations & mes raifonnemens ne s'accordent pas d'avantage avec deux autres faits rapportés par les auteurs & qui me paroiffent bien extraordinaires. Je ne citerai qu'un paffage de M. de B. R. *Cette écume* [dit-il] *eft tellement fpiritueufe, que fi on y met le feu, il fe communique à toute la maffe qui fe fuit, & l'indigo fait quelquefois des efforts fi violens, qu'il rompt ou foulève les barres, & arrache les clefs, lorfqu'elles ne font pas bien enfoncées ou affermies dans la terre.* (a)

(a) Art de l'indigotier, Edition de Paris in fo. 1770. L. II. C. IV. p. 70.
Idem Edition de l'ifle de france, in 8.° 1778. p. 91.

JE n'ai rien vu de femblable. 1.° Si en effet l'écume prenoit feu, elle contiendroit des efprits ardents & la fermentation feroit fpiritueufe contre mon fentiment. Des efprits ardents peuvent bien accompagner une écume quelconque, mais ils n'en forment pas par eux-mêmes ; & je doute que l'on puiffe faire prendre feu à l'écume du jus de raifins fermentant, fi on la fépare du tonneau où l'on a mis cuver du vin. Quoiqu'il en foit, je n'ai pu venir à bout de faire prendre feu, quelques effais que j'aye faits, je ne dis pas feulement à l'écume de la trempoire, mais à l'extrait lui-même pris en bonne fermentation, diftillé & rectifié enfuite deux fois. 2.° Je fais très-bien que les herbes étant plus légères que l'eau, s'élèvent à la furface & qu'on eft obligé de les forcer par des barres bien affujetties ou par des poids, pour les noyer & pour les retenir dans l'eau. Les efforts qu'elles font contre la force qui les arrête, ne font qu'en raifon de la différence du poids de l'eau à celui d'un pareil volume d'herbes. Si ce volume eft trop confidérable, il n'eft pas douteux que les barres le compriment ; mais la réfiftance qu'elles oppofent à cette compreffion eft affûrément très-modique, car elles ont très-peu d'élafticité. Il eft vrai que la fermentation dégage une quantité prodigieufe d'air fixe des plantes & que la dilatation de cet air eft la caufe de beaucoup d'explofions. Mais ces efforts de l'air fixe ou condenfé qui devenu libre tend à fe raréfier, n'ont aucun effet, lorfque rien ne s'oppofe à fa raréfaction, comme dans des vaiffeaux ouverts qui ont une grande furface & qui font en plein air ; enfin il y a des indigotiers qui chargent leurs herbes avec des pierres pofées fur des planches ; ils ne les ont jamais vu foulevées. J'en ai fait l'expérience pour m'affûrer du fait par mes propres yeux.

JE conviens que les efforts des herbes peuvent rompre des barres endommagées ou pourries & foulever des poteaux qui ont peu de poids & qui ne font pas retenus, mais ces efforts proviennent de l'élafticité des herbes trop comprimées & non de la fermentation.

LE fecond indice pour connoître le degré de celle-ci fe tire de l'épreuve de la taffe ; c'eft celui auquel les indigotiers s'arrêtent, mais il eft peu fûr. La fermentation fe fait beaucoup plutôt dans la partie inférieure de la cuve que dans le milieu & plutôt au centre que dans le haut. Il en réfulte qu'elle eft parvenue à fon point, dans la liqueur inférieure, tandis qu'elle en eft encore éloignée dans la liqueur fupérieure; d'ailleurs l'épreuve de la taffe donne toujours un grain dans le bas de la cuve, peu d'heures après qu'elle eft remplie, quand on a la patience d'agiter la taffe pendant le temps néceffaire. Si on lâchoit la cuve dans ce moment, il eft évident que la fermentation n'étant qu'ébauchée, on obtiendroit très-peu de produit.

CE n'eft pas feulement, lorfqu'on a été longtemps à remplir la cuve d'eau, que la fermentation du bas eft plus avancée que celle du haut de la cuve, comme l'a dit M. de B. R. Je remplis d'eau mes trempoires, lorfqu'elles font chargées d'herbes, en neuf à dix minutes, par le moyen d'un canal. Cependant la liqueur inférieure de mes cuves eft au point de fermentation convenable, plufieurs heures avant que celle du haut ait atteint le même point.

SI on attend que l'extrait du haut de la cuve donne un grain facilement & abondamment par l'épreuve de la taffe, alors le liquide inférieur a outrepaffé le point de la fermentation; elle eft donc au même moment dans la même cuve à des degrés différents qui ont leur progrès fucceffifs & indépendants les uns des autres, fans fe réunir au même point, excepté dans le cas d'une putréfaction décidée qu'on doit éviter avec foin. (*a*) L'épreuve de la taffe ne fournit donc aucun indice, pour déterminer l'artifte à faifir le moment où il eft à-propos d'arrêter la fermentation, c'eft-à-dire de lâcher la cuve. Nous nous occuperons plus particulièrement de cet objet, dans quelques articles de ce chapitre.

ARTICLE CINQUIÈME.
Moyen de rendre la fermentation fimultanée.

LA fimultanéité de la fermentation dans la même trempoire a deux rapports qu'il eft effentiel de diftinguer; l'un eft relatif aux

---

(*a*) Nous voyons que les tas de fumier qui font fur le niveau du terrain & même ceux qui font dans des foffes, pourriffent bien plus vîte dans le bas que dans le haut.

herbes

herbes , l'autre au liquide ; j'en ai parlé dans l'article précédent.

1.° J'ai obfervé que les feuilles tendres des fommités des tiges fe diffolvoient plus promptement , que les feuilles plus âgées , plus nourries , plus fibreufes. Il doit en réfulter , que l'indigo que les premières fourniffent de bonne heure, étant expofé long-temps à l'action de la fermentation, peut fe décompofer ; cet inconvénient arrive , lorfqu'elle eft pouffée trop loin. Je ne fais s'il eft poffible de rendre la fermentation fimultanée dans les différentes parties de la plante. J'ai effayé de faire fermenter des herbes fraîches à fec, en les entaffant dans des barriques ; je leur ai donné de l'eau quelques heures après; mais j'avoue que des effais en petit ne font pas concluants & qu'il eft à-propos de les répéter en grand. Je préfume d'après mes expériences, que ce moyen qui n'eft pas efficace, approche cependant du but qu'on fe propofe. Pour y atteindre , il faut furmonter des obftacles préfentés par la nature même; on en verra le détail dans cet article. Je laifferai le foin au lecteur d'en faire lui même l'application.

2.° Quand même les différentes parties des herbes fe trouveroient difpofées à fermenter fimultanément, le liquide contenu dans la trempoire n'auroit pas une fermentation fimultanée & s'oppoferoit par conféquent à la fimultanéité de la fermentation des herbes. Avant de chercher la raifon phyfique de ce phénomène très-important par les conféquences qui en réfultent , commençons par le conftater ; enfuite nous verrons quels font les moyens de rémédier aux inconvénients qui en font la fuite.

CE fameux point indivifible de la fermentation , qui a tant exercé les auteurs & les artiftes , n'exifte réellement pas dans la cuve confidérée en maffe , phyfiquement parlant, puifque la diffolution eft dans la même cuve au même moment à des degrés différents. Il n'eft donc pas étonnant qu'on n'ait trouvé aucun moyen de faifir ce point imaginaire & illufoire.

ON s'eft trompé dans la recherche des moyens, faute d'avoir bien faifi les différences graduelles de la fermentation dans la même cuve : en reconnoiffant ces différences, on auroit vu qu'en lâchant l'eau de la trempoire, lorfque la diffolution eft au point convenable dans la partie inférieure, les deux autres tiers de l'extrait ne font pas encore parvenus au même point. Si on vide la cuve, lorfque le centre eft au point de fermentation convenable [ce que l'on pourroit reconnoître en prenant de l'extrait par le moyen d'une fonde] alors le liquide inférieur a outrepaffé le point de la fermentation & celui de la partie fupérieure ne l'a pas encore atteint ; mais fi on attend que le haut foit parvenu au point défiré, le liquide inférieur eft alors en putréfaction décidée & celui du centre avoifine de près cet état.

I L falloit rechercher les moyens d'amener la cuve au même point de fermentation dans toutes fes parties en même temps. M. de B. R. paroît avoir fenti qu'une fermentation fimultanée procureroit l'avantage de *retirer plus d'indigo* ; mais le moyen qu'il indique pour y parvenir n'eft pas propre à cet effet. C'eft fuivant cet auteur, d'expofer au foleil dans des réfervoirs l'eau qui doit remplir la trempoire. J'admets que cette eau échauffée par le foleil, puiffe comme il le dit, accélérer le progrès de la fermentation, mais elle ne peut la rendre fimultanée, parceque le degré de chaleur eft à-peu-près le même dans toutes les parties de l'eau, lorfqu'on la verfe dans la cuve; & que le liquide fupérieur étant expofé à l'air perd bientôt fa chaleur, pendant que celui du bas la conferve plus long-tems.

Q U A N T aux inconvénients que le même auteur détaille & qui réfultent de la ftagnation d'une eau gardée dans des réfervoirs, laquelle peut s'y corrompre à la longue, il feroit facile de les éviter, fi ce moyen étoit avantageux à la fabrique. Ce n'eft pas un long féjour qui échauffe l'eau des réfervoirs. (a) Il fuffit qu'elle ait été expo-

_____

(a) Lorfqu'on eft forcé d'employer des eaux bourbeufes, fablonneufes, limoneufes, féléniteufes, mucilagineufes, il feroit à-propos de les expofer au foleil dans des réfervoirs deux jours avant de les mêler avec les herbes d'anil. Elles dépoferoient par le repos quelques-unes de ces parties hétérogènes, mais un trop long féjour feroit préjudiciable. L'eau expofée à l'air dans des réfervoirs montre au bout de quelques jours une mouffe verte fur les parois des vaiffeaux conftruits en maçonnerie & une grande quantité de petits vers nageants dans le liquide ; ce font des infectes & furtout des mouftiques qui y dépofent leurs œufs; ceux-ci éclofent très-promptement. Il n'eft pas douteux que l'eau la plus pure fée au foleil pendant quelques heures, pour avoir toute la chaleur qu'elle eft fufceptible de prendre. Il n'y a point à craindre qu'elle ne fe corrompe dans auffi peu de temps. D'ailleurs on pourroit mettre de l'eau dans la trempoire même en proportion fuffifante, vingt-quatre heures plus ou moins, avant d'y embarquer les herbes. On éviteroit par ce moyen la dépenfe des réfervoirs.

IL n'eft pas douteux qu'une eau tiède n'accélère la fermentation; l'expérience m'a confirmé cette vérité; mais elle m'a appris en même temps que fi l'eau échauffée par le foleil dans des réfervoirs hâte la fermentation, c'eft de bien peu de chofe; & je ne vois pas ce qu'on y gagne dans ce rapport; car la quantité ou la qualité du produit ne dépendent point de la promptitude de la fermentation, mais de fa fimultanéité & du degré auquel elle eft parvenue. Si l'on fe trouve preffé dans la coupe de l'anil par fa maturité, au point que l'on ait une plus grande quantité d'herbes qu'on ne peut en travailler, il eft fans doute avantageux de pouvoir accélérer les opérations de la fabrique; mais comme je viens de le dire, on retire très-peu d'avantages des réfervoirs dans cette vue; & je penfe qu'il feroit moins difpendieux de conftruire une cuve de plus pour remplir le même objet. Il n'eft pas douteux qu'un réfervoir étant plus vafte & demandant qu'on élève les eaux beaucoup audeffus des trempoires, n'occafionne plus de dépenfes qu'une cuve. Si l'on veut abfolument accélérer la fermentation des herbes, il y a d'autres moyens pour y parvenir, plus fûrs & moins difpendieux que celui des réfervoirs.

---

ne foit la plus propre à la diffolution de toutes les fubftances qui ne demandent point d'intermède pour s'y diffoudre.

La plufpart des eaux des rivières de l'ifle de france, du moins celles que j'ai analyfées, contiennent un mucilage; quelques-unes font féléniteufes; ainfi elles ne font point auffi faines qu'on l'a penfé jufqu'à préfent fans examen. L'eau de nos rivières dépofe à la longue par le repos une grande quantité de mucilage, provenant vraifemblablement des végétaux. Ce mucilage pourroit être la première caufe des obftructions, des cours de ventre, des flux de fang, des fièvres, &c, toutes maladies-affes fréquentes dans l'ifle. Cette matière demande un examen particulier & mérite d'être fuivie, vû les conféquences qui en réfultent.

F ij

POUR obtenir une fermentation fimultanée dans toutes les parties de la cuve , le plus fûr feroit de ralentir le cours de la fermentation dans le bas de la cuve & de l'accélérer dans le haut ; la chimie
nous offre ces deux moyens. Les alkalis fixes & les acides ont la
propriété de ralentir la fermentation ; les ferments ont celle de l'accélérer. En mêlant une diffolution d'alkali fixe avec le liquide du bas
de la cuve & de l'eau d'anil en bonne fermentation avec celui du haut,
on obtient à-peu-près l'effet défiré ; je dis à-peu-près , car le fuccès
n'a jamais été complet dans toutes les expériences que j'ai faites. La
diffolution alkaline m'a paru empêcher ou retarder la putridité , plus
qu'elle ne ralentit la fermentation, ce qui eft un grand avantage. Peut-
être n'ai-je pas employé des dofes affès fortes. Au refte on ne connoît
pas encore bien qu'elles font les fubftances les plus propres à favorifer ou à fufpendre le cours de la fermentation; c'eft une matière à recherches.

J'AI effayé de mêler du jus de citrons avec le liquide inférieur de
la cuve , pour tâcher de ralentir le progrès de la fermentation dans
cette partie ; le fuccès m'a paru le même. Je préfère cependant l'u-
fage de l'alkali fixe , parcequ'il m'eft facile de m'en procurer & parceque je préfume qu'il fe volatilife en grande partie par l'effet de la
fermentation & qu'il eft parconféquent plus favorable que nuifible à
l'opération.

FAITES donc une leffive de cendres fur le feu & ver-
fés cette diffolution dans le bas de votre cuve. Il eft affès difficile
d'affigner les proportions convenables. Elles dépendent de la force de
la diffolution, c'eft-à-dire de la nature des cendres que vous employérés, de leur quantité , de celle de l'eau, de la force & de la durée de
l'ébullition ; elles dépendent auffi de la qualité des herbes & de la
grandeur des cuves. Quelques effais fuffiront à chaque indigotier
pour fe régler. Plus l'herbe lui paroîtra fermentefcible, plus les dofes ,
ou la force de la diffolution alkaline doivent être confidérables. Afin
de déterminer plus fûrement la valeur des effais, il eft à-propos de
fixer à-peu-près la force de la diffolution alkaline , afin qu'elle foit
conftamment la même & qu'on n'ait plus qu'à régler les dofes. Lorfqu'un œuf frais furnagera la leffive , décantés la liqueur.

CETTE décantation doit être faite avec foin, afin que la liqueur foit claire. Si elle eft trouble, elle contient alors des parties terreufes qui fe mêlant à l'indigo ne peuvent qu'en altérer la qualité. Ainfi on fe fervira d'un fyphon pour décanter la liqueur; c'eft le meilleur moyen de l'avoir claire & fans mélange. Une trop grande quantité de liqueur alkaline occafionneroit la diffolution de beaucoup trop de matières extractives, qui mêlées à l'indigo rendroient le battage difficile, empêcheroient fa précipitation, ce qui eft une perte pour l'artifte & altéreroient fa qualité. Il en réfulteroit encore un autre inconvénient: les alkalis fixes ne font pas évaporables par l'action du battage. Une partie pourroit fe volatilifer pendant la fermentation, mais celle qui refteroit dans l'état de fixité, diffolveroit en proportion de fa quantité des molécules d'anir que le battage le plus long ne pourroit pas réunir. Quarante à cinquante bouteilles de liqueur alkaline en état de fupporter un œuf frais, fuffiront pour des vaiffeaux qui ont trois cent pieds cubes de capacité. Quand on a des herbes fortes qui ont beaucoup de vieux bois, il faut moins de liqueur alkaline & pouffer la fermentation plus loin, que lorfque les herbes font moins vigoureufes. On en devine facilement la raifon.

QUANT aux ferments, on pourroit en employer de plufieurs efpèces. Je ne crois pas que ceux qui font acides conviennent. Celui qui fe préfente le plus naturellement eft de l'extrait d'anil fermenté. On mettra donc d'avance des herbes avec de l'eau dans une pièce de deux & on diftribuera également cette eau, lorfqu'elle aura fermenté, dans le haut de la cuve, après qu'elle aura été remplie. Il vaut mieux en mettre plus que moins, parceque ce ferment n'eft pas auffi actif qu'on pourroit le croire.

DANS le cas où la fermentation des herbes de la futaille feroit à fon point quelques heures avant qu'on put remplir la cuve, alors on retireroit l'eau pour la mettre dans un autre vaiffeau. On peut même l'y conferver un jour ou deux; elle n'en aura que plus d'action. Plus elle approchera de la putridité, fans être totalement décompofée, plus elle fera agiffante.

LORSQU'ON fabrique journellement de l'indigo, on fe difpenfera du foin de préparer de l'extrait dans une futaille; on prendra de celui d'une cuve pour la cuve fuivante, en choififfant de préférence pour fermènt le liquide de la partie inférieure de la trempoire, à celui de la partie supérieure.

ON feroit tenté de croire que les terres calcaires & la chaux ayant la propriété reconnue d'accélérer la putréfaction des matières animales, pourroient être employées dans cette occasion avec succès; si on les met en substance dans la cuve, leurs particules les plus ténues se mêleront à l'extrait & par conséquent à la fécule qu'elles détérioreront. On pourroit faire usage d'une dissolution de chaux dans l'eau, c'est-à-dire de l'eau de chaux. Or l'expérience m'a prouvé que l'eau de chaux retarde au lieu d'accélérer la fermentation de l'anil. Cette différence entre l'effet de la chaux sur les matières animales & celui de l'eau de chaux (*a*) sur une substance végétale, ne demande pas que nous nous y arrêtions, pour en donner la raison physique; elle nous meneroit trop loin. Revenons à notre sujet.

AJOUTÉS à ces précautions celle de couvrir la cuve avec des nates. L'expérience m'a appris que lorsqu'elle étoit exposée à l'air & même aux rayons du soleil, la fermentation étoit plus lente. Ainsi loin d'augmenter son mouvement, une chaleur trop forte paroît le retarder. Peut-être l'alternative de chaleur & de fraîcheur, est-elle peu favorable à la fermentation. La cuve exposée à l'ardeur du soleil pendant le jour est rafraîchie pendant la nuit. En couvrant la trempoire, on y maintient une température moins inégale & le haut de la cuve atteint plutôt le point nécessaire.

PAR tous ces moyens, la fermentation marchera plus également

(*a*) Quoique l'eau de chaux ait la propriété de retarder un peu la fermentation de l'anil, je ne conseille pas de l'employer à cet effet. On sait que la chaux rend les alkalis caustiques. Il en résulte que ces sels adhèrent fortement aux molécules d'indigo qu'ils tiennent en dissolution, & que le battage ne les en sépare que difficilement. J'ai mis des herbes d'anil à fermenter dans de l'eau de chaux pure, mais foible. Le battage le plus long n'a pas pu procurer la séparation du grain d'avec les sels, ni sa réunion ni sa précipitation. Il n'en a pas été de même, lorsque j'ai mis des herbes à fermenter dans une dissolution alkaline.

dans la cuve & il fera plus facile d'en faifir le jufte degré qui a même quelque durée ou extenfion, & qui n'eft point auffi indivifible qu'on le prétend.

ON fent affès touts les avantages de cette méthode & je n'ai pas befoin de les expofer. Je n'ajouterai donc pas que la fermentation étant plus égale dans toutes les parties de la cuve, donne néceffairement un produit plus confidérable que la pratique ordinaire, qui ne permet pas d'attendre que le haut de la cuve foit au point de fermentation néceffaire, pour diffoudre tout l'indigo des herbes de cette partie.

ARTICLE SIXIÈME.

Second moyen de rendre la fermentation fimultanée.

IL eft fi important de rendre la fermentation fimultanée dans la trempoire, pour obtenir le plus grand fuccès dans la fabrique de l'indigo, que je crois devoir rendre compte d'un fecond moyen que j'ai effayé avec avantage, pour obtenir cet effet & qui eft bien plus fimple que celui dont j'ai rendu compte dans l'article précédent.

IL confifte uniquement à donner moins de hauteur aux murs des trempoires & par conféquent moins de profondeur au volume des herbes qu'on y entaffe. L'ufage ordinaire eft d'élever les murs de ces cuves de trois à quatre pieds de hauteur perpendiculaire [fuivant leur étendue] y compris le rebord ou talus intérieur qui eft de fix pouces environ. Si on ne donnoit aux cuves que deux pieds de hauteur, on pourroit compenfer ce moins par plus de largeur & de longueur.

J'AI effayé de charger à moitié mes cuves qui ont dix pieds en longueur & autant en largeur fur trois pieds de hauteur perpendiculaire, en y comprenant le rebord; & j'ai vu que la fermentation y étoit plus égale dans toutes fes parties, que lorfque la cuve étoit chargée entièrement. Il ne faut pas croire que le changement que je propofe occafionne une augmentation de dépenfes pour la maçonnerie des cuves. J'en parlerai au chapitre de l'indigoterie.

JE crois cette expérience nouvelle, du moins je n'ai pas connoiffance, qu'elle ait été enfeignée par aucun auteur, ni pratiquée par aucun artifte. La théorie dans l'art de faire des vins & dans celui de la fabrique de l'indigo a bien conduit à défirer que la fermentation fut fimultanée; mais je ne fache pas qu'on ait reconnu que la moindre profondeur des matières procuroit en partie l'effet qu'on recherchoit. On a propofé pour accélérer la fermentation du vin, de procurer au cuvier une chaleur plus grande par le moyen du feu. Il peut rendre la fermentation plus égale dans les pays tempérés, en augmentant la chaleur dans le haut de la cuve, qui reçoit l'impreffion de la chaleur de l'air, tandis qu'elle ne pénétre pas jufque dans le bas. Les vignerons verfent quelquefois dans la cuve, quand elle eft chargée, quelques pintes de jus de raifins qu'ils ont fait bouillir. Peut-être feroit-il plus à propos de verfer dans le haut une liqueur fermentante & même de couvrir la cuve avec une toile. Touts ces moyens peuvent être bons, pour obtenir jufqu'à un certain point l'effet défiré, mais j'engage à tenter celui que je propofe. Il faudroit donc donner aux vaiffeaux dans lefquels on met cuver le jus de raifins beaucoup plus de largeur & moins de hauteur qu'on ne le fait communément. La raifon principale qui fait que les effais d'indigo en petit réuffiffent mieux qu'en grand, c'eft qu'ils n'ont lieu que fur de très-petits volumes d'herbes.

P o u r q u o i les fubftances fermentantes contenues dans le même vaiffeau, n'ont-elles pas un mouvement fimultanée? c'eft-à-dire pourquoi le mouvement fermentatif n'eft-il pas dans les différentes parties de la cuve au même degré, dans le même moment? on conçoit aifément pourquoi la fermentation ne s'opère pas dans un feul & même inftant.

P o u r q u o i ces mêmes fubftances approchent-elles d'avantage du degré fimultanée, à raifon de la plus grande étendue de leur furface proportionnellement à leur profondeur?

P o u r q u o i enfin lorfqu'elles font dans un vaiffeau couvert, la fermentation eft-elle plus prompte dans le haut de la cuve, que lorfqu'elles font expofées à l'air libre?

C e s trois queftions paroiffent tenir à la même folution. Ce font des problêmes de phyfique que je ne me flatte pas de réfoudre. L'hiftoire de la fermentation n'eft encore qu'ébauchée. L'inftinct qui nous porte à vouloir dévoiler les myftères de la nature dans fes opérations les plus cachées, nous conduit fouvent à des découvertes intéreffan-

tes

tes. Pour faifir fes fecrets, il faut l'obferver ; c'eft de l'obfervation que naiffent nos connoiffances. Ainfi il ne paroîtra peut-être pas déplacé de hazarder des conjectures fur un fujet auffi intéreffant par les conféquences qui én réfultent. S'il m'étoit permis de m'y livrer, voici ce que je dirois pour expliquer la caufe de ces phénomènes.

REMONTONS aux principes & parcourons les trois degrés de la fermentation.

ELLE eft [fuivant un de nos plus illuftres chimiftes modernes] *(a) un mouvement inteftin qui s'excite de lui-même, à l'aide d'un degré de chaleur & de fluidité convenables, entre les parties intégrantes & conftituantes de certains corps très-compofés & dont il réfulte de nouvelles combinaifons des principes des mêmes corps.*

L'AUTEUR n'a eu en vue dans cette définition que l'effet & non la caufe de la fermentation. Le mouvement inteftin qui s'excite dans les parties des corps & les réfultats qu'il donne, font des effets de la fermentation. Voici comment j'en explique la caufe. (*b*).

LE liquide néceffaire à la fermentation pénétre à l'aide de la chaleur de l'atmofphère les parties intégrantes des corps qui fubif-

(*a*) M. Macquer, Dictionnaire de Chimie, au mot FERMEN-TATION.

(*b*) Je n'examine pas ici la fermentation en phyficien, mais feulement en chimifte. Si j'avois un traité à faire fur ce fujet, je regarderois l'électricité comme un des effets & en même temps, comme le principal agent de toute fermentation, en prenant ce mot dans le fens le plus général & en l'étendant à la végétation & à l'animalifation. Mais pour ne pas généralifer nos idées dans un ouvrage qui n'en eft pas fufceptible, arrêtons-nous un moment à confidérer cette opération de la nature fur les êtres inanimés dans le rapport que nous venons de préfenter. La diffolution des fubftances dans un liquide occafionne le frottement des molécules du liquide contre celles des fubftances diffoutes & à diffoudre, & la réaction de ces dernières contre les premières. Le dégagement de l'air fixe eft une autre caufe de frottement. De là naît l'électrifation des unes & des autres. C'eft peut-être la raifon pour laquelle la fermentation eft plus prompte dans les jours où l'atmofphère eft plus électrique, &c. &c.

G

fent cette opération de la nature & dégage l'air fixe ou *fluide élaſtique* que ces fubſtances contiennent : cet air ſe raréfie prodigieuſement, tant par l'effet de la chaleur, qu'à raiſon de ſon élaſticité : devenu libre & étant par ſa nature beaucoup plus léger que le liquide, il s'élève à la ſurface de l'eau ; voilà d'où provient le mouvement inteſtin. Mais partie de ce même air ou fluide élaſtique ſe combine de nouveau avec le liquide & avec les ſubſtances que le liquide a diſſoutes, telles que l'acide, l'alkali, l'huile ou le phlogiſtique. Quand ces ſubſtances contiennent une huile eſſentielle ou éthérée, ou du phlogiſtique, en quantité ſuffiſante, & diſpoſés de manière à quitter facilement leur première combinaiſon, il ſe fait d'abord une décompoſition des parties conſtituantes des mixtes, enſuite une nouvelle combinaiſon d'une partie ſeulement des mêmes principes, mais dans une proportion différente, ſuivant la loi des affinités. L'air, le liquide & le phlogiſtique ſe combinent enſemble & forment les eſprits ardents ; c'eſt la fermentation ſpiritueuſe.

Lorsque les ſubſtances ne contiennent ni huile éthérée, ni plogiſtique en quantité ſuffiſante, ou lorſque ces principes qui ſont volatils ſe ſont évaporés en grande partie par la continuation du mouvement fermentatif, l'acide ſe trouve alors à nu, c'eſt le ſecond degré.

Enfin la putréfaction n'eſt autre choſe que la décompoſition des principes des corps, lorſqu'à l'aide d'une chaleur ſpontanée, la plus grande partie de l'air qui entre dans la combinaiſon des matières qui ſont le produit du ſecond degré de la fermentation, s'eſt dégagée des corps, & lorſque les parties les plus ſubtiles de ces matières ſe ſont évaporées, & que par ces raiſons la proportion des principes eſt changée. Alors la nouvelle combinaiſon qui en réſulte, produit l'alkali volatil. L'acide végétal ou animal fournit à l'alkali fixe les parties huileuſes qui étoient combinées avec lui & par là volatiliſe cet alkali. (*a*).

(*a*) J'ai de fortes raiſons de préſumer qu'il ſeroit poſſible de convertir en alkali volatil une quantité donnée d'alkali fixe, ſoit par le moyen de la fermentation, en le mêlant avec une gelée animale,

I L en eſt à peu-près de même, lorſque les ſubſtances entrent en putréfaction, ſans paſſer par les deux premiers degrés de la fermentation. Leurs principes prochains ſe trouvent alors d'une telle nature & dans une telle diſpoſition qu'ils ſe décompoſent promptement & facilement, dès que l'air fixe ou fluide élaſtique que ces ſubſtances contiennent, vient à ſe dégager par l'effet d'une circonſtance accidentelle, comme la perte de la vie dans les végétaux & les animaux.

C E T T E dernière ſolution n'eſt pas ſans difficulté. Que devient dans cette dernière opération l'acide des ſubſtances qui paſſent de l'acide à l'alkaleſcence ? je ſuis porté à croire, qu'il ſe volatiliſe en partie & s'évapore avec l'air & le phlogiſtique & qu'une partie ſe décompoſe, par le dégagement & l'abſence de l'air qui entre dans ſa combinaiſon comme partie conſtituante & ſe change en alkali. (*a*).

A V A N T de paſſer outre, je crois devoir prévenir une objection qu'on pourroit me faire. J'ai dit que la diſſolution des mixtes, leur décompoſition, leurs nouvelles combinaiſons ſe faiſoient à l'aide de la chaleur de l'atmoſphère. Cependant le genre ſpiritueux acquiert un degré de chaleur plus conſidérable ; cela provient de la grande quantité de phlogiſtique, qui ſe développe dans cette opéra-

ou peut-être par la diſtillation d'un mélange d'alkali fixe & d'huile de Dippel. Je ſoupçonne auſſi qu'à l'aide de quelque intermède & de procédés recherchés, l'art viendroit à bout de convertir en alkali fixe, une quantité donnée d'alkali volatil, en lui enlevant l'huile qui fait partie conſtituante de ſa combinaiſon. Si les matières animales & quelques-unes d'entre les végétales donnent peu d'alkali fixe par l'incinération, c'eſt parceque cet alkali combiné avec une huile ſubtile, ſoit dans l'animal ou dans le végétal vivants, ſoit pendant l'acte de la fermentation putride, ſoit enfin par l'incinération, s'eſt évaporé preſqu'en totalité.

(*a*) Cette tranſmutation de l'acide en alkali a lieu dans l'incinération à feu ouvert des plantes, dans celle du tartre & même dans la diſtillation de ce ſel dans les vaiſſeaux clos. Si le tartre qui eſt un acide concret & le produit de la fermentation ſe convertit preſqu'entièrement en ſel alkali, ne peut-on pas ſoupçonner que la fermentation opère le même changement ?

tion & qui n'entre point en totalité dans la composition des esprits ardents, mais dont une partie se distribue dans le liquide & lui communique de la chaleur, jusqu'à ce qu'elle se soit évaporée.

APPLIQUONS maintenant ces principes aux problêmes que nous nous sommes proposés de résoudre relativement à la fermentation alkalescente dont nous nous occupons. Elle occasionne la décomposition des mixtes & de nouvelles compositions. Elle doit donc être plus prompte dans le bas de la cuve que dans le haut. L'air fixe ou le fluide élastique qui se dégage dans le bas de la cuve & dont l'absence change la proportion des principes & cause par là leur décomposition, étant par sa nature beaucoup plus léger que le liquide & devenant encore par l'élasticité qui lui est naturelle & par la raréfaction excitée par la chaleur, infiniment plus léger, s'élève à la surface de l'eau & y forme en partie l'écume qu'on y voit. Une autre partie de cet air ou fluide se réunit à celui de l'atmosphère; une troisième partie à raison de l'affinité qu'elle a avec l'eau, se combine avec celle contenue dans le haut de la cuve & y remplace l'air fixe dégagé de la plante par la fermentation; donc la décomposition doit être plus lente dans le haut que dans le bas de la cuve; en outre la partie supérieure ayant un contact immédiat avec l'air ambiant en dissout quelque partie, à mesure que l'air fixe de la plante se dégage. (*a*).

C'EST par la même raison que la fermentation est plus prompte, dans la partie supérieure de la cuve, lorsqu'elle est couverte,

---

(*a*) J'établis qu'il y a dans toute fermentation & dans toute effervescence une affluence & une effluence simultanées d'air fixe ou fluide élastique; & je crois la première moins considérable que la seconde. On voit dans les liqueurs fermentantes des substances qui montent & descendent alternativement. J'attribue ces deux effets à l'effluence & à l'affluence du fluide élastique. Ce n'est pas ici le lieu de rapporter les expériences que j'ai faites sur ce sujet. Je dirai seulement que cette ascension & cette chute alternatives des substances qui sont interposées dans les liqueurs qui éprouvent une effervescence ont également lieu. J'ignore si cette observation a été faite avant moi, ainsi que l'explication qu'on en a donnée.

que lorfqu'elle eft expofée à l'air extérieur ambiant, parceque dans le premier cas, la diffolution qui fe fait de celui-ci eft beaucoup moindre. Nous n'entendons pas que la cuve foit exactement couverte & de façon à empêcher toute communication avec l'air extérieur. On fait que le concours de l'air accélère & favorife la fermentation & que fans air fes progrès font très-lents & comme infenfibles, fi ce n'eft après un temps très-long, parceque le dégagement & la raréfaction de l'air fixe ou fluide élaftique font gênés & comme fufpendus. (*a*).

LA moindre hauteur du volume des matières occafionne une fermentation plus prompte dans la partie fupérieure de la cuve, toutes autres chofes égales, parcequ'alors l'air fixe ou fluide élaftique qui fe dégage de la plante contenue dans le bas du vaiffeau & qui a naturellement beaucoup de difpofition à fe recombiner de nouveau eft proportionnellement en moindre quantité dans un moindre volume de matières.

CETTE théorie doit engager à faire des recherches fur les moyens les plus fimples d'introduire de l'air dans le bas des cuves & d'en abforber dans le haut. Les effervefcences connues en chimie & qui dégagent une grande quantité d'air pourroient être effayées dans le bas de la cuve. A mefure que l'air fe dégageroit, il fe rediffoudroit de nouveau dans l'eau. Je ne puis indiquer quelles font les efpèces d'effervefcences dont on pourroit fe promettre le plus de fuccès. Les fecours de tous les genres manquent dans ce pays, pour multiplier les expériences qui feules peuvent étendre nos connoiffances fur un objet auffi important. J'ai effayé de verfer dans le bas de la cuve une diffolution alkaline & du jus de citrons étendu dans beau-

---

(*a*) Cette théorie conduit à penfer que pour retarder la fermentation des liqueurs, il faut non feulement les tenir dans un lieu frais & dans des vaiffeaux exactement clos, mais entretenir les vaiffeaux le plus pleins qu'il eft poffible, afin qu'ils contiennent moins d'air libre.

coup d'eau, avant de charger les cuves. J'ai été aſſès content de l'effet qui en eſt réſulté. (*a*).

J'AI obſervé que les acides dégageoient une bien plus grande quantité d'air des alkalis fixes que de l'eau de chaux. On ſait que celle-ci & même les alkalis cauſtiques ne font point effervefcence avec les acides, ou du moins qu'elle eſt très-foible. J'ai éprouvé que l'alkali phlogiſtiqué mêlé avec un acide avoit moins d'effervefcence qu'un alkali ordinaire ; ainſi on employera ce dernier, c'eſt-à-dire une ſimple leſſive de cendres mêlées avec du jus de citrons. Les matières aſtringentes ayant des propriétés antiſeptiques, méritent d'être eſſayées pour retarder les progrès de la fermentation dans le bas de la cuve.

QUANT à la partie ſupérieure de la trempoire, je ne vois rien de plus propre à y accélérer le mouvement de la fermentation

(*a*) Si cette théorie eſt vraie, elle fait préſumer qu'on pourroit retarder la décompoſition des liqueurs fermentantes, en leur rendant ce qui leur manque. Je ne ſuis pas à portée de faire là deſſus les expériences néceſſaires. Il eſt à déſirer que quelque citoyen les entreprenne en France ſur des vins qui paroiſſent diſpoſés à s'aigrir & même ſur des vins déjà aigres. L'importance du ſujet doit exciter le zèle des perſonnes bien intentionnées pour le public. Ces expériences ſont très-faciles à faire. Il s'agit de recueillir de l'air fixe pur des ſubſtances qui ſont en fermentation, par exemple, des tonneaux où l'on met cuver les raiſins après la vendange ; & de mêler cet air fixe, par le moyen de l'agitation avec la liqueur qu'on veut réparer. On y ajoutera du ſucre ou du ſirop & de l'eau de vie. L'addition de l'eau de vie a pour objet de remplacer la perte qui s'eſt faite des eſprits ardents ; & celle d'une ſubſtance ſucrée me paroît néceſſaire pour envelopper les acides & pour entretenir dans la liqueur une fermentation inſenſible. Les doſes doivent néceſſairement varier, mais la pratique les indiquera. Peut-être y a t-il une diſtinction à faire entre l'air fixe qui ſe dégage des matières en putréfaction & celui des ſubſtances qui éprouvent la fermentation vineuſe, à raiſon des parties volatiles qu'il entraîne.

Ce moyen ne ſuffira pas pour rendre de la couleur aux vins, mais on pourra leur en donner facilement par le mélange de quelques liqueurs très-colorées.

que l'addition des ferments les plus actifs, comme il a été dit dans
l'article précédent. Il feroit peut-être à propos de les faire échauffer,
& de les verfer chauds dans la cuve, afin de leur donner plus d'activité.

J'AI effayé de verfer de l'eau de chaux, qui abforbe beaucoup
d'air fixe. En effet il ne paroît prefque point alors d'écume fur la
fuperficie de la cuve, lors-même que la fermentation eft parvenue
au degré convenable. Mais la chaux empêche, comme je l'ai déjà dit
ci-devant, la réunion des molécules, & par conféquent la formation du grain.

ARTICLE SEPTIÈME.

Moyen de connoître le degré de la fermentation.

LES indices les plus fimples pour connoître le degré de la fermentation utile à la fabrique, font ceux qui fe tirent de l'état de la cuve.
Le coup d'œil fuffit, quand il eft un peu exercé, comme cela eft
néceffaire dans la pratique de touts les arts. Lors donc que la cuve aura beaucoup de bulles d'air qui ne feront pas trop entaffées,
qu'elle aura un beau cuivrage qui ne fera pas répandu fur toute la
furface du liquide & une odeur affès-vive & pénétrante, fans être
putride, que l'eau fera d'une belle couleur, & qu'en preffant fur les
herbes, il paroîtra des nuages de fécule d'une belle couleur verte,
lefquels fe diffiperont d'eux-mêmes dans l'extrait, il eft temps de lâcher la cuve. C'eft le moment de rappeller ce qui a été dit dans le
chapitre II de la première partie, à l'occafion *de la bonne fermen-*
tation. J'y ai établi les différences qui pouvoient faire diftinguer ce
degré d'une *fermentation commençante* & de celle qui eft *excédée*.

OUTRE cette obfervation, il eft bon de faire concourir l'é-
preuve ordinaire de la taffe, en prenant en même temps de l'extrait
du haut, du centre & du bas de la cuve. Des compotiers de porcelaine font tout auffi commodes que la taffe, *pour faire la preu-*
ve. Quand on prend de l'extrait du bas de la cuve, par le moyen
d'une clef tournante, adaptée à la cheville qui bouche le daleau pratiqué pour l'iffue des eaux, dans la vue de juger de l'état où fe trouve
la diffolution, il faut jeter les premières portions d'eau qui coulent,

parcequ'elles ne font pas dans le même état que le refte de la cuve.
Si l'on tire quelque indice de ces épreuves, l'on doit fe rappeller
qu'il vaut mieux pécher par défaut que par excès de fermentation.
Il faut favoir auffi que fi deux parties de la cuve fe trouvent en
même temps à-peu-près au dégré que l'on doit faifir, on fera mal
d'attendre que la troifième partie foit au même point. Si l'une eft excédée, que l'autre foit à fon point & que la troifième n'y foit pas parvenue, il faut encore lâcher la cuve. La partie qui a trop fera cor-
rigée par celle qui a moins, puifque tout doit fe confondre dans la
batterie.

J E dois prévenir l'artifte que les procédés que j'ai détaillés dans
les deux articles précédents, pour amener la fermentation à un point
fimultanée ne réuffiffent pas complètement, mais ils font approcher
du but qu'on fe propofe. Ils occafionnent une crême & une écume
fur la fuperficie de la cuve, plus promptement & plus abondamment
que la méthode ordinaire & l'on gagne deux ou trois heures &
quelquefois d'avantage fur la durée de la fermentation.

J E préviens encore qu'une heure de fermentation de trop fuffit
pour amener la cuve à un point d'excès nuifible à la fabrique. Dans
les derniers moments, le ferment occafionne une marche très-prompte dans la fermentation. Ainfi dès que la cuve montrera quelque
écume, je confeille à l'indigotier de ne point la quitter & de la vifi-
ter de demi-heure en demi-heure. Cette obfervation eft d'autant plus
intéreffante que ma méthode n'a d'autre indice que celui qui fe tire
de l'infpection de la cuve, pour faifir le moment où la fermentation
eft au degré favorable à la fabrique. Ainfi je me crois obligé d'expliquer aux artiftes les caufes de l'écume & du cuivrage qui paroiffent
fur la fuperficie de la cuve.

J'A I déjà dit que l'écume étoit produite par l'air fixe dégagé
de la plante par la fermentation & enveloppé dans des molécules ex-
tractives-favoneufes. Quant à la crême violette qu'on nomme auffi
cuivrage, elle eft le produit d'un indigo très-atténué, réuni & rendu
libre par le contact de l'air qui a occafionné l'évaporation des alkalis volatils. Cette crême prend les couleurs de l'Iris, parcequ'étant plus
ou moins opaque, elle réfléchit diverfement les rayons de la lumière.

L'abondance

L'ABONDANCE ou la rareté de l'écume ou du cuivrage prouvent donc proportionnellement une fermentation dans un degré plus ou moins haut. Il ne faut donc pas attendre que la cuve soit couverte d'écume ou même de crême violette, pour arrêter la fermentation; car alors elle seroit excédée. Un peu d'habitude mettra bien vîte le praticien au fait de la proportion qui doit le régler ; cela est si vrai, qu'un de mes négres, sans théorie, comme on peut bien le suppofer, s'est trouvé au fait, après avoir vu six cuves.

IL arrive toujours que le haut de la cuve n'a pas encore atteint le point de fermentation convenable, lorfque le reste du liquide y est parvenu, mais l'extrait est toujours chargé d'écume & de crême qui ferviront de règle à l'artiste. J'obferve que la partie fupérieure de l'extrait a toujours moins de grains que la partie inférieure, non feulement parceque la fermentation est toujours moins avancée dans le haut, mais encore parceque l'eau qui furnage les herbes y est en bien plus grande proportion que dans le bas.

INDÉPENDAMMENT des preuves que fournit l'extrait du haut de la cuve, que la diffolution n'y est pas aussi avancée que dans le bas, par la couleur de l'extrait & par la difficulté d'en obtenir un grain, lorfque la fermentation est au degré convenable dans le bas, on tire encore d'autres preuves de cette vérité par l'état où fe trouvent les herbes. Celles du bas, ou même du centre, font comme flétries, lorfque la diffolution est au point convenable, tandis que celles du haut paroiffent n'avoir fouffert prefqu'aucune altération. De plus les feuilles des herbes du bas & du centre étant épluchées & jetées dans une eau pure, vont au fond de l'eau, lorfque la diffolution est parfaite ; dans le même temps celles du haut furnagent.

CETTE expérience fuffiroit pour indiquer le moment précis, où il convient d'arrêter la fermentation de la trempoire, en lâchant l'extrait dans la batterie, s'il y avoit fimultanéité dans la diffolution. Ainfi lorfqu'on aura trouvé le moyen de produire cet effet dans l'extrait, on pourra faire ufage d'un indice auffi fimple & auffi fûr. On prendra des herbes qui auront été conftamment fubmergées depuis le moment que la trempoire aura été chargée. On en épluche-

H

ra les feuilles que l'on jettera & que l'on agitera un inftant dans un gobelet d'eau pure. Si la plus grande partie des feuilles va au fond de
l'eau , la diffolution eft faite , il faut fe hâter de lâcher la cuve; mais
fi elles furnagent , il faut laiffer agir la fermentation. Il n'eft pas douteux que toutes les feuilles de la même tige n'ont pas une marche
égale dans leur fermentation. Les unes plus tendres ont déchargé
leurs fucs long-temps avant les autres. C'eft pourquoi je ne confeillerois pas d'attendre qu'elles fe précipitâffent toutes au fond de
l'eau.

P O U R Q U O I les mêmes herbes font-elles avant la fermentation plus légères qu'après ? c'eft qu'avant la fermentation
elles contiennent beaucoup d'air fixe ; enfuite il eft dégagé & rem-
placé par des parties aqueufes. Voilà d'où provient l'augmentation de leur poids.

A R T I C L E   H U I T I È M E.

De la durée de la fermentation.

S I le point de la fermentation & celui du battage étoient auffi
indivifibles que les auteurs & les artiftes le prétendent, c'eft-à-dire,
fi la fermentation & le battage avoient un degré précis qu'il fallut abfolument faifir pour le fuccès de la fabrique , & qu'en delà ou en deçà de ce degré, l'opération fut totalement manquée, on ne feroit
guère d'indigo. Il eft conftant qu'on n'a aucune règle fûre pour déterminer le point de précifion qu'on cherche à reconnoître. Bien plus;
la pratique a fait voir que telles herbes exigeoient plus de fermentation & de battage que telles autres ; que dis-je ? les mêmes herbes,
celles du même champ , varient fur le degré qu'on doit leur donner , fuivant les variations de la faifon pendant leur accroiffement.
Je doute que ces obfervations aient été faifies dans toute leur étendue par les indigotiers; du moins les auteurs ne me paroiffent pas
s'être expliqués là deffus d'une manière affès précife. Je vais tâcher
d'y fuppléer. Arrêtons nous uniquement dans cet article à ce qui a
rapport à la fermentation.

ELLE a des progrès plus ou moins rapides, suivant la qualité des herbes & suivant l'influence du temps, pendant l'opération. Cet effet est trop connu & trop facile à concevoir, pour que j'entreprenne de le prouver & de l'expliquer. Il est donc constant que les herbes du même champ, coupées & travaillées dans des temps différents, pourront exiger une fermentation plus longue les unes que les autres, pour atteindre le même degré. M. de B. R. a parlé dans le plus grand détail, avec netteté & en homme instruit, des causes qui amènent des variations sur la durée de la fermentation. Elles dépendent toutes de la qualité variable des herbes & de l'influence du temps. Mais quelqu'elles soient, on peut amener au même point la fermentation de toutes les herbes, en lui donnant une durée plus ou moins longue. Je sais que la différente qualité des herbes fermentées aura toujours des effets différents, c'est-à-dire plus ou moins d'écume, une eau diversement colorée, un grain plus petit ou plus gros, plus abondant ou plus rare; malgré ces différences très-essentielles, la fermentation considérée en elle-même pourra être amenée au même degré dans toutes ces circonstances: supposons, par exemple, que deux cuves soient au moment d'entrer en putréfaction. Les herbes de l'une auront pu employer vingt-quatre heures, pour arriver à ce point, par un temps peu favorable, pendant que les herbes de l'autre n'auront mis que quinze heures plus ou moins, pour être aussi avancées; cependant elles se trouveront au même point de fermentation & pourront différer beaucoup entr'elles par leurs produits & par les circonstances qui les accompagneront. Or ce qu'il importe le plus aux indigotiers de savoir, n'est pas que la fermentation varie sur la durée, pour parvenir au même point; mais qu'il est à propos de ne pas pousser la fermentation au même degré, suivant la qualité des herbes. Ainsi il faut distinguer la durée de la fermentation de ses progrès, abstraction faite de ses effets. Je m'en tiendrai à établir ici une règle générale qui suffira pour guider l'artiste dans ses opérations. Toutes les herbes [de même espèce] qui seront pauvres en fécule, quelqu'en soit la cause, demandent une fermentation moins avancée que les autres, quelque soit le temps plus ou moins long qu'elles emploient pour parvenir à ce degré. Ce conseil est surtout

H ij

important à fuivre, lorfqu'on travaille avec des herbes trop mûres, ou trop âgées.

ARTICLE NEUVIÈME.

Des herbes pauvres en fécule.

CE que je viens de dire dans l'article précédent, m'impofe la loi de traiter féparément des herbes pauvres en fécule. Plufieurs caufes peuvent concourir à les rendre telles. On verra par le détail que je vais en faire, que l'on eft très-fouvent expofé dans la fabrique à travailler avec ces fortes d'herbes.

1.° Il y a des efpèces d'anils qui malgré les circonftances les plus favorables de la faifon & du fol contiennent naturellement peu d'indigo, comme les anils *bâtard* & *céré* de l'Ifle de France ; ainfi on ne doit s'attacher qu'à la culture des efpèces qui font riches en fécule, furtout quand la qualité en eft bonne.

2.° Les terrains maigres ou ufés ne produifent ordinairement que des herbes qui ont peu de fubftance. Il en eft de même des terres trop humides.

3.° Une longue féchereffe produit fur les herbes le même effet. La fubftance propre à la formation de l'indigo fe perd dans des tranfpirations trop confidérables & ne fe répare pas, faute du véhicule néceffaire à fon afcenfion dans la plante, c'eft-à-dire faute d'eau.

4.° Auffi ces herbes font-elles fujettes au brûlage, qui n'eft autre chofe que le defféchement de leurs fommités. Les anils éprouvent auffi cet accident par des coups de foleil, mais alors il n'eft pas général dans le champ. Lorfqu'après des pluyes fréquentes, trop longues & trop abondantes, les plantes font fubitement frappées par un foleil très-ardent, les feuilles des plantes fe flétriffent & ne tirent guère de fubftance de la terre.

5.° Des longues & fréquentes pluyes rendent les herbes aqueufes. Leur fuc n'eft pas affez nourri; il ne peut acquérir le degré de coction néceffaire pour la formation de l'indigo.

6.° Lorfque les anils font attaqués par les infectes, il en réfulte plufieurs inconvéniens. On fait que ce font feulement les feuilles de la plante qui contiennent & fournissent de l'indigo. Cependant les

anils dépouillés en partie de leurs feuilles, n'occupent guère moins
de place dans la trempoire, que ceux qui les ont confervées. Ainfi
tout ce que les infectes ont dévoré, fe trouve perdu ; ce n'eft pas
tout. Les feuilles qui ne font qu'à demi-rongées ont perdu par l'é-
vaporation ou par l'écoulement de leur séve, la plus grande partie
de leur indigo ; & comme la plante a fouffert par cet effeuillement,
il eft à préfumer que les feuilles qu'elle a confervées entières ne font
pas bien nourries. De plus les infectes ont dépofé fur les différentes
parties de la plante une matière gluante & des excréments qui
tendent auffi promptement qu'eux - mêmes à la putréfaction & qui
fourniffent à l'eau dans laquelle on met le tout à fermenter, des matières hétérogènes qui rendent l'eau vifqueufe & plus denfe & par
conféquent contraire au fuccès de la fabrique.

7.° Une coupe prématurée ne procure que des herbes peu nourries. Une coupe tardive les trouve plus abondantes en fucs extractifs qu'en indigo.

8.° Les herbes trop âgées ont peu de feuilles & beaucoup de bois.
La partie la plus fubftantielle de la séve a paffé dans les fleurs & dans
les fruits ; donc les feuilles contiennent peu d'indigo ; elles ont moins
d'alkali volatil & plus d'alkali fixe que les jeunes plantes. Ce dernier
fel ne s'évapore pas par l'action du battage, tient auffi l'indigo diffous & par là empêche fa réunion & par conféquent fa précipitation ;
c'eft ce qui fait que les vieilles herbes font plus difficiles à travailler
& qu'elles rendent moins de fécule.

9.° Les herbes des dernières coupes font comme épuifées. Souvent celles de la première ne font pas affès nourries. Leur fuc n'eft
pas encore élaboré.

10° Celles qui ont été endomagées par un coup de vent, font
flétries, ont perdu une partie de leur indigo & fermentent trop prompt-
tement, d'où il réfulte qu'elles fourniffent à l'extrait beaucoup de
fucs hétérogènes & peu d'indigo.

11.° Indépendamment de touts ces accidens, il arrive quelquefois, mais rarement, que les herbes fe fanent fur pied, fans qu'on
puiffe trop en reconnoître la caufe. On peut foupçonner que le fol
ne leur convient pas, ou qu'elles ont fouffert par l'impreffion de quel-

que vent funefte. Quoiqu'il en foit, les feuilles de ces herbes jauniffent & tombent ; ce qui prouve qu'elles ne tirent plus guère de
fubftance de la terre. Dans ce cas il ne faut pas différer de les couper ; on peut encore efpérer d'en tirer parti, comme cela m'eft arrivé.

12.° A l'Ifle de France, il y a une faifon où les herbes ont peu d'indigo & où il eft difficile de le fabriquer. C'eft depuis la mi-mars
environ jufqu'au quinze de juillet.

TOUTES les herbes qui fe trouvent dans les circonftances que
j'ai détaillées, demandent une fermentàtion moins avancée, quelqu'en foit la durée, que celles qui font bien nourries & qui ont
été coupées à propos. Il eft facile d'appercevoir les motifs de ce
confeil. Quand les herbes contiennent peu de fécule, elle eft diffoute plus promptement. Ainfi après la diffolution de l'indigo, l'eau fe
charge encore par furabondance des matières extractives de la plante
& l'on fait qu'elles nuifent au fuccès de l'opération.

ARTICLE DIXIÈME.
Seçonde fermentation de l'extrait.

JE vais placer ici une remarque effentielle fur la fabrique des herbes trop âgées. On pourra l'appliquer auffi fuivant les circonftances
à la fabrique des herbes de la première coupe & furtout des dernières.

J'AI obfervé que les herbes des fouches âgées, après le battage
le plus long [je l'ai pouffé par effai jufqu'à fix & même jufqu'à
huit heures de durée, fans avoir pu obtenir la précipitation complète du grain] j'ai, dis-je, obfervé que les vieilles herbes & quelquefois celles de la première coupe &c., dans les mois d'avril, may &
juin avoient un grain extrêmement léger & tellement embarraffé dans
des matières extractives/qu'il ne pouvoit ni fe réunir, ni fe précipiter complètement; je parle des anils céré & bâtard, les feules efpèces que j'aye pu travailler en grand jufqu'à préfent. L'eau reftoit
verdâtre & chargée de beaucoup de grains très-fins. Je fuppofai
qu'elle contenoit beaucoup d'alkalis fixes que le battage ne pouvoit

pas diffiper par l'évaporation & je conjecturai qu'une feconde fermentation feroit très-propre à volatilifer ces mêmes alkalis & de plus à atténuer les matières extractives. Je compris qu'en pouffant la fermentation trop loin dans la trempoire, j'occafionnerois la diffolution d'une trop grande quantité de matières extractives & même la décompofition de l'indigo. Ainfi je renonçai à ce moyen qui eut volatilifé l'alkali, mais qui auroit rendu l'opération infructueufe. Je tentai le procédé de la fermentation réitérée dont il fera queftion à la fin de ce chapitre; mais avant tout j'effayai de laiffer fermenter dans la batterie l'extrait que j'avois tiré des vieilles herbes, avant de procéder au battage & j'eus lieu d'en être affès fatisfait. La durée de cette feconde fermentation qui peut aller à plufieurs jours me paroît plus difficile à déterminer que l'autre. Je n'ai pu faifir aucun indice pour la régler, n'ayant pas encore affès d'expérience fur ce procédé. Je me fuis contenté de l'épreuve fuivante.

Au bout de vingt-quatre heures j'ai pris de l'extrait dans la batterie & je l'ai foumis à un battage. Tant que je n'ai pas été fatisfait de l'effet de cette opération, j'ai laiffé l'extrait livré aux progrès de la fermentation. Quoiqu'ils foient beaucoup plus lents dans la batterie que dans la trempoire, il faut également prendre garde de la pouffer jufqu'à la putréfaction qui dénatureroit l'indigo. Ainfi il faut réitérer fouvent l'épreuve. Lorfque le grain fe réunit facilement par le moyen du battage & fe précipite par le repos, alors on procède au battage, fans trop s'arrêter à la couleur de l'eau.

Ce procédé exige que les batteries foient couvertes, afin que les eaux des pluyes ne fe mêlent pas à l'extrait.

Les acides pourroient neutralifer les alkalis fixes, mais il faudroit les employer à grandes dofes. D'ailleurs ils empêchent la précipitation de l'indigo, à moins qu'ils ne foient faturés. Pour obtenir tout celui de ces herbes rebelles, on peut employer le précipitant à grandes dofes, fans recourir à une feconde fermentation.

J'imagine un autre moyen qui pourroit produire le même effet & que je n'ai pas pratiqué, parceque l'exécution en feroit difpendieufe pour un effai en grand & que d'ailleurs la fituation de mes cuves, vû le local, ne me permettroit guère de le tenter. Des propriétaires riches, affès curieux de la perfection de l'art, pour n'être pas arrêtés par la dépense & qui defireroient fe rendre utiles , pourroient l'eſſayer. C'eſt donc pour eux que je détaillerai le procédé dont je veux parler dans le chapitre fuivant à l'article d'un fecond battage.

ARTICLE ONZIÈME.

Epreuve pour connoître l'état de la cuve par le moyen d'un ou pluſieurs thermomètres.

M. de B. R. croit qu'on pourroit *juger du point important de la fermentation ... à l'aide d'un thermomètre ſuſpendu dans la cuve.* (*a*) Il ne paroît pas en avoir fait l'eſſai. Je me ſuis ſervi pluſieurs fois d'un thermomètre , pour connoître le degré de chaleur de l'extrait ; il eſt ſujet à varier. Tantôt la liqueur du thermomètre contenu dans l'extrait s'élève plus haut, tantôt elle deſcend plus bas, quoique la fermentation avance. Ce même inſtrument comparé à un autre placé en déhors de la cuve eſt tantôt plus haut, tantôt plus bas. Toutes ces différences proviennent de la température de l'atmoſphère qui eſt ſujette à varier. Dans les fortes chaleurs du jour, les deux thermomètres ſont au plus haut point de leur aſcenſion, mais celui de la cuve eſt moins élevé que celui qui eſt en déhors, parceque la fraîcheur de l'eau diminue l'impreſſion que ce premier recevroit de la chaleur de l'air & du ſoleil , s'il y étoit expoſé. Pendant les fraîcheurs de la nuit les deux thermomètres deſcendent ; celui de la cuve plus ou moins, proportionnellement au degré de fermentation, mais il deſcend moins que celui qui eſt expoſé à l'air , parcequ'il ne reçoit pas l'impreſſion de l'air & qu'il eſt échauffé par la fermentation; Un troiſième thermomètre placé dans l'eau pure à côté des deux premiers ſuit les mêmes variations & ſe rapporte à celui de la cuve, à la différence près qui eſt occaſionnée par la chaleur qu'excite la fermentation; elle n'eſt pas conſidérable , mais elle eſt ſujette à varier;

(*a*) Art de l'indigotier, Edition de Paris in fo. 1770. L. III. C. I. p. 90.

Idem, Edition de l'iſle de france, in 8.º 1778. p. 144.

ainſi

ainfi le moyen propofé par M. de B. R. ne peut fervir d'indice, pour reconnoître le degré de la fermentation.

LES degrés d'élévation du thermomètre qui eft dans la cuve dépendent auffi de fa fituation. S'il eft plus ou moins enfoncé, la liqueur fera plus ou moins haute, jufqu'à un certain point. S'il y a trop d'eau dans la trempoire, proportionnellement aux herbes, la chaleur fera moindre dans le haut & le thermomètre marquera moins de degrés. Si l'eau avec laquelle on remplit la cuve eft chaude, le thermomètre montera; il baiffera, dès qu'elle fera réfroidie. Comment trouver une règle dans toutes ces variations ?

J'AI mis trois thermomètres dans la cuve à des hauteurs différentes; celui de la partie fupérieure étoit plus élevé de jour; & plus bas de nuit que les deux autres, lorfque la cuve n'étoit pas couverte; il fuivoit l'impreffion du foleil & de l'air; quand la cuve étoit couverte, il étoit conftamment plus bas que les deux autres; celui du centre étoit conftamment plus élevé que celui du bas, foit qu'ils montâffent, foit qu'ils defcendîffent l'un & l'autre. Cependant on a vu ci-devant que la fermentation étoit toujours plus avancée dans le bas que dans les autres parties de la cuve. Ainfi la chaleur n'eft point la même à différentes hauteurs. Les variations du thermomètre du haut de la cuve & peut-être des autres parties dépendent autant de la température de l'atmofphère & d'autres circonftances plus aifées à foupçonner qu'à faifir, que de la fermentation. Celle-ci peut être parvenue à fon plus haut point pendant la nuit & cependant la liqueur du thermomètre qui eft dans le haut du vaiffeau, baiffe alors, furtout fi la nuit eft fraîche. Il eft facile de reconnoître que la fermentation eft dans fa plus grande force, lorfque l'extrait eft au plus haut point de fon afcenfion.

JE fuppofe qu'on apporte la plus grande attention & la plus grande juffeffe à obferver les variations qui doivent réfulter de l'influence de l'atmofphère fur les degrés du thermomètre & qu'on foit bien affûré de l'influence de la fermentation, on n'en fera guère plus avancé. Il eft certain que lorfqu'elle eft dans fa plus grande force, elle eft à fon plus haut degré de chaleur, mais auffi dès qu'il diminue, le temps de lâcher la cuve eft paffé & la fermentation eft excédée pour l'objet qu'on fe propofe. La chaleur continue dans la cuve, mê-

I

me après avoir paffé le point de fermentation convenable à la fabrique, parcequ'il s'en faut bien que même à ce point les herbes ne foient totalement pourries.

IL réfulte de tout ceci, 1.º que la chaleur dans la cuve n'eft pas confidérable; elle eft rarement fenfible en y plongeant la main. 2.º que le thermomètre ne peut pas indiquer le degré de la fermentation.

ARTICLE DOUZIÈME.

Épreuve pour juger du degré de la fermentation par l'eau de chaux.

AVANT que l'obfervation & l'expérience m'euffent appris à connoître l'état de la cuve par la feule infpeftion, j'employois le moyen fuivant pour juger du point de la fermentation.

JE mettois de l'extrait dans un gobelet de verre; je le battois avec un rotin divifé en plufieurs parties à l'une de fes extrémités; enfuite j'y verfois de l'eau de chaux, ou une liqueur alkaline qui a la propriété de précipiter la fécule. Plus la précipitation étoit prompte & complète, plus je jugeois que la fermentation avançoit. Quand la précipitation étoit très-prompte, je lâchois l'eau de la trempoire dans la batterie. Il faut être néceffairement exercé dans les détails de ce procédé, pour faire des comparaifons juftes & pour en tirer des conféquences précifes. La pratique mettra facilement au fait un artifte attentif & obfervateur. Ce moyen doit être employé fur l'extrait des différentes parties de la cuve. Le lefteur qui n'a pas perdu de vue ce que j'ai établi dans ce chapitre fur les différents degrés de la fermentation dans le même moment, appercevra facilement la raifon de ce confeil. Si la fermentation étoit fimultanée, il feroit inutile de répéter l'expérience fur l'extrait des différentes parties de la trempoire.

POUR tirer des conféquences juftes des réfultats de cette épreuve, il faut employer chaque fois qu'on la répète la même liqueur alkaline qui a fervi aux expériences d'une cuve, afin de ne pas imputer à l'avancement de la fermentation, ce qui pourroit n'être dû qu'à la plus grande force de la liqueur, fi on en employoit plufieurs qui euffent différents degrés de concentration. Il faut encore avoir l'attention de ne point varier les dofes de l'extrait & celles de la liqueur, ni la durée & la force du battage. Toutes ces précautions font affés faciles à prendre. Cependant comme elles entraînent des détails fcrupuleux & qu'elles demandent du temps, la plufpart des indigotiers préféreront vraifemblablement le moyen que j'ai indiqué plus haut, pour juger de la fermentation par l'infpection de la cuve ; ce dernier eft plus fimple & tout auffi fûr. Je n'en aurois pas indiqué d'autre, fi je ne m'étois fait une loi, de rendre compte de tout ce que mes recherches m'ont appris, qui pourroit être utile dans la fabrique de l'indigo.

On doit fe fervir d'un gobelet de verre blanc pour cette épreuve, afin de voir la précipitation du grain, à travers un vafe diaphane.

ARTICLE TREIZIÈME.
De la première cuvée.

LES indigotiers ont touts remarqué que la première cuvée de chaque trempoire, non feulement quand ces vaiffeaux font nouvellement conftruits, mais à chaque coupe, ou plutôt, lorfqu'on a été quelque temps, fans employer la trempoire, avoit une fermentation plus longue que les fuivantes & que la fabrique en étoit difficile. Les auteurs font d'accord fur ce point que j'ai vérifié & que j'ai trouvé vrai. M. de B. R. attribue cet effet *à la fraîcheur des cuves neuves & peut-être auffi à l'action de la chaux.* (a) Il me femble phyfiquement parlant, qu'elles ne doivent pas avoir plus de fraîcheur ou de chaleur, étant neuves qu'étant vieilles. L'action de la chaux pourroit bien retarder l'effet de la fermentation, fi en effet l'eau pouvoit diffoudre la chaux employée avec du ciment ; mais cela n'eft pas. La chaux devient dans ce cas immifcible ou indiffoluble à l'eau. Sans cette propriété effentielle, les cuves conftruites en maçonnerie ne retiendroient pas l'eau long-temps, elles fe dégradroient très-promptement.

(a) Art de l'indigotier, Editon de paris in fo. 1770. L. III. C. I. p. 87.
Idem, Edition de l'ifle de france, in 8.º 1778. p. 134.

I i j

C'est à regret que je me trouve forcé de relever souvent les erreurs d'un auteur estimé & estimable par les efforts qu'il a faits pour instruire, par l'élégance de son stile, & par l'ordre & la clarté qui règnent dans son ouvrage. S'il l'eut composé à St. Domingue même, pendant qu'il étoit Directeur d'une indigoterie, il se seroit sans doute livré aux observations; il eut été en état de les bien faire & d'en rendre compte beaucoup mieux que moi.

La marche lente de la fermentation d'une première cuvée & les difficultés qu'elle présente proviennent surtout de l'état de sécheresse de la maçonnerie, qui pendant les premières heures que la cuve a été remplie, absorbe beaucoup d'humidité; aussi l'eau prend-elle dans ce cas une retraite considérable; voilà le fait. Il est aisé maintenant d'en expliquer les conséquences. Cette absorption de l'eau cause nécessairement un mouvement qui contrarie celui de la fermentation; dès-lors elle n'a plus le degré de chaleur qui lui étoit nécessaire; dès-lors elle n'opère pas tout son effet; dès-lors cette première cuvée doit être difficile à fabriquer. La seconde n'est plus dans les mêmes circonstances, parceque la maçonnerie se trouve imbibée de l'eau de la première & n'en absorbe plus; ou du moins c'est en quantité trop petite, pour opérer un effet sensible & nuisible. Les indigotiers disent que la trempoire est *avinée* par la première cuvée. Il n'est pas douteux qu'elle a laissé dans le vaisseau un levain fermentescible qui agit plus fortement sur le liquide de la partie inférieure de la cuve que sur celui de la partie supérieure; ce qui n'est point avantageux, comme on a pu le voir au commencement de ce chapitre; ainsi *l'avinage* considéré comme ferment est bien ce qui rend la seconde cuvée plus prompte dans sa fermentation, mais non plus facile au battage; il en résulte un autre effet; c'est que la maçonnerie est imbibée d'eau. On peut obtenir la même chose, en remplissant d'eau pure les trempoires deux ou trois jours avant la première cuvée. Il sera facile de reconnoître par ce moyen, que l'eau diminue considérablement pendant les premières heures & proportionnellement à l'état de sécheresse de la cuve. Au bout de vingt-quatre heures plus ou moins, l'eau n'a presque pas de retraite; celle qui se perd par l'évaporation est en quantité très-petite.

D'APRÈS mes principes, je ferois d'avis qu'on lavât la trem-poire chaque fois qu'on s'en fert, afin d'emporter le plus de levain fermentefcible qu'il feroit poffible du bas de la cuve, où il agit le plus.

CETTE obfervation n'eft pas, j'en conviens, fort importante. J'ai cru cependant qu'il ne m'étoit pas permis de la fupprimer, afin de ne rien laiffer à défirer, autant qu'il eft en moi, fur le fujet que je traite.

ARTICLE QUATORZIÈME.

Fermentation réitérée de l'extrait.

LES herbes d'anil qui ont fubi une première fermentation, trempées une feconde fois dans une eau pure, y fermentent de nouveau, mais ne donnent plus d'indigo; ainfi ce n'eft pas cette expérience dont il eft queftion dans cet article.

J'AI déjà parlé d'une feconde fermentation de l'extrait, article dixième de ce chapitre. J'ai entendu par cette expreffion le procédé qui confifte à laiffer l'extrait fermenter de nouveau dans la batterie, fans y ajouter des herbes.

J'APPELLE une fermentation réitérée le procédé que je vais indiquer dans cet article; il n'eft point connu; aucun auteur n'en fait mention. On met à l'ordinaire des herbes d'anil fermenter avec de l'eau. Quand on juge que la diffolution eft parvenue au point convenable, on vide l'extrait dans un autre vaiffeau, fur de nouvelles herbes fraîches d'anil & on les laiffe fermenter. Par ce moyen l'eau fe charge deux fois de tout ce qu'elle peut diffoudre des herbes.

JE ne déciderai pas fi cette expérience eft plus curieufe qu'utile. Je ne l'ai pas affes répétée; & je n'ai pu acquérir jufqu'à préfent fur cet objet toutes les connoiffances que je défirerois, afin de pouvoir en rendre un compte détaillé. Je ne pourrai donc que mettre les artiftes fur la voie des effais.

CE procédé réuffit très-bien; il demande feulement quelque attention. La plus effentielle eft de ne pas pouffer les deux fermentations auffi loin qu'on le fait, lorfqu'on fuit la méthode ordinaire.

E N S U I T E il faut avoir d'avance des herbes fraîchement coupées pour la seconde fermentation ; quelques heures importent peu, pourvû que les herbes ne soient pas échauffées.

E N troisième lieu, il seroit, je crois, à propos de verser d'abord la liqueur de la partie supérieure de la première cuve dans le second vaisseau, afin qu'elle y occupât le bas & la liqueur de la partie inférieure du premier vaisseau, de façon qu'elle occupât le haut du second vaisseau. Les raisons de ce reversement ont été expliquées dans ce chapitre aux articles **IV** & **V**.

P O U R y parvenir sans peine, j'ai fait construire une cuve, à côté d'une trempoire ordinaire, de même capacité l'une que l'autre. La nouvelle cuve destinée à la première fermentation est plus élevée que la seconde ; c'est-à-dire que le plan de ce premier vaisseau est au niveau du haut du second. J'y ai fait pratiquer deux daleaux, dont l'inférieur est au niveau du plan & le supérieur est placé à la moitié de la hauteur de cette cuve ; l'un & l'autre répondent à la cuve attenante ; un troisième se trouve dans un coin sur le côté du mur qui répond au petit canal extérieur des trempoires, afin de pouvoir nettoyer cette cuve sans être obligé de faire passer l'eau par la cuve attenante ; il n'a pas d'autre destination ; celle des deux autres est de vider successivement l'extrait que contient cette première cuve dans la seconde attenante. En lâchant d'abord la cheville du daleau supérieur, l'extrait contenu dans cette partie occupe la place inférieure dans la seconde cuve. Quand il est entièrement écoulé, on lâche la cheville inférieure de la première cuve ; d'où il résulte que l'extrait de cette partie occupe le haut de la seconde cuve.

M A L G R É cette attention, on trouvera que l'eau de la partie supérieure n'a pas même dans la seconde cuve, lorsque la fermentation réitérée est au degré convenable, la même couleur & autant de grains que le liquide de la partie inférieure ; ainsi la différence qui se trouve entre l'extrait du haut & du bas est constante & tient à un principe invariable de physique, dont nous avons tâché de donner l'explication ci-devant. Voyés l'article **VI** de ce chapitre.

L'É P R E U V E de la tasse ne peut plus avoir lieu dans cette opération, pour connoître le degré de la fermentation de la seconde cuve ;

puifqu'il eft clair que fi la fermentation a été bien conduite dans la première, la taffe préfentera un grain bien conditionné, même avant que la feconde fermentation ait commencé à fe faire. On ne peut juger dans ce cas du point de la diffolution que par le coup d'œil. Comme la fermentation réitérée fe fait plus promptement que la première, l'artifte doit être attentif à en faifir les progrès & prendre garde de l'outrepaffer, car il perdroit le produit de deux cuves à la fois. C'eft ici furtout le cas de recommander le précepte connu de tous les indigotiers, qu'il vaut mieux pécher par défaut que par excès de fermentation. Je le répète. Je n'ai pas fait affès d'effais fur ce procédé, pour indiquer aux artiftes les moyens de faifir le point convenable de la fermentation réitérée. Je fais feulement qu'il ne faut pas attendre que la cuve foit couverte d'une grande quantité d'écume. Je ne puis pas affûrer non plus, fi le produit de cette expérience équivaut à celui qu'on obtient par la méthode ufitée. Ce n'eft que fur un grand nombre de comparaifons qu'on peut déterminer au jufte quels font les réfultats des deux méthodes.

L E S avantages qui réfultent de ce procédé, font d'épargner un battage & furtout de lever toutes les difficultés qui fe préfentent dans cette feconde opération de la fabrique. Plus l'extrait contient d'indigo, plus le battage eft facile. Ce moyen pourroit convenir dans touts les cas où les herbes font pauvres en fécule; nous les avons détaillés dans l'article IX de ce chapitre.

O N doit retrancher alors le plus de bois qu'on peut de toutes ces herbes. Le principe qu'on doit fe faire pour le fuccès de ce procédé eft de diminuer la diffolution des matières extraftives, qui fe mêlent aux molécules du grain, qui empêchent fa réunion & qui altèrent fa couleur. Le retranchement du bois & une fermentation ménagée, font des précautions indifpenfables à prendre.

J' A I fait plufieurs fois une expérience qui met ce principe en évidence. J'ai fait fécher des herbes d'anil & je les ai mifes à fermenter avec de l'eau; j'en ai retiré de l'indigo, lorfque la fermentation a été ménagée; mais l'eau étoit d'un roux très-foncé, tirant fur le rouge; & la précipitation du grain étoit lente. Lorfque la fermentation étoit portée plus loin, je ne retirois prefque pas d'indigo; un degré de

plus n'en donnoit point du tout , quoiqu'alors elle n'eut aucun fymptôme qui put indiquer qu'elle fût outrée. Mais l'eau avoit pénétré
plus facilement les feuilles féches,& avoit diffout une grande quantité
de matières extractives qui mêlées à l'indigo empêchoient fa réunion
& fa précipitation , ou par leur combinaifon avec lui formoient une
nouvelle compofition qui n'eft plus de l'indigo & qui mifcible à l'eau
ne forme aucun précipité, même après le battage, à moins qu'on y
ajoute de l'eau de chaux ou une liqueur alkaline ; alors la matière
qui va au fond du vafe eft jaunâtre.

JE ne diffimule pas que la conftruction d'une cuve plus élevée
qu'à l'ordinaire, ne foit plus difpendieufe & qu'il ne puiffe être fouvent difficile & coûteux de la remplir d'eau, fuivant les circonftances du local. La première dépenfe eft cependant peu de chofe. Quant
à la conduite des eaux , comme il eft néceffaire de les amener dans la
trempoire par quelque moyen que ce foit, on peut établir à côté d'elle
un réfervoir de quelques pieds en carré, où l'on feroit aboutir un canal & où l'on placeroit une pompe marine , au moyen de laquelle on
rempliroit fans embarras la cuve fupérieure. On pourroit auffi la remplir affès facilement avec des feaux. On en fufpendroit deux aux extrémités d'un long levier mobile fufpendu lui-même dans le haut d'un
poteau fiché en terre. Ces feaux monteroient & defcenderoient alternativement par la feule impulfion d'un noir à chaque feau & répon-
droient exactement à deux petits réfervoirs que l'on tiendroit toujours
remplis d'eau par le moyen d'un canal.

SI les réfultats de ce procédé étoient affès fructueux pour engager
les indigotiers à l'adopter, on ne doit pas croire qu'il multiplieroit le
nombre de leurs cuves. Le propriétaire qui a deux trempoires, en conftruiroit une baffe & l'autre élevée;celui qui en a quatre, en conftruiroit
deux baffes & deux élevées.

ARTICLE QUINZIÈME.

Peut-on fabriquer de l'indigo fans fermentation.

CE problême eft intéreffant & mérite qu'on s'en occupe. S'il
étoit poffible par la vertu de quelque menftrue de retirer l'indigo
contenu

contenu dans la plante, fans la mettre à fermenter, & que les procédés pour l'obtenir, peu difpendieux en eux-mêmes ne demandâffent
que de l'adreffe, de la précifion, de la vigilance & de l'exactitude dans
l'exécution, ce feroit une découverte importante dans l'art de l'indigotier; cette voye paroît être celle qui pourroit diriger nos recherches. Nous communiquerons celles que nous avons faites dans la vue
de trouver la folution du problême en queftion, quoiqu'elles n'ayent
pas été heureufes. Notre objet eft de fatisfaire les curieux, de montrer
fur quels fondements nous avons affûré ci-devant que les alkalis & les
acides affoiblis par l'eau ne diffolvoient pas l'indigo, fans le fecours de
la fermentation, d'épargner aux artiftes laborieux des travaux infruc-
tueux, enfin de leur fuggérer des idées fur les effais qu'ils peuvent
tenter.

1.° *Sans agent quelconque.*

J'AI preffé des herbes vertes dans une barrique & je les ai laiffé
fermenter. Je n'ai obtenu aucun réfidu, aucune liqueur.

On me demandera peut-être pourquoi les herbes entaffées fans liquide fermentent au point de prendre beaucoup de chaleur. Je crois que
cet effet a lieu par l'effluence du fluide électrique qui fe dégage des
herbes & dont le mouvement eft accéléré par le frottement réciproque.
Je penfe auffi que cette même effluence de la matière électrique a lieu dans la fermentation des herbes noyées; mais comme fon
mouvement eft ralenti par l'eau, que le frottement des molécules
électriques les unes contre les autres eft moindre, & que d'ailleurs
l'eau eft naturellement plus fraîche que l'air & prend moins promptement un degré de chaleur, il en réfulte que la fermentation doit
avoir beaucoup moins de chaleur, quand les herbes font noyées, que
lorfqu'elles font entaffées fans liquide. Cette folution explique d'une manière naturelle, pourquoi la fermentation eft plus prompte dans le bas
de la cuve que dans le haut. Là l'effluence du fluide électrique eft réciproque; il y a choc entre les molécules qui fe dégagent. Ici cette effluence ne trouve aucune réfiftance dans l'air de l'atmofphère & la matière électrique fe diffipe. C'eft auffi une des raifons qui fait qu'il eft
plus avantageux de tenir la cuve couverte, que de la laiffer expofée

K

à l'air. J'ai effayé de remplir entièrement des barriques avec des feuilles d'anil, de les humecter jufqu'à un pouce du rebord & de couvrir les barriques avec une table. La fermentation y a été plus prompte qu'à l'ordinaire & m'a paru plus égale. Il faudroit tenter cette expérience en grand, & couvrir la trempoire avec une table de même dimenfion qui toucheroit les herbes.

2.° *Par un menſtrue.*

A P R È S avoir laiffé les herbes fermenter fans liqueur dans une barrique plus ou moins de temps ; c'eft-à-dire depuis douze jufqu'à vingt-quatre heures, j'y ai verfé de l'eau un peu dégourdie. Elle a diffout promptement l'indigo & les matières extractives. Les phénomènes qui font la fuite de ce procédé me paroiffent mériter quelque attention.

J'O B S E R V E R A I d'abord qu'il s'etablit une fermentation dans les herbes foulées dans une barrique, quoiqu'on n'y mêle point d'eau ; la preuve que j'en donne, c'eft qu'elles contractent beaucoup de chaleur au bout de quelques heures ; c'eft pourquoi j'ai verfé une eau un peu dégourdie fur ces herbes, douze, quinze, dix-huit & vingt-quatre heures après qu'elles avoient été entaffées dans la barrique. J'ai fuppofé que l'eau froide auroit interrompu leur fermentation ; avant le mélange de l'eau, on ne trouve aucune liqueur dans le fond de la barrique, même au bout de vingt-quatre heures ; mais une heure après, qu'on a jeté de l'eau, l'extrait du bas a déjà une couleur verte affès-vive, fur un fond brun, & donne de l'indigo après le battage, en petite quantité, mais de la plus grande beauté & une eau rougeâtre. L'extrait du haut eft de couleur fauve & ne donne aucun grain, même en employant le précipitant & l'avivage. Deux heures après on obtient les mêmes réfultats, dans un degré plus éminent & dans une proportion plus grande.

L O R S Q U E les herbes ont demeuré vingt ou vingt-quatre heures dans la barrique fans liqueur, la fermentation eft déjà outrepaffée trois heures après qu'on y a verfé le liquide ; lorfque le mélange de l'eau s'eft fait douze ou quinze heures après que les herbes ont été mifes dans la barrique, la fermentation peut aller à trois heures.

O N conçoit qu'elle doit mettre un peu plus ou un peu moins

de temps, pour parvenir au même degré fuivant l'âge, l'état, la qualité & l'efpèce des herbes qu'on foumet aux expériences, fuivant l'influence du temps & fuivant le degré de chaleur qu'on employe. Ce que
je dois furtout faire remarquer, c'eft que l'extrait du haut de la barrique ne contient encore aucune molécule d'anir, lorfque celui du bas
a déjà outrepaffé le degré convenable à la fabrique. J'ai été obligé de
pouffer la fermentation jufqu'à cinq, fix, fept & huit heures, fuivant
les circonftances, pour obtenir un grain dans l'extrait du haut; mais
celui du bas étoit déjà décompofé en partie & avoit une odeur très-
fétide. L'écume n'a paru fur la fuperficie de la cuve, qu'au bout de
cinq, fix & fept heures de temps, fuivant les circonftances.

CE procédé n'appartient point, j'en conviens, à ce qui fait le fujet
de cet article, car il n'eft pas douteux qu'il n'y ait une fermentation
dans les herbes foulées, avant d'être humeĉtées, & que cette fermentation ne continue, dès qu'on a noyé les herbes. J'ai cru devoir rendre
compte de cette expérience qui me paroît curieufe & qui confirme qu'il
n'y a point de fimultanéité dans la fermentation. Le procédé fuivant a
plus de rapport au problême propofé.

DE s herbes pilées & mifes en tas dans un vafe, ne donnent aucun
réfidu & ne fermentent point, du moins fenfiblement dans l'efpace de
vingt-quatre heures, car on n'y remarque que très-peu de chaleur à
l'aide d'un thermomètre. Les mêmes herbes mêlées avec de l'eau pure, ou avec de l'eau de chaux, fourniffent par la feule macération &
fans fermentation, un réfidu verd ou verdâtre. Au bout de dix ou douze heures on trouve dans le bas une eau d'un jaune noirâtre, très-
chargée, & affès claire dans le haut. La première a donné un fédiment d'un verd obfcur & altéré par des matières extraĉtives jaunes;
la feconde, un précipité affès-rare, d'une couleur un peu verte beaucoup plus obfcure & mêlée de jaune. L'avivage [dont nous parlerons
en fon lieu] n'a fait que ternir la couleur de ces précipités. Au bout
de vingt ou vingt-quatre heures plus ou moins, fuivant les circonftances, la fermentation paroît très-avancée dans ces herbes pilées & humeĉtées avec de l'eau pure, mais la fécule qu'elles fourniffent eft olivâtre; en un mot, ce n'eft pas de l'indigo.

L'EAU-DE-VIE & l'efprit de vin qui ne diffolvent point l'indigo

K ij

en maffe, fe chargent cependant de quelques molécules, lorfqu'on met les feuilles tremper dans l'une ou l'autre liqueur, parceque ces molécules y font dans un état de grande ténuité; cette diffolution ne s'opère qu'à la longue & en petite quantité. Ce moyen n'eft donc pas fructueux & il eft très-difpendieux. L'éther eft un autre diffolvant plus efficace, mais il ne l'eft pas encore affès & ne peut être employé dans les manufactures d'indigo, parceque cette liqueur eft trop rare & trop précieufe.

L E S alkalis fixes, cauftiques ou non & l'eau de chaux pure ne dif-folvent pas plus l'indigo des feuillés d'anil, fans fermentation, que l'in-digo en fubftance.

L E S acides minéraux affoiblis par l'eau pure & les acides végé-taux purs ou foibles, ne diffolvent pas davantage l'indigo des feuilles d'a-nil; on ne peut pas employer les acides minéraux concentrés, vû leur ra-reté, vû leur prix, vû leur vertu corrofive, telle qu'ils attaquent les vaiffeaux de quelque nature qu'ils foient, *excepté ceux de verre ou de porcelaine.* 3.° *Par des moyens mécaniques.*

1.° J'ai fait piler des herbes. Tantôt j'en ai exprimé le fuc fans mé-lange; tantôt j'ai délayé la pâte dans de l'eau pure; tantôt je l'ai mê-lée avec différentes diffolutions, alkalines, minérales ou végétales, cauftiques ou non, foit phlogiftiquées, foit non phlogiftiquées. Tan-tôt j'ai détrempé cette pâte dans une eau acidulée. Touts ces procédés ne m'ont donné qu'un réfidu verdâtre, de quelque manière que j'aye varié les expériences.

2.° J'ai fait éplucher avec foin des feuilles d'anil africain. J'ai pré-féré cette efpèce, parcequ'elle eft une de celles qui eft la plus bleue & qui donne le plus de produit. On n'a choifi que les feuilles les plus nourries & les mieux conditionnées. Je les ai mifes, partie dans de l'eau pure & partie dans une diffolution alkaline. Je les ai laiffées les unes & les autres, en macération plus ou moins de temps, enfin pen-dant cinq heures, car j'ai répété & j'ai varié cette expérience plufieurs fois. Je leur ai donné un battage plus ou moins long; je l'ai pouffé jufqu'à trois heures de temps fans interruption. J'ai foumis l'extrait pendant ce temps à plufieurs épreuves & je l'ai faifi à différents degrés de battage. Je n'ai pu obtenir qu'un précipité mucilagineux, verd ou verdâtre ou jaunâtre & point d'indigo.

3.º J'ai répété les mêmes expériences fur des feuilles d'anil-céré defféchées, auxquelles je n'ai donné qu'une demi-heure de marération, pour détremper les herbes. Les réfultats n'ont pas été plus heureux.

J'ai fait éplucher à la main des feuilles vertes d'anil, je les ai fait piler fur le champ ; j'ai formé des boulettes avec la pâte qui en eft provenue, & je les ai mifes à fécher. Lorfqu'elles ont été féches, jufque dans leur intérieur, je les ai fait concaffer, & je les ai mifes avec de l'eau dans une jatte. J'ai foumis cette eau qui étoit devenue de couleur brune, à différentes expériences, en différents intervalles ; je n'ai jamais obtenu d'indigo, ni même de précipité verd ; mais cette eau de laquelle il ne s'eft développé aucune écume, qui n'a formé aucune crême, en un mot qui ne montroit aucun fymptôme vifible de fermentation, avoit au bout de quelques heures du mélange avec la pâte defféchée, une odeur urineufe qui augmentoit de plus en plus & qui étoit très-forte, au bout de vingt-quatre heures.

4.º *Par le moyen du feu.*

DES feuilles d'anil épluchées & choifies, vertes ou féches, mifes dans une baffine de cuivre fur le feu, foit avec de l'eau pure, foit avec une diffolution alkaline, foit avec une eau acidulée, ne m'ont donné qu'un précipité grisâtre, ou brunâtre, ou noirâtre, de quelque manière que j'aye varié les expériences. Ces deux décoctions ont précipité en noir une diffolution de vitriol martial. Des herbes vertes entières ou pilées mifes dans une baffine fur le feu fans liqueur ne donnent aucun réfidu.

MALGRÉ le peu de fuccès de ces recherches, nous nous garderons bien de prononcer qu'il foit impoffible de réfoudre la queftion propofée d'une manière fatisfaifante. On pourroit effayer les huiles & furtout les huiles éthérées, avec des feuilles bien defféchées &c. &c. mais toutes ces recherches feroient plus curieufes qu'utiles.

ON prétend que les Madécaffes employent un procédé particulier pour teindre leurs pagnes en bleu. Ils pilent, dit-on, les tiges d'une efpèce d'anil que nous n'avons pas encore à l'ifle de france ;

ils détrempent cette pâte à froid dans de l'eau pure & y mettent leurs
pagnes pendant quelques heures , au bout defquelles ces étoffes fe
trouvent teintes en bleu. J'avoue que je doute de la vérité de ce rapport. On nous a envoyé de Madagafcar des graines de l'anil qu'ils
employent , & nous n'avons pu obtenir le même fuccès. Peut-être
s'eft-on trompé fur le choix des graines, car il y a beaucoup d'efpèces différentes d'anils dans cette grande ifle , dont toutes les productions ne nous font pas encore connues.

S'IL exiftoit réellement une efpèce d'anil qui déchargeât fa teinture par le moyen que je viens de décrire , elle feroit très-précieufe
à acquérir & fourniroit la folution du problême que nous n'avons pas
pu réfoudre.

CHAPITRE II.

Préceptes relatifs au battage de l'indigo.

APRÈS avoir traité de la fermentation dans le plus grand
détail, autant que nos connoiffances nous l'ont permis , nous donnerons à-peu-près la même étendue à l'opération importante du battage. Nous tâcherons d'expliquer phyfiquement les phénomènes qui
accompagnent l'analyfe qui eft le réfultat de ce procédé de l'art.

ARTICLE PREMIER.

Écoulement des eaux de la trempoire dans la batterie.

LORSQU'ON a jugé que la fermentation a acquis le degré
convenable à la fabrique, on fait écouler l'eau dans la batterie. Cette
eau tient en diffolution toutes les fubftances des herbes, qu'elle a pu
attaquer , 1.° l'indigo combiné avec l'alkali volatil, mais qui n'a pas
changé de nature par cette union, quoiqu'il ait changé de couleur;
2.° les fels de la plante & les matières favoneufes extractives, ou
gommeufes que l'eau aidée des fels & de la fermentation a pu diffou-

dre. Ces différentes matières n'ont pas été examinées chimiquement. Leur analyse pourroit cependant donner quelques connoiffances fur la nature des mixtes qui forment la fubftance de l'anil. (*a*).

QUOIQU'IL en foit, on fait paffer dans la batterie toute l'eau ainfi chargée des diverfes fubftances qu'elle a pu diffoudre. L'opération du battage occafionne, comme on a vu dans la théorie que nous en avons donnée, la féparation de l'indigo des autres mixtes avec lefquels il eft allié. Ces mixtes étant tous par leur nature diffolubles dans l'eau, ne peuvent s'en féparer par le moyen du battage ; au lieu que l'indigo étant naturellement immifcible à l'eau, s'en fépare facilement, dès qu'il eft dégagé de l'intermède qui avoit opéré fa diffolution.

ON doit fe rappeler que nous avons dit que le liquide de la partie fupérieure de la trempoire, n'atteignoit jamais le même degré de fermentation que les autres parties du liquide contenu dans ce vaiffeau ; & qu'on avoit peine à y trouver un grain même après un long battage. Nous ajoutons ici, que lorfque l'eau eft écoulée de la trempoire, les herbes laiffent fuinter pendant affès long-temps, non feulement les portions d'eau qui les ont mouillées ou trempées, mais encore une partie de celles dont elles font imbibées. Ces différentes eaux & furtout ces dernières portions, font d'une couleur fale, obfcure, d'un verd gris, & contiennent beaucoup plus de matières extractives que d'indigo ; celui qui exifte avec ces mêmes matières eft tellement allié avec elles, qu'il a bien de la peine à s'en féparer. En mêlant dans la batterie ces dernières portions d'extrait avec les autres, on ajoute à la quantité de matières extractives que celles-ci contiennent déjà & qui nuifent au but qu'on fe propofe dans l'opération du

---

(*a*) J'avoue que j'ai fait trop peu de recherches fur cette matière. J'ai mis de l'extrait dans deux états, fur un feu doux ; 1.º après le battage, avant la précipitation du grain ; 2.º après avoir retiré l'indigo. L'un & l'autre m'ont fourni un extrait épaiffi, également noir, que j'ai foumis à beaucoup d'expériences & que je n'ai pas pu venir à bout de rendre bleu. Je n'ai apperçu entr'eux aucune différence, fi ce n'eft que le premier étoit un peu plus abondant que le fecond.

battage, une quantité nouvelle de pareilles matières & plus grande proportionnellement aux dernières portions qu'on fait entrer dans la batterie. Je ferois donc d'avis qu'on en arrêtât l'écoulement, en remettant la cheville dans le daleau de la trempoire ; & je fuis perfuadé que la fuite de l'opération du battage en iroit beaucoup mieux.

O n ne doit pas craindre de perdre beaucoup par ce retranchement fur le produit de la cuve. L'indigo qui peut être contenu en quantité très-petite dans les dernières portions d'extrait dont je parle, feroit également perdu, quand même on ajouteroit cet extrait dans la batterie, parcequ'il eft tellement allié à des matières extractives que le battage ne peut l'en féparer ; en outre ces matières hétérogènes, comme nous l'avons dit fouvent, nuifent au fuccès de l'opération.

J'a i effayé de lâcher la cuve en deux temps ; c'eft-à-dire que j'ai fait paffer d'abord la moitié de l'eau de la trempoire dans la batterie, ou même les trois quarts. Vingt-cinq ou trente minutes après, j'ai fait ajouter la partie que j'y avois laiffée, qui y avoit éprouvé pendant ce temps un mouvement de fermentation & qui fe trouvoit mieux conditionnée. Tantôt j'ai fait battre la partie de l'extrait qui fe trouvoit dans la batterie, avant le mélange de la partie reftante. Tantôt j'ai différé de battre, jufqu'à ce que les deux portions fûffent raffemblées. Touts ces procédés ont réuffi.

ARTICLE DEUXIÈME.

Explication de ce qui fe paffe dans la batterie pendant le battage de l'indigo.

L a plufpart des auteurs qui ont écrit fur la fabrique de l'indigo, ont regardé le battage comme *l'opération la plus délicate de toute la manipulation* (a) c'eft-à-dire la plus difficile. Ils ont reconnu par la pratique, que l'excès ou le défaut de battage étoient nuifibles à l'opé-

---

(a) Art de l'indigotier, Edition de paris in fo. 1770. L. III. C. II. p. 91.
Idem, Édition de l'ifle de france in 8.⁹ 1778. p. 145.

ration

ration. Pour faifir le point intermédiaire, ils ont multiplié les préceptes, n'ont donné aucun indice fixe & affûré par lequel on pût déterminer la durée du battage & n'ont marché qu'en tâtonnant, fouvent
même ils fe font égarés. Tout cela n'a rien d'étonnant ; n'ayant pas
connu la vraie théorie de leur art, ils ont cherché dans des circonftances variables à l'infini, pour ainfi dire, des règles auffi variables &
très-difficiles à faifir par les plus experts. *Il n'eft point étonnant*, dit
M. de B. R. *que la multiplicité de tant d'obftacles faffe quelquefois échouer le plus habile indigotier & à plus forte raifon ceux
qui n'ont pas autant de fcience.* (*a*).

D A N S l'opération du battage, le mouvement imprimé à l'extrait
occafionne une évaporation prompte & abondante des fels alkalis
volatils qui verdiffoient les atomes colorants avec lefquels ils étoient
unis. L'abfence de ces fels rend aux molécules leur couleur naturelle.
La percuffion du battage, en bouleverfant le liquide contenu dans la
batterie, préfente fucceffivement à l'air extérieur les différentes parties
du liquide & excite la volatilifation des alkalis. L'extrait devient d'a-
bord *pers* , c'eft la nuance qui eft entre le bleu & le verd, parcequ'il
contient des molécules d'anir, qui font encore verdies par les alkalis
& d'autres molécules qui font libres & qui ont repris par conféquent
la couleur bleue. Le battage continuant toujours, l'extrait devient
bleu, parcequ'il ne contient plus d'alkalis volatils. Cette même percuffion continuant à fe faire, pouffe les molécules d'anir les unes contre les autres ; elles fe rencontrent, s'accrochent, augmentent de volume, & le grain paroît alors fur *fon gros*. L'affinité qu'elles ont entr'-
elles & furtout leur propriété d'être immifcibles à l'eau, facilitent leur
réunion. Dès qu'elles fe font aggrégées, l'extrait paroît noir ou noirâtre. Le repos occafionne enfuite leur précipitation ; leur poids les en-
traine au fond du vaiffeau ; & l'extrait prend alors une couleur jaune ou rouffe. Je fuppofe que l'opération ait été bien conduite.

(*a*) Art de l'indigotier, Edition de paris in fo. 1770. L. III.
C. II. p. 98.
Idem, Édition de l'ifle de france, in 8.º 1778. p. 166.

L

AVANT le battage, l'extrait a une odeur vive, pénétrante, urineufe qui vient des alkalis; il n'a plus après le battage qu'une odeur
herbacée qui n'eft pas défagréable, quand la fermentation a été arrêtée au degré convenable. Cette obfervation femble confirmer toute
ma théorie. Je laiffe au lecteur le foin de déduire lui-même les conféquences qui réfultent de ce fait.

SI le battage n'a pas duré affès long-temps, l'évaporation des alkalis volatils n'eft pas affès confidérable; ceux qui reftent dans l'extrait
le verdiffent, parcequ'ils tiennent en diffolution beaucoup de molécules d'indigo. Celles qui font devenues libres par l'évaporation
des fels qui leur étoient unis, étant rares, ne peuvent pas fe rencontrer
facilement & former des maffes lourdes & pefantes. Leur précipitation, à raifon de leur légèreté ne fe fait point ou fe fait lentement.

SI le battage a été excédé, l'évaporation des alkalis volatils eft complète; mais on retombe dans un autre inconvénient. La percuffion trop
long-temps continuée divife le grain qui s'étoit formé; alors il n'eft
plus en maffes, il eft trop léger & la précipitation eft lente & imparfaite; chaque molécule entraîne avec elle des parties de la matière extractive dans laquelle elle eft noyée; ces parties hétérogènes altèrent fa couleur & lui donnent un œil noir. Après le battage & le
repos, l'extrait prend une teinte bleue, à raifon des molécules de fécule qui y font fufpendues.

CE que nous venons de dire fur l'effet du défaut ou de l'excès de
battage, ne doit être appliqué qu'à l'extrait d'une cuve dont la fermentation a été faifie à propos. Si elle a été outrée, l'indigo peut être
décompofé & le battage ne peut le rétablir; l'opération eft totalement
manquée. Si l'excès n'eft pas confidérable, la perte n'eft pas totale; elle
eft proportionnée au degré de l'excès. Dans ce cas, le battage réunit
le grain avec peine, parcequ'il flotte dans une eau trop denfe & trop
vifqueufe, à raifon de la grande quantité de matières extractives qu'-
elle contient; la précipitation fe fait lentement & n'eft pas entière;
auffi l'eau eft-elle bleue ou bleuâtre; les molécules du fluide ont autant de poids que celles de l'indigo; il eft même altéré dans fa qualité par le mélange des matières extractives.

SI la fermentation a été arrêtée avant le point convenable, la quantité du produit eſt modique, ſans être altéré dans ſa qualité. On n'a pas donné le temps néceſſaire à la fermentation , pour diſſoudre tout l'anir qui eſt contenu dans les herbes. Le battage trouvant peu de molécules d'indigo dans l'extrait, a de la peine à les réunir, elles y flottent ſans ſe rencontrer; leur précipitation eſt lente & ne ſe fait qu'en partie.

M. de B. R. ne paroît pas avoir connu la raiſon phyſique de la couleur verte ou bleue de l'extrait , avant , pendant & après le battage. *Les couleurs d'un brun bleuâtre ſur un fond verd, annoncent,* dit-il, *un excès de fermentation . . . la couleur bleue répandue dans la cuve provient d'une partie du grain trop affoibli par la fermentation & diſſous par le battage. . . . La couleur verte prouve que la putréfaction & le battage ne ſont point achevés.* (a) C'eſt-à-dire l'effet & non la cauſe ; c'eſt même ſe tromper ſur l'effet en quelques points. La couleur bleue peut provenir d'un degré d'excès , ſoit dans la fermentation, ſoit dans le battage , parce que l'un & l'autre ſont cauſe que le grain reſte extrêmement diviſé, celui-ci mécaniquement; l'autre en le tenant embarraſſé dans des matières extractives qui empêchent ſa réunion. La fermentation n'affoiblit point le grain ; le battage peut bien le diviſer, mais non le diſſoudre. La couleur verte de l'extrait après le battage , n'eſt point due au défaut de putréfaction , mais ſeulement à celui du battage. Le trop grand excès de fermentation donne à l'extrait une couleur noirâtre & au grain une couleur noire. Si l'excès n'eſt pas trop outré , l'indigo a entraîné avec lui dans ſa précipitation des matières hétérogènes qui l'altèrent & le noirciſſent. Si l'excès eſt moindre , les molécules reſtent embarraſſées dans les ſucs extractifs & ſuſpendues dans le liquide , auquel elles communiquent un œil bleuâtre , d'autant que ces mêmes ſucs ne ſont pas dans ce cas, aſſès abondants & aſſès nourris, pour obſcurcir totalement la couleur bleue des molécules d'indigo. S'il y a eu putréfaction , le grain a ſubi

---

(a) Art de l'indigotier, Editon de paris in fo. 1770. L. III. C. II. p. 98.

Idem , Edition de l'iſle de france , in 8.° 1778. p. 166.

L i j

un commencement de décompofition & a perdu fa couleur, il eft noir & fans prix.

J'A I cru devoir m'étendre fur le fujet de cet article, quoiqu'il ne foit qu'une répétition de ce qui a été dit dans la première partie, afin que le lecteur put faifir facilement ce qui me refte à dire fur le battage. Je ferai obligé de rappeler ces notions plus d'une fois. On me pardonnera peut-être mes redites, fi l'on fait attention que ma théorie eft nouvelle & même contraire en plufieurs points aux idées adoptées, que je parle aux artiftes & que mon but eft de leur faire concevoir mes principes.

ARTICLE TROISIÈME.
Moyen pratiqué pour juger du battage.

COMMENT connoître le point fi difficile du battage, pour éviter les inconvénients du défaut ou de l'excès ? c'eft une queftion que nous nous flattons de réfoudre par la fuite ; examinons d'abord le moyen connu & pratiqué pour juger du battage.

L'ÉPREUVE la plus accréditée parmi les indigotiers eft celle de la taffe; ils prennent de l'extrait dans la batterie de temps en temps, pendant le battage ; ils le mettent dans une taffe qu'ils agitent; ce mouvement occafionne la précipitation du grain ; ils tâchent de faifir le point où ils reconnoiffent que le grain eft *fur fon gros*, pour ceffer le battage, & qu'il roule librement comme des grains de fable fin, lorfqu'on penche ~~l'affiette~~ ; mais cette reconnoiffance eft d'autant plus difficile, qu'ils avouent qu'on ne doit pas attendre que le grain foit auffi formé dans la batterie, qu'il le devient dans la taffe, après le mouvement qu'on lui donne ; & que le plus fouvent, l'on ne voit pas dans ~~la taffe~~, la progreffion qui fe fait dans la batterie des maffes du grain, même après un quart d'heure ou plus de battage, fuivant les circonftances.

la taffe /

le vafe /

POURQUOI le mouvement imprimé à l'eau de la taffe occafionne-t-il plus promptement la réunion & la formation du grain que le mouvement de la batterie ? pourquoi la précipitation eft-elle plus prompte dans la taffe ?

JE réponds à ces deux queftions que l'eau ayant dans la taffe proportionnellement moins de profondeur que celle contenue dans la cuve, préfente plus de furfaces à l'air ; par conféquent l'évaporation des fels fe fait plus promptement, d'où s'enfuit la réunion du grain. Sa précipitation eft plus prompte, parcequ'il a moins de chemin à faire. D'un autre côté le mouvement qu'on imprime à la taffe fe faifant en fens contraire, occafionne la rencontre fréquente des grains les uns avec les autres ; delà naît leur aggrégation ; il n'en eft pas de même du mouvement de la batterie.

L'INDICE qui fe tire de cette épreuve ne peut donc être décifif, puifque le grain de la taffe eft dans un état différent de celui où il fe trouve dans la batterie, & que d'ailleurs un mouvement plus ou moins rapide, plus ou moins long, plus ou moins adroit, de même qu'une plus grande ou moindre quantité d'extrait dans la taffe, donnent un grain plus ou moins gros & plutôt ou plus tard.

SI l'épreuve étoit fûre, l'opération du battage ne feroit pas la plus délicate & la plus difficile de toute la manipulation, puifqu'on auroit un indice certain pour en reconnoître le jufte degré. Il feroit inutile d'en chercher d'autres dans des circonftances équivoques, variables, indécifes & dont les détails préfentés par les auteurs avec la plus grande étendue, montrent plutôt à l'artifte qu'il s'eft trompé après coup, qu'ils ne lui apprennent la marche qu'il doit fuivre, pour ne pas s'égarer pendant l'opération.

TOUTES ces difficultés vont fe lever par notre méthode ; la théorie qui l'a fait découvrir paroîtra la feule vraie, quand on verra dériver d'un feul & même principe des effets fi heureux.

ARTICLE QUATRIÈME.

Du battage en lui-même confidéré comme mouvement.

J'AVOUE que j'ai été étonné de ne point trouver de règles, dans les auteurs qui ont traité de l'art de l'indigotier, fur le degré de mouvement à donner au battage. Dès le premier moment que j'ai étudié leurs ouvrages, j'ai compris que la vîteffe plus ou moins grande ne devoit pas être indifférente au fuccès de l'opération. J'ai donc été obligé de chercher dans l'expérience des connoiffances que je ne trouvois pas dans les livres.

L'o p é r a t i o n du battage a pour but de féparer les molécules intégrantes de l'indigo, d'avec les alkalis qui le tiennent en diffolution, de réunir en maffes ces mêmes molécules & d'occafionner par là leur précipitation au fond du vaiffeau. J'ai rapporté dans l'article ~~premier~~ de ce chapitre les inconvénients du défaut ou de l'excès du battage. Je vais examiner cette opération en elle-même.

T o u t mouvement a rapport dans fes effets à deux circonftances effentielles qu'il faut bien diftinguer, la durée & la vîteffe.

D a n s l'opération dont il s'agit ici, il y a une troifième circonftance non moins importante, c'eft le volume & la forme du corps frappant.

A r r ê t o n s - nous d'abord aux deux premières, en faifant abftraction de la troifième pour un moment. Il y aura excès dans le mouvement, quand la vîteffe fera accélérée, quoique la durée foit médiocre, & *vice versâ* ; à plus forte raifon, quand la vîteffe & la durée concourront enfemble.

I l y aura défaut, quand le mouvement fera lent & la durée médiocre ; ou quand le mouvement fera accéléré & la durée trop courte ; ou quand le mouvement fera très-lent, quoique la durée foit un peu longue. Tout cela eft fenfible.

I l en eft de même du volume & de la forme du corps frappant. On conçoit facilement, que s'il a un volume confidérable, il occafionnera un bouleverfement plus grand dans l'extrait, à vîteffe & durée égales, que lorfque fon volume fera moindre. On peut dire la même chofe de fa forme ; ainfi le volume & la forme du corps frappant ne font pas indifférents. Je ne parle pas de fa fituation relativement au liquide. On fent affès qu'elle opère le même effet que le volume & la forme du corps frappant.

I l eft facile d'appliquer ces principes à l'opération du battage.

S i le mouvement eft trop lent, ou de peu de durée, l'évaporation des alkalis n'eft pas complète ; l'eau refte verdâtre, parcequ'elle tient de l'indigo en diffolution. Les molécules ne font pas réunies en maffes ; la précipitation du grain eft lente & partielle ; le produit de la cuve eft médiocre.

S I le mouvement eſt vîte , ſi le corps frappant a un volume conſidérable & une forme qui procurent un grand bouleverſement dans le
liquide que contient la batterie, l'évaporation des ſels ne peut pas ſe
faire facilement : la durée d'un pareil battage ne rémédie pas à ſon
vice. L'eau emportée par un mouvement trop conſidérable & trop rapide s'élève beaucoup audeſſus de ſon niveau & contrarie l'évaporation des alkalis , en leur imprimant un mouvement oppoſé ; alors l'extrait eſt verdâtre. Ces mêmes alkalis ſe combinent avec les parties extractives du liquide & forment avec elles une matière ſavoneuſe, première cauſe de l'écume conſidérable qui ſe forme. Si ce mouvement eſt
continué trop long-temps , les molécules du grain extrêmement diviſées, ſont ſéparées au même inſtant qu'elles s'accrochent , ſe mêlent
avec cette écume, s'y embarraſſent , ne ſe précipitent point ; tandis que
d'autres molécules ſuſpendues dans l'eau, lui donnent une couleur
bleue ou noirâtre, ou au moins embrouillée , ſuite d'un battage forcé.

M A I S un battage ménagé, quant à la viteſſe du mouvement, quant
au volume & à la forme du corps frappant, n'occaſionne aucune écume, ou plutôt elle diſparoît totalement à l'aſperſion de l'huile, & ne laiſſe plus à l'artiſte d'incertitude que ſur la durée du mouvement. Elle doit
être plus ou moins conſidérable , ſuivant l'eſpèce & la qualité des
herbes & ſuivant le degré de fermentation qu'on leur a donné.

L'É P R E U V E de la taſſe ſur l'extrait pendant le battage m'a
conduit à ſuppoſer, qu'un mouvement modéré pourroit être favorable
au ſuccès de la fabrique. J'ai remarqué que le grain dans la taſſe ſe formoit plus promptement & ſe réuniſſoit en maſſes plus groſſes que dans
la batterie, où le mouvement & par conſéquent le bouleverſement de
l'eau me paroîſſoient plus conſidérables. Frappé de cette différence, je
compris qu'un battage modéré devoit être préférable à celui que je fai-
ſois donner , conformément aux préceptes des indigotiers.

M A batterie mue par l'eau avoit quatre caiſſons, dans les proportions déſignées par M. de B. R. Ils donnoient au total quarante-qua-
tre à cinquante-ſix coups par minute ; ſans compter la chute de l'eau,
occaſionnée par le rempliſſage des caiſſons, lorſqu'ils montoient; ce qui
doubloit réellement les coups. Ma batterie reſtoit après le battage
toujours couverte d'une écume conſidérable, malgré les aſperſions réi-

térées & abondantes d'huile pendant l'opération; & j'avoue que je ne trouvois pas alors de règle fixe & fûre, pour déterminer la durée du battage. Je me conduifois donc à l'aventure, comme les indigotiers.

M A I S réfléchiffant fur les circonftances de cette opération & fur la théorie du battage, je pris le parti de faire ouvrir les quatre caiffons, c'eft-à-dire de faire enlever leurs fonds, & je les laiffai dans la fituation où ils étoient auparavant. J'ajoutai entre les deux bras des caiffons, un troifième bras, aux deux extrémités duquel je fis mettre une palette pour renvoyer fur les côtés les eaux du milieu de la batterie, & je fis donner trente à trente-deux coups de buquets par minute. Le fuccès le plus heureux répondit à mon attente.

I L ne fe forma plus d'écume dans ma batterie, c'eft-à-dire qu'elle difparut entièrement à l'afperfion de l'huile, fans fe reformer de nouveau. Le grain parut promptement dans la taffe & très-gros, même fans lui imprimer aucun mouvement; & j'obtins une fécule très-belle & flottante, en plus grande quantité que je n'en retirois ci-devant.

J' A I répété cette expérience plufieurs fois; le réfultat a toujours été le même. J'ai acquis une preuve complète en faveur de cette méthode, par l'expérience fuivante.

J' A I partagé également dans mes deux batteries qui avoient le même arbre mu par la même roue, l'extrait d'une trempoire. Dans la première batterie, les caiffons étoient ouverts. Dans la feconde, ils étoient difpofés de même, mais fermés par leurs fonds, comme c'eft l'ufage, lorfqu'on fe fert d'un moulin mu par l'eau. La même roue faifoit mouvoir l'arbre auquel étoient adaptés les bras des caiffons des deux batteries; ainfi le mouvement étoit le même pour l'une & pour l'autre. Le grain s'eft trouvé formé dans la première, vingt minutes avant celui de la feconde. La première eft reftée fans écume à la fin de l'opération & après l'afperfion de l'huile, quoique le battage ait été continué vingt minutes de trop & que le grain fut divifé au bout de ce temps; mon intention étoit de l'amener à ce point, pour effayer de le réparer & de le réunir. La feconde batterie étoit couverte d'écume, même après plufieurs afperfions d'huile; elle n'avoit eu que le battage convenable. J'avois eu l'attention de diftribuer dans les deux batteries, des portions égales de l'extrait du haut, du centre & du bas de la trempoire.

J'AI

J'ai essayé de substituer des palettes aux caissons ouverts en donnant le même mouvement rapide. Elles occasionnèrent plus d'agitation dans l'extrait que ceux-ci, mais beaucoup moins que les caissons fermés par leur fonds : aussi le résultat tint le milieu. J'eus beaucoup moins d'écume par le moyen des palettes, que par l'effet des caissons fermés ; cependant elles en fournirent un peu ; & les caissons ouverts n'en donnent point du tout, parceque l'agitation de l'eau est moindre par l'effet de ceux-ci.

J'ai encore essayé de battre l'extrait avec des palettes par un mouvement lent. L'opération a bien réussi, mais il faut qu'elles ne soient ni trop larges, ni trop hautes. Il vaudroit mieux en multiplier le nombre. Je serois d'avis de ne leur donner que quinze pouces de hauteur sur cinq ou six pouces de largeur, pour les batteries de médiocre étendue.

Je suis revenu par essai, aux caissons fermés, en donnant un mouvement très-lent, c'est-à-dire, quatre tours à quatre tours & demi & cinq tours de roue par minute. L'opération a encore réussi, mais l'écume est plus long-temps à se dissiper par ce dernier moyen que par celui des buquets ; & j'ai éprouvé qu'il en restoit quelquefois un peu dans les coins, parceque l'eau n'y est pas agitée, comme dans le reste de la batterie.

Je n'entrerai pas ici dans le détail des différentes machines que l'on peut construire pour battre l'indigo. Je renvoye ce sujet au chapitre premier de la troisième partie. Il me suffit d'avoir établi dans celui-ci pour loi générale, qu'un battage modéré est le seul convenable, le seul profitable, & que *l'eau doit être agitée ou brouillée, plutôt que battue, ou frappée.* Vingt-huit à trente-deux impulsions de buquets au plus par minute, suffisent pour les batteries médiocres ; ce qui revient à sept à huit tours de l'arbre qui porte quatre buquets, par minute : on entend par *buquets* des caissons ouverts par le haut & par le fond. Moins de vitesse rendroit l'opération trop lente. Sur ce principe chaque indigotier est en état de déterminer la construction de ses batteries & de ses buquets. Ceux-ci doivent être disposés, de façon qu'ils entrent dans l'eau par un côté ouvert & non par un côté fermé, pour éviter

M

la grande agitation de l'eau. On suivra pour leur conſtruction les proportions indiquées par M. de B. R., *dans l'art de l'Indigotier.*

ARTICLE CINQUIÈME.

De la durée du battage.

L A durée du battage peut bien avoir un rapport direct à la fermentation; mais il nous paroît difficile à ſaiſir : cette cauſe n'eſt pas la ſeule qui influe ſur le temps que doit durer cette opération. Les auteurs & les indigotiers preſcrivent un battage plus ou moins long, ſuivant la qualité des herbes & ſuivant le degré de fermentation qu'elles ont eue. Je ne crois pas qu'il ſoit facile de ſe former quelque règle ſur ces notions, pour déterminer la durée du battage.

1.° On peut bien aſſûrer dans de certains cas, que les herbes ſont de mauvaiſe qualité, c'eſt-à-dire qu'elles donneront peu de produit ; mais comment apprécier cette qualité ? comment ſaiſir le plus ou le moins ? comment même reconnoître en général la qualité des herbes, à moins qu'elles ne ſoient flétries ou jaunes, ou dépouillées d'une partie de leurs feuilles. La nature ne nous montre point les loix qu'elle ſuit dans ſes combinaiſons. Nous pouvons bien la deviner quelquefois ; mais nous ſommes ſouvent expoſés à nous tromper dans les jugements que nous portons ſur ſes opérations. Ne peut-il pas arriver, que telle herbe, à raiſon du ſol où elle a crû & des influences du temps ou de la ſaiſon, montre une belle végétation & beaucoup de fraîcheur, & qu'elle ſoit cependant peu riche en indigo ; tandis que telle autre herbe qui aura pris moins d'extenſion dans ſes branches, qui aura moins de feuilles, & même moins de fraîcheur, ſur tout ſi elle eſt parvenue au plus haut point de la maturité convenable, aura néanmoins puiſé dans une terre plus appropriée à ſa nature, des ſucs plus nourris & plus analogues à la ſubſtance de l'indigo & ſera plus riche que la précédente.

2.° Vouloir que l'artiſte règle le battage ſur le degré de la fermentation, c'eſt vouloir bien ſouvent qu'il ſe règle ſur une inconnue & non ſur une donnée ; car s'il connoît bien les différents degrés de la fermentation, pourquoi n'en a-t-il pas ſaiſi le juſte point ? & d'ailleurs com-

ment déterminer le plus ou le moins ? je fais qu'en lâchant l'eau de
la trempoire, on a quelquefois des indices certains de l'excès ou du
défaut de fermentation ; mais ce n'eft que dans le cas où le premier eft
outré & où le fecond eft confidérable, fautes dans lefquelles ne tombe
jamais un artifte expert & vigilant ; il ne péche que par un peu plus, ou
un peu moins, parce qu'il n'a pas des indices fuffifants, pour reconnoître avec précifion le jufte point de la fermentation. Mais enfin que
réfulte-t-il de la connoiffance qu'il peut avoir de l'excès ou du défaut
fuppofé ? qu'il faut donner beaucoup de battage, dit-on, à une herbe qui n'a pas eu affès de fermentation, & qu'il en faut donner peu à
une herbe qui a trop fermenté. Je fuis en général de cet avis ; mais je
foutiens en même temps, que la durée du battage ne peut & ne doit pas
fe régler fur le degré de la fermentation ; cela eft fi vrai, que les indigotiers mêmes qui font le plus attachés à cette prétendue règle, cherchent
d'autres indices pour déterminer la durée du battage.

J e donnerai donc la règle, comme une obfervation affès générale,
& non pas comme un précepte ; car il arrive quelquefois qu'une cuve
qui eft peu éloignée du point convenable de fermentation, demande un battage court ; & que la cuve qui péche par excès plus ou moins
exige un battage affès long. La première fuivant la qualité des herbes
& fuivant la durée & les progrès de la diffolution, peut contenir beaucoup d'indigo ; alors les molécules fe rencontrent & fe réuniffent facil-
lement. Je pourrois ajouter que la manière de battre & la viteffe du mouvement influent beaucoup fur cette rencontre & fur cette réunion ;
mais je ne préfenterai pas trop d'incidents à la fois qui peuvent
faire varier les effets & par conféquent la durée du battage, dans
touts les cas. La feconde cuve dont nous avons parlé, peut être plus
ou moins chargée de fucs extractifs, lefquels foit à raifon de la durée de la fermentation, foit à raifon de la qualité des herbes, empêchent le plus fouvent la formation du grain, en s'interpofant entre
fes molécules ; alors il faut un long battage. Si cette même cuve eft
riche en indigo, & contient proportionnellement peu de matières extractives, le battage occafionnera promptement la réunion des molécu-
du grain. S'il eft continué trop long-temps, il les divifera & les alliera
avec des matières extractives. Ce n'eft donc pas fur la durée de

la fermentation, qu'on doit régler la durée du battage; mais fur les effets de cette opération mécanique fur l'extrait. Ce font ces effets qu'il faut remarquer uniquement, fans s'arrêter à toutes les autres cir- conftances qui font trop difficiles à faifir avec précifion, & qui peuvent même induire en erreur.

ARTICLE SIXIÈME.

Moyen de reconnoître le degré du battage.

J'AI fait voir que l'épreuve de la taffe n'étoit pas exacte & qu'elle étoit infuffifante. Le grain y paroît toujours plus formé & plus gros que dans la batterie & beaucoup plutôt. J'en ai donné la raifon dans l'arti- cle ~~fecond~~ de ce chapitre. Voilà d'où naît la difficulté de faifir le mo- ment où le battage eft fuffifant. L'indice connu & pratiqué pour en connoître le point eft incertain, parceque l'effet en eft précoce; équi- voque, parceque l'artifte ne fait pas bien à quelle marque il doit s'arrê- ter; fautif, parcequ'il n'apprend point l'état du grain dans la batterie.

troisième

IL s'agit de trouver un moyen qui préfente promptement à l'œil le grain dans le même état qu'il eft dans la batterie. Rien n'eft plus fim- ple; c'eft peut-être à raifon de la fimplicité du moyen qu'on s'eft écarté du vrai chemin qui y conduit.

ON prendra pendant le battage de l'extrait de temps en temps, lorfqu'il commencera à prendre une couleur d'un verd foncé, comme noirâtre. Tant qu'il eft verd ou bleu, on peut continuer l'opération, fans faire d'épreuve. Au refte ces nuances font délicates à faifir & ne laiffent pas que d'offrir des variétés qui en impoferoient à l'artifte, s'il n'étoit pas fur fes gardes. On mettra très-peu d'extrait fur une affiet- te blanche, ou fur un compotier, ou un plat de fayence, de porce- laine ou d'argent, & on l'examinera après un moment de repos. Quand le battage eft à fon point, le grain fe réunit de lui-même en maffe fur l'affiette & l'eau paroît claire & rouffe. C'eft alors qu'il faut ceffer le battage. On doit le continuer, tant que l'eau paroît embrouil- lée & verte & que le grain eft petit, ou qu'il tarde trop à paroître. Pour reconnoître plus facilement la qualité de l'eau & même la grof- feur du grain, on agite légèrement & circulairement l'extrait un mo-

moment & on penche l'affiette. Après une minute ou deux de repos, le grain fe réunit & fe précipite, quand le battage eft à fon point ; on remet l'affiette à plat & on la laiffe en repos ; alors l'eau doit paroître claire & rouffe ; mais il ne faut pas s'arrêter à une pellicule très-foible qui la couvre & qui paroît la troubler. Je préfère pour cette épreuve une affiette, un plat, ou un compotier à une taffe, parcequ'ils ont plus de furface plane. Je recommande de ne verfer que quelques gouttes de l'extrait fur l'affiette, afin qu'on puiffe voir plus facilement & plus promptement le grain. Je condamne l'ufage où l'on eft, de donner à l'extrait dans la taffe un mouvement fort, rapide & long, parcequ'il accélère la réunion du grain & qu'il le préfente dans un état plus avancé & par conféquent différent de celui où il eft dans la batterie ; enfin j'engage à tenir l'affiette en repos, pour ne pas tomber dans le même défaut, & pour voir la précipitation fpontanée du grain. On doit deviner aifément tout le myftère de cette pratique. Un mouvement léger & circulaire répond au battage qui continue pendant l'examen. Le repos fait voir, fi le grain fe précipitera dans la batterie après le battage. La quantité très-petite d'extrait qu'on doit mettre fur l'affiette occafionne proportionnellement plus de contact du liquide avec l'air, & rend l'opération beaucoup plus prompte ; ce qui eft important, puifque le battage continue pendant l'examen. Tant que l'eau paroît verte fur l'affiette, il y a dans l'extrait des molécules d'indigo en diffolution. Quand elle eft embrouillée, ces mêmes molécules font encore dans un état de grande ténuité, ne fe font pas réunies & ne peuvent pas fe précipiter à raifon de leur légèreté. Quand l'eau de verte devient bleue, les molécules d'anir font dégagées des alkalis volatils ; c'eft une preuve que l'opération avance ; il faut continuer le battage pour réunir les molécules d'indigo, jufqu'à ce que l'extrait paroiffe noirâtre, & qu'après le repos, il foit clair & roux. Si l'extrait après avoir paru noirâtre, redevient bleu, fi l'eau après avoir paru claire & rouffe, à la fuite du repos, redevient embrouillée, le battage a été excédé & a divifé les molécules du grain.

J'AJOUTERAI quelques obfervations qui paroîtront peut-être minutieufes aux experts ; mon but n'eft pas d'éclairer les indigotiers inftruits, mais d'inftruire ceux qui fans connoiffances & fans expérience défireroient devenir artiftes.

J E dirai donc à ceux-ci qu'il y a une grande différence d'examiner l'extrait fur l'affiette, de jour ou de nuit, au foleil ou à l'ombre. Le foleil éclaire d'avantage & fait voir l'extrait encore bleuâtre ; tandis qu'à l'ombre & à la lumière, il paroît noirâtre. Rarement l'eau examinée au foleil, après les premiers moments de la précipitation du grain eft-elle bien nette ; elle ne le devient qu'avec le temps. La lueur plus ou moins vive des lumières dont on fe fert pendant la nuit pour faire cet examen, apporte néceffairement des différences fur les nuances de la couleur de l'extrait & même de l'eau, après la précipitation du grain. Il faut n'examiner l'extrait qu'au foleil, ou par le moyen d'une lumière bien vive ; à moins qu'on ne foit affès exercé, pour favoir en bien apprécier l'effet ; on courroit rifque de ne pas pouffer affès le battage, comme cela m'eft arrivé lors de mes premiers effais.

Q U A N D l'extrait après le repos fur l'affiette, laiffe un cerne bleu tout au tour de la circonférence du liquide, ce qu'il eft très-facile de voir, en penchant l'affiette, il n'y a pas affès de battage ; ce cerne doit être brun ou roux. Mais lorfqu'il y a un cercle plein, d'un bleu affès vif, compofé d'une couche mince d'indigo adhérent à l'affiette, c'eft une preuve que le battage n'eft pas parvenu à fon point, ou qu'il eft outrepaffé. Dans l'un & l'autre cas, l'extrait contient des molécules d'indigo qui ne font pas réunies en grain & qui fe dépofent par le repos. Lorfque le battage eft à fon point, les grains font de couleur foncée & roulent comme des grains de fable.

I L y a des herbes, furtout pendant l'hyver, qui donnent toujours un grain petit, même en continuant le battage : ainfi la petiteffe du grain n'eft pas une qualité à laquelle on doive s'arrêter effentiellement. Pourvu qu'il cale bien & que l'eau foit rouffe, nette & claire, cela fuffit pour arrêter le battage. La petiteffe & même la forme du grain font fouvent accidentelles, & dépendent quelquefois du mouvement qu'on communique à l'extrait, même en prenant l'affiette après le repos. J'ai remarqué que les grains petits ou alongés devénoient par fois gros & ronds, en changeant la fituation de l'affiette.

L E S herbes de la cinquième & de la fixième coupe, quelque-

fois celles de la quatrième, ou celles qui font trop aqueufes & plufieurs autres pauvres en fécule, ne fourniffent qu'un grain extrêmement petit, qui fe précipite lentement & qui a une eau noirâtre. Si
l'on continuoit le battage, après que l'extrait a paru noir, pour obtenir une eau claire & rouffe que ces herbes ne donnent point, on tom-
beroit dans l'excès. On doit ceffer de battre, lorfque l'extrait paroît
noir; & qu'après quelque repos, il dépofe un grain fur l'affiette, quelque fin & quelque rare qu'il foit, même avec une eau noirâtre &
embrouillée.

IL ne faut pas croire qu'il y ait dans le battage un point unique &
indivifible à faifir de précifion abfolue, comme les auteurs femblent le
faire entendre, audelà ou en deçà duquel l'opération foit manquée.
Un peu plus, un peu moins, ne peuvent pas faire une grande différence dans les réfultats. Il eft cependant à propos de rechercher cette précifion, afin de s'en écarter le moins poffible. On doit regarder
comme une règle générale, qu'il vaut mieux pécher par défaut que
par excès de battage, pour plufieurs raifons. 1.º L'indigo dans le premier cas eft plus beau, parcequ'il n'eft pas mêlé avec autant de parties hétérogènes que dans le fecond. 2.º Après le battage, l'évaporation des alkalis volatils qui n'ont pas été dégagés entièrement, peut
s'achever par un long repos. 3.º On retire autant de produit & peut-
être d'avantage.

J'AJOUTERAI ici un moyen qui me paroît propre à reconnoître le degré du battage; c'eft de le ceffer, lorfqu'on commence à foupçonner qu'il eft à fon point & de verfer fur le champ un peu
de l'extrait fur deux affiettes. On en laiffera une en repos & on agitera
l'autre pendant quelque temps; après quoi on la laiffera repofer; on
verra laquelle des deux contient le plus de grains & l'eau la mieux conditionnée; on fe déterminera d'après cette comparaifon, à recommencer ou non le battage. On pourroit faire un troifième effai, auquel on donneroit un battage plus long, afin de juger mieux à quel
point on doit le pouffer, fi l'épreuve montre qu'on foit obligé de le
recommencer. La première affiette fera voir à l'artifte ce qui doit fe
paffer dans la batterie, le temps néceffaire à la précipitation du grain
fe trouvant en raifon du volume des liquides; la feconde lui fera voir

l'effet d'un second battage médiocre sur l'extrait & la troisième celui d'un battage plus long.

U N des avantages de la méthode que j'ai conseillée dans l'article précédent, c'est qu'elle donne plus d'extension au degré du battage ; Je m'explique. Un battage violent divise très-promptement les molécules qui tendent à se réunir. A peine l'artiste a-t-il reconnu cette réunion qu'il s'apperçoit bientôt de la division qui la suit, s'il a continué le battage. Mais lorsque le mouvement est modéré, cette division se fait plus lentement ; l'inconvénient qui naît de l'excès du battage, peut être évité plus facilement, puisqu'on a plus de temps, pour en reconnoître l'effet, & n'a pas des conséquences aussi nuisibles.

A R T I C L E   S E P T I È M E.

De l'aspersion qui se fait avec de l'huile dans la batterie & de l'écume qu'elle dissipe.

L'E X T R A I T qu'on fait passer de la trempoire dans la batterie, y forme par sa chute beaucoup d'écume. Le battage en augmente considérablement le volume & la quantité. J'ai dit au chapitre premier de cet ouvrage, que le battage rompoit l'union des alkalis volatils avec l'indigo, en dégageant mécaniquement l'air combiné avec eux. J'ai ajouté que cet air formoit en partie l'écume considérable qui est la suite de cette opération. L'eau & les matières extractives contiennent elles-mêmes beaucoup d'air dans un état de dissolution & de combinaison ; le battage en dégage une grande partie.

L'É C U M E qui se forme par l'effet de cette opération est d'abord blanche & devient bleuâtre ou bleue, soit par le repos, soit par la continuation du battage. Dans ces deux cas, elle prend la couleur bleue, parcequ'elle contient de l'indigo qui devient libre par l'évaporation des alkalis volatils.

O N sait que par l'effet du battage, l'eau qui étoit d'un verd clair, devient d'un verd plus foncé, ensuite bleue ou persé, enfin elle paroît comme noire ; mais dans ce dernier cas, après un moment de repos, le grain se sépare & l'eau paroît légèrement rousse. Dès qu'elle

elle bleuit, c'est une preuve que la pluspart des alkalis volatils se sont évaporés; c'est le moment qu'il faut choisir pour jeter de l'huile dans la batterie, afin de faire tomber l'écume. S'il en paroît une seconde fois, on fera une nouvelle, mais légère asperfion d'huile.

IL arrive quelquefois que l'eau de verte qu'elle étoit prend succeffivement une couleur plus foncée & devient noire sans bleuir, ou sans qu'on puisse bien faisir la nuance intermédiaire du bleu. J'attribue cet effet, tant à la promptitude de l'évaporation des sels urineux, qu'à la promptitude de la réunion du grain, ou à la grande quantité d'indigo que l'eau contient. Quand la fermentation a été bien conduite, l'extrait ne paroît noirâtre, que lorsque les grains se sont réunis. Tant qu'ils sont divisés, l'eau paroît bleue, si ce n'est lorsque la fermentation a été outrée.

LES auteurs n'ont pas indiqué le moment où l'on devoit faire cette asperfion de l'huile. Je tomberois dans de nouvelles redites, si j'expliquois encore, pourquoi l'eau prend succeffivement les trois couleurs dont je viens de parler. Le lecteur se rappèlera facilement que la préfence & l'abfence des alkalis volatils, ensuite la réunion du grain, opèrent ces changements de couleur. Tant que l'eau est verte, elle contient des alkalis volatils. L'huile en couvrant la furface de l'eau, ou en se diftribuant dans la profondeur de fa maffe par l'effet du battage, empêche l'évaporation de ces sels. Il faut donc ne jeter de l'huile, que lorfque l'eau paroît bleue ou perfe.

JE fais bien que l'huile peu de temps après son asperfion, se combine avec les alkalis & forme avec eux un compofé favoneux; mais il faut pour cela que les alkalis foient libres; d'ailleurs ce compofé favoneux doit auffi s'oppofer à l'évaporation des fels volatils.

(a) *LES cuves qui mouffent beaucoup, dont l'écume épaiffe ne cède point entièrement à l'asperfion de l'huile & dont la par-*

(a) Art de l'indigotier, Editon de paris in fo. 1770. L. III. C. II. p. 91.
Idem, Edition de l'isle de france, in 8.° 1778. p. 146.

N

*tie qui reste dans les coins est d'un bleu céleste, dénotent la pu-
tréfaction.*

(*a*) *S I une demi-heure ou une heure après que* le battage *est
cessé, il reste comme une petite bordure d'écume, tout au tour du
carré* de la batterie, *c'est une marque que l'herbe n'a point assés
fermenté.* M. de B. R. est dans l'erreur fur ces deux points. J'ai vu
des cuves qui péchoient les unes par excès, les autres par défaut de
fermentation, qui après le battage étoient également couvertes d'une
écume épaisse d'un beau bleu-céleste qui devenoit plus foncé après
quelques heures de repos. J'ai vu également des cuves dans les trois
degrés de fermentation, qui n'ont montré aucune écume après le battage, lorsqu'il avoit été modéré dans le mouvement; elle résiste plus
long-temps, lorsque la cuve est trop fermentée, mais elle disparoît à
la fin de cette opération. Ainsi la violence du battage est la seule cause
de cette écume opiniâtre. Quand il y a excès de fermentation, l'é-
cume est avant le battage d'une couleur sale & livide, & noire en quelques endroits.

C E n'est pas parce que l'écume *s'oppose aux coups des buquets,*
comme le disent M. de B. R. & M. Monnereau son devancier, qu'il est
à propos de la dissiper, par l'aspersion de l'huile, mais par ce qu'elle
s'oppose à l'effet des buquets, en retardant la réunion du grain &
l'évaporation des sels. L'écume est formée par un air très-divisé qui est
interposé dans tout le volume du liquide contenu dans la batterie,
par des molécules d'indigo & par des matières extractives; elle n'a pas
assés de résistance pour s'opposer aux coups des buquets; elle diminue l'agitation de l'eau, ce qui n'est pas un mal suivant mes principes.

M A I N T E N A N T si l'on me demande pourquoi l'huile fait
disparoître promptement l'écume, je répondrai à cette question plus
curieuse qu'instructive, que l'huile a la propriété de s'étendre sur la

(*a*) Art de l'indigotier, Edition de paris in fo. 1770. L. III,
C. II. p. 94.
Idem, Édition de l'isle de france, in 8.° 1778. p. 154.

furface du liquide & de s'en emparer ; les parties de l'écume ne pouvant contraĉter aucune union avec l'huile , font obligées de lui cé-
der la place & ne peuvent plus fe former.

CEPENDANT lorfque le battage eſt trop fort & trop vif,
l'écume reparoît, après s'être diſſipée ; des afperſions réitérées d'huile
ne la diſſipent que pour un moment ; la raiſon en eſt ſenſible. L'huile
diviſée par un batrage trop fort & par un bouleverfement trop conſidérable ne peut fe tenir à la furface du liquide ; elle fe mêle avec lui
emportée par un mouvement trop rapide, elle fe combine alors avec
les alkalis & forme avec eux un compoſé favoneux qui augmente
la quantité de l'écume.

CES afperſions d'huile font-elles néceſſaires ? non ; mais elles font
très-utiles, pour chaſſer l'air qui s'oppoſe à la réunion du grain & pour
diſſiper toute écume qui fans cette précaution furnageroit fur le liquide
& fe dépoſeroit fur la fécule après l'écoulement de l'eau. Il eſt toujours
embarraſſant de la féparer de l'indigo ; on évite cette peine au moyen
des afperſions d'huile.

CELLE de moutarde ou de poiſſons m'a paru préférable
pour ces fortes d'afperſions à celle des graines de Ricin ou Palma-
Chriſti, qui paroît plus viſqueufe , qui fe diviſe moins promptement
& fe combine moins bien avec les alkalis volatils.

ON voit quelquefois fur la fin de l'opération , furtout lorfque
la fermentation a été excédée , une autre écume rare, griſâtre, en
groſſes bulles qui crèvent d'elles-mêmes pour la plufpart ; cette écume & une crême ou pellicule violette qui couvre l'eau après le battage , ne méritent d'autre attention que celle de les enlever avec des
plumes, quand elles font dans le baſſinot ; elles ne s'écoulent jamais entièrement avec l'eau de la batterie & fe dépoſent fur la fécule qui eſt au
fond du vaiſſeau. Ces matières hétérogènes , non feulement altéreroient l'indigo, fi elles reſtoient confondues avec lui, mais rendroient l'égout des faĉs très-lent ; la deſſication de l'indigo feroit
plus longue & il feroit friable. La crême furtout dont je viens de parler, étant compoſée de beaucoup d'huile, occaſionneroit touts les inconvénients que je viens de détailler : ainſi je le répète , il eſt très-eſ-
fentiel d'enlever & cette crême & même ces bulles d'air qui font favo-

N ij

neufes, lorfqu'elles n'ont pas crevé d'elles-mêmes.

ARTICLE HUITIÈME.

Autres moyens de connoître le degré du battage.

J'AI encore à parler de deux autres moyens de connoître le degré du battage. Le premier confifte à verfer pendant l'opération quelques gouttes de l'extrait, dès qu'il commence à devenir verd-foncé, dans un gobelet de verre blanc rempli d'eau claire & pure. Les grains contenus dans l'extrait forment en tombant dans l'eau, un nuage verd, tant que le battage n'eft pas à fon point. Sitôt que ces nuages deviennent noirâtres, il faut ceffer le battage. Ce feroit fe méfier de la pénétration du lecteur, que de lui expliquer les raifons de cette pratique. Après l'évaporation des alkalis, l'indigo recouvre fa couleur naturelle, mais il ne paroît noir, que lorfqu'il eft dans l'état d'aggrégation.

LORSQUE cette épreuve donne à l'eau une couleur bleue, les fels font évaporés en tout ou en grande partie; mais l'indigo eft dans un état de divifion & n'eft pas encore réuni; il faut alors continuer le battage, pour occafionner l'aggrégation de fes molécules & pour former ce que l'on appèle le grain; parvenu à cet état, il communique à l'eau une couleur noirâtre.

CE dernier moyen n'indique pas le degré du battage d'une façon auffi précife que l'épreuve de l'affiette. On ne doit pas ceffer le battage, dès le premier inftant où l'extrait noircit l'eau. Il faut attendre que toutes les molécules d'indigo qu'il contient, fe foient réunies, ce qu'on ne peut pas reconnoître exactement par l'épreuve de l'eau.

QUOIQUE M. Monnereau & M. de B. R. ne parlent point de cette épreuve, plufieurs indigotiers en ont connoiffance; ils prétendent que le battage eft au point convenable, lorfque l'indigo, foit qu'il paroiffe verd ou bleu dans l'eau, ne fe confond point avec elle; ils fe trompent. 1.° Il faut que l'indigo paroiffe noir ou noirâtre; on en a vu la raifon plus haut. 2.° Ils font leur épreuve avec l'eau de leur taffe, après l'avoir agitée; c'eft avec l'extrait pris immédiatement dans la batterie, que l'épreuve doit fe faire. On a vu ci-devant la différence effentielle qui fe trouve entre l'eau de la batterie & celle de la taffe qui a été agitée. 3° Quand l'indigo de l'extrait eſt verd, il peut ſe diſſoudre dans l'eau, à la faveur de l'intermède avec lequel il eſt uni. Quand il eſt bleu, il peut ſe délayer dans l'eau, à raiſon de l'état de ténuité où ſe trouvent les molécules & non s'y diſſoudre. On voit que mes principes s'appliquent à touts les phénomènes, qu'ils les expliquent facilement, & ce me ſemble, d'une manière vraiſemblable. Je ne regrettrai pas d'avoir pris à tâche d'en répéter & d'en varier l'explication, ſi je parviens à inſtruire les artiſtes les moins éclairés.

L E ſecond moyen dont je veux parler, pour connoître le point du battage eſt d'employer le précipitant. Je réſerve ce que j'ai à en dire, pour le chapitre ſuivant.

A R T I C L E   N E U V I È M E.
Du Rafinage.

L E S auteurs entendent par le *rafinage*, un battage continué, même après le moment où l'indigo paroît réuni, afin d'en diminuer les maſſes & de les arrondir. Ils ne diſent point combien de temps le battage doit être continué, ni à quelle marque il faut le ceſſer; ils prétendent que *par ce moyen, le grain s'arrondit & ſe concentre de manière à caler ou à rouler parfaitement au fond de la taſſe.* (a). Les hommes ſont ſouvent les dupes d'une expreſſion recherchée qui paroît préſenter un ſens clair & qui examinée avec attention, ou ne ſignifie rien du tout, ou ne peut qu'induire en erreur.

S U I V A N T l'explication que les auteurs donnent du rafinage, il s'enſuit qu'il eſt avantageux au ſuccès de la fabrique, de diminuer le volume des maſſes du grain, lorſqu'il eſt *ſur ſon gros*. Pourquoi ? c'eſt ce qu'ils ne diſent point. Quand le grain eſt ſur ſon gros, j'admets ce qui eſt en queſtion, qu'un battage continué puiſſe l'arrondir un peu; mais quel avantage en réſulte-t-il ? la forme qu'il

---

(a) Art de l'indigotier, Edition de paris in fo. 1770. L. II. C. IV. p. 73.
Idem, Edition de l'iſle de france in 8.º 1778. p. 97.

I

peut avoir ne contribue point à fa précipitation & ne lui donne aucune qualité. La forme ronde ne peut pas influer par elle-même fur la
liaifon de l'indigo. Ses molécules font alors dans un état de foupleffe,
j'oferois prefque dire de duĉtilité, qui leur permet de fe juxta-po-
fer les unes fur les autres avec adhérence & même de fe pénétrer mutuellement. S'il eft vrai, que le grain parvenu au plus haut point d'aggrégation, s'arrondiffe en effet par un battage continué pendant quelque temps, ce ne peut être qu'aux dépens du volume des maffes, &
c'eft dès-lors un commencement de divifion nuifible au fuccès de la
fabrique.

L E S molécules intégrantes du grain féparées des alkalis volatils,
ne font pas long-temps dans l'état de divifion; elles nagent dans l'extrait; le battage les réunit, parce qu'il les pouffe les unes contre les
autres, qu'elles ont de l'affinité entr'elles, qu'elles peuvent non feulement contraĉter enfemble une adhérence de juxta-pofition, mais fe pénétrer intimement & mutuellement, & parce qu'elles n'ont aucune
affinité avec les molécules du liquide qui les contient. Parvenues à ce
point, fi le battage eft continué, leur défunion eft inévitable, par/ce
que la force qui les fépare eft fupérieure à la force de leur adhérence.
Ainfi le rafinage ne peut qu'être nuifible.

S I l'on m'objeĉte qu'on n'a pas pour but de défunir les molécules
aggrégées, mais feulement de les arrondir, je répondrai que cet effet défiré d'un battage continué, n'eft point certain, que cette forme eft indifférente, comme je viens de le dire, tandis que la défunion du grain eft un inconvénient très-effentiel; enfin que la forme du
grain eft le plus fouvent accidentelle & momentanée; j'en ai parlé à
l'article VI de ce chapitre. Le grain eft alors dans un état de molleffe
qui lui permet de prendre toute forte de formes. L'artifte qui croira
qu'il eft néceffaire de rafiner, courra rifque d'outrepaffer le battage &
de divifer le grain.

S I par le rafinage on entend un battage continué, quoique l'extrait préfente des grains bien formés & fur leur gros, mêlés avec une
quantité beaucoup plus confidérable d'autres grains dont l'aggrégation n'eft pas encore parvenue au point convenable, il eft certain
qu'alors le battage pourra diminuer le volume des gros grains, & réu-

nir les petits grains en maffes plus groffes. Pourquoi appeler cette opération , rafinage ? elle eft une fuite néceffaire d'un battage bien conduit & parvenu à fa perfection ; alors il n'y a plus à rafiner ; il faut ceffer le battage; on courroit rifque , en le continuant, de divifer le grain & de manquer l'opération.

A R T I C L E   D I X I È M E.
D'un fecond Battage.

M. Monnereau parle d'un fecond battage ; mais il n'explique pas affès clairement , fuivant moi, les cas où il eft à propos de renouveller cette opération. M. de B. R. eft plus clair. (*a*) *Si au bout* d'une heure ou deux, *pendant lefquelles la fermentation fe perfectionne, on remarque une eau chargée fur le verd & un filet d'écume tout au tour de la cuve , comme celle d'un pot qui commence à bouillir , il convient de recommencer le battage* ; *fous peu, il reparoît un fecond grain bien plus gros que le premier* On n'ufera cependant de ce moyen, que dans le cas où l'on obfervera une eau tirant fur le jaune , ou d'un roux qui fera d'autant plus fort , que le degré de la fermentation aura été plus foible. Le même auteur dit dans un autre endroit. (*b*) *La cuve eft à fon jufte point de fermentation, & dans le meilleur état poffible, fi le grain tout mal formé qu'il eft , fe fépare aifément, après avoir battu la taffe & fi l'eau devient d'un verd paillé brillant.* Or la couleur verte de l'eau prouve un défaut de battage; ainfi quand elle eft verte après cette opération, je fuis de l'avis de cet auteur , il faut recommencer le battage ; mais lorfqu'elle eft d'un roux foncé ou foible, je ne fuis point d'avis de

---

(*a*) Art de l'indigotier , Edition de paris in fo. 1770. L. III. C. II. p. 97 & 98.
Idem , Edition de l'Ifle de France , in 8.º p. 164 & 165.

(*b*) Art de l'indigotier , Edition de paris, in fo. 1770. L. III. C. I. p. 85.
Idem , Edition de l'ifle de france , in 8.º 1778. p. 129.

lui donner un fecond battage. La couleur rouffe de l'eau, provient des fucs extractifs des tiges de la plante. Là qualité & la quantité de ces fucs, & le temps plus ou moins long qu'a duré la fermentation, pour opérer leur diffolution, rendent l'eau plus ou moins rouffe; cette couleur en elle-même n'a rien de commun avec l'indigo & ne doit pas influer fur l'opération du battage. La couleur verte de l'extrait prouve qu'il contient de l'indigo diffous par les alkalis volatils; alors un fecond battage opère l'évaporation de ces fels & laiffe l'indigo libre, qui dès-lors reprend, comme je l'ai dit plufieurs fois, la couleur bleue qui lui eft naturelle & fe précipite au fond du vaiffeau.

S I l'on trouve un grain informe & errant après le battage, cet effet peut provenir également du défaut ou de l'excès. Dans le premier cas, le grain ne s'eft pas réuni, faute d'un battage fuffifant; dans le fecond, il a été trop divifé; dans touts les deux, il ne s'eft pas précipité, à raifon de fa légèreté & de fa ténuité. M. de B. R. confeille cependant un fecond battage, lorfqu'avec l'indice du *grain informe & errant, on n'a apperçu qu'une légère écume fur la cuve, lors du battage & fi elle eft partie nette lorfqu'on l'a ceffé.* (a) Cette obfervation qui n'eft pas fûre, indique plutôt un défaut de fermentation que la néceffité d'un fecond battage.

I L y a un moyen plus fimple de fixer l'incertitude de l'artifte; c'eft de prendre de l'extrait quelques heures après le battage & de l'agiter dans la taffe, ou fur une affiette. Si le mouvement opère la divifion du grain informe & errant, la cuve péche par excès de battage, il ne faut pas le renouveller. Si au contraire le mouvement réunit le grain & en préfente beaucoup, il faut continuer le battage.

C E P E N D A N T lorfque l'extrait préfente un grain informe & errant, foit par défaut, foit par excès de battage, on peut employer le précipitant, fans qu'il foit befoin de recourir à un fecond battage qui n'eft abfolument néceffaire, que lorfque l'eau eft verte.

(a) Art de l'indigotier, Edition de paris, in fo. 1770. L. III, C. II. p. 98.
Idem, Édition de l'ifle de france, in 8.º p. 165.

L A

LA couleur bleue de l'extrait annonce quelquefois un battage outré qui a trop divisé les molécules colorantes ; ainsi il faut s'en tenir à celui qu'on a donné.

QUELQUEFOIS cette couleur provient de l'abondance des sucs extractifs contenus dans le liquide, qui ont été dissouts des branches & des feuilles elles-mêmes de la plante pendant la fermentation, qui rendent l'eau plus dense & empêchent la précipitation des grains d'indigo. Un second & même un troisième battage n'occasionneroit pas leur précipitation ; il faut recourir à un ingrédient qui ait cette vertu ; nous en parlerons au chapitre du précipitant.

IL n'est pas difficile de reconnoître la cause de la couleur bleue de l'extrait. Un indice général pour les experts feroit la couleur noirâtre & plus ou moins foncée de l'eau qui devient telle par l'abondance des sucs extractifs qu'elle tient en dissolution. L'artiste qui a conduit l'opération du battage pourra en juger facilement aux remarques suivantes. Si l'extrait pendant le battage de verd est devenu pers, ensuite bleu, ensuite noirâtre, & qu'il soit redevenu bleu, il est clair que le battage a été excédé ; il falloit l'arrêter, lorsque l'extrait étoit noirâtre. Si au contraire, de verd il est devenu bleu, & qu'il ait conservé cette derniere couleur, quoiqu'on ait continué le battage, il est évident que l'eau est trop chargée de sucs extractifs qui empêchent la réunion des molécules d'anir & la précipitation du grain.

IL peut arriver que l'extrait étant bleuâtre, au moment où l'on cesse mal-à-propos le battage, l'eau devienne légèrement verdâtre, après le repos. Dans ce cas il n'y a pas eu assés de battage. L'eau contient des alkalis qui seuls ont la propriété de verdir l'indigo & qui en tiennent en dissolution une quantité proportionnée à l'intensité de la couleur verte. L'eau avoit paru bleuâtre immédiatement après le battage, par ce qu'elle étoit alors chargée d'une grande quantité de grains qui étoient libres & qui formoient le principe de la couleur dominante; après leur précipitation, l'eau reparoît verte. Les grains qui la rendoient bleue, n'y sont plus interposés; alors les autres molécules d'anir qu'elle contient en quantité beaucoup moindre, dissoutes & verdies par les alkalis, teignent l'eau.

SI la couleur verte de l'eau est légère, elle contient très-peu d'in-

O

digo en diffolution, peut-être quelques onces ; un fecond battage me paroît alors inutile : on ne peut pas en efpérer beaucoup de fécule, & l'on doit craindre, en le pouffant trop, de divifer les grains réunis & précipités. Si l'eau eft d'un verd foncé quelque temps après le battage, il faut renouveller cette opération.

QUELQUEFOIS l'extrait quoique battu convenablement eft noirâtre, après le repos & la précipitation du grain, quand on l'examine en mâffe, & montre une nuance bleue affez foible, lorfqu'on en confidère de petites portions. Il eft facile de juger que l'extrait contient alors une grande quantité de matières extractives qui retiennent quelques molécules d'indigo. Ce font ces mêmes matières qui communiquent la couleur noire à l'extrait ; cette circonftance provient ou d'un excès de fermentation, ou de la mauvaife qualité des herbes. Un fecond battage ne peut être que nuifible ; il atténueroit d'avantage les fucs extractifs & les forceroit à s'allier avec les molécules d'indigo. Il faut fe hâter dans ce cas de faire écouler les eaux de la batterie, après la précipitation, telle qu'elle a pu fe faire, parce que les eaux de cette qualité font plus fermentefcibles que les autres, & qu'on n'a rien de bon à en efpérer, à moins qu'on ne faffe ufage d'un précipitant en grande dofe. Cependant la fermentation eft prefque toujours lente dans la batterie ; *deux ou trois heures* ne fuffifent pas à beaucoup près pour *perfectionner* celle qui a été arrêtée trop tôt dans la trempoire.

J'AJOUTERAI ici une obfervation plus curieufe qu'utile. Lorfque l'extrait eft bleu, il contient une grande quantité d'atomes colorants nageants dans le liquide ; alors le précipitant employé à grandes dofes, pourroit rendre à l'extrait la couleur verte, parce qu'il diffoudroit l'indigo ; un fecond battage pourroit réunir enfuite & précipiter la fécule, mais le fuccès n'en feroit pas complet ; ainfi ce moyen ne peut guère être employé dans la fabrique. Il confommeroit fans fruit une trop grande dofe de précipitant; je dis fans fruit, parce qu'une dofe moindre remplira mieux l'effet qu'on fe propofe & n'obligera pas de recourir à un fecond battage, excepté dans le cas où l'on auroit des herbes pauvres en fécule, qui ne fourniroient pas de précipité.

J'AI promis dans l'article X du premier chapitre, II partie, de rendre compte du moyen qui me paroît propre à obtenir l'indigo des herbes que j'ai appellé rebelles. Pour cela, il faudroit conftruire une batterie baffe attenante à la première. Après avoir battu convenablement l'extrait dans celle-ci, on le laifferoit en repos, pour que tout l'indigo qui pourroit fe précipiter, fe rendît au fond de la cuve; enfuite on conduiroit l'eau dans la batterie baffe, où on lui donneroit un fecond battage, après y avoir mêlé de l'eau de chaux; on verra par la fuite les raifons de ce mélange. On retireroit encore de l'indigo par cette feconde opération; il auroit vraifemblablement une qualité inférieure, mais il ne feroit pas fans prix. Les raifons de ce procédé font fondées, fur ce que le battage divife les grains formés & contenus dans l'extrait, en même temps qu'il réunit les molécules d'anir les plus ténues.

ARTICLE ONZIÈME.

Écoulement de l'eau de la batterie.

IL eft effentiel de lâcher l'eau de la batterie le plutôt qu'on le peut & fitôt que la fécule eft précipitée. M. de B. R. fait entendre que cela eft indifférent & paroît même foupçonner que le retard pourroit être avantageux. En quoi? dès que la fécule qui eft libre, eft précipitée, on attendroit vainement vingt-quatre heures de plus, pour en augmenter la quantité. Les molécules d'indigo qui font diffoutes dans l'extrait, celles qui font combinées avec des matières extractives, celles mêmes qui font embarraffées par elles, ne peuvent pas fe dégager fans agent par le repos. Cet auteur dit lui-même que la fermentation continue dans la batterie, & cela eft vrai. Elle peut donc précipiter à la longue des parties hétérogènes contenues dans l'extrait, lefquelles fe mêleroient à l'indigo & l'altéreroient. L'effet de la fermentation eft de décompofer les mixtes qui éprouvent ce mouvement & de les recompofer différemment. On doit encore craindre que la fécule elle-même n'éprouve cet effet. Tout retard après la précipitation du grain ne peut donc qu'être préjudiciable à fa qualité. J'ai obfervé avec un thermomètre que l'extrait avoit autant & quelquefois un peu plus de chaleur dans la batterie, après le battage, que dans la

trempoire. (*a*) J'ai laiffé l'extrait fur une affiette pendant vingt-quatre heures , après la précipitation du grain. Je l'ai obfervé de temps
en temps ; l'eau prenoit une couleur de plus en plus rouffe & enfin
noirâtre ; l'indigo s'eft terni & a pris lui-même une couleur noirâtre.
Je fais bien que cet effet n'eft pas auffi prompt dans la batterie; l'air y
a moins d'action fur l'extrait ; le volume du liquide contenu dans ce
vaiffeau, préfente proportionnellement moins de furface à l'air , que le
liquide étendu fur une affiette; mais ces deux expériences prouvent je
crois, la néceffité non feulement de battre l'extrait, dès qu'il eft dans
la batterie, quand la fermentation a été faifie à propos , mais encore
de vider les eaux, dès que l'indigo eft précipité ; à moins que dans des
cas particuliers, on ne veuille occafionner une feconde fermentation
dans l'extrait , ou recourir à un fecond battage. Je conviens que le
féjour de l'extrait dans ce fecond vaiffeau, n'occafionne pas des effets
auffi prompts & auffi dangereux que dans la trempoire; mais je penfe qu'il vaut encore mieux les éviter que de s'y expofer. Si la cuve péche par défaut de fermentation , alors on doit fufpendre le battage,
plus ou moins, proportionnellement au défaut en queftion.

ARTICLE DOUZIÈME.

Avis fur la forme des batteries.

LA théorie du battage m'engage à propofer pour la conftruction

---

(*a*) Cette expérience me fait préfumer qu'il feroit plus à propos
d'exprimer le fuc des raifins, pour le mettre à fermenter feul, que de
fuivre la méthode de mettre les raifins dans la cuve. On obtiendroit, je
crois, par le moyen que je propofe , une fermentation plus fimultanée que par le procédé ufité. Si cela étoit, on auroit un vin plus gé-
néreux, moins âpre, moins verd, qui ne prendroit rien du goût des
grappes & du marc. A la vérité, il pourroit être blanc ou paillet, mais
on le coloreroit facilement, fi on le défiroit. On pourroit ajouter de
l'eau bouillante au marc & de gros fucre & laiffer prendre à ce mélange le degré néceffaire de fermentation : on en retireroit encore une
affes bonne quantité de liqueur vineufe, de moindre qualité que la
première. Ne pouvant faire à l'Ifle de France des expériences fur cet
objet, j'ai penfé qu'on me pardonneroit de placer ici cette note.

des batteries, un changement dont l'effet doit être, ce me semble, avantageux. On se persuade, faute de réflexion, que la forme de ces vaisseaux est indifférente. Le peu d'attention que l'on porte communément aux choses que l'on suit par habitude, est cause qu'on adopte des erreurs. On a vu dans le chapitre précédent que la forme des trempoires, telle que je l'ai indiquée, promettoit une fermentation plus heureuse ; on va voir, que la forme des batteries doit influer sur l'effet du battage.

J E propose de donner en longueur & en largeur plus de dimension à ces vaisseaux qu'on ne le fait communément, & de diminuer proportionnellement leur profondeur. Je présume que le battage deviendroit plus prompt, plus facile & plus fructueux, si l'eau dans les batteries avoit moins de hauteur. D'abord l'extrait présentant à l'air une plus grande surface, l'évaporation des alkalis volatils seroit plus prompte. En second lieu, le mouvement des buquets ou des palettes occasionneroit à l'eau un retour sur elle-même plus considérable & qui faciliteroit la rencontre & par conséquent l'aggrégation du grain. Troisièmement la colonne d'eau étant moins profonde, opposeroit moins de résistance au corps frappant, soit caisson, soit buquet, soit palette, &c; par conséquent l'opération seroit plus facile. J'avoue que cette dernière observation n'intéresse essentiellement que les indigotiers qui sont obligés de battre l'extrait à bras d'hommes. Quatrièmement la précipitation du grain seroit toujours plus prompte & souvent plus abondante, parce qu'il auroit moins de chemin à faire pour se rendre au fond du vaisseau, & parce que l'extrait ayant plus de surface auroit plus de contact avec l'air de l'atmosphère ; ce sont toujours les dernières portions de l'extrait qui sont le plus chargées de grains, lorsque la précipitation n'a pas été complète. Qu'on remplisse d'extrait battu nouvellement un vase cylindrique, long & étroit, & qu'on en verse au même moment, la même quantité, sur un plat, on verra que la précipitation est bien plus prompte dans ce dernier que dans le premier.

L A dépense n'est pas plus considérable pour cette nouvelle construction, que pour celle qui est adoptée ; on gagne d'un côté ce que l'on perd de l'autre. Je réserve à en fournir la preuve dans

ARTICLE TREIZIÈME,

Peut-on faire de l'indigo fans battage ?

ON a beaucoup défiré de trouver un procédé pour fabriquer de l'indigo fans battage. La difficulté de faifir l'à-propos de cette opération, les inconvénients qui naiffent de l'excès ou du défaut de précifion, la conftruction difpendieufe des moulins deftinés à cet ufage, l'embarras, la fatigue & la dépenfe de la main d'œuvre, parce qu'on n'a pas trouvé le fecret de la fimplifier, ont fuggéré de tout temps aux artiftes l'idée d'avifer quelque expédient qui pût fuppléer au battage. J'ignore quelles font les recherches qu'on a pu faire, pour remplir cet objet ; le filence des auteurs fur ce point prouve qu'elles ont été fans fuccès & que le problème n'eft pas encore réfolu. Je ne fais fi l'on doit défefpérer d'en donner une folution fatisfaifante. Quoiqu'il en foit, les détails dans lefquels je vais entrer à ce fujet, pourront mettre les artiftes fur la voie des recherches.

JE ne vois que deux moyens praticables, pour atteindre ce but. L'un d'occafionner, s'il eft poffible, la précipitation fpontanée du grain ; l'autre de la forcer par la vertu de quelque agent qu'on mêleroit ou qu'on appliqueroit à l'extrait.

NOUS avons vu que l'alkali volatil étoit combiné avec les molécules intégrantes de l'indigo, dans l'extrait, après la fermentation ; & que cette première fubftance s'oppofant à la tendance naturelle qu'ont entr'elles ces mêmes molécules, empêchent leur réunion. L'air qui fe trouve interpofé entr'elles & celui qui fait partie de cette combinaifon, eft encore un autre obftacle à leur aggrégation.

D'APRÈS ces principes, il faut tâcher de féparer l'air, ou les alkalis volatils, du compofé formé par l'action de la fermentation ; car fi l'un des principes du compofé peut en être féparé, il en réfultera la défunion de ce même compofé ; à plus forte raifon, fi l'on fépare en même temps l'air & les alkalis volatils ; c'eft ce que le battage opère très-bien, parce que l'affinité que ces corps ont entr'eux étant foible, ne leur donne pas un grand degré d'adhérence & que cela le-ci peut être rompue par un effort mécanique.

VOYONS d'abord comment on pourroit opérer fans agent la féparation défirée. Il eft bien clair que fi on peut mettre en liberté les molécules primitives intégrantes de l'indigo, elles fe réuniront entr'elles, à raifon de l'affinité qui leur eft propre, fi elles ne trouvent pas un nouvel obftacle à vaincre ; mais la denfité du liquide chargé de matières-extractives s'oppofera encore à leur réunion & à leur précipitation ; il faut occafionner le dégagement de l'air & l'évaporation des alkalis volatils & diminuer la denfité de l'extrait.

IL faut de plus arrêter la fermentation dans l'extrait, car elle formeroit des alkalis volatils qui tiendroient l'indigo en diffolution. Si elle étoit pouffée trop loin, elle le combineroit avec les matières extractives ; plus loin, elle le décompoferoit. Ce n'eft que d'après ces principes que l'on peut efpérer, ce me femble, de faire de l'indigo fans battage.

POUR remplir toutes ces conditions, j'imagine qu'il faudroit donner aux fecondes cuves, qu'on appelle *batteries*, & qui ne feroient plus alors que des dépôts, une grande étendue en longueur & en largeur ; de façon que l'extrait entier de chaque trempoire n'occupât dans la feconde cuve que deux pouces de hauteur environ, & que le plan de ce vaiffeau eut très-peu de pente. (*a*) Alors l'extrait fe trouvant tout en furface, on doit concevoir que le contact de l'air exté-

---

(*a*) La dépenfe de cette conftruction ne feroit peut-être pas plus confidérable que celle des batteries ordinaires, dont on eft obligé d'élever beaucoup les murs ; au lieu que les cuves de dépôt n'exigeroient qu'une très-petite hauteur. Il feroit même, je crois, effentiel de ne leur donner que la moindre hauteur poffible, afin d'éviter les nouveaux obftacles que préfenteroit à l'évaporation des fubftances volatiles, l'écume qui fe formeroit par la chute de l'extrait. Les effais que j'ai faits en petit de cette méthode, ont eu du fuccès ; mais il feroit intéreffant de les répéter en grand ; & qu'un indigotier expert & bon obfervateur fe chargeât de cette expérience, afin qu'il fut en état de comparer avec exactitude, les réfultats des deux méthodes. Comme la dépenfe d'un effai en grand ne laifferoit pas que d'être confidérable, il n'y a que des particuliers riches qui puiffent s'en charger à leurs frais & rifques.

rieur & l'action de foleil, (*a*) occafionneroient l'évaporation des alkalis volatils & des molécules d'air interpofées entre celles de l'indigo, ou alliées avec elles , parce que cès mêmes alkalis & cet air ont une tendance à la volatilité , & l'indigo à la précipitation. D'un autre côté , les molécules du grain auroient moins de chemin à faire , pour fe rendre , au fond du vaiffeau. Comme il fe forme toujours & fpontanément à la fuperficie de l'extrait , une crême violette qui n'eft autre chofe que de l'indigo très-atténué , rendu à lui-même & réuni, il en réfulte que cette même crême empêcheroit le contact immédiat de l'air fur les parties du liquide & s'oppoferoit à la volatilifation des alkalis & au dégagement de l'air intérieur. Il faudroit donc rompre cette crême de temps en temps , par quelque moyen mécanique , facile à imaginer , afin de donner paffage aux molécules volatiles. Dans la vue de favorifer leur évaporation , on pourroit diriger un courant d'air à la furface de l'extrait , par le moyen d'un ventilateur. (*b*) Lorfqu'on jugeroit qu'elles font diffipées , on conduiroit de l'eau pure dans la cuve du dépôt , afin de diminuer la denfité de l'extrait. Il faudroit faire des effais en grand , pour trouver la proportion néceffaire d'eau pure ; mais je crois qu'elle feroit fujette à varier , & qu'il conviendroit d'agiter le mélange , non pour le battre , mais afin qu'il fe confondît parfaitement.

S i l'on veut employer des agents , pour précipiter la fécule fans battage , j'imagine deux moyens. L'un facile à exécuter & que je crois plus efficace que celui que je viens d'indiquer , confifte à verfer

---

(*a*) L'action du foleil me paroît très-propre à favorifer l'opération ; il faudroit donc que les cuves de dépôt y fuffent expofées, il feroit à propos qu'on pût les couvrir à volonté , pour les garantir de la pluye. On imagineroit facilement un moyen d'étendre au befoin , des toiles gaudronnées audeffus de ces cuves.

(*b*) On en pourroit juger à l'odeur de l'extrait , ou encore mieux par l'épreuve fuivante. On en mettroit quelques portions fur une affiette avec moitié environ d'eau pure. Si la précipitation du grain s'y trouvoit complète, après quelque repos, on reconnoîtroit quil eft temps de verfer l'eau dans la cuve du dépôt.

un

un précipitant fur l'extrait dans la cuve du dépôt, au lieu d'eau pure. Il doit avoir la vertu de dégager l'air & les alkalis volatils, ou d'abforber le premier, & de fe combiner avec les matières extractives de l'eau d'anil fermenté, pour les tenir diffoutes, & n'avoir que peu ou point d'affinité avec l'indigo. On fait en chimie qu'il ne fe fait aucune décompofition & aucune nouvelle compofition, fans qu'il s'en dégage beaucoup d'air. Les molécules du grain fe trouvant libres, fe précipiteroient d'elles-mêmes par leur propre poids.

JE regarde dans cette occafion, comme précipitant tout ingrédient qui a la propriété de dégager l'alkali volatil, ou de fe combiner avec lui, fans toucher à l'indigo, en vertu de la loi des affinités, comme l'alkali fixe, ou l'eau de chaux, qui ont la vertu de faire évaporer l'alkali volatil, & comme les acides qui forment avec ce dernier, un fel neutre, fans fe combiner avec les molécules du grain.

ENFIN le dernier moyen que j'ai imaginé, pour remplir le but propofé, eft d'appliquer à la cuve du dépôt, un agent qui ait la vertu de diffiper l'air & les alkalis volatils; c'eft le feu. Il faudroit fans doute ne pas lui donner beaucoup d'activité, dans la crainte qu'il ne décompofât l'indigo, ou qu'il ne combinât avec cette fubftance les matières extractives diffoutes dans l'eau. J'ai mis fur un feu doux de l'extrait dans une baffine de cuivre, immédiatement après l'avoir tiré de la trempoire; il occupoit deux pouces de hauteur dans le fond de la baffine. Je l'ai retiré au bout de trois heures; je l'ai laiffé refroidir, & j'ai décanté l'eau qui étoit très-chargée & d'une couleur noirâtre affès foncée, mais qui ne contenoit point d'indigo; il s'étoit précipité au fond de la baffine. Ce procédé eft facile à fuivre en petit, mais comment l'appliquer à la fabrique en grand ? on ne doit pas défefpérer de vaincre les difficultés qui fe préfentent, s'il étoit prouvé que les réfultats de cette méthode font les plus fructueux & les plus avantageux à fuivre. Que ne doit-on pas attendre de l'induftrie animée par le zèle du bien public, foutenue par l'intérêt particulier, encouragée par des récompenfes ? les premiers effais font difpendieux & peuvent être fans fruit. Ces réflexions empêcheront peut-être les artiftes de les tenter. Quoiqu'il en foit, je penfe qu'on pourroit maçonner des tuyaux de fer dans le plan même de la cuve du dépôt. Ces tuyaux placés horizon-

P

talement recevroient la fumée d'un poële fitué extérieurement & au
quel ils feroient adaptés. Leurs extrémités dépafferoient la cuve pour
donner iffue à la fumée en dehors. On régleroit la chaleur par le
moyen de plufieurs thermomètres qu'on tiendroit dans l'extrait en
plufieurs endroits. On pourroit même, pour hâter l'effet de ce procédé, échauffer d'avance la cuve. Des artiftes induftrieux imagineront
fans doute d'autres moyens. Qui empêcheroit par exemple de conftruire à côté de la trempoire une étuve, où l'on conduiroit l'extrait
& qui ferviroit de cuve, pour l'opération dont il s'agit? peut-être même
ne feroit-il pas alors néceffaire d'étendre beaucoup l'extrait.

L E fuccès de ces opérations pourroit bien n'être pas auffi complet que le procédé du battage. Elles ne difpenferoient pas de l'avivage dont nous parlerons en fon lieu. Elles préfenteroient une difficulté dans la manipulation ; celle de retirer de la cuve du dépôt l'indigo qui ne formeroit qu'une couche bien mince. On pourroit cependant lever cet embarras. Il faudroit ne pas vider toute l'eau de la cuve, afin d'enlever enfuite plus aifément par le moyen de l'eau qu'on
y laifferoit, l'indigo, pour le conduire dans le baffinot. On décanteroit l'eau après quelque repos & on aviveroit enfuite la fécule, comme nous le dirons dans le chapitre fuivant.

I L feroit plus fûr d'appliquer en même temps à l'extrait étendu fur
une grande furface l'action du feu & celle du précipitant.

L E S effais que j'ai faits en petit, m'ont fait voir que la réunion de
ces moyens eft ce qui réuffit le mieux & furtout l'emploi d'un acide
minéral aidé par l'action du feu. Il eft effentiel pour le fuccès des
autres moyens, que la fermentation ait été ménagée, fans quoi l'indigo fe décompofe facilement dans les opérations ultérieures ; au lieu
qu'un précipitant tel que l'eau de chaux pure, ou l'acide, mêlés inftam-
ment à l'extrait, au fortir de la trempoire, fufpend les progrès de la fermentation & empêche la décompofition de l'indigo. Alors l'avivage
devient abfolument néceffaire, fur tout quand on a employé l'eau de
chaux.

CHAPITRE III.

Du Précipitant.

LE sujet que nous allons traiter dans ce chapitre est neuf. Les procédés que nous indiquerons font inconnus ; mais ils importent essentiellement au succès de la fabrique.

ARTICLE PREMIER.

Des avantages du Précipitant.

SUIVANT ce que difent les auteurs qui ont traité de l'art de l'indigotier, il paroît que dans tous les pays où les Européens ont fabriqué de l'indigo, on s'est occupé de la recherche d'un ingrédient qui eut la propriété de précipiter l'indigo. Cette découverte a même été regardée comme très-intéressante à faire. En effet il arrive souvent, en fuivant la méthode adoptée généralement, que le grain ne se précipite pas complètement, tant par le défaut ou par l'excès de la fermentation que par les mêmes vices dans le battage. On a vu les raifons que j'en ai données dans le cours de ce mémoire aux deux chapitres précédents. Si l'on fuit ma méthode, cet inconvénient fera plus rare & proviendra le plus fouvent de la négligence de l'artiste qui n'aura pas apporté affès d'attention à fuivre les progrès de la fermentation & ceux du battage. Cependant il y a des herbes de fi mauvaife qualité & d'un grain fi embrouillé, qu'il n'est pas aifé de faifir le point du battage. On voit d'abord que le précipitant est utile non feulement dans les cas difficiles, mais encore dans ceux où l'opération feroit manquée fans fon fecours ; c'est un moyen de travailler avec la certitude du fuccès ; c'est un remède à un mal & c'est l'efprit dans lequel on a recherché à découvrir un précipitant.

Mr. de B. R. après avoir indiqué plufieurs précipitants, dit : « La » queſtion fur la découverte du véritable précipitant reste donc indé- » cife, mais il y a tout lieu de croire, qu'un habile chimiste parvien-

» droit à la réfoudre , s'il étoit fecondé dans une opération fi intéref-
» fante pour touts les indigotiers. (*a*)

Mr. de B. R. & les autres auteurs, peut-être même touts les
indigotiers, ne fe font occupés de cette découverte, que dans la vue
de précipiter des grains libres , mais trop légers & fufpendus dans le
fluide. Ils ne paroiffent pas avoir foupçonné toutes les raifons qui font
qu'un précipitant augmente néceffairement & améliore le produit
d'une cuve. En effet cet ingrédient ayant plus d'affinité avec les matières extractives qui font combinées ou alliées avec les molécules
d'anir, les rend libres & pures; dès-lors elles fe réuniffent & fe précipitent au fond de la cuve, parcequ'elles ont la propriété d'être indiffo-
lubles à l'eau, lorfqu'elles font homogènes. Ils n'ont pas vu, qu'un
indigo dans l'état où ils difent qu'il eft *diffous* , c'eft-à-dire très divifé & embarraffé par le mélange de parties hétérogènes qui altèrent
fa couleur, pouvoit être remis dans fon premier état; enfin ils n'ont
pas deviné tous les effets d'un précipitant.

P O U R prouver ce que je viens d'avancer, j'ai fait plufieurs fois
une expérience qui me paroit décifive. J'ai pris de l'eau d'une cuve
précipitée d'elle-même, celle qu'on rejète & qu'on vide par la décharge; j'y ai mêlé le précipitant ; la liqueur s'eft troublée fur le champ;
il s'eft fait un dépôt. J'ai décanté l'eau & j'ai ajouté au fédiment une
autre liqueur, dont il fera queftion par la fuite; alors j'ai obtenu une
fécule ; elle eft à la vérité de mauvaife qualité, parcequ'elle a eu le
temps de fe décompofer en partie, au moyen de la fermentation qui
a continué dans la batterie après le battage. Il ne faut pas attendre,
s'il eft poffible, pour verfer le précipitant dans la cuve, que l'indigo
foit repofé. Quand on le verfe à temps, la fécule n'eft pas altérée. L'expérience le prouve & confirme auffi qu'on obtient par fon moyen
beaucoup plus de fécule.

E N effet quelque bien conduites qu'aient été les opérations de

---

(*a*) Art de l'indigotier, Edition de paris , in fo. 1770. L. I.
C. VI. p. 37.
Idem , Edition de l'Ifle de france , in 8.º 1778. L. I. C. II. p. 11.

la fermentation & du battage, l'eau la plus claire & la plus nette contient presque toujours après le repos & la précipitation quelques molécules de fécule, dans un état de division tel qu'elles font imperceptibles à l'œil le plus perçant. Chaque artiste peut s'en assûrer facilement, soit en versant le précipitant, ou seulement de l'eau de chaux dans l'extrait, soit en en agitant longtems quelques portions dans la tasse, ou fur une assiette. Dans l'un & l'autre cas ils verront le plus souvent renaître un grain qu'ils n'avoient pas soupçonné dans l'eau. Les auteurs n'ont pas fait mention de cette expérience ; sans doute ils ne l'ont par connue. Si le précipitant, fur tout lorsqu'il est foible, ou qu'il est employé en petites dofes, n'a pas absolument réuni touts les atomes d'indigo contenus dans l'extrait, aumoins est-on certain qu'il en dégage beaucoup qu'on perdroit sans fon secours. Un second battage dans ce cas, n'augmenteroit pas le produit d'une cuve ; au contraire. En renouvellant cette opération, on pourroit bien réunir quelques atomes de fécule qui n'auroient pas pu fe précipiter fans ce secours ; mais on diviseroit en même tems une plus grande quantité des masses aggrégées & précipitées, & on courroit risque d'altérer l'indigo par le mélange de parties étrangères.

IL y a ici une distinction à faire. Ce que je viens de dire de l'effet d'un second battage, n'est applicable qu'à la cuve qui contient fon indigo ; mais si on en a décanté l'eau & qu'on batte celle-ci une seconde fois, alors on pourroit en retirer encore quelque fécule, fi cette eau en contient beaucoup, fur tout lorsqu'on en facilitera le dégagement par le moyen d'un précipitant.

LORSQUE l'eau après le battage est bleue, c'est une preuve qu'elle contient beaucoup de grains dans un état de division extrême. Cette couleur provient quelquefois, comme il a été dit ci-devant, d'un battage forcé, & quelquefois d'un excès de fermentation, souvent de la qualité des herbes, ou trop jeunes, ou trop mûres, ou attendries & rendues aqueuses par la pluie; ces grains ne peuvent pas fe précipiter, soit à raison de leur légéreté, foit parcequ'ils sont embarrassés dans des matières extractives qui les retiennent suspendus dans le liquide. Le feul remède avantageux à employer dans ces deux cas, est le précipitant aidé d'un foible & court battage, pour opérer plus complétement la réunion, c'est à dire, l'aggrégation des grains d'indigo & par conséquent leur précipitation.

TOUTES les herbes pauvres en fécule, ont le défaut de contenir peu d'indigo, elles font difficiles à travailler. Les molécules bleues ont peine à fe rencontrer, malgré le battage. Les matières extractives que ces herbes fourniffent en abondance s'oppofent à la réunion des atomes d'anir; & l'on ne peut retirer en totalité celui qu'elles contiennent, à moins qu'on ne faffe ufage d'un précipitant.

IL en eft à-peu-près de même, lorfque les herbes ont été coupées trop tôt, ou trop tard. Dans le premier cas, elles font trop tendres & laiffent diffoudre promptement & abondamment leurs fucs extractifs. Dans le fecond cas, l'indigo fe trouvant en quelque forte trop mûr, dans des herbes trop nourries, ne fe diffout qu'avec peine & feulement par la durée ou par la force de la fermentation qui diffout en même tems une trop grande quantité de fucs extractifs, lefquels nuifent à l'opération de la fabrique, & dont le précipitant débarraffe l'indigo. Comme les herbes un peu trop mûres, mais encore chargées de toutes leurs feuilles font plus indigofères que les herbes trop jeunes, & que l'inconvénient qui peut naître de la trop grande maturité des herbes (pourvû qu'elle ne foit pas pouffée trop loin. Voyez II. P. C. I. Article I.) eft nul par l'effet d'un précipitant efficace, il s'enfuit qu'il eft avantageux de couper les herbes plus tard, & que l'artifte n'a plus l'embarras de faifir le moment précis de la maturité des herbes pour la coupe.

OUTRE tous ces avantages, le précipitant obvie à l'inconvénient qui naît du long féjour de la fécule dans la batterie, lorfque le grain tarde trop à caler. J'ai dit que dans ce cas, il couroit rifque d'être altéré. S'il eft forcé par la vertu d'un ingrédient quelconque, de fe dépofer promptement au fond du vaiffeau & qu'on puiffe par cette raifon vider de bonne heure l'eau de la batterie, la fécule eft moins expofée à fe mêler avec les parties hétérogènes contenues dans cette eau. L'ingrédient que je fuppofe ici, ayant plus d'affinité avec ces mêmes parties hétérogènes qu'avec l'indigo, fe combine avec elles & les tient diffoutes dans l'eau, fans toucher à celui-ci, d'où réfulte la précipitation de fa fécule. D'un autre côté le précipitant peut avoir par lui-même la propriété de fufpendre le cours de la fermentation.

CE n'eft pas tout; indépendamment de la méthode que j'ai enfeignée qui lève les difficultés du battage, le précipitant préfente les mêmes avantages. Si l'on eft embarraffé pour fixer la durée de cette opération, on peut fans danger l'excéder un peu & même jufqu'à ce que le grain foit un peu divifé, pourvû qu'on employe le précipitant immédiatement après en dofe fuffifante; il réparera l'inconvénient qui réfulte de l'excès du battage.

ON peut auffi connoître l'effet de cette opération & faifir le point où il eft àpropos de l'arrêter, par le moyen du précipitant. On met de l'extrait de temps en temps dans un gobelet de verre, pendant le battage ou feulement dès que l'eau commence à prendre une couleur perfe; on ajoute le précipitant; la liqueur fe trouble & l'indigo fe dépofe au fond du vafe. Il eft vrai que la précipitation du grain commence à fe faire quelques temps avant que l'extrait ait été affez battu; mais alors la précipitation eft lente. Plus le battage approche du point convenable, plus elle eft prompte, plus le grain eft gros & plus l'eau eft claire. C'eft donc fur la durée de la précipitation, fur la groffeur du grain & fur la clarté de l'eau, qu'on peut déterminer le point du battage; il faut être néceffairement exercé, pour tirer avantage de ce moyen; il en eft de même de touts les arts qui demandent de la pratique, pour en bien connoître les procédés.

JE n'ai pas befoin de répéter ici, ce que j'ai dit au C. I. de cette partie, Art. XII, à l'occafion du moyen que j'ai indiqué, pour connoître le degré de la fermentation, par le moyen d'un précipitant. Les attentions que l'on doit avoir dans le cas dont il s'agit ici font les mêmes; c'eft de n'employer chaque fois que l'on fait cette épreuve fur l'extrait que la même liqueur & les mêmes dofes, afin de tirer des conféquences juftes des effets de ce procédé.

LE précipitant peut encore corriger en grande partie les vices d'une fermentation excédée: elle embarraffe les molécules d'indigo, dans une grande quantité de matières extractives, avec lefquelles le précipitant fe combine, fans toucher à celui-là. Nous reviendrons à ce fujet, dans le chapitre fuivant.

S I par défaut de battage, l'indigo ne peut pas fe réunir; fi par excès, il eft trop divifé & ne fe précipite pas, on employera le même remède. J'ai vû (bien rarement à la vérité, mais non fans étonnement) une eau trop battue ne former aucun grain; elle paroiffoit d'un bleu noir, quand elle étoit en maffe; mais étendue fur une affiette, elle avoit une couleur brune, fale, embrouillée & montroit après le repos des nuages très déliés de couleur brune. Une pareille cuve fans précipitant, n'auroit fourni aucun produit, car je ne crois pas qu'aucun indigotier eut foupçonné qu'on put en retirer de l'indigo, ni peut-être qu'il en exiftât dans une eau qui n'en montroit point. Cependant le précipitant aidé d'un léger battage, a toujours dégagé d'une pareille eau, beaucoup de belle fécule.

I L réfulte de l'ufage du précipitant, qu'on peut fans un grand danger, excéder un peu les degrés de la fermentation & du battage, puifqu'on a un moyen fûr d'en réparer les inconvénients. C'eft furtout ce qui rend notre méthode plus facile, plus fûre & plus profitable que celle qui eft pratiquée.

A R T I C L E D E U X I È M E.

Des recherches qu'on a faites fur un précipitant.

L E S artiftes ont recherché un précipitant dans les mucilages & dans les alkalis fixes; ils ont éprouvé que les premiers n'étoient pas actifs & qu'ils avoient l'inconvénient d'enduire la fécule d'une matière gluante qui terniffoit fa couleur & qui la rendoit d'un égout difficile. Les teinturiers ont fait peu de cas d'un pareil indigo; la matière gluante s'attache à l'étoffe, la couvre & ternit la couleur.

J' A I effayé la gomme de bois d'olives du pays (*a*) diffoute dans beaucoup d'eau & paffée au travers d'un linge, pour en féparer les ordures qui s'y trouvent mêlées. J'ai encore effayé les graines de Titancoté de l'Inde & du Bengale; elles font mucilagineufes; elles ont la propriété de clarifier les eaux bourbeufes.

(*a*) Elle paroît avoir, à la blancheur près, les mêmes propriétés que la gomme arabique & pourroit y être fubftituée dans les arts.

L A première fubftance étant jaune, ne peut qu'altérer la couleur de la fécule, avec laquelle elle fe mêle au fond du vaiffeau. Son effet, fi elle en a, eft très-lent ; je dis fi elle en a, parce que je n'ai pas recherché à décider, fi je devois imputer à la gomme, une précipitation très-longue qui auroit pu fe faire également fans mixtion. Les graines de titancoté ne peuvent être employées que lorfqu'elles font fraîches ; leur action eft auffi très-lente. Quand elles font vieilles, elles ne peuvent pas fe diffoudre dans l'eau ; au refte touts les mucilages ne peuvent dégager la fécule diffoute, ou alliée, ou combinée avec d'autres fubftances ; ils n'agiffent que par leur propre poids & non par aucune vertu d'affinité ; ils n'occafionnent donc aucune décompofition, aucune féparation des matières combinées enfemble; c'eft-à-dire que les mucilages ajoutent un poids aux grains d'indigo qui font libres & peuvent hâter leur précipitation, lorfque leurs molécules font fpécifiquement plus pefantes que l'eau ; mais ils n'agiffent point fur les grains combinés avec d'autres matières, ou embarraffés par elles. On pourroit encore objecter contre l'ufage des mucilages, qu'il eft très-vraifemblable que la plufpart d'entr'eux fe tiennent diffous dans l'extrait, au moins pendant quelque temps, puifque celui-ci contient lui-même des matières gommeufes ou mucilagineufes, ou qu'ils pourroient occafionner la précipitation de quelques parties de ces matières avec l'indigo, ou qu'ils rendroient l'eau plus denfe.

O n ne donne en chimie le nom de *Précipitant,* qu'aux fubftances, qui mêlées avec un liquide chargé d'autres fubftances déjà combinées enfemble, ont la propriété de s'unir avec l'une de celles-ci & de féparer l'autre, en vertu de la loi des affinités & d'occafionner parlà, 1.° une décompofition, 2.° une nouvelle compofition, 3.° un précipité. On ne peut attendre cet effet des mucilages dans l'opération dont il s'agit. Ils ont d'ailleurs un grand inconvénient, c'eft d'affoiblir la couleur de l'indigo en fe précipitant avec lui.

Q U A N T aux alkalis fixes, ils ont de l'action fur les réfines, ils ont de l'affinité avec les matières extractives; ils s'uniffent très-bien avec elles & les obligent de quitter l'indigo ; ils occafionnent donc une décompofition, une recompofition & un précipité ; ils font donc très-bien les fonctions de précipitant ; mais ils ont en même temps la

Q

propriété de verdir la couleur bleue des végétaux. De plus, ils occafionnent la précipitation de quelques matières de nature gommeufe ou
mucilagineufe, de couleur blanchâtre ou jaunâtre, qui fe dépofent
fur l'indigo & qui le terniffent. Ces inconvénients ont fait renoncer
aux alkalis, *& la queſtion ſur cette découverte eſt reſtée indéciſe*,
comme le dit l'auteur cité plus haut.

L'E A U de chaux qui a les propriétés alkalines eſt reconnue depuis long-temps, pour avoir la vertu de précipiter la fécule, mais elle
a les mêmes défauts que les alkalis fixes; elle verdit l'indigo & le ternit par un dépôt mucilagineux.

A R T I C L E   T R O I S I È M E.
Du véritable Précipitant.

L E premier pas vers la découverte du précipitant a été fait. On
n'a pas pouſſé plus loin, faute de connoiſſances ſuffiſantes en chimie.

L E véritable précipitant eſt donc un alkali fixe, ſoit minéral, ſoit
végétal. Il a de l'action ſur les ſubſtances réſineuſes & l'indigo eſt de
ce genre; il a de plus la propriété de dégager & de rendre libre l'alkali volatil qui dès-lors s'évapore; il convient donc très-bien à l'opération dont il s'agit. Il a plus d'affinité avec les matières extractives que
contient la diſſolution d'anil, qu'avec l'indigo & que celui-ci n'en a avec
elles; il forme avec ces matières un compoſé ſavoneux diſſoluble dans
l'eau; il dégage donc les molécules réſineuſes qui peuvent être embarraſſées dans les mêmes matières, ou combinées avec elles. Dès-lors
ces molécules devenues libres, ſe précipitent par leur propre poids,
parce qu'elles ne peuvent contracter d'union avec l'eau. L'alkali fixe
eſt donc le véritable précipitant.

C E T T E théorie nous conduit à rechercher les moyens de corriger la propriété qu'il a de verdir la couleur bleue des végétaux;
c'eſt ſurtout ce qu'on n'a pas trouvé juſqu'à préſent; faute de cette connoiſſance, la première découverte étoit imparfaite, elle étoit nulle.

E N combinant le phlogiſtique dans l'état huileux avec l'alkali
fixe (procédé plus ſimple & moins coûteux, que celui par lequel on
plogiſtique l'alkali propre à faire du bleu de Pruſſe, lequel a peu de

vertu fur l'extrait des cuves d'indigo) on diminue à la vérité l'action de l'alkali fur la fécule, mais on évite l'inconvénient de fon altération. Il n'eft plus queftion, que d'augmenter les dofes.

L'ALKALI fixe a de l'action fur les huiles ; il agit par la mê-me raifon fur les réfines [qui font des efpèces d'huile concrète] lorf-qu'elles font réduites à leurs molécules primitives, mais beaucoup moins que fur les huiles. L'affinité qu'il a avec la matière inflamma-mable étant plus grande que celle qu'il a avec toute autre fubftance, eft caufe de cette propriété. Si donc on combine le phlogiftique avec un alkali fixe, on diminue d'autant & proportionnellement à la quan-tité de matière inflammable (dans l'état huileux) qui entre dans la combinaifon, fon action fur les réfines. Comme il importe que cet effet ait lieu jufqu'à un certain point, on ne doit pas faturer l'alkali de phlogiftique huileux. D'autre part, fi l'alkali eft trop actif, on doit craindre qu'il n'altère la couleur de l'indigo. Le moyen d'y remédier eft fimple : c'eft encore ce qu'on n'avoit pas trouvé & c'eft ce que les principes de chimie dont le flambeau nous éclaire dans un art qui eft entièrement de fon reffort, vont nous indiquer.

LA propriété qu'ont les alkalis de verdir la couleur bleue des végétaux eft connue ; c'eft un fait conftaté, la caufe en paroît en-core ignorée. Soit que les alkalis en s'interpofant entre les molécules primitives intégrantes bleues ; empêchent leur réunion & abforbent par là les rayons bleus, foit qu'ils changent l'arrangement de ces mê-mes molécules entr'elles, ils occafionnent une différente réflexion des rayons colorants : foit que ces mêmes alkalis attaquent ou mafquent le phlogiftique qui eft le principe des couleurs, il eft certain que fi l'on parvient à dénaturer les alkalis, ou à les enlever d'entre les molécu-les bleues, on anéantit leur effet. Les acides rempliffent ces deux indications. Ils ont beaucoup d'affinité avec les alkalis & peu ou point avec les réfines ; ils fe combinent avec les premiers, les enlè-vent d'entre les molécules bleues & forment avec eux différents fels neutres, fuivant la nature de l'acide qu'on a employé. Ces fels neu-tres n'ont plus les propriétés des alkalis & ne verdiffent plus la cou-leur bleue des végétaux.

ON pourroit fuppofer que l'eau de chaux & les alkalis enlèvent à l'indigo, une portion du principe inflammable qui fait une de ses parties conftituantes; & que c'eft une des caufes du changement produit dans la couleur par le mélange des alkalis avec l'indigo. Cette conjecture eft appuyée d'une part fur l'affinité qu'ont les matières alkalines avec le phlogiftique, & de l'autre fur ce que ces mêmes matières n'altèrent plus la couleur de l'indigo, lorfqu'elles font phlogiftiquées.

Article quatrième.
De la préparation du Précipitant.

La préparation d'un alkali phlogiftiqué, propre à précipiter la fécule, doit être telle que chaque indigotier puiffe le compofer à peu de frais. Si cet ingrédient étoit trop coûteux, il perdroit tout fon mérite. Il faut donc que les drogues qui entrent dans fa compofition, foient pour ainfi dire, dans la main de tous les colons & que le procédé pour le préparer foit fimple, à la portée de tout le monde & nullement difpendieux. Le précipitant dont je veux parler réunit toutes ces conditions.

Prenés deux parties de cendres & une de chaux vive, ou deux parties de chaux & une de cendres, ou parties égales des deux. Faites en une leffive fur le feu, en y ajoutant beaucoup d'eau. Pour trois mefures de ce mélange, vous employerés huit mefures d'eau. Agités fouvent les matières, pendant la durée de l'ébullition qui doit être au moins de deux heures. Laiffés repofer & refroidir la liqueur & décantés la.

Plus il entre de cendres dans le mélange, plus la leffive eft phlogiftiquée; lorfqu'elle ne le fera pas affez, on lui donnera facilement ce qui lui manquera, quoiqu'on puiffe l'employer dans cet état lorfqu'on en corrige enfuite l'effet par l'avivage; elle n'en a même que plus de vertu. Pour la phlogiftiquer d'avantage, prenés des cendres & faites en un tas; mettés au milieu d'elles du charbon que vous allumerés & que vous couvrirés prefqu'entièrement de cendres; de façon qu'il continue à brûler, mais lentement; jetés fur les cendres des graines de ricin dit palma-chrifti, ou de takamaka ou de moutarde, &c. ou même le marc de ces huiles, après qu'on les a exprimées de leurs graines, ou l'huile la plus mauvaife. Si le feu s'éteint, vous le

rallumerés & vous retournerés les cendres de temps en temps, afin
que les graines puiffent fe confumer par le moyen du feu, mais fans
flamme. Quand tout fera brûlé, vous employérés ces cendres avec
la chaux, comme il a été dit ci-devant, pour faire une leffive. Il eft
facile de voir que ce procédé qui doit durer plufieurs jours, quand
on travaille fur une grande quantité de matières à la fois, combine le
phlogiftique des graines, ou du marc ou de l'huile avec l'alkali fixe
contenu dans les cendres, par une combuftion lente & à demi-étouf-
fée.

JE dois obferver que cette diffolution alkaline ne paroît plus auffi
efficace au bout d'un certain temps, que lorfqu'elle eft fraîche. Cela provient vraifemblablement, de ce qu'avec le temps, les alkalis fe
combinent plus intimement avec le principe inflammable & de ce que
les parties calcaires fe décompofent un peu à la longue, mais peu-à
peu & forment un précipité terreux.

L'EAU de chaux pure ayant comme je l'ai dit, les propriétés
alkalines, précipite auffi l'indigo & le verdit. L'avivage lui rend enfuite la couleur bleue. Soit prévention, foit réalité, foit effet néceffaires de quelques circonftances que je n'ai pas faifies, l'indigo précipité par la chaux ne m'a pas paru auffi beau que celui précipité par
une diffolution alkaline & avivé par un acide. Mais je vais indiquer
plufieurs méthodes d'employer l'eau de chaux avec fuccès.

LA théorie nous ayant conduit à reconnoître que l'alkali fixe étoit
le véritable précipitant de l'anir & qu'il étoit àpropos de phlogiftiquer
ce fel; l'expérience nous ayant enfuite démontré la vérité de ces principes, nous avons recherché des moyens de phlogiftiquer une diffolution alkaline, encore plus fimples, mais auffi efficaces que ceux dont
nous venons de donner le détail. Nous avons compris qu'il étoit effentiel d'indiquer aux artiftes des procédés faciles & peu coûteux. Nos
recherches très-multipliées, dont il feroit trop long de rendre compte
nous, ont conduit aux réfultats que nous allons préfenter fommairement.

LA plufpart des végétaux contiennent abondamment le principe
inflammable qui fait une de leurs parties conftituantes. C'eft d'après
ce principe que nous avons combiné l'eau de chaux, pour la phlo-

giftiquer avec l'infufion ou la décoction d'un grand nombre de végétaux. Nous ne parlerons ici que des mixtions qui ont le mieux rempli nos vues. Nous invitons les perfonnes zélées ou curieufes à faire de
nouveaux effais & nous les flattons de l'efpérance de trouver des mélanges encore plus heureux que ceux dont nous allons parler.

NOUS commençons par prévenir que les décoctions des végétaux nous ont paru conftamment plus efficaces que leurs infufions,
& que nous entendons que l'eau de chaux vive qui fait la bafe des
préparations précipitantes, doit être faturée. On reconnoît qu'elle eft
dans cet état, lorfqu'on voit à fa furface une crême ou pellicule blanche ; malgré cette attention, il peut fe faire qu'il y ait des différences dans les vertus des différentes efpèces de chaux. Celle que j'ai
employée étoit faite avec des madrépores blancs de l'Ifle de France.

1.º *L'orpin.* Cette plante graffe qui a été tranfplantée ici de Madagafcar, s'eft beaucoup multipliée d'elle même dans mon voifinage,
non feulement par fes graines, mais encore par fes feuilles qui prennent
racine, lorfqu'elles touchent la terre. Il faut les piler & les faire bouillir dans de l'eau fur le feu. On laiffe refroidir la liqueur, on la décante, on la filtre. On mêle cette décoction avec deux parties d'eau de
chaux , la liqueur fe trouble & forme un dépôt au fond du vafe ; enfuite on la décante & on la filtre à travers un linge ou un tamis de crin
un peu ferré ; en cet état on en fait ufage, pour précipiter l'indigo.
Toutes les autres liqueurs fe préparent de la même manière.

2.º LES *Bananiers* de toutes les efpèces. Il faut en prendre le
tronc, le couper par morceaux, les piler, les faire bouillir dans de
l'eau & fuivre le même procédé que celui qui vient d'être décrit, en
mêlant la décoction avec de l'eau de chaux.

3.º LA pulpe du fruit du *Savonier* de la Chine, que plufieurs
perfonnes nomment *Noifetier* de la Chine. Une décoction théiforme
de cette pulpe fuffira, (*a*) pourvû qu'on en fépare le dépôt. Le fa-
vonier de l'inde & de la côte malabarre, donne un fruit dont la pul-

(*a*) Cette décoction ou même l'infufion à froid eft favoneufe. Elle a la propriété de laver le linge ; les Indiens l'employent à cet ufage.

pe a les mêmes propriétés. Je ne l'ai pas effayée, parceque je n'ai pas pu m'en procurer. On dit que cette dernière efpèce eft naturelle à l'Ifle de Bourbon.

4.º L A décoction *d'herbes blanches*, en procédant comme ci-deffus. On peut cependant fe difpenfer de les piler.

5.º C E L L E d'une efpèce de *convolvulus* de l'Inde, à fleurs bleues, dont les Indiens fe fervent pour blanchir les toiles écrues.

6.º U N E décoction de fuye de cheminée, mêlée avec l'eau de chaux.

7.º U N mélange d'eau de chaux & de fucre; le plus mauvais n'eft pas celui qu'on doit employer, quoiqu'il contienne plus de parties graffes que celui qui eft purifié; elles font alliées avec une trop grande quantité de matières extractives, qui fe précipitent au deffus de la fécule & qui y forment une couche de couleur jaune ou brune.

J E répète qu'il eft effentiel de filtrer les liqueurs, parceque l'eau de chaux occafionne dans toutes, un précipité plus ou moins abondant qui fe mêleroit à l'indigo & qui en altéreroit, ou en affoibliroit la couleur.

I L y a quantité d'autres végétaux dont le mélange avec l'eau de chaux forme auffi des précipitants efficaces, tels que l'afmelle du pays, la *Morelle*, les feuilles de la *fouche*, &c. Touts ceux que j'ai effayés, n'ont pas donné des réfultats auffi heureux que ceux que j'ai indiqués plus haut.

J'A U R O I S défiré pouvoir déterminer la proportion du végétal qu'on doit employer pour faire la décoction, eu égard au volume de l'eau pure, mais je ne puis que montrer, combien les dofes doivent varier. L'efpèce du végétal, la faifon & le terrein qui influent tant fur fes propriétés, la force & la durée de l'ébullition qu'on lui fait éprouver, apportent néceffairement des différences trop grandes dans le plus ou le moins de vertu des décoctions; je confeille de faire des effais en petit, chaque fois qu'on emploiera la liqueur précipitante.

L A proportion d'eau de chaux qu'on fera entrer dans le mélange doit auffi varier relativement à la force & aux vertus de la décoction. Tantôt on mêlera trois parties; tantôt & le plus fouvent, deux parties d'eau de chaux, fur une partie de la décoction du végétal;

tantôt parties égales de l'un & de l'autre, fuivant que les effais en indiqueront la néceffité.

O N me demandera auffi qu'elle eft la proportion de précipitant
qu'on doit employer par chaque cuve. Je répondrai que la dofe varie, relativement au volume & à la qualité de l'extrait. Lorfque l'indigo eft difpofé à fe précipiter de lui-même, par l'effet d'une opération bien conduite & de la bonne qualité des herbes, alors on doit
employer moins de liqueur précipitante (on peut même s'en paffer)
que dans les cas où les molécules du grain reftent fufpendues dans le
liquide, ou lorfqu'elles fe font combinées avec des matières extractives. Heureufement qu'on ne court pas grand rifque à forcer la dofe,
pourvû qu'on ne néglige pas d'employer le moyen dont nous parlerons à l'article de l'avivage.

O N peut encore [ceci confirme bien notre théorie du précipitant] phlogiftiquer l'eau de chaux avec de l'huile de moutarde [a]

_____

(a) J'ai employé plufieurs autres huiles avec un égal fuccès, comme l'huile de Gingely [*féfame*] qui nous vient de l'Inde. L'huile de
poiffons fe combine encore mieux avec la chaux; mais fur tout l'huile
de lin. Celle-ci ne forme point de beurre, comme les autres dont je viens
de parler. Lorfqu'il y a faturation dans la combinaifon, l'huile de lin
furabondante furnage, & paroît être un peu épaiffie, dans le cas où
la quantité n'en eft pas confidérable, mais elle conferve de la fluidité.
La liqueur qui réfulte de ce mélange, reffemble parfaitement à du lait
pour la couleur, pour l'opacité & pour la denfité. En cet état, elle n'eft
pas propre à être employée comme précipitant. L'eau de chaux a perdu dans cette combinaifon, car c'en eft une véritable, & non une émulfion, prefque toutes fes propriétés & par conféquent la plus grande partie de fon action ; il ne faut pas à beaucoup près faturer l'eau de chaux
d'huile de lin. Des effais en petit indiqueront facilement & fûrement la
proportion du mélange. L'huile d'olives, celle de ricin vulgairement
appellé *Palma-Chrifti*, celle de pignons d'Inde ne fe mêlent pas de même
à l'eau de chaux. Les huiles effentielles que j'ai effayées, telles que celle pure & naturelle tirée par la diftillation du camphrier, & celles de
citrons, de canelle, de girofles & de ravine-faras, fe mêlent auffi en
partie avec l'eau de chaux, par le moyen de l'agitation, & forment toutes un beurre, à l'exception de celle du camphrier. Toutes ces huiles fe
mêlent auffi à l'eau pure, dans une certaine proportion, lorfqu'on les

on en verfe très-peu & goutte à goutte dans de l'eau de chaux qu'on agite pendant le mélange ; la liqueur prend fur le champ une couleur très-blanche & laiteufe. Si on verfe trop d'huile, la partie furabondante à la faturation de la chaux fe fige fur le champ, prend la confiftance, l'onctueux, la couleur du beurre & vient fe réunir à la furface de la liqueur. [*a*] Pour que la combinaifon fe faffe bien, il eft à propos de prendre les précautions que je vais indiquer.

1.° I L fautque l'eau de chaux foit faite avec de la chaux vive & qu'elle foit forte, c'eft-à-dire faturée. L'eau faite avec de la chaux éteinte à l'air, mais à l'abri de la pluye, réuffit auffi quelquefois; 2.° qu'elle ait été faite depuis plufieurs jours. Lorfqu'elle eft nouvelle,

---

agite pendant quelque temps & lui communiquent une couleur jaune plus ou moins foncée. La plufpart de ces huiles effentielles traitées à l'eau de chaux, fe troublent au bout de quelques jours ; mais celles à l'eau pure reftent claires, quoique jaunes. Si on ajoute de l'huile de vitriol à ces dernières, le mélange s'échauffe & devient blanc, mais ne rougit pas le papier bleu. L'agitation me paroît un moyen de faciliter & même d'occafionner des compofitions & par conféquent des décompofitions qui ne fe feroient pas fans lui ; il n'a pas été jufqu'à préfent affés fuivi par les chimiftes & mérite de l'être. Quoiqu'il en foit, je ne fuivrai pas plus loin le détail des expériences que j'ai faites fur toutes ces huiles.

[*a*] Ce beurre n'eft pas mifcible à l'eau, & ne peut pas fe diffoudre même dans de l'eau de chaux ; il eft d'abord affès blanc, plus ou moins, fuivant l'efpèce d'huile qui l'a formé & jaunit au bout de quelques jours. Il conferve l'odeur & le goût de l'huile dont il eft le produit & a une faveur douce fans acrimonie; il ne fe fond pas à l'eau bouillante [je parle de celui provenant de l'huile de moutarde] mais il fe fond au feu ; il y dégorge une partie de fon eau de chaux, non pas dans un état de pureté, mais combinée avec de l'huile ; fes parties fe réuniffent & prennent plus de confiftance qu'elles n'en avoient. La formation de ce beurre me paroît un phénomène d'autant plus digne des recherches des chimiftes, que je le crois inconnu, & qu'il femble prouver que ce n'eft pas toujours l'acide qui eft caufe de la concrètion des fubftances huileufes.

R

la combinaison de l'huile n'est pas aussi intime, ni aussi complète: 3.° Il faut agiter la liqueur pendant le mélange. 4.° Dès qu'on s'apperçoit qu'il se forme quelques grumeaux de beurre, il faut arrêter l'écoulement de l'huile & ajouter un peu d'eau de chaux pure au mélange, pour tâcher d'absorber toute l'huile. Si l'on ne suit pas exactemement ces conseils, il en résultera que l'huile communiquera d'abord un œil laiteux à l'eau de chaux, & se réunira ensuite très-promptement, en consistance de beurre sur la superficie de la liqueur.

AVANT de verser cette eau savoneuse dans la cuve, il est essentiel de la laisser reposer, ensuite de la filtrer à travers une toile, pour séparer de la liqueur toutes les parties butireuses qui s'y trouvent répandues; comme ce mélange se décompose à la longue, il est nécessaire de l'employer peu de temps après qu'on l'a fait. [*a*] Il y a cependant des espèces d'huile dont la combinaison avec l'eau de chaux est durable.

LA lessive de cendres, mêlée avec les décoctions dont j'ai parlé plus haut n'a pas eu un effet aussi heureux pour précipiter l'indigo. Elle ne se combine pas avec l'huile de moutarde, non plus que l'alkali minéral, lors même que l'un & l'autre ont été rendus caustiques par la chaux.

TOUTS les moyens que j'ai détaillés, ont pour but d'émousser la causticité de la chaux & des alkalis fixes, sans cependant leur enlever toutes leurs propriétés, parce qu'il est essentiel qu'ils aient de l'action sur l'indigo. Si on employe une dose trop forte des substances propres à phlogistiquer l'eau de chaux, alors elle n'a plus de vertu précipitante, ou du moins elle en a trop peu. Lorsque la proportion d'eau de chaux est très-foible, la précipitation est donc nulle, ou trop lente. S'il y a trop d'eau de chaux dans le mélange, l'indigo pâlit un peu,

---

[*a*] Cette eau savoneuse ne mousse pas. Lorsqu'elle a été clarifiée par le repos & par la filtration, elle est propre à blanchir le linge en guise de savon & peut en tenir lieu. J'en ai fait l'essai & je crois qu'on pourroit l'employer dans la plupart des arts, où l'on fait usage de savon. Les différentes propriétés des huiles qui rendent les eaux savoneuses, exigent un examen particulier & plus approfondi.

ou même se ternit & souvent il se fait un nouveau précipité blanchâtre, ou jaunâtre, ou brunâtre, ou verdâtre au dessus de la couche d'indigo qui est au fond du vase. Ce sont des matières mucilagineuses ou gommeuses que la chaux a précipitées; elles proviennent ou des eaux qu'on a employées, ou de l'anil lui-même qui les a fournies pendant la fermentation; elles se mêlent à l'anir & altéreroient sa couleur, si l'on n'avoit pas moyen de les en séparer. C'est ce qui va nous occuper dans l'article suivant. /un

ARTICLE CINQUIÈME.
Avivage de l'indigo.

IL ne suffit pas pour le succès complet des opérations de la fabrique d'avoir facilité ou même occasionné la précipitation prompte & entière de l'indigo contenu dans l'extrait. La découverte des substances qui ont cette efficace, étoit sans doute intéressante; elle devoit nécessairement précéder celle de l'avivage, mais la première sans la seconde seroit imparfaite. Nous avons vu que quelques corrections qu'on apporte à l'activité du précipitant, il occasionne sur la fécule un dépot de parties hétérogènes & que si on affoiblissoit trop son action, on lui ôtoit toute sa vertu. Cet effet est même assez général dans toutes les précipitations quelconques. Les précipités ne sont jamais absolument purs; ils sont alliés, soit avec quelques parties de la substance précipitante, soit avec quelques autres de celle dont ils ont été dégagés & souvent avec une certaine quantité de l'une & de l'autre. Il falloit donc trouver le moyen d'enlever ces matières étrangères, sans nuire à la fécule. Ainsi l'avivage de l'indigo est une suite nécessaire de l'usage du précipitant.

APRÈS avoir précipité la fécule dans la batterie, par une dissolution alkaline combinée avec le phlogistique dans l'état huileux, on laisse reposer le mélange pendant quelques heures, ensuite on vide l'eau & on retire l'indigo en boue liquide dans le bassinot. Alors on y ajoutera un acide minéral étendu dans beaucoup d'eau; il attaquera l'alkali de la dissolution, se combinera avec lui pour former un nouveau composé, & par conséquent le dégagera de la fécule qu'il laissera

R ij

libre & pure. L'acide a de plus la propriété de rougir la couleur bleue des végétaux ; il ne peut donc que communiquer à la fécule un œil violet ou cuivré, fuivant la qualité de l'indigo & fuivant la dofe & la force de l'acide. Si on en employoit une trop grande quantité & qui fut très-concentré, il gâteroit l'indigo, non en le rougiffant, mais en lui enlevant fon éclat & en le rendant terne. La furabondance de l'acide qui fe feroit d'abord combiné avec l'alkali jufqu'au point de faturation, attaqueroit enfuite la fécule. [*a*] Ainfi l'on ne doit employer qu'autant d'acide, qu'il eft néceffaire, pour aviver la couleur de l'indigo. La proportion de la dofe ne peut pas être indiquée ; elle fera facilement faifie au coup d'œil, d'autant plus que l'effet en eft fubit ; mais on peut déterminer à-peu-près le degré de force de l'acide qu'on doit employer.

S I l'acide eft trop concentré, il aura trop d'action fur les parties de la fécule qu'il touchera au moment de fa chûte, il les brûlera, les noircira & occafionnera une écume de mauvaife qualité, qui ne pourra plus fe réparer & qui fera en pure perte, car on doit la rejeter ; elle ne pourroit que ternir la fécule, fi on les mêloit enfemble. Il eft donc néceffaire d'étendre l'acide dans beaucoup d'eau, par exemple à la dofe de huit gros au plus d'huile de vitriol, telle qu'on la vend dans le commerce pour une pinte d'eau [une bouteille ordinaire] A mefure qu'on en verfera dans le baffinot, on aura l'attention de remuer l'indigo qui y eft contenu, afin que l'acide fe diftribue également & promptement dans toute la maffe du liquide.

L' A C I D E vitriolique a la propriété de fe combiner avec le

---

(*a*) Il y auroit plufieurs obfervations à faire fur ce fujet, dont le détail nous meneroit trop loin. Nous dirons feulement que l'acide nitreux & l'eau régale, concentrés, font les feuls qui décompofent l'indigo, tel qu'il eft dans le commerce. Celui qui vient d'être fabriqué, fe laiffe attaquer, avant la deffication, par l'huile de vitriol concentrée. Mais dans le procédé de l'avivage, on doit employer les acides affoiblis par beaucoup d'eau ; dès-lors ils ne peuvent pas décompofer l'indigo ; cependant lorfque l'acide vitriolique eft trop fort, il opère fur la fécule encore fraîche, l'effet dont il eft parlé ci-deffus.

principe inflammable ; c'eſt vraiſemblablement ce qui fait, que ſi on
en employe une doſe trop forte, ou s'il eſt trop concentré, il altère
la couleur de l'indigo, en lui enlevant quelques portions du phlogiſtique qui fait une de ſes parties conſtituantes. Si on mêle cet acide avec
l'extrait, avant le battage, on pourroit ſoupçonner qu'il auroit plus
de priſe ſur les molécules colorantes qui ſont alors dans un état de
grande ténuité, mais il eſt lui-même affoibli par le grand volume du
liquide de la batterie. Lorſque ces mêmes molécules ſont aggrégées,
l'affinité qu'elles ont entr'elles & leur adhéſion s'oppoſent juſqu'à un
certain point à l'action de l'acide qui trouve alors plus de facilité à ſe
combiner avec les ſels alkalis ; il eſt donc eſſentiel de ne mêler l'acide avec la fécule, que lorſqu'elle eſt dans le baſſinot. Il en faut d'ailleurs une doſe moindre, que ſi on verſoit l'acide ſur l'extrait dans la batterie. En outre l'expérience m'a prouvé bien des fois, que l'acide ralen-
tiſſoit la précipitation du grain. La raiſon en eſt ſenſible, comme on
va le voir.

L'ACIDE diſſout les terres & ſur tout celles qu'on nomme
abſorbantes, les matières extractives gommeuſes ou mucilagineuſes
[*a*] ou ſavoneuſes qui ſe trouvent mêlées & non combinées avec la
fécule & toutes celles que le précipitant a dépoſées au deſſus de la
couche d'indigo. Il diſſout auſſi l'indigo décompoſé qui eſt noir, &
qui ſe trouve ſouvent mêlé avec les molécules bleues, pour peu que

---

[*a*] On n'objectera peut-être que les acides ont la propriété de
coaguler les mucilages, & qu'il devroit réſulter de leur mélange avec
la fécule liquide un effet contraire à celui que j'expoſe. Je réponds que
les mucilages dans le cas dont il eſt queſtion, ne ſont pas purs, qu'ils
ſont mêlés avec d'autres ſubſtances extractives, ſavoneuſes & même
alkalines, qui peuvent ſervir d'intermède à la diſſolution des mucilages par les acides. Au reſte quoiqu'il en ſoit de cette théorie, l'effet en
eſt certain. Toutes ces matières hétérogènes, à moins qu'elles ne ſoient
combinées avec la fécule, ſont diſſoutes par les acides ; c'eſt un fait certain & conſtant, & c'eſt ce qui occaſionne l'avivage de l'indigo, car
l'acide ne donne par lui-même aucun éclat aux molécules colorantes
lorſqu'elles ſont dans l'état d'aggrégation ; l'acide ne fait pour ainſi dire,
que les nettoyer.

la fermentation ait été excédée; c'eſt préciſement ce qui donne de l'éclat à l'indigo, en enlevant des matières hétérogènes qui affoibliſſent ou même terniſſent ſa couleur. Ces mêmes matières étant diſſoutes dans l'eau par la vertu de l'acide, rendent l'extrait plus denſe & empêchent la précipitation des atomes colorants qui y ſont interpoſés, mais elles s'écoulent avec l'eau à travers les ſacs de toile dans leſquels on met enſuite égoutter la fécule.

C O M M E la précipitation de ces parties hétérogènes eſt au moins auſſi abondante, lorſqu'on employe le précipitant, que lorſqu'on n'en fait point uſage & qu'elle ſe fait ſucceſſivement, il eſt à propos de lâcher l'eau de la batterie, dès que l'indigo eſt précipité; le plutôt eſt le mieux; mais dans touts les cas il eſt très-avantageux d'aviver la fécule.

L'A C I D E marin conviendroit peut-être mieux que les deux autres acides minéraux, parcequ'il n'a point ou preſque point d'action ſur les huiles & les réſines. L'acide nitreux & l'eau régale qui décompoſent l'indigo avec efferveſcenſe, & qui le réduiſent, le premier en une terre noirâtre, la ſeconde en une terre jaunâtre, ſont cependant très-propres à l'aviver, quand ils ſont étendus dans beaucoup d'eau. Mais le vitriolique eſt un peu moins cher, a plus de force & remplit très-bien l'objet qu'on ſe propoſe.

J'A U R O I S penſé que tout acide végétal bien dephlegmé & bien dépuré, auroit pu produire le même effet; j'ai éprouvé que le jus de citrons rougiſſoit un peu l'indigo, & qu'il occaſionnoit une moiſiſſure ſur la fécule, lorſqu'elle ſèche; cet acide n'a pas vraiſemblablement aſſès de force, aſſès d'activité, & ſe trouve lui-même embarraſſé dans des matières mucilagineuſes dont il eſt difficile de le ſéparer exactement. J'ai eſſayé le vinaigre blanc diſtillé & le rouge; ils réuſſiſſent auſſi bien que l'acide vitriolique; mais il ſera plus difficile & plus coûteux de ſe procurer dans les Colonies, un acide végétal tel qu'il convient, que de l'acide vitriolique; c'eſt celui que j'ai toujours employé avec ſuccès. Il forme avec l'alkali fixe un tartre vitriolé (a)

[a] Lorſqu'on a employé des cendres dans la compoſition du précipitant, & qu'on avive enſuite la fécule par un acide, on voit en ef-

qui ne peut que donner, s'il a quelque effet, une nuance violette à
la fécule, & contribuer à la ténacité de sa couleur;(*a*) il forme avec
l'eau de chaux, une félénite & avec l'alkali volatil un sel ammoniacal : l'un & l'autre n'altèrent point la couleur bleue des végétaux; l'huile de vitriol étendue dans beaucoup d'eau, n'a point d'action sur les
huiles, encore moins sur les réfines. La crême de tartre qui rougit
les couleurs bleues des végétaux, m'a paru n'avoir aucun effet sur la
fécule d'indigo, à moins qu'elle n'ait été aiguifée par un acide minéral.

O N ne doit pas craindre d'augmenter par ce procédé la difficul-

---

fet beaucoup de fels qui fe criftallifent audeffus de l'indigo, dans les facs,
à moins qu'on n'ait pris les précautions qui feront indiquées. L'eau de
chaux forme beaucoup moins de fels; je préfère par cette raifon cette dernière liqueur à une diffolution alkalinè faite par les cendres.

L'eau de chaux mêlée avec l'acide vitriolïque ne forme pas toujours
de la félénite. Cela paroît dépendre de la proportion des liqueurs, ou
plutôt de la nature de la terre calcaire qu'on a calcinée. J'ai verfé dans
une bouteille remplie d'eau de chaux vive, provenant de madrépores blancs, qu'on nomme ici coraux, huit gros d'huile de vitriol, telle
qu'elle fe vend à Paris dans les boutiques, & j'ai agité le mélange. J'ai
bouché la bouteille avec du liége; au bout de quelques mois le goulot
s'eft fendu de lui-même dans toute fa circonférence & ne tenoit plus à
la bouteille. L'eau s'eft décantée entièrement d'elle-même, & j'ai trouvé dans la bouteille un fel qui en occupoit tout le fond & qui avoit
deux pouces de hauteur environ; ce fel eft très-blanc, opaque; confidéré en maffe, il a la forme d'un champignon, montrant une efflorefi-
cence dans la partie fupérieure des criftaux ;.ils font coupés à leur bafe;
ils répréfentent des colonnes pentahèdres, arrangées les unes contre les
autres très-régulièrement, ou des folides à cinq faces; ils font prefqu'info-
lubles dans l'eau, même bouillante. Au refte les différentes combinaifons
de l'acide avec les fels ou avec les terres, importent peu aux indigotiers : il leur fuffit de connoître quels font les mélanges les plus favorables, & quels font les procédés les plus avantageux à la fabrique de
l'indigo.

[*a*] Voyez l'ouvrage de M. Hellot, fur l'art de la teinture des laines. P. 197 & 198.

té de l'égout des eaux de la fécule, lorsqu'elle est dans les facs. L'acide en tenant diffoutes les matières hétérogènes à l'indigo, rendra au
contraire l'égout des facs plus prompt.

On peut vérifier facilement & promptement les effets du procédé
que j'indique. Qu'on mette de l'extrait, après le battage dans un gobelet;
qu'on y verfe feulement de l'eau de chaux vive, nouvelle & forte, fans
préparation ; fur le champ la liqueur fe troublera & prendra une couleur verte ; la fécule fe précipitera en verd. Après le repos, décantés
l'eau, & verfés fur le fédiment, un acide minéral affoibli par de l'eau
pure ; vous verrés la fécule prendre fur le champ une belle couleur
bleue & les matières extractives difparoître.

CE qui fe paffe dans cette opération eft femblable au procédé par
lequel on fait du bleu de Pruffe. Il eft même vraifemblable, qu'on en
forme réellement quelques parties qui fe mêlent & qui fe confondent
avec l'indigo, fi l'on fait attention que l'anir contient du fer, & que cette
fubftance & les diffolutions alkalines qu'on y ajoute, contiennent le
principe inflammable ; ce font les matières du bleu de Pruffe.

APRÈS la précipitation de l'indigo avivé, il eft à propos de
décanter l'eau, & de laver une ou deux fois la fécule dans une eau pure, afin d'enlever l'acide furabondant & les fels qu'il a formés. Le tartre vitriolé & la félénite ne fe diffolvent qu'en petite quantité dans l'eau
pure ; on peut en aider la diffolution, par le moyen de l'agitation continuée pendant quelque temps, & par une grande quantité d'eau. Lorfqu'elle eft chaude, elle diffout d'avantage de fels ; ainfi il me paroît
à propos de l'employer dans cet état, & de ne pas attendre le refroi-
diffement de l'eau pour la décanter. Cette dernière opération doit fe
faire le plutôt qu'on le peut, & avant que les fels aient eu le temps de
fe former, parce que les fubftances qui font employées à fa formation font plus diffolubles dans l'eau, que les fels eux-mêmes dont nous
venons de parler. Il ne faut pas croire que ces fels ne fe forment que
par évaporation; quelques noyés qu'ils foient, leur criftallifation a
lieu, mais en moindre quantité que lorfqu'il y a peu de liquide.

JE recommande donc les lotions d'eau pure comme effentielles.
Il vaut mieux en faire plus que moins. Comme l'eau chaude a plus
d'action fur les mucilages, & qu'elle diffout en général une plus grande

de quantité de fels, que l'eau froide, on doit l'employer bouillante;
on tiendra le vafe chaud & on décantera l'eau pendant qu'elle eſt encore chaude. On doit regarder ce précepte comme général, pour
toutes les lotions d'eau pure que je pourrai prefcrire par la fuite. Elles ne font ni difpendieufes, ni longues, ni embarraſſantes & je puis
affûrer que les détails des procédés recommandés pour l'avivage de
l'indigo, donneront dans touts les cas une denrée beaucoup plus belle qu'on ne l'auroit eue, & quelquefois telle qu'il ne s'en fabrique point
& qu'on n'en trouve point de pareille dans le commerce.

I L me reſte encore quelques obfervations à faire, pour complè-
ter les détails de ce procédé. Comme il eſt entièrement nouveau dans
la fabrique de l'indigo, j'aime mieux qu'on me reproche des longueurs
& des redites que des oublis.

I L arrive quelquefois dans les différentes lotions, que l'eau reſte
verte, même après la précipitation de la fécule. L'indigo eſt une fub-
ſtance extracto-réfineufe qui contient de l'alkali volatil. Lorfque ce
fel & les matières extractives font en proportion furabondante, ils
peuvent fe diffoudre dans l'eau; ils fervent alors d'intermèdes, pour
diffoudre quelques particules d'anir qui donnent à l'eau la couleur
verte, mais c'eſt en très-petite quantité.

L O R S Q U' O N emploſe une dofe trop grande d'acide, il dégage beaucoup de molécules d'air du mélange; elles reſtent à la fuperficie du liquide avec d'autres molécules d'anir qui ne fe précipitent
pas. Pour diffiper cet air & pour faciliter la précipitation de l'indigo,
on peut d'abord agiter la liqueur pendant quelque temps; cette façon
ne demande que de la patience, d'autant plus qu'on n'a point à craindre de mauvais effets du retard. Si ce procédé ne réuſſit pas complètement, comme il arrive quelquefois, on mêlera de l'eau de chaux
avec la liqueur, par le moyen d'un arrofoir; on agitera le mélange &
on le laiſſera repofer, pour décanter l'eau après la précipitation du
grain. Si on mettoit la fécule liquide dans les facs avant cette opération, il en réfulteroit que cet indigo furnageant ne s'y dépouilleroit pas
entièrement des molécules d'air avec lefquelles il eſt allié, & qu'il feroit par conféquent friable. Enfin, fi cette efpèce d'écume (car il faut
tout prévoir, autant que cela eſt poſſible) malgré l'agitation & malgré

S

l'eau de chaux, restoit opiniâtrément sur la surface du liquide, on pourroit l'enlever avec des plumes; on la mettroit dans une baffine sur un feu doux qui diffiperoit promptement l'air qu'elle contient, ensuite dans *des* facs pour la faire égoutter.

QUELQUEFOIS le mélange de l'acide avec la fécule liquide, empêche la précipitation du grain. Cela arrive, lorsque la fécule est chargée abondamment de matières hétérogènes que l'acide diffout jusqu'à faturation & qui rendent l'eau fi denfe que les grains y reftent fufpendus. On peut employer deux moyens pour précipiter l'indigo; l'un, c'eft d'ajouter une grande quantité d'eau acidulée, pour diminuer la denfité du liquide qui eft avec la fécule; l'autre c'eft d'y verfer de l'eau de chaux, en moindre quantité ; ce qui n'exige pas des vafes auffi grands. Au refte toutes ces opérations peuvent fe faire dans des bailles percées dans le bas, à différentes hauteurs, plus commodément que dans le baffinot ; elles ne demandent toutes que de l'exactitude & de la patience. Il faut tenir couverts les vafes ou les bailles, afin de les garantir de la pouffière.

LORSQUE le mélange d'eau de chaux n'occafionne pas la précipitation de l'indigo, dans les procédés de l'avivage, il faut en ajouter de nouvelle : fi on n'obtient pas l'effet défiré, on verfera dans ce mélange un acide en quantité fuffifante & on agitera les liqueurs un moment ; après le repos & la décantation, on lavera la fécule, au moins une fois avec de l'eau chaude.

J'AI pouffé par effai les lotions d'eau pure & chaude jufqu'au nombre de quinze, après l'avivage, fur une fécule fabriquée nouvellement. Elles étoient toutes chargées en couleur & avoient une nuance rouffâtre, mais elles étoient claires & nettes & n'ont point dépofé d'indigo, même après plufieurs jours de repos. La quinzième lotion à l'eau bouillante eft reftée opiniâtrément chargée d'indigo pendant plufieurs jours. L'addition de l'eau de chaux à plufieurs reprifes & en quantité confidérable n'a pas pu occafionner la précipitation du grain; elle n'a eu lieu que lorfque j'ai verfé de l'huile de vitriol pure, dans la liqueur; mais l'eau quoique claire étoit un peu colorée en bleu. L'indigo étoit de la plus grande beauté. J'ai répété cet effai plufieurs fois. Le réfultat a été le même. Comme l'indigo m'a toujours paru très-beau, après

trois ou quatre lavages, je crois qu'ils fuffifent & qu'on peut fe difpenfer d'employer de l'eau bouillante , pourvu qu'elle foit chaude.

J E finiraï par remarquer que les premières lotions font très-noires,
très-puantes & chargées d'écume , lorfque la fermentation a été excédée. Dans ce cas, l'artifte ne doit pas attendre qu'elles fe clarifient,
pour décanter les eaux ; au lieu de devenir claires, ces eaux qui font
très-fermentefcibles, parviendroient à la longue à décompofer l'indigo.

A R T I C L E   S I X I È M E.

Réflexions fur le Précipitant.

J' A I déjà dit au commencement de ce chapitre, que le précipitant augmentoit le produit de la manipulation , mais qu'il n'étoit
pas abfolument néceffaire, lorfque la fermentation & le battage avoient
été bien conduits & qu'on opéroit avec de bonnes herbes. Mais il
y a beaucoup plus de circonftances, où le précipitant eft utile, quoique l'artifte ait bien opéré. Les herbes qui ne font pas mûres , celles
qui le font trop , celles qui ont été arrofées par trop de pluyes, celles
qui ont peu de feuillage par quelque accident que ce foit, celles qui
ont fouffert de la féchereffe , celles qui ont crû dans une faifon peu
favorable , rendent l'opération du battage difficile à faifir & la précipitation du grain incomplète ; il en eft de même fans doute des herbes de bonne qualité qui péchent par défaut ou par excès de fermentation. Toutes ces herbes ont en général un grain très-divifé, très-
petit , très-léger , très-rare ; par conféquent il a de la peine à fe réunir & à caler au fond du vaiffeau. C'eft alors qu'il convient de faire
ufage du précipitant & même en grande dofe.

M Ê M E dans le cas où l'opération a été bien conduite , le précipitant eft encore utile , parcequ'il augmente le produit de la cuve.

S O I T qu'on ait fait ufage du précipitant, ou non, l'avivage pro-
curera un indigo plus beau. Le premier augmente la quantité du produit, & l'autre rend la denrée plus précieufe.

L O R S Q U E la cuve eft manquée par excès de fermentation
ou de battage, c'eft alors que le précipitant eft abfolument néceffaire,
fi on ne veut pas perdre la cuve. Cet accident & le moyen d'y ré-

médier, vont nous occuper dans le chapitre fuivant. Terminons ce-lui-ci par une réflexion qu'on nous pardonnera peut-être de préfen-ter & qui répondra à une objection plus ridicule que fpécieufe.

I L y a des indigotiers qui fans aucune connoiffance de chimie, débitent avec affûrance que tout précipitant altère néceffairement l'in-digo. Avant de porter un pareil jugement, il feroit néceffaire de con-noître la nature des mixtes diffous dans l'extrait, les parties confti-tuantes de l'indigo & les degrés d'affinité que toutes ces fubftances peuvent avoir entr'elles ; il faudroit avoir connoiffance des moyens ultérieurs que l'on pourroit employer, pour corriger les défauts des précipitants. Il faudroit au moins s'être affûré par l'expérience, qu'un indigo précipité par différents ingrédients a été altéré dans fa couleur, & qu'il ne doit cette altération qu'à l'action des ingrédients employés. Ces effais ne formeroient pas encore une preuve complète, puifqu'on a vu que tel précipitant changeoit la couleur de l'indigo, pendant que tel autre ne l'altéroit pas, & que nous avons d'ailleurs trouvé le moyen de corriger cette altération, lors même qu'elle a lieu. Les per-fonnes qui ont le plus vieilli dans la routine d'une pratique aveugle & fur tout celles qui ont le moins de connoiffances, font ordinairement celles qui fe rendent le moins aux raifonnements & qui portent le plus fouvent des jugements, lefquels pour être tranchants n'en font pas moins erronés. Je me contenterai donc d'en appeler au tribunal des perfonnes inftruites, ou encore mieux à l'expérience.

CHAPITRE IV.
D'une cuve manquée.

CE n'eft pas affès d'avoir conduit jufqu'à préfent l'indigotier dans toutes fes opérations ; il faut encore le relever de fes chûtes.

J'A I dit & tout le monde le fait, que la cuve eft manquée, lorf-que la fermentation & le battage ont eu beaucoup trop d'excès ; & que l'opération ne réuffit pas bien, lorfqu'il y a défaut dans ces deux procédés. La mauvaife qualité des herbes, quelle qu'en foit la caufe, fait à peu-près les mêmes effets. Quand la cuve est manquée, les artistes n'y connoissent pas de remède & ils la vident; elle est donc en pure perte.

JE prie le lecteur de se rappeler la théorie que j'ai établie sur la fermentation & sur le battage; elle nous conduira à réparer facilement une cuve manquée, c'est-à-dire, à en tirer parti.

LORSQUE la fermentation a été excédée dans la trempoire, il faut commencer par la ralentir dans la batterie, où elle continue sa marche, hors le temps du battage. Comme dans ce cas, la fécule se trouve combinée en grande partie avec les matières extractives de la plante, il faut séparer ces substances les unes des autres.

LORSQUE la fermentation péche par défaut, la cuve n'est pas manquée totalement, mais on retire moins de fécule qui se précipite difficilement.

SI le battage est excédé, l'indigo est trop divisé, ou il est décomposé en partie, ou du moins allié à des substances hétérogènes qui l'altèrent. Si le battage est outré, il peut arriver qu'on ne retire presque point d'indigo & celui qu'on obtient est de la plus mauvaise qualité; un battage beaucoup trop long a réduit l'indigo à des molécules très-ténues. Dans cet état il est enveloppé par les matières extractives: aussi l'eau sur l'affiette montre-t-elle peu de grains, ou même quelquefois n'en montre point du tout, si ce n'est au bout d'un temps très-long. Ce phénomène est rare, mais je l'ai vu arriver.

IL sera facile d'appliquer ces principes au moyen que je vais indiquer, pour réparer une cuve qui se trouve dans tous ces cas.

IL consiste à verser sur l'extrait après le battage, le même alkali phlogistiqué, dont j'ai donné la composition dans le chapitre précédent, & à mêler dans le bassinot avec la fécule, de l'acide vitriolique étendu dans beaucoup d'eau.

LORSQUE la fermentation est excédée, il n'y a point d'indigotier, pour peu qu'il ait d'expérience, qui ne s'apperçoive de cet excès, en lâchant dans la batterie, l'eau de la trempoire; cette eau est dans ce cas plus chargée; elle a de la fétidité; elle forme une grande quantité d'écume dont la couleur est livide; on y remarque des points noirs, ou même des traces noires avant le battage; les uns &

les autres font bleus , lorfque la fermentation n'a pas eu d'excès. Cette dernière obfervation qui m'eft particulière me paroît infaillible. Voici la raifon phyfique que j'en donne. L'anil contient du fer; je m'en fuis affûré par des épreuves chimiques ; [*a*] l'indigo en contient auffi , qui eft vraifemblablement dans le même état que dans le bleu de Pruffe. L'alkali volatil aidé du mouvement & de la chaleur de la fermentation trop long-temps continuée, s'emparant du phlogiftique furabondant qui donne au fer la couleur bleue , le met dans fon état de fer ordinaire & le fait paroître fous la couleur noire qui lui eft naturelle ; peut-être auffi le fer fe combine-t-il alors avec des molécules huileufes, provenant de la décompofition des parties réfineufes de l'indigo , ou même des matières extracto-favoneufes de l'anil : il a la propriété des plantes aftringentes qui précipitent le fer en noir; la décoction d'anil noircit la diffolution de vitriol martial. Ainfi lorfqu'il y aura des points noirs ou des traces noires fur l'écume, c'eft une preuve qu'il y a des molécules d'indigo décompofées par un excès de fermentation. Dans ce cas on verfera fur le champ dans la batterie l'alkali phlogiftiqué & même avant le battage; le plutôt eft le mieux; il eft inutile d'attendre que toute l'eau foit vidée dans la batterie. L'alkali fixe commencera par ralentir la fermentation & dégagera plus facilement, au moyen du battage, les alkalis volatils qui tiennent l'indigo en diffolution & qui font alors très-abondants, & les matières extractives combinées & alliées, tant avec l'indigo qu'avec une partie de ces mêmes alkalis. On peut auffi préfumer que le phlogiftique quoique dans l'état huileux fe combinera en partie avec le fer & lui donnera une couleur bleuâtre [*b*] Quoiqu'il en foit on procédera

---

[*a*] J'ai fait du bleu de Pruffe avec les cendres de l'anil & avec l'indigo lui-même réduit en poudre par la calcination, en les deffalant, en les diffolvant enfuite dans un acide minéral & en ajoutant de l'alkali pruffien dans la diffolution.

[*b*] J'ai fait une expérience qui me paroît affès curieufe & qui rend cette conjecture très-vraifemblable. J'ai préparé avec l'indigo fortant des facs & par conféquent dans un état de molleffe & de ténuité, mê-

promptement au battage; après quoi, on versera une dissolution d'al-kali phlogistiqué, comme précipitant, dans la batterie, ensuite l'acide dans le bassinot.

Si la fermentation n'a pas été portée tout-à-fait assès loin, on ne peut guère s'en appercevoir que lorsqu'on bat l'extrait, parceque dans ce cas le grain ne se réunit pas facilement & que le battage est long; mais alors il n'est pas nécessaire de verser de bonne heure dans la batterie, la dissolution alkaline; on est à temps de le faire, lorsque l'opération du battage est finie, pour précipiter un grain trop léger & trop divisé & pour dégager. celui qui se trouveroit encore dissous par l'alkali volatil qui auroit pu résister au battage.

Quand la cuve péche par défaut de battage, le remède est sim-ple, c'est d'en donner un second. Si elle péche par excès, il faut verser dans la batterie, la même dissolution alkaline pour précipiter un indigo trop divisé & pour dégager celui qui est embarrassé; en-suite on donnera quelques tours de roue, pour mêler les liqueurs.

Il en sera de même lorsque le battage aura été outré, & que l'ex-trait ne présentera aucun grain sur l'assiette. On verra avec étonne-ment, en mêlant la dissolution alkaline, que l'eau reprendra une belle couleur perse, & le grain se réunir au fond du vase, lorsqu'on aura mêlé les liqueurs par le moyen de l'agitation.

Dans touts ces cas, il est à propos de distribuer également la dissolution alkaline, sur toutes les parties du liquide; & de donner un très-court battage, pour opérer le mélange des liqueurs; ensuite l'acide minéral qu'on doit verser dans le bassinot sur la fécule liquide,

---

lé avec une dissolution d'alkali fixe sur le feu pendant quelques heures, une liqueur qui a précipité en verd sale la dissolution de vitriol mar-tial. L'acide vitriolique a donné ensuite au précipité une couleur bleue, très-foncée, presque noire, sans occasionner, pour ainsi dire, d'effer-ves-cence, ce qui prouve que l'alkali dans le précipité étoit combiné d'une manière intime. Je conjecture qu'une partie de l'alkali se trouvoit *prus-sien* & l'autre plus petite phlogistiquée dans l'état huileux. Si l'on vou-loit obtenir un bleu de prusse plus beau, il faudroit purifier l'indigo qu'on employeroit dans cette expérience.

eft néceffaire, pour l'améliorer & l'aviver ; enfin on la lavera plufieurs fois à l'eau chaude, tant pour la deffaler, que pour achever de la purifier.

J'OBSERVERAI qu'il faut une plus grande dofe de précipitant, pour réparer une cuve manquée par excès de fermentation que pour celle dont le battage eft outré. On en devine facilement la raifon. La première contient beaucoup plus de matières extractives que la feconde ; c'eft ce qui fait que le mauvais indigo pèfe plus, à volume égal, que le beau, párce que le premier eft pénétré par des parties hétérogènes qui augmentent fa denfité & par conféquent fa pefanteur fpécifique.

CHAPITRE V.

D'un indigo de mauvaife qualité.

NOTRE objet eft de détailler dans ce chapitre le procédé qu'on doit fuivre pour améliorer un indigo de mauvaife qualité & nouvellement fabriqué ; enfuite nous indiquerons les moyens qui nous paroiffent propres à améliorer un indigo defféché & marchand ; & nous ajouterons quelques réfléxions puifées dans le fujet que nous traitons.

ARTICLE PREMIER.

Améliorer un indigo nouvellement fabriqué.

JE pourrois me difpenfer de faire un article particulier de ce fujet. Le lecteur imagine fans peine, après tout ce que je viens de dire, quel eft le moyen de réparer une fécule de mauvaife qualité, quelle qu'en foit la caufe. L'acide fera facilement reconnu pour l'ingrédient propre à améliorer un indigo terne ou noir.

L'EXCÈS de battage & fur tout de fermentation, font ordinairement les caufes de la noirceur de la fécule. Si l'artifte n'a pas prévenu cet inconvénient par les moyens que j'ai indiqués, dans le chapitre

pitre précédent, il peut encore efpérer d'améliorer la fécule , mais il
faut pour cela qu'elle foit encore-humide. Il reconnoîtra qu'elle eft de
mauvaife qualité par fa couleur , mais fur tout par fa puanteur ; ce
qui indique qu'elle eft alliée à des parties hétérogènes qui font en fermentation putride.

On commencera par la délayer dans de l'acide vitriolique étendu dans beaucoup d'eau , & même plus affoibli que lorfqu'on a employé le précipitant. On verfera cet acide peu-à-peu , en remuant la
fécule liquide. Je préviens que dans ce cas , il faudra beaucoup de
liqueur avivante. Si elle occafionne quelque écume, on l'enlevera
foigneufement avec des plumes d'oyes ou de dindes , parceque cette
écume fe mêlant dans les facs avec l'indigo ne pourroit qu'en altérer
la qualité. Après le repos & la décantation de l'eau furabondante , on
lavera la fécule deux fois dans de l'eau pure & bouillante, pour enlever
l'acide & les fels neutres qu'il aura pu former ; enfuite on verfera une
diffolution alkaline , ou de l'eau de chaux , fans être phlogiftiquées ,
afin qu'elles aient toute leur vertu, pour diffoudre les matières extractives fur lefquelles elles ont prife. Les grains d'anir fe trouvant dans
l'état d'aggrégation, ne peuvent pas être diffous par les alkalis. On
agitera le mélange , on le laiffera repofer , on décantera l'eau , enfuite on lavera la fécule deux fois avec de l'eau puré , enfin on verfera
une feconde fois de l'acide vitriolique. Après la décantation, on fera
fucceffivement deux lotions avec de l'eau pure & bouillante pour dif-
fôudre & pour enlever les fels. L'eau de chaux diffoudra les matières
fur lefquelles elle a de l'action, & l'acide toutes celles que la première
n'a pas pu diffoudre ; alors l'indigo fe trouvera nettoyé de la plufpart
des matières hétérogènes. Ce qui prouve cette vérité , c'eft d'une part
l'éclat qu'il acquiert par l'effet de ce procédé, & de l'autre la couleur noirâtre ou rouffâtre des eaux de toutes les lotions qu'on a recommandées.
Celles d'eau pure, n'ont pas feulement pour but de laver l'indigo, mais de
le deffaler entièrement, afin qu'il ne fe forme aucun fel du mélange de
l'acide & des liqueurs alkalines. C'eft par cette raifon que lorfqu'on a
employé un précipitant, je confeille de commencer les premières lotions à l'eau de chaux , plutôt qu'à l'acide , les fecondes à l'eau pure

T

& bouillante, les autres à l'acide , & les dernières à l'eau pure & bouillante.

I L arrive quelquefois que l'indigo ne fe précipite pas , après le
premier mélange de l'acide , ou même de l'eau de chaux , parceque
la liqueur fe trouve trop chargée de matières extractives & qu'elle eft
par conféquent trop denfe. Dans ce cas on y ajoutera de l'eau de
chaux en quantité fuffifante , avant la décantation de la liqueur acidule , ou de l'acide fur l'eau de chaux , pour opérer la précipitation
de l'indigo ; enfuite on décantera l'eau , on lavera la pâte deux fois ;
après quoi on verfera de l'acide vitriolique affoibli , pour la feconde
fois , fur la fécule ; enfin on finira par la laver deux ou trois fois dans
de l'eau pure & chaude.

S I l'indigo fe trouvoit déjà dans les caiffes , il faudroit l'en retirer
& le mettre dans un vaiffeau de bois ou de terre cuite , parceque
l'acide attaque les métaux. On commencera par le délayer dans quelques pintes d'eau , enfuite on procédera de la manière que nous venons de dire , en traitant la fécule deux fois avec l'acide , & une fois
intermédiairement avec l'eau de chaux ; après les lotions , on la mettra dans les facs à égoutter , enfuite dans les caiffes à fécher. Ce procédé ne peut réuffir parfaitement , qu'avec un indigo encore humide,
& qui foit fufceptible d'être délayé entièrement dans l'eau. S'il étoit à
demi fec , il faudroit l'humecter , le piler , pour le réduire en poudre ,
enfuite le délayer dans de l'eau, &c.

J'ENGAGE les artiftes à fuivre ces procédés , toutes les fois
qu'ils fabriquent de l'indigo ; ils obtiendront une denrée plus belle ; &
c'eft un point de perfection au quel on peut atteindre facilement & à
peu de frais. Indépendamment de la qualité fupérieure de la marchandife , il réfulteroit encore de cette méthode plufieurs avantages
dans la manipulation ; l'égout des facs feroit plus prompt & plus complet, la deffication plus prompte & plus parfaite ; ce font les matières
hétérogènes qui bouchant les pores des facs & empâtant l'indigo , retardent la filtration de l'eau ; ce font encore elles qui ralentiffent la
deffication , qui attirent les infectes par leur odeur & qui rendent la
pâte friable.

I L n'eft pas néceffaire d'obferver , que lorfque l'indigo fe trouve

de la plus mauvaife qualité, par le vice de la fabrique, on doit répéter plufieurs fois les lotions acidules & alkalines & par conféquent
celles d'eau chaude, afin d'enlever le plus qu'il eft poffible, les
matières extractives que la pâte contient alors avec abondance & tout
l'indigo décompofé qui s'y trouve mêlé.

A R T I C L E   D E U X I È M E.

Améliorer un indigo defféché & marchand.

Je m'étois propofé d'effayer, fi je pourrois améliorer un indigo defféché & de médiocre qualité; d'autres foins m'ont détourné de cet effai.
Je préfume que pour y réuffir parfaitement, il feroit à propos de pulvérifer l'indigo, de le mettre dans une chaudière de cuivre ou dans une
cuve de bois avec beaucoup d'eau & d'alkalis fixes ou plutôt volatils;
& de faire fubir à cette cuve une fermentation lente, en y entretenant, s'il eft befoin, une chaleur douce; il faudroit agiter la liqueur
deux ou trois fois par jour. Lorfque l'indigo feroit diffous, ce que
l'on reconnoîtroit facilement à la couleur verte du bain, à la crême
ou pellicule violette, ou cuivrée qui en couvriroit la furface & à la
fleurée qui y feroit diftribuée, opération qui exigeroit néceffairement
plufieurs jours; on donneroit un battage à cette diffolution & on précipiteroit la fécule par quelqu'un des ingrédients dont nous avons parlé; enfuite on décanteroit la liqueur & on obtiendroit une fécule liquide, qu'on aviveroit par le moyen de l'acide vitriolique, qu'on la-
veroit enfuite dans plufieurs eaux & qu'on mettroit dans des facs à
égoutter, enfuite dans des caiffes pour la fairefécher. L'opération exigeroit des connoiffances, pour faifir le point de fermentation convenable
& celui du battage. Les mêmes règles qui conduifent l'indigotier dans
la fabrique, pourroient être appliquées à ce procédé particulier.

Il feroit peut-être à propos d'ajouter dans la cuve, pour aider
la fermentation & la diffolution de l'indigo, quelque matière fermentefcible comme le *brevet* dont fe fervent les teinturiers pour le même
objet [c'eft du fon lavé dans plufieurs eaux & des racines de garance].
L'indigo qui n'a pas été falfifié, n'eft mauvais que par le vice de la fabrique; il contient donc beaucoup de matières extractives qui le

T ij

rendent naturellement fermentefcible, même fans mixtion; fi on ajoutoit un brevet, il faudroit tranfvafer & filtrer la liqueur, avant de la
foumetre au battage, afin de ne pas mêler de fon avec l'indigo. De
même, s'il fe trouvoit allié à des matières terreufes, il feroit néceffaire de décanter la liqueur & même de la paffer au travers d'un tamis
de crin un peu ferré, avant de la battre, afin d'avoir une fécule la plus
pure & par conféquent la plus belle poffible.

JE ne fais fi le réfultat le plus heureux dédommageroit l'artifte
des frais de cette manipulation, touts modiques qu'ils font, & du déchet qui en feroit la fuite inévitable; mais je fuis porté à croire que
l'opération réuffiroit. Elle demanderoit beaucoup d'attention pour entretenir, autant qu'il feroit poffible, le même degré de chaleur, pendant tout le temps que dureroit la fermentation. En un mot, il faudroit conduire la cuve de la même manière que les teinturiers; lorfqu'elle feroit parvenue au point à peu-près où ils plongent l'étoffe
dans le bain, on décanteroit & on filtreroit la liqueur pour la battre.
Peut-être qu'en plaçant la cuve dans une étuve échauffée médiocre-
ment, on parviendroit fans beaucoup de peine à entretenir le degré
de chaleur néceffaire au fuccès de l'opération.

JE penfe qu'il faut abfolument diffoudre l'indigo pour le purifier
entièrement. Je fuis perfuadé que toute opération qui auroit ce but
& qui feroit faite fur un indigo pulvérifé & non diffous, ne réuffiroit
qu'en partie. La porphyrifation ne peut pas comme la diffolution le
reduire à fes parties élémentaires. Tant qu'il eft dans l'état d'aggrégé,
on ne peut le féparer tout-à-fait des matières hétérogènes qui lui font
alliées & qui altérent fa couleur.

CE qui femble confirmer cette opinion, c'eft que j'ai effayé de
mêler dans une barrique, de l'indigo de mauvaife qualité avec des
herbes fraîches d'anil, trempées dans de l'eau pure; le réfultat n'a pas
répondu à mon attente; vraifemblablement l'indigo n'avoit pas pu
être diffous, dans une efpace de temps auffi court que celui qui eft
néceffaire à la fermentation des herbes; car il faut plufieurs jours,
pour qu'il fe diffolve dans les cuves de teinture. La plus grande difficulté qu'il y ait à vaincre, pour la réuffite de ce procédé, c'eft d'occafionner la fimultanéité de la fermentation, dans les particules de

l'indigo, réduit en poussière. Comme elles n'ont pas toutes un volume égal; les unes se dissolvent plutôt, & les autres plus tard. Il faudroit donc passer la poussière d'anir, au travers d'un tamis très-serré. Cette précaution ne suffiroit peut-être pas, pour obtenir une fermentation simultanée. Il faudroit donc décanter l'extrait, dès qu'il seroit suffisamment chargé d'indigo dissous, battre cet extrait, &c. Ensuite verser de nouvelle eau sur le marc, & y ajouter du brevet, séparer une seconde fois l'extrait, lorsqu'il seroit parvenu au point de dissolution convenable, le battre comme ci-devant, &c. Et peut-être renouveller cette opération une troisième fois.

SI après avoir pulverisé l'indigo le plus qu'on le pourroit, & après l'avoir tamisé, on le mêloit avec de l'extrait d'anil fermenté, mais qui n'auroit pas été battu, &-qu'on ajoutât des alkalis à ce mélange, peut-être obtiendroit-on plus de succès. L'extrait d'anil séparé des herbes ne parvient pas aussi promptement à l'état de putridité, que lorsqu'il est mêlé avec des herbes. Ce procédé ne demande point de ferment, puis que l'extrait en est un lui même;on devroit plutôt chercher à retarder dans cette occasion la marche de la fermentation,qu'à l'accélérer.

ARTICLE TROISIÈME.
Avis aux Teinturiers.
Améliorer un indigo de mauvaise qualité.

JE hasarde de placer ici un conseil aux teinturiers;ils peuvent en faire l'essai à très-peu de frais, en supposant même que le succès ne répondit pas à leur attente, parceque la perte qu'ils éprouveroient, seroit très-modique.

L'INDIGO le plus beau, le plus léger, est sans contredit le plus pur; l'indigo le plus mauvais est le plus impur; c'est-à-dire qu'il est mêlé ou combiné avec des parties hétérogènes qui altérent sa couleur. Quelques soins qu'ait pris l'artiste, quelqu'heureuses qu'aient été ses opérations, l'indigo ne peut pas être pur & contient toujours plus ou moins de matières hétérogènes & même d'indigo décomposé. Les feuilles tendres des sommités des plantes ont nécessairement fermenté avant les autres; elles ont déchargé leur indigo & leurs matières extractives long-temps auparavant; donc la décomposition de l'un a tout le temps de fe faire ; le mélange des uns & des autres avec les molécules colorantes eft enfuite inévitable. Ainfi le plus bel anir n'eft pas pur. On peut le foumettre aux moyens de purification que je vais détailler. Celui que je viens d'indiquer dans l'article précédent pour le purifier, me paroît le plus fûr ; en voici un autre beaucoup plus facile à fuivre & dont l'effet en revanche ne peut pas être complet.

B R O Y É S l'indigo que vous voulez purifier, de façon à le réduire, s'il eft poffible, en poudre impalpable, c'eft-à-dire aux plus petites parties poffibles, par des moyens mécaniques ; humeétés le pendant la trituration (ou pendant la mouture, fi vous employés ce dernier moyen) afin d'empêcher la diffipation des parcelles les plus ténues. Délayés enfuite cette pâte dans une eau alkaline concentrée & chaude, ou fimplement dans de l'eau de chaux vive ; agités quelque temps la liqueur, tenés la chaude, laiffés la repofer & décantés la, lorfqu'elle fera claire. Recommencés la même opération avec une nouvelle eau alkaline, que vous décanterez également après le repos ; enfuite lavés la poudre d'indigo, dans plufieurs eaux pures fucceffivement, après les avoir laiffé fe clarifier par le repos ; verfés fur la même poudre un acide minéral étendu dans beaucoup d'eau. Vous agiterés le mélange & vous le décanterés après le repos ; vous le laverés fucceffivement dans plufieurs eaux chaudes que vous décanterés pareillement. Si l'indigo ne fe précipite pas dans quelqu'une de ces lotions, on augmentera la dofe de la liqueur employée, afin de diminuer la denfité du liquide. Si ce moyen ne réuffit pas, on verfera de l'acide fur l'eau de chaux, & de l'eau de chaux fur l'acide ; c'eft fur tout dans ce dernier cas, que les lotions à l'eau bouillante font indifpenfables.

L E teinturier employera le marc qui fera une poudre d'indigo dégagée d'une grande partie des matières hétérogènes qui altéroient fa couleur, mais non de la totalité ; il fuivra les procédés qu'il met en pratique pour teindre. S'il veut deffécher cette pâte, il la mettra à égoutter dans des facs de toile, enfuite fécher à l'air dans des caiffes. Elle prendra de la confiftance après la deffication.

L'A L K A L I concentré & l'acide affoibli, ne peuvent pas dans cette opération diffoudre l'indigo, mais ils s'empareront l'un & l'autre des matières extractives, qu'ils pourront attaquer, je veux dire celles qui se trouveront à la surface de chaque grain, car ils ne pénétreront pas dans son intérieur; ainsi l'effet de ce procédé ne peut pas être complet. Les lotions d'eau chaude ont pour objet, d'enlever les sels neutres qui pourront se former de la combinaison de l'acide avec l'alkali. On perdra sur le poids, j'en conviens; mais cette perte n'est pas aussi considérable qu'on pourroit le croire, puisqu'il n'y a que les matières colorantes qui servent à la teinture & que les acides & les alkalis ne les attaquent pas.

L'INDIGO le plus mauvais (je ne parle point de celui qui est mêlé avec des terres) contient non seulement une grande quantité de matières extractives, mais aussi beaucoup d'indigo décomposé qui est absolument noir & qu'il ne me paroît pas possible de remettre en son premier état par touts les moyens de l'art. Cette décomposition doit être attribuée à la fermentation poussée trop loin, soit dans la trempoire même, soit qu'elle ait eu lieu pendant la dessication, lorsque celle-ci est trop lente, & lorsque la pâte contient beaucoup de matières extractives provenant d'un excès de fermentation ou de battage. Le mouvement fermentatif a enlevé à l'indigo une portion du phlogistique qui fait une des ses parties constituantes, & qui est le principe de sa couleur. Il étoit naturel d'essayer de revivifier cet indigo décomposé, en lui rendant, s'il étoit possible, ce qui lui manque ; je l'ai donc mêlé avec un alkali phlogistiqué dans les deux états, soit huileux, soit prussien : mais sans succès.

LORSQU'ON veut améliorer une pareille marchandise, c'est-à-dire séparer les parties colorantes d'avec celles qui ne le sont pas, il faut d'abord réduire l'indigo en poussière la plus fine possible, en l'humectant avec un peu d'eau, la délayer ensuite dans beaucoup d'eau pure & bouillante, décanter cette eau qui sera chargée de beaucoup d'indigo décomposé. On fera une seconde & même une troisième lotion, ensuite on mêlera avec la pâte une eau acidulée. Quelquefois elle occasionnera beaucoup d'effervescence, parce que cette matière contient de l'alkali volatil, & d'autant plus qu'elle est plus impure. On agitera la liqueur pendant long-temps, avec précaution, pour qu'elle ne passe pas par dessus le vase ; c'est pourquoi on ne le remplira qu'aux deux tiers ; on laissera ensuite reposer la liqueur, on la décantera , on y mêléra de l'eau de chaux & on agitera le mélange ; après le repos , on décantera cette eau & on avivera l'indigo , enfin on le lavera.

Il sera je crois facile de perfectionner cette manipulation. Je n'en ai pas eu la commodité dans le pays que j'habite. On voit qu'il est à propos de réduire l'indigo en poudre impalpable. On doit donc la passer à travers un tamis, pour s'assûrer de sa finesse. En second lieu, il est bon de tenir chaudes, les liqueurs qui servent aux différents lavages. On pourroit se servir de vases de grès, ou de porcelaine, ou de verre & les échauffer avec des cendres chaudes, ou par tout autre moyen.

La pâte ayant été purifiée , peut se desséchér facilement ; il s'agit d'opérer, comme les indigotiers V. le C. suivant. Elle acquerra même beaucoup de dureté, & pourra se transporter dans les pays étrangers, comme un indigo supérieur.

Si les indigotiers avoient à cœur de fabriquer la plus belle denrée possible & qu'ils en vinssent à bout, en se conformant aux procédés que nous avons décrits dans le cours de cette ouvrage, je suis porté à croire que les teinturiers devroient changer de méthode, pour employer un indigo qui seroit très-pur, s'ils ne vouloient pas en altérer l'éclat sur les étoffes. Le plus pur est le moins fermentescible , puisqu'il est dégagé de parties hétérogènes susceptibles de la fermentation ; mais comme sans le secours de celle-ci les alkalis ne peuvènt le dissoudre, les teinturiers feroient donc obligés, pour amener la cuve du bain à une fermentation, d'y mêler une très-grande quantité de *brevet*, ou toute autre matière fermentescible. Cette addition de parties hétérogènes qui s'interposeroient entre les molécules de l'indigo & qui malgré le lavage de l'étoffe pourroient y rester, diminueroit leur éclat. Je ne sais s'il ne seroit pas plus àpropos de dissoudre alors l'indigo dans un acide minéral, à la manière des Levantins & de procédér ensuite suivant leur méthode de teindre les étoffes.

ARTICLE QUATRIÈME.
Avis aux indigotiers.

Cette digression amène la réflexion suivante. On croit assez généralement

généralement qu'il eſt plus avantageux au colon , de faire de l'indigo
commun que du beau & du flottant, & que le médiocre foiſonne
plus à la teinture que le beau. Je crois ces deux opinions erronées.
On a beau dire que l'indigo médiocre pèſe plus que le beau , & que
la différence du prix de vente n'eſt pas en proportion de celle du poids.
Je n'examine pas, ſi la dernière partie de cette ~~affirma~~tion eſt juſte ;
je réponds ſeulement, que le fabriquant doit toujours s'attacher à faire
le plus bel indigo poſſible , parce que ce réſultat ne peut-être que le
produit de belles & bonnes herbes , & ne peut avoir lieu , que lorſque les procédés de la fabrique ont été bien conduits. Dans ce cas ,
l'artiſte retire tout l'indigo que les herbes peuvent fournir, ſans mélange de parties hétérogènes & il en retire d'avantage que dans les cas
contraires ; ainſi il gagne ſur la quantité & ſur la qualité. L'indigo
médiocre n'eſt tel que parce qu'il eſt allié à des matières étrangères &
noirâtres. Or elles ont rendu la précipitation des grains incomplète ,
par conſéquent il s'en eſt beaucoup perdu dans l'opération. Je ſais bien
qu'on peut faire de très-bel indigo , en ménageant la fermentation &
le battage , mais alors on en retire réellement trop peu ; cette objection qu'on ne manqueroit pas de me faire prouve elle-même la vérité
de mon opinion. Pourquoi l'indigo fabriqué avec tant de ménage-
ment , aux dépens de la quantité qu'on auroit du retirer par des procédés plus exacts, eſt-il toujours très-beau ? c'eſt qu'alors il n'eſt point
mêlé à des matières extractives. On peut parvenir au même but & ſans
ſacrifice , en ſaiſiſſant l'à propos de la fermentation & du battage , &
en ſuivant les procédés ultérieurs que nous avons détaillés. Il faut
donc que chaque indigotier s'attache à retirer le plus d'indigo qu'il eſt
poſſible de chaque cuve & en même temps le plus beau. Ces deux
réſultats loin d'être incompatibles, vont enſemble le plus ſouvent. Quant
à la ſeconde opinion, elle ne mérite guère d'être réfutée, ſurtout après
tout ce que nous venons de dire. Ce ne ſont que les parties colorantes qui teignent les étoffes: plus l'indigo en contient, plus il doit fournir à la teinture. Les Indiens qui en fabriquent depuis bien des ſiècles & qui font de belles teintures avec cette ſubſtance , reconnoiſſent
bien cette vérité. Ils ont des moyens de pratique que je ne connois
pas & que je compare à la pierre de touche , pour apprécier la qua-

U

lité de cette denrée ; ils eſtiment l'indigo par le titre, pour ainſi dire, & ſavent reconnoître combien une maſſe de cette denrée contient de parties colorantes. J'ai cru qu'il étoit à propos de combattre des préjugés reçus qui me paroiſſent être des erreurs & qui peuvent influer ſur la conduite de l'artiſte dans ſes opérations.

CHAPITRE VI.

De l'écume.

L'ÉCUME dont je veux parler dans ce chapitre, n'eſt pas celle qui eſt blanche & qui ſe diſſipe par l'aſperſion de l'huile, mais celle qui après le battage ſurnage quelquefois ſur l'extrait, qui eſt d'un beau bleu & qui a un volume très-conſidérable ; elle provient toujours d'un battage forcé, quant à la viteſſe & quant à la violence du mouvement, parce qu'*ils* occaſionnent dans le liquide un bouleverſement trop grand.

J'AI dit qu'un pareil battage diviſoit prodigieuſement le grain : dans cet état, il eſt extrêmement léger & ſe prête à toutes les mixtions. L'air, les matières extractives ſe mêlent avec lui & l'empêchent de ſe réunir & de ſe précipiter.

CETTE écume eſt très-embarraſſante ; elle ne s'écoule pas par les daleaux, avec l'eau de la batterie ; elle ſe dépoſe ſur la fécule ; il n'eſt pas aiſé de l'en ſéparer exactement. Cette écume contenant beaucoup d'indigo, diminue d'autant le produit d'une cuve.

AUCUN auteur que je ſache n'en a parlé : on n'a pas connu le moyen d'en tirer parti. En effet cette écume eſt un indigo mêlé d'air extrêmement diviſé, d'huile & d'autres parties hétérogènes. Comment réunir le grain en maſſes & lui donner de la liaiſon ? comment en ſéparer l'air & ſur tout l'huile des aſperſions & de plus les matières extractives qui ſont alliées en partie & combinées en partie avec l'indigo ? toutes ces difficultés ont ſans doute rebuté les artiſtes.

RIEN n'eſt cependant ſi facile que de les lever. Il s'agit de trouver un agent qui puiſſe diſſiper l'air & un ingrédient qui ait de l'action ſur les huïles & ſur les matières extractives, ſans attaquer l'indigo. Le feu remplit la première indication ; & l'alkali phlogiſtiqué dont nous avons donné la compoſition , réunit les propriétés que nous déſirons.

C E C I n'eſt pas une hypothèſe. Le procédé que je vais indiquer, m'a procuré pluſieurs fois une fécule très-belle , très-pure , très-brillante & flottante de l'écume qui ſe formoit dans mes batteries , avant que je connûſſes le moyen plus avantageux & plus ſimple , de la faire diſparoître totalement. J'en ai rendu compte au chapitre du battage, dans la ſeconde partie, article IV.

M E T T É S votre écume dans une baſſine de cuivre, ſur un feu doux : ſon action dégagera promptement l'air que les matières contiennent : verſés y enſuite quelques bouteilles d'alkali phlogiſtiqué , qui formera un compoſé ſavoneux , en ſe combinant avec l'huïle & les matières extractives contenues dans l'écume : ayés ſoin de remuer la liqueur de temps en temps : ne donnés pas un grand feu; il pourroit brûler , ou noircir la fécule , ſur tout ſi vous ne remuéz pas aſſès la liqueur. Après cette opération, laiſſés refroidir, enſuite paſſés la liqueur à travers un tamis de crin , pour en ſéparer les feuilles & les tiges de la plante & les autres ordures qui s'y trouvent mêlées. Laiſſés repoſer, décantés la liqueur, lavés le ſédiment ; après la décantation ajoutés de l'acide vitriolique affoibli par beaucoup d'eau ; décantés après le repos ; lavés encore la fécule ſucceſſivement dans deux eaux pures & chaudes; enſuite vous la mettrés à égoutter & à ſécher à l'ordinaire.

Q U A N D l'écume eſt griſâtre, d'une couleur ſale , comme livide , ou encore mieux , quand elle eſt noirâtre en quelques endroits , elle dénote trop de fermentation : dans ce cas il eſt néceſſaire d'y mêler une plus grande quantité de liqueur alkaline, que lorſque cette écume eſt d'un bleu éclatant; celle qui eſt livide ou noirâtre eſt vraiſemblablement compoſée de beaucoup de matières extractives ; il faut donc une doſe plus forte de diſſolution alkaline proportionnellement à la quantité de ces parties hétérogènes.

J E n'ai peut-être pas aſſès inſiſté dans ce chapitre , ni dans le précédent, ſur la néceſſité de ne mêler l'acide avec la fécule, qu'après avoir décanté l'eau de la batterie. On doit ſe rappeler que les alkalis

U ij

fe font combinés, tant avec l'huile qu'avec les fucs extraċtifs; l'acide ayant plus d'affinité avec les premiers, formeroit un fel neutre, fans toucher aux derniers qui pourroient alors fe précipiter en partie & fe mêler avec l'indigo : il en réfulteroit encore que l'acide n'agiroit plus comme avivage ; ainfi il eft néceffaire de vider toute l'eau qui eft au deffus de la fécule, avant d'y mêler l'acide.

CHAPITRE VII.

De la deffication de l'indigo.

J E traiterai avec quelque étendue le procédé de la deffication de l'indigo, non feulement parce que les auteurs qui ont écrit fur l'art de l'indigotier, ont négligé ce fujet ; mais parce que je ne fuis pas d'accord avec eux fur le peu qu'ils en difent ; & que cette manipulation me paroît être une des plus importantes pour le fuccès de la fabrique.

ARTICLE PREMIER.

Décantation de l'eau.

A P R È S le battage on laiffe repofer l'extrait, foit qu'on ait fait ufage, ou non, d'un précipitant, afin de donner le temps aux grains d'indigo de fe dépofer au fond du vafe. Leur précipitation a lieu plus ou moins promptement, plus ou moins complètement, fuivant la qualité des herbes & fuivant l'adreffe de l'artifte. Dans les cas les plus favorables, elle a toujours exigé au moins trois heures à l'Ifle de France, pour être complète, fouvent fix heures & quelquefois d'avantage. Lorfque l'eau eft colorée en verd, en bleu, en noir, après le repos, c'eft une preuve que l'opération n'a pas réuffi entièrement, foit par le défaut de la manipulation, foit par le vice des herbes. Une eau verte tient de l'indigo en diffolution ; celle qui eft bleue contient des molécules de cette fubftance, mais très-légères, & très-ténues, difperfées & fufpendues. L'eau n'eft noire ou noirâtre que par des molécules d'anir & de matières extractives, décompofées. L'eau rouffe ou jaunâtre, mais claire & nette eft celle qu'on doit défirer. Le précipitant lui donne fouvent une couleur rougeâtre : fi malgré fon action, l'eau fe trouve verte, ou bleue ou noire, & que ces nuances ne foient pas foncées on doit décanter l'eau, après un repos un peu long, futout lorfque l'eau eft bleue. Quand elle eft verte, on ne peut guère efpérer que l'indigo qui eft diffous fe précipite : quand elle eft noire, la précipitation des particules noires ne peut pas être avantageufe. Mais lorfque la nuance du verd & du bleu eft foncée, après quelques heures de repos, c'eft le cas de donner un fecond battage & de verfer une feconde dofe de précipitant. Si malgré ces moyens l'eau conferve encore ces deux couleurs, dans un degré éminent, alors on peut effayer, comme il a été dit ci-devant, de laiffer l'extrait fermenter dans la batterie; enfin il s'agit de décanter l'eau.

LA bonde de la batterie a trois chevilles à des hauteurs différentes; on retire d'abord la fupérieure, enfuite celle du centre, enfin l'inférieure, jufqu'à ce que la fécule paroiffe ; alors on arrête l'écoulement & on vide le baffinot.

APRÈS que l'eau eft écoulée de la batterie, il eft effentiel d'en retirer la fécule le plutôt qu'on le peut & de la faire paffer dans le baffinot. Le plan des batteries doit être incliné vers les daleaux qui répondent au baffinot, afin de faciliter l'écoulement de l'eau & même celui de la fécule qui eft alors en boue liquide & qui fe trouve étendue fur toute la furface du plan du vaiffeau. Si l'on attend trop long-temps à la retirer, celle qui fe trouve dans le côté le plus élevé de la batterie, fe deffèche, forme des grumeaux & devient par là d'un égout difficile. Il n'y a pas le même inconvénient à laiffer quelque temps la fécule dans le baffinot; au contraire, elle fe précipite par le repos; la partie fupérieure de la maffe du liquide devient claire, lorfque la fécule eft très-aqueufe ; on peut retirer cette eau facilement, fans troubler le dépôt, foit avec des couis, foit avec des calebaffes, &c. il refte moins d'eau dans la maffe & l'égout des facs fe fait plus promptement.

ARTICLE DEUXIÈME.
Filtration de l'extrait

LORSQUE toute l'eau de la batterie eft écoulée, on vide exac-

tement le baffinot; on fait entrer un noir dans la batterie, après qu'il
s'eft lavé les pieds ; il conduit la fécule par le moyen d'un balai fin
de rotin , vers le daleau qui communique au baffinot. On tient un tamis de crin à l'iffue de ce daleau, afin de féparer les feuilles & les autres corps étrangers qui peuvent s'être mêlés avec la fécule. Lorfqu'el-
eft toute dans le baffinot, on enlève avec une plume de mer, ou avec
des plumes d'oyes, ou de dindes, tout ce qui furnage fur la fécule
liquide; comme l'écume, s'il y en a , l'huile des afperfions , la fubftance favoneufe que cette huile peut avoir formée, en fe combinant avec
l'alkali , &c. On recueille à part tout cela, pour en retirer l'anir qui
s'y trouve mêlé, en procédant de la manière que je l'ai détaillée dans
le chapitre précédent. On avive l'indigo; enfuite on puife dans
le baffinot pour remplir les facs. L'inftrument qui m'a paru le plus
commode, pour cette opération, eft une cafetière de fer blanc, fans
couverture, mais à long manche. Dans les premiers moments, ce
qui paffe à travers les pores du fac eft chargé de beaucoup d'indigo;
ils fe trouvent alors trop ouverts ; mais l'humidité les refferre promptement, en occafionnant un renflement dans la toile. On tient d'abord
le fac fufpendu audeffus du baffinot, foit à la main foit à des chevilles
qui répondent exactement audeffus de ce vaiffeau. Lorfque les parties encore ténues de l'indigo, fe font emparées des pores du fac & les
ont bouchés en partie, l'eau fort claire & s'égoutte peu à peu.

SI l'opération n'a pas été bien conduite par quelque excès dans la
fermentation ou dans le battage, l'eau eft alors chargée de beaucoup
de matières étrangères qui la rendent plus denfe & vifqueufe; l'indigo
fe trouve auffi allié à ces mêmes matières ; elles s'oppofent à la filtration, furtout lors qu'il refte peu d'eau. Dans ce cas, fi on ne veut pas
avoir un indigo de mauvaife qualité, il eft à propos de vider les facs
dans une baille & l'on fuivra le procédé de l'avivage, comme il a été
détaillé ci-devant.

LA toile de coton, celle de 16 conjons, eft très-propre à former
les facs où l'on met filtrer la fécule; il faut feulement les laver, quand
ils font neufs, parce que cette toile eft ordinairement *cangée*. La forme cylindrique ou conique des facs me paroît affès indifférente. Il eft
à propos de ne pas répartir d'abord dans les facs, toute la fécule du

baffinot, mais d'en réferver une portion pour ouiller ceux qui ont été remplis & qui diminuent beaucoup par la filtration de l'eau. Cet ouillage fe fait à différentes reprifes ; par ce moyen la filtration eft plus lente, mais chaque fac contient beaucoup plus d'indigo : afin de faciliter l'opération, j'ai fait coudre un rotin plié en rond dans le haut du fac, pour le tenir ouvert.

On fait que le baffinot a ordinairement une foffette ; c'eft un petit vaiffeau de forme fphérique ou cylindrique, que l'on place plus bas que le baffinot & dans le milieu de fon fond. Il n'a d'autre objet que de recevoir les parties terreufes qui peuvent être mêlées avec l'indigo & que les herbes ont pu dépofer dans l'eau de la trempoire ; elles s'y précipitent d'elles mêmes, parce qu'elles font plus pefantes que l'eau & même que la fécule. On doit donc avoir l'attention de ne pas mêler les dernières portions de fécule qui fe trouvent au fond de la foffette, avec celles qu'on a enfachées.

Il n'eft pas indifférent de retirer l'indigo des facs un peu plutôt, ou un peu plus tard. S'il eft trop aqueux, la deffication dans les caiffes au foleil ou à l'ombre, ou par tout autre moyen eft lente & défectueufe, parceque les particules d'eau qui font dans la partie intérieure & inférieure de la fécule, n'étant pas expofées à l'air & ne trouvant pas d'iffue, pour s'échapper, féjournent trop long-temps, font effort fur les molécules d'indigo, pour s'évaporer, les divifent & rendent la matière friable. On verra plus bas touts les inconvénients qui réfultent d'une pâte trop aqueufe ; elle perd fon eau plus facilement dans les facs que dans les caiffes : je confeille donc d'attendre, que les facs ne rendent plus d'eau, pour les vider : on peut y laiffer l'indigo pendant cinq à fix jours, quand cela eft néceffaire : il s'égoutte plus lentement par un temps pluvieux que par un temps fec.

Quelque minutieux que puiffent paroître les détails dans lefquels je vais entrer, ils tiennent à la fabrique ; plufieurs perfonnes me fauront peut-être gré de ne les avoir pas négligés.

Il s'agit de retirer l'indigo des facs. J'ignore comment on s'y prend à St. Domingue ; les auteurs ne difent rien de cette manipulation. Voici le moyen qui m'a paru le plus expéditif. Après avoir retourné le fac, de façon que le dedans foit en dehors & le dehors en dedans, au deſſus de la caiſſe qui reçoit la pâte, je fais entrer dans le ſac une planchette mince qui a la même largeur & qui eſt un peu plus longue. Un noir tient d'une main la planchette avec le ſac & de l'autre main un couteau avec lequel il ratiſſe le ſac, pour faire tomber l'indigo qui y eſt comme collé, dans la caiſſe qui eſt au deſſous. La planchette procure l'avantage de tenir tendue la toile du ſac & dans une ſituation plane; au lieu que lorſque le ſac n'eſt pas aſſujetti, il fait des plis & cède à l'impulſion du couteau : lorſqu'au lieu de la planchette, on ſe contente de tenir la main étendue dans le ſac, l'opération de le vider n'eſt pas ſi prompte, ni ſi exacte.

M. de Beauvais Raſeau dit ſimplement au ſujet des ſacs qu'on emploïe, pour égoutter l'indigo, qu'ils *doivent être lavés & ſéchés à chaque fois* qu'on s'en ſert : il ne dit pas qu'on peut en retirer facilement un peu de fécule. Pour cela il faut les mettre tremper pendant quelques heures, dans une baille avec de l'eau chaude, immédiatement après qu'on en a retiré l'indigo ; le plutôt eſt le mieux ; on les lavera dans cette eau ; on les retirera, pour les laver encore à la rivière ; car ils ne ſauroient-être trop nets : on laiſſera repoſer l'eau de la baille: on la décantera & on trouvera de l'indigo qui ſe ſera dépoſé au fond: on le mettra à égoutter & on le fera ſécher.

ARTICLE TROISIÈME.
Deſſication de l'indigo à l'ombre ou au ſoleil.

ON retire la fécule des ſacs pour la mettre dans des caiſſes. Il y a des indigotiers, qui expoſent celles-ci au ſoleil du matin & du ſoir, d'autres pendant tout le jour, d'autres les mettent ſécher uniquement à l'ombre & prétendent que cette dernière méthode eſt préférable. J'ai éprouvé à l'Iſle de France que la deſſication de l'indigo étoit trop prompte par le moyen du ſoleil & trop lente à l'ombre. Par cette dernière façon, il naît ſouvent des vers dans la partie inférieure de la fécule, parce qu'elle retient plus long-temps l'humidité que celle qui eſt expoſée à l'air ; ces vers ſe nourriſſent de l'indigo, en diminuent la quantité, en altèrent la qualité: ſans cet inconvénient je croirois que cette méthode ſeroit en effet préférable. Je dirai dans l'article ſuivant

quel

quel est l'effet des deux autres pratiques.

ARTICLE QUATRIÈME.
De la friabilité de l'indigo.

L'EXPOSITION des caisses au soleil pendant tout le jour, ou seulement pendant une partie du jour, dans la saison des chaleurs, qui est ici la plus favorable à la fabrique, dessèche la fécule très-promptement : alors la superficie saisie par une chaleur trop brusque, se défsèche plutôt que les autres parties de la pâte, n'y adhère point & devient écailleuse ; la masse elle-même de l'indigo est friable ; en cet état il perd beaucoup de son prix. Je crois cependant qu'il est tout aussi propre à la teinture ; mais les négociants le rebutent pour profiter de la circonstance. Il faut convenir qu'il est plus difficile de reconnoître la qualité d'un indigo friable, que celle d'un indigo qui est en masses solides, que le premier se réduisant en poussière, s'allie plus facilement à des matières hétérogènes, & qu'il est plus sujet au déchet que l'autre, surtout dans le transport par terre.

APRÈS avoir mis pendant quelques jours les caisses au soleil du matin & du soir, pour donner quelque consistance à la pâte & pour empêcher les insectes d'y déposer leurs œufs, si l'on fait ensuite sécher l'indigo à l'ombre, de façon qu'il soit exposé à l'air & au vent, il prendra une consistance plus ferme.

M. de B. R. attribue la friabilité de l'indigo « *à la coupe d'une* » *herbe qui n'étoit pas assès mûre, ou à la foiblesse du battage d'une* » *cuve dont l'herbe n'avoit pas assès fermenté* » (*a*) Mes observations sont contraires à cette assertion. J'ai éprouvé qu'un indigo mal travaillé & provenant d'une herbe qui n'étoit pas assès mûre ou qui l'étoit trop, pouvoit avoir toute la consistance désirable ; & qu'un indigo bien fabriqué avec de bonnes herbes, pouvoit devenir friable, par un desféchement trop prompt, en plein air & au soleil. Je ne disconviens pas

---

(*a*) Art de l'indigotier, Edition de paris, in fo. 1770. L. III, C. II. p. 92.
Idem, Édition de l'isle de france, in 8.º 1778. p. 149

V

cependant, que la qualité de l'herbe & même la façon de la fabrique, ne puiſſent influer ſur la liaiſon de l'indigo. L'excès de fermentation ou de battage, combinant ou mêlant avec cette ſubſtance des parties hétérogènes qui s'interpoſent entre ſes molécules, doit ſans doute empêcher leur adhéſion à un certain point; mais elle me paroît dépendre auſſi de la deſſication. La qualité des eaux qu'on employe, l'eſpèce des herbes, la nature du ſol où elles ont crû, peuvent auſſi contribuer à la friabilité de l'indigo. En général celui qui a été fabriqué juſqu'à préſent à l'Iſle de France a ce défaut. Je l'attribue principalement à l'eſpèce des anils qu'on a cultivés & qu'on ſera obligé de remplacer par d'autres, pour les raiſons que nous avons déjà dites, mais que nous détaillerons dans la troiſième partie de cet ouvrage.

ARTICLE CINQUIÈME.
Du pétriſſage de l'indigo.

M. Monnereau & M. de Beauvais Raſeau regardent le pétriſſage de l'indigo comme un abus abſurde. Ils ſe fondent, ſur ce que cette façon ne peut pas, diſent-ils, lui donner de la liaiſon, ſur ce qu'on mêle la ſuperficie de la caiſſe avec le deſſous & que « *cette ſuperficie » altérée par le ſoleil, ſe trouvant confondue avec le reſte de la pâte, » forme des veines ternes & ardoiſées qui en diminuent beaucoup le prix,* (a) « enfin ſur ce qu'il eſt plus long-temps à ſécher, lorſqu'on le pétrit, & qu'il ſe trouve par là plus expoſé au dégât des vers.

M. de B. R. ajoute enſuite « *on éviteroit préſque touts ces inconvé-*»*niens, ſi comme dans certains endroits des Grandes Indes, où l'on » eſt dans l'uſage de le pétir & de le ſécher entièrement à l'ombre, on » mettoit l'indigo dans des caiſſes d'un demi-pouce de haut, & ſi » après l'avoir ſéparé par carreaux, on les mettoit dans d'autres » caiſſes ſécher au ſoleil.* (b)

---

[a] Art de l'indigotier, Edition de paris in fo. 1770. L. II. C. IV. p. 76.

   Idem, Edition de l'iſle de france in 8º 1778, p. 105.

[b] Edition de paris, p. 76.

   Idem, Edition de l'iſle de france in 8.º, 1778, p. 106.

J'ai plufieurs réfléxions à faire fur ces deux paffages.

1.° Le pétriffage de l'indigo pourroit bien n'être pas fi abfurde, puifque les deux auteurs que je viens de citer conviennent que plufieurs indigotiers employent ce moyen, dont apparemment ils fe trouvent bien; & qu'il eft conftant, comme le dit M. de B. R., que les Afiatiques lui donnent cet apprêt, & que dans de certains pays ils font de très-bel indigo.

2.° La fuperficie des carreaux eft toujours noirâtre, lors-même qu'on a fait fécher l'indigo à l'ombre; ainfi ce n'eft pas le foleil qui caufe cette altération: en effet, fi on expofe au foleil les étoffes teintes en bleu d'indigo, elles font très-long-temps à perdre leur couleur, quoique la couche de teinture foit bien mince. Ce font les matières extractives de la plante diffoutes dans l'eau, qui mêlées avec l'indigo, mais plus légères que la pâte, viennent à la fuperficie, s'y deffèchent & prennent une couleur noirâtre. On objecte que le pétriffage doit confondre à un certain point ces parties hétérogènes avec l'indigo; cet effet n'eft pas prouvé, puifqu'elles tendent toujours à prendre le deffus. Qu'elles foient à l'extérieur, ou dans l'intérieur, elles exiftent toujours avec la pâte, lors-même qu'on ne la pétrit pas. S'il y a un moyen de les féparer, c'eft le pétriffage qui doit les ramener à la fuperficie & en occafionner une évaporation plus grande.

3.° Cette dernière confidération m'engage à croire, que la pâte doit fécher plus promptement, lors qu'on la pétrit. Il réfulte de cette manipulation que les différentes parties de l'indigo font expofées fucceffivement à l'air.

4.° Je ne devine pas pourquoi le pétriffage ne donneroit point de liaifon à la pâte, puifqu'il ne peut qu'en refferrer les parties. Nous favons que les Indiens le pétriffent, pour obtenir cet effet & que leur indigo eft de la plus grande dureté. On croyoit autrefois en Europe que cette fubftance étoit une pierre naturelle aux Grandes Indes, on étoit bien éloigné de foupçonner qu'elle étoit végétale & le produit de l'art. Les deux auteurs que je viens de citer, confeillent de *paffer la truelle pardeffus* la pâte, peu de temps après qu'on l'a mife dans les caiffes, *pour en comprimer & rejoindre toutes les parties fans les*

Vij

bouleverser: [a] *alors*, dit M. Monnereau, *pour réunir toutes les fentes, on y passe la truelle qu'on appuye avec force, & après l'avoir bien uni, on le coupe par carreaux.* [b] Il me semble que cette façon est une sorte de pétrissage.

ON ne peut pas entendre par cette opération relativement à l'indigo, la même manœuvre que celle des boulangers sur la pâte de la farine : elle consiste donc uniquement à passer la truelle & à l'appuyer sur la pâte, & cela plusieurs jours de suite & plusieurs fois par jour, jusqu'à ce qu'elle commence à sécher & à prendre du corps.

APRÈS cette explication peut-être nécessaire, s'il reste encore des doutes aux artistes sur l'effet de cette manipulation, nous tâcherons de les éclaircir, parce que ce procédé dissuadé par les auteurs me paroît essentiel. Voyons d'abord pourquoi l'indigo est friable : en remontant aux principes, nous découvrirons peut-être le secret de cette opération.

L'INDIGO a été dissous dans la trempoire par les alkalis & par la fermentation. Dans cet état, il est réduit à ses parties élémentaires : le battage fait évaporer les alkalis ; dès-lors l'indigo n'est plus miscible à l'eau ; les molécules primitives de cette substance agitées par le battage, se rencontrent, se pénétrent intimement & mutuellement & se réunissent; enfin se précipitent par leur propre poids au fond du vaisseau. (c) Dans cet état de ductilité, elles ont une tendance les

----

[a] Art de l'indigotier, Edition de paris in fo. 1770 L. II. C. IV. p. 74. Idem, Edition de l'isle de france in 8.e 1778. p. 100.

[b] Parfait indigotier, par M. M. in 12 broché Amsterd. 1765. I. P. p. 59.

[c] Je préviens une objection qu'on pourroit me faire & qui paroîtroit spécieuse à quelques personnes. J'ai posé pour principe en plusieurs endroits de cet ouvrage, que la précipitation du grain avoit lieu, lorsque les molécules de l'indigo devenues libres, s'étoient ensuite réunies, & lorsqu'elles avoient formé par leur aggrégation des masses plus pesantes que le liquide. C'est donc uniquement à la pesanteur spécifique

unes vers les autres; étant de nature réfineufe, elles doivent s'aggréger, s'agglutiner & former des maffes folides, fi rien ne s'oppofe à
leur adhéfion; mais l'air interpofé entre les grains qui fe font formés
par la réunion de plufieurs molécules, les matières extractives que ces
mêmes grains ont retenues, les parties aqueufes qui enveloppent leurs
furfaces, empêchent la juxta-pofition parfaite des petites maffes d'indigo les unes fur les autres, & leur pénétration intime & réciproque;
alors l'indigo doit être friable, parce que fon adhérence eft interceptée

---

du grain que j'attribue fa précipitation. Comment fe fait-il, pourra-t-
on me dire, que les mêmes grains qui ont été entraînés par leur
poids, au fond du vafe, quoiqu'ils foient dans un liquide plus denfe
que l'eau pure, deviennent enfuite plus légers que l'eau, après la deffication, & lorfqu'ils forment des aggrégats plus volumineux. La réponfe
eft fimple. Les molécules qui fe font réunies dans l'extrait pendant l'o-
pération du battage, ont exercé la tendance qu'elles avoient entr'elles
& fe font pénétrées mutuellement, pour former ce que l'on appèle le
grain qui eft un corps homogène; or il a plus de pefanteur que le liquide. Au contraire, l'aggrégation d'un grand nombre de grains fe fait par
contact, par juxta-pofition: elle n'eft & ne peut être parfaite, dans
toute la furface des grains, les uns contre les autres, puifque leur forme eft irrégulière. Ils admettent donc entr'eux des parties aqueufes,
dont l'évaporation laiffe un vide qui eft rempli par l'air. Voilà pourquoi une maffe d'indigo, un carreau par exemple, peut être plus léger
que l'eau & flotter quelque temps à la furface, quoique chaque grain
qui la compofe, foit plus pefant que l'eau. Mais fi elle y refte long-temps,
l'eau pourra s'infinuer dans fes pores, fans la diffoudre & cette maffe fe
précipitera. Qu'on pulvérife un indigo flottant & qu'on jette cette pouffière dans l'eau; après l'avoir agitée, il n'y furnagera que les morceaux
compofés de la réunion de plufieurs grains, ou ceux qui ont retenu de
l'air avec eux. Tout le refte fe précipitera par le repos; ou fi le grain
a été réduit à des parcelles extrêmement ténues, une partie d'entr'elles
reftera interpofée & non diffoute dans la liqueur. L'addition de quelques
gouttes d'acide fuffira pour les précipiter. Ainfi tout indigo, même le
plus pur, le plus beau, celui qui eft flottant, lorfqu'il eft en maffe, eft
effentiellement & par fa nature plus pefant que l'eau. Ce n'eft qu'à cette
propriété qu'on doit fa précipitation au fond de la batterie, après le
battage.

par des fubftances hétérogènes. Que fait le pétriffage? il dégage l'air,
il réunit les maffes entr'elles, puifqu'elles ont plus de tendance les unes
vers les autres, qu'avec les particules extractives ou qu'avec les liquides,
l'indigo ne pouvant fans intermède contracter de véritable union avec
ces dernières. Le pétriffage[tel que nous l'avons expliqué]force donc ces
fubftances hétérogènes à quitter leur place d'interpofition & à fe rejoindre fur la partie extérieure de toute la maffe; d'autant plus qu'elles ont
moins de pefanteur fpécifique que les grains d'indigo, qu'elles ont une
fluidité qui les oblige à fuivre le mouvement de la compreffion;& que
d'ailleurs les grains ont une tendance réciproque entr'eux & une forte de vifcofité qui les retient unis , dès qu'il y a eu contact.

SI ces fubftances hétérogènes , c'eft-à-dire, l'air, l'eau & les matières extractives , reftent enfermées dans la pâte , elles s'y dilatent par
le moyen de la chaleur & de la fermentation qu'elles y excitent, quoique légère; elles cherchent à s'échapper & rompent par leurs efforts la
liaifon de la pâte ; leur évaporation ne peut être en même temps que
très-lente. Lorfque ces mêmes fubftances par le moyen du pétriffage,
ont été dégagées ou ramenées à la fuperficie de la pâte, elles ne peuvent plus la pénétrer, non feulement parce que la liaifon de fes parties
eft plus intime , mais encore parce que le principe aqueux ne pénètre
pas les réfines.

SI ce raifonnement eft jufte , le pétriffage n'eft plus une opération
abfurde ; mais au contraire, il procure une deffication plus prompte
& donne de la liaifon aux grains.

L'INCONVÉNIENT de mêler la fuperficie qui eft noire
avec le refte de la pâte , peut être compenfé par les avantages qui en
réfultent; mais je doute qu'il exifte. 1.° L'opération ne doit fe faire
que lorfque l'indigo eft encore humecté. 2.° Le pétriffage doit être
une fimple compreffion , & non un bouleverfement de toutes les parties de la pâte. 3.° Les fubftances aqueufes ne peuvent ni pénétrer
les particules d'indigo ni contracter d'union avec elles; d'ailleurs fans
cet apprêt, la pâte contient intérieurement une plus grande quantité de matières extractives qui altèrent l'indigo.

JE répète qu'on ne doit pas pétrir la pâte , lorfqu'elle commence
à fécher , mais lors qu'elle eft encore ductile & humide , afin que le

liquide & les matières extractives qu'elle contient, puissent se réunir
facilement à la surface de la pâte ; ce qui ne pourroit avoir lieu, si
elle étoit séche ; mais dans l'état d'humidité, cette réunion est forcée ;
alors l'air & le soleil agissent sur les parties aqueuses & les font évaporer ; il s'ensuit que le mélange de la superficie avec l'intérieur n'a
point lieu, ou au moins qu'il est médiocre. On a été induit en erreur,
parce qu'on a cru que cette superficie noirâtre étoit de l'indigo altéré
par le soleil.

ARTICLE SIXIÈME.

Moyens d'éloigner les insectes qui attaquent l'indigo.

SI l'on pouvoit dessécher aussi promptemenr la partie inférieure
des caisses où les insectes se nichent, que la partie supérieure, on n'auroit vraisemblablement pas à craindre les ravages causés par les vers. Ce
sont des espèces de petites mouches qui attirées par l'odeur putride de l'indigo, viennent y déposer leurs œufs qui éclosent très-
promptement. Quand la dessication est lente, & surtout lorsque l'indigo est de mauvaise qualité, les parties aqueuses qu'il contient, en-
tretiennent dans la pâte une fermentation qui tend à décomposer les
parties colorantes ; de là le développement & l'évaporation de beaucoup d'alkali volatil qui attire les insectes. Ce qu'on peut faire de
mieux avec un pareil indigo, c'est de l'améliorer. Revenons aux moyens
d'éloigner les insectes.

SI l'indigo se trouvoit enveloppé promptement d'une croûte dure
& séche dans toute sa surface, il est probable que les mouches n'y dé-
poseroient point d'œufs. On pourroit donc exposer d'abord les caisses au soleil, pour dessécher la superficie de la pâte, ensuite on la re-
verseroit dans une autre caisse de même dimension, de façon que la
partie supérieure de l'indigo de la première caisse, devînt la partie inférieure dans la seconde, & *vice versâ* ; ensuite on exposeroit encore
cette seconde caisse au soleil, jusqu'à ce qu'il se formât une croûte sur
la superficie de l'indigo. Le fond des caisses n'étant pas exposé à l'air
& au soleil, le bois dont elles sont formées étant pénétré d'eau, la
partie inférieure de la pâte conserve plus long-temps l'humidité que la
partie supérieure.

IL feroit facile d'éloigner les infectes, en foufrant le fond, les côtés & les rebords des caiffes, ou en les frottant avec des gouffes d'ail,
ou encore mieux avec de l'*affa fœtida*. Je propofe d'effayer ces trois
moyens ; celui des gouffes d'ail m'a réuffi par un temps fec ; lorfqu'il
eft humide, l'indigo eft plus long-temps à fécher & fe trouve par là
plus expofé aux infectes. On parvient fûrement à les éloigner, en
entretenant beaucoup de fumée jour & nuit dans l'endroit où l'on met
les caiffes, mais ce moyen eft incommode & embarraffant.

LORSQU'ON avive la fécule par l'acide vitriolique, on doit
peu craindre les infectes. 1.° L'odeur de l'acide & le goût les éloi-
gnent. 2.° Leurs œufs ne peuvent y éclorre & les vers ne peuvent y
vivre. 3.° La pâte eft beaucoup moins fujette à fermenter.

SI l'on adoptoit l'ufage de faire les carreaux plus petits, comme
le confeille M. de B. R., on obtiendroit une deffication plus prompte
& par conféquent on éloigneroit le danger des infectes. Le propriétaire qui donneroit le premier cette forme à fon indigo, feroit expofé
à en recevoir un prix modique. Les marchands qui ont coûtume d'acheter l'indigo en gros carreaux, rebuteroient celui-ci. Il faudroit qu'il in-
tervînt un réglement du Prince qui ordonnât aux indigotiers de mettre leur indigo en petits carreaux & qui même en fixât les dimenfions,
afin que cette forme fut générale. Sans une loi expreffe, il y a lieu de
croire, que les indigotiers fe tiendront à la forme accoutumée, celle
connue dans le commerce. Avant de folliciter le réglement en queftion,
il faudroit s'affûrer de trois chofes par des expériences bien faites :
1°. fi l'indigo qu'on mettroit en petits carreaux ne feroit pas plus
fujet à la friabilité, & 2.° à fe réduire en poudre dans le tranfport
par terre. 3.° Si cette forme nouvelle ne feroit pas tort au commerce
d'exportation que la France fait de cette denrée en Allemagne, dans
le Nord de l'Europe & dans le Levant.

ARTICLE SEPTIÈME.
Premier effai fur la deffication de l'indigo.

SI le defféchement étoit fimultanée, fans être trop prompt, il
n'auroit plus tant d'inconvénients. Pour le rendre tel, j'ai effayé de
defsécher

de fécher la fécule dans une étuve échauffée par le feu d'un poële, depuis 20 d. audeſſus de zéro, juſqu'à 40. du thermomètre de Réaumur. La deſſication s'y fait très-lentement, quand la chaleur eſt audeſſous de 30 d. par le défaut de communication avec l'air, & l'indigo eſt ſujet à s'y moiſir. Peut-être qu'une étuve qui auroit pluſieurs fenêtres qu'on ouvriroit pendant une partie du jour & qu'on fermeroit pendant la nuit, en y entretenant continuellement de la chaleur, feroit un bon moyen à employer, ſur tout dans les quartiers pluvieux. Je n'ai pas été à portée d'en faire l'épreuve. Au reſte je ſuis d'avis d'entretenir pendant la nuit dans l'étuve une chaleur de 40 à 45 degrés & de la laiſſer diminuer pendant le jour. Cette alternative de chaleur me paroît propre à empêcher la friabilité de l'indigo & à lui donner une conſiſtance plus ferme.

C E moyen ne diſpenſe pas du pétriſſage. Je crois cette façon, ſi-non néceſſaire, au moins très-utile dans tous les cas.

A R T I C L E   H U I T I È M E.

Second eſſai ſur la deſſication de l'indigo.

J' A I eſſayé un autre moyen beaucoup plus expéditif & qui m'a très-bien réuſſi ; c'eſt de mettre la fécule dans un vaiſſeau plat qu'on expoſe au bain de vapeurs, ſi-tôt qu'on la retire des ſacs & après y avoir paſſé la trüelle. La partie inférieure de la pâte ſe deſſéche très-promptement ; ainſi les inſectes ne peuvent pas s'y nicher. La croûte qui ſe forme audeſſus & qui communique avec l'air extérieur devient noire ; j'en ai donné la raiſon dans l'article V. de ce chapitre ; mais tout le reſte & l'intérieur ſurtout ſont très-beaux. L'indigo m'a paru acquérir de l'éclat par ce moyen de deſſication ; apparemment que les matières extractives qui terniſſent la couleur bleue, ſe réuniſſent à la ſuperficie de la pâte, pouſſées par la chaleur, & que leur évaporation eſt alors plus conſidérable. Pour la faciliter, il faut dans les premiers moments où elle commence, faire uſage de la trüelle.

S I on embraſſoit cette méthode, on ſe pourvoiroit de vaiſſeaux plats, ronds, de cuivre, qui auroient deux ou quatre poignées & un le bord de 24 à 30 lignes environ, ſuivant la groſſeur qu'on voudroit

X

donner aux carreaux, & qui s'adapteroient exactement fur des marmites, ou fur des chaudières de fer de même dimenfion, afin de ne point laiffer d'iffue aux vapeurs de l'eau contenue dans les marmites ; on les maçonneroit dans des fourneaux faits exprès.

L A forme des plats occafionne à la vérité un petit inconvénient, mais on peut y rémédier. Les morceaux d'indigo qui fe trouveroient à la circonférence des plats, ne pourroient pas être carrés, à moins qu'on ne fit fouder dans l'intérieur de ces vaiffeaux, des rebords de cuivre, qui donneroient à la pâte une forme carrée.

L A dépenfe de cet attelier ne feroit pas confidérable, parce que ce moyen de deffication eft très-expéditif, qu'il ne demande pas une grande quantité de plats, qu'il épargne les frais des caiffes & qu'il diminue ceux du bâtiment qu'on appelle la fécherie ; on pourroit même fe paffer de ce dernier : deux cafes en paliffades fuffiroient, l'une pour les fourneaux & l'autre pour les caiffes ; cette dernière auroit plufieurs ouvertures oppofées l'une à l'autre, pour donner paffage à l'air. On éviteroit par ce moyen l'inconvénient de la moififfûre, celui de la friabilité de l'indigo & celui qui provient de la part des vers. Après quelques heures de deffication, on diviferoit l'indigo en carreaux ; dès qu'il feroit maniable, on le placeroit dans des caiffes, pour que la deffication s'achevât à l'ombre.

A R T I C L E   N E U V I È M E.
Troifième effai pour la deffication de l'indigo.

L E plus grand obftacle à la deffication de l'indigo dans les caiffes, provient du féjour de l'humidité dans la partie inférieure de la pâte, qui ne peut pas être expofée à l'air & qui eft continuellement abreuvée par la defcente des parties aqueufes; il s'y établit une forte de fermentation, dont le mouvement empêche la réunion des particules de l'indigo entr'elles, & tend à combiner avec lui les matières extractives que l'eau & la pâte contiennent ; cette fermentation développe en outre des alkalis volatils qui attirent les infectes.

J E propofe un nouveau moyen d'éviter ces inconvénients; c'eft d'étendre la pâte, en la tirant des facs, fur une toile bien tendue &

cloutée fur un chaffis ou cadre de bois. On mettra un pied de bois à chaque coin du cadre , pour le tenir élevé , afin de donner paffage à l'air dans la partie inférieure , comme dans la fupérieure ; on pofera au deffous de la toile , immédiatement , un treillis fait en rotin , afin qu'elle ne plie pas fous le poids de l'indigo. Le cadre auroit des rebords en toile où en bois pour retenir la pâte; dans ce dernier cas, il faudroit pratiquer plufieurs trous à différentes hauteurs fur chaque côté du cadre fupérieur ; on les boucheroit avec des chevilles qu'on retireroit , lorfqu'on voudroit faire écouler l'eau furnageante , c'eft-à-dire lorfqu'elle fe feroit repofée. On doit concevoir cet appareil, comme une efpèce de caiffe portée fur quatre pieds & dont le fond eft en toile , ou comme une efpèce de table à rebords ; ceux qui font en toile font préférables à ceux qui font en bois , parce que l'écoulement des eaux fupérieures fe fait beaucoup mieux avec les premiers qu'avec les feconds.

P A R ce moyen il n'y a point à craindre, qu'il ne s'établiffe une fermentation dans la pâte. Les parties inférieures ne retiennent plus l'eau; elle s'écoule par les pores de la toile; en outre ayant communication avec l'air, elles fe defféchent promptement. Ce moyen de deffication eft beaucoup plus prompt que celui des caiffes ordinaires & par conféquent n'exigeroit pas un grand nombre de tables; la dépenfe pour leur conftruction ne feroit peut-être pas plus confidérable que celle des caiffes ordinaires.

N E feroit-il pas encore plus fimple & plus avantageux de fubftituer de pareilles tables aux facs & aux caiffes ordinaires. On verferoit la fécule liquide fortant du baffinot dans les tables mêmes ; mais alors on leur mettroit des rebords plus hauts, pour prévenir la diminution qui eft une fuite néceffaire de la filtration. Celle-ci fe feroit beaucoup plus vîte que dans les facs; il en réfulteroit encore que la pâte n'auroit point d'yeux; ce qui arrive prefque toujours malgré le pétriffage, lorfqu'on fuit la méthode ordinaire ; c'eft-à-dire en tranfvafant la fécule des facs dans les caiffes; les groffes bulles d'air qui reftent interpofées, dans la pâte, la rendent friable. On pourroit couvrir les tables dont je parle avec des toiles, pour garantir la pâte de la pouffière. On feroit obligé de tenir au deffous des tables, des vafes pour recueillir

X ij

l'égoût qui fe feroit de la fécule dans les premiers moments qu'on la verferoit dans les tables. Cette pratique exigeroit peut-être qu'on fuivît le confeil que j'ai donné, de laiffer précipiter l'indigo dans le baffinot & de décanter l'eau furnageante, afin d'obtenir une fécule plus épaiffe.

ARTICLE DIXIÈME.

Méthode des Afiatiques pour la deffication de l'indigo.

LES Indiens de la Côte Coromandel étendent la fécule fur une toile qu'ils pofent fur des cendres : dans d'autes pays des Grandes Indes., on l'étend fur une toile pofée fur du fable. Lorfqu'elle commence à fécher, on la pétrit & on en forme des pains qu'on expofe au foleil ou à l'ombre. Le fable & les cendres furtout retiennent l'humidité; la fécule eft expofée à la pouffière; par ces raifons je n'approuve point cette pratique.

A Manille dans l'Ifle Luçon Capitale des Philippines, on fait myftère de la fabrique de l'indigo. Le Gouvernement en a donné le privilège excluſif à un feul particulier. Cependant M. Rivalz d'Angelly qui a fait un long féjour dans cette ifle m'a affûré en avoir connu le fecret, & a bien voulu me le communiquer. Qu'il me foit permis de m'arrêter fur quelques détails des procédés qu'on y fuit; avant de rendre compte de celui qu'on y employe, pour deffécher la pâte. On ne fait que deux coupes d'anil; on enlève à la feconde les racines avec la plante. Ou l'efpèce qu'on employe, particulière à ce pays, contient dans la féve des racines, avant qu'elle ait été élaborée par la végétation, un fuc indigofère, ce qui me paroît difficile à coire ; ou cette pratique eft mauvaife. On n'a d'autre règle que la montre, pour fixer la durée de la fermentation. On charge la cuve à 7 heures du foir; & le lendemain à 7 heures du matin on la vide. Je ne crois pas qu'il y ait aucun lecteur qui ne fente le vice d'une pareille pratique ; mais voici deux points importants. On y fait conftamment ufage d'un précipitant; & c'eft précifément un de ceux que nous avons indiqués, l'eau de chaux mêlée avec une infufion du cœur de bananiers à graines. Nous avons dit que toutes les efpèces de bananiers avoient la même vertu. Nous n'avions aucune connoiffance de ce procédé, quand nous avons fait la

même découverte, à laquelle nous avons été conduits par nos principes. Mais comment fans ce fecours a-t'-elle pu fe préfenter à d'autres
artiftes? ce ne peut être que par le moyen des eſſais multipliés & heureux. Elle eſt reſtée iſolée, parce que la théorie manquoit pour l'étendre
& pour la perfectionner. On n'y connoît pas d'autre précipitant. On
n'y ſoupçonne pas le procédé de l'avivage qui eſt une ſuite néceſſaire
de l'uſage de ce précipitant, ainſi que de touts ceux que nous avons indiqués. On juge du battage par le moyen du précipitant ; on bat à toute outrance; douze perſonnes font employées à cette manœuvre. Touts
ces détails font voir que la théorie de l'art y eſt inconnue & qu'il y eſt
bien éloigné de la perfection.

VOICI comment ſe fait la deſſication de la pâte. On la met dans
des caiſſes de vieux bois ; on laiſſe un peu de jour entre les joints des
planches, afin que l'eau puiſſe s'écouler. Lorſque la fécule eſt un peu
féche, on en forme des pains avec des cuilliers de corne, & on les met
ſur des claies, où ils achevent de fécher entièrement par le moyen du feu
qu'on entretient au deſſous. On ne dit pas qu'on pétriſſe la pâte , mais
la forme qu'on lui donne rend cette opération néceſſaire. Pour faire
des pains avec la pâte, il faut bien la pétrir un peu. Son expoſition au feu
ſur des claies, me paroît un moyen de deſſication aſſès avantageux :
cependant je l'ai eſſayé à l'Iſle de France , où l'indigo eſt quelquefois
friable , & je ne l'ai pas toujours obtenu ferme par ce procédé.

ARTICLE ONZIÈME.

Avis ſur le même ſujet.

DE quelque façon qu'on s'y prenne pour deſſécher l'indigo , il
eſt à propos de frapper ſur les côtés des caiſſes ou des vaiſſeaux plats,
& de les agiter en ſens contraire, au moment qu'on les remplit de fécule,
& pendant qu'elle eſt encore ductile , afin de procurer la ſortie des
bulles d'air que la pâte contient ; cet air interpoſé entre les particules
de l'indigo contribue à le rendre friable & lui fait contracter , même
dans l'intérieur, de la moiſiſſure qui l'altère. D'ailleurs le mouvement
que je conſeille, raſſied les particules de la pâte les unes ſur les
autres, leur procure plus de contact entr'elles & favoriſe auſſi l'aſcen-

fion des fucs extractifs audeffus de la pâte. Je ne répéterai point qu'ils altèrent l'indigo, qu'ils retardent fa deffication, qu'ils l'expofent plus long-temps aux ravages des infectes, qu'ils le rendent friable, & qu'au contraire leur évaporation a lieu, lorfqu'ils font parvenus à la furface de la pâte. Touts ces avantages font aifément prévus. Je place ici ce confeil, parce que les auteurs que j'ai lus n'en parlent point.

O N ne doit pas croire que cette pratique procure un fuccès complet, mais feulement qu'elle y contribue ; elle ne difpenfe pas du pétriffage avec la truelle. L'évaporation des fucs extractifs n'a lieu que pour les parties aqueufes & volatiles, mais non pour les fubftances qui y font diffoutes ; celles-ci fe deffèchent à la fuperficie de la pâte, à laquelle elles adhèrent & y forment toujours une enveloppe noirâtre. On ne doit pas croire non plus, que la beauté de l'indigo dépende uniquement des précautions qu'on doit prendre pour fa deffication. Elles ne peuvent fervir qu'à empêcher fon altération & à lui conferver les qualités qu'il tient de la nature & des talents de l'artifte.

L E bois le plus poreux, le plus vieux, & le plus fec eft celui dont il faut faire choix, pour la conftruction des caiffes où l'on met fécher la fécule. Quand elles font trop grandes, il eft difficile de les tranfporter; quand elles font trop petites, elles font trop multipliées. Je leur ai donné dix-huit pouces de long, fur quatorze de large, & dix-huit lignes de hauteur; cette proportion m'a paru la plus commode; mais il importe furtout que le fond des caiffes ne foit que d'une feule pièce. Lorfqu'il y en a plufieurs, quelque bien embouvetées qu'elles foient, l'humidité pénètre dans les joints, défaffemble les planches & les fait bomber. C'eft par cette raifon qu'il eft plus à propos de lier les rebords par des quéues d'aronde, que par des clous.

L O R S Q U'I L s'agit de divifer la pâte par carreaux, opération qui doit fe faire, dès que les matières font un peu fermes, afin qu'elles féchent plus promptement dans leur intérieur, par la communication avec l'air de l'atmofphère, on fe fervira d'une règle large de 18 lignes environ qu'on appliquera fur les rebords de la caiffe ; elle dirigera en ligne droite le couteau qui divifera la pâte.

L O R S Q U E les facs fe font égouttés, on trouve une couche mince d'indigo qui s'eft attachée aux parois fupérieures du dedans de chaque fac & dont la deffication eft mêmè quelquefois affès avancée. Ces portions d'anir font toujours d'une qualité inférieure à celui qui eft au fond du fac & font plus fujettes à la friabilité; ainfi je crois qu'il feroit à propos de ne pas les confondre avec le refte; d'autant plus qu'étant déjà un peu féches, elles ne fe marient pas facilement avec la pâte qui eft plus humide; ce qui pourroit rendre quelquefois toute la maffe friable; cet indigo des parois fupérieures du fac peut fe recueillir à part.

INDÉPENDAMMENT de cette précaution que je juge effentielle, il eft à propos de mettre à part les efpèces d'indigo de différentes qualités, provenant de différentes cuves. La vente en eft plus facile & plus avantageufe au propriétaire. Quand le bon eft mêlé avec le mauvais, celui-ci déprife le premier, & l'on ne trouve guère de ce mélange que le prix qu'on auroit obtenu du mauvais.

ARTICLE DOUZIÈME.
Du Reffuage de l'indigo.

JE place ici ce que j'ai à dire fur le reffuage de l'indigo, puifque cette pratique a du rapport à la deffication. Quand l'anir a été parfaitement féché, foit au foleil, foit à l'ombre, il ne reffue pas. La raifon en eft fenfible; il ne contient plus de parties aqueufes. Les auteurs attachent quelque importance à cette dernière façon & prétendent qu'elle donne un nouveau luftre, une nouvelle liaifon à l'indigo. Tant qu'il n'eft pas bien fec, il ne peut pas avoir toutes les qualités que la deffication feule lui donne, quel que foit le moyen qu'on ait employé pour l'opérer; ainfi ce n'eft pas le reffuage proprement dit qui lui donne ces qualités. Les Indiens ne connoiffent point cette pratique: cependant l'indigo le plus vil de l'Afie a beaucoup de dureté: on en fait de très-beaux à la Côte d'Orixa & aux environs d'Agra.

L'ANIR n'ayant aucune affinité avec l'eau, laiffe évaporer à la longue toute celle qu'il contient & qui lui eft étrangère, & ne paroît pas fufceptible de s'emparer de l'humidité de l'air : les alkalis volatils concrets peuvent bien l'attirer; mais ils font alliés dans l'indigo, à une fubftance réfineufe qui les préferve de l'humidité. L'efpèce de farine blanche qui couvre quelquefois les carreaux après la deffication n'eft fouvent que ces mêmes alkalis furabondants qui fe font criftallifés ; mais elle provient quelquefois de la moifſûre formée par les matières extractives.

LE reffuage eft cependant un moyen affès commode d'achever la deffication de l'indigo; on le met pour cela dans des barriques, où cette opération fe fait d'elle-même ; ainfi on économife fur le nombre des caiffes qu'on feroit obligé d'avoir, fi on le defféchoit còmplètement, ou à l'ombre ou au foleil; & l'on évite l'embarras de foigner ces caiffes.

JE dois encore remarquer, que lorfqu'on a féché entièrement l'indigo au foleil, il eft fujet à devenir friable, & qu'alors il ne reffue pas. Je l'ai effayé plufieurs fois; mais fi après l'avoir fait fécher à demi au foleil, on l'enfutaille, le reffuage qui n'eft autre chofe que la diffipation lente des parties aqueufes que la pâte contient, lui laiffe prendre la liaifon dont elle eft fufceptible.

TROISIÈME PARTIE

TROISIEME PARTIE.

CHAPITRE I.

De la Mécanique du Battage

J'AI fait voir dans le cours de ce mémoire les avantages d'un battage modéré : j'ai indiqué un moyen affès difpendieux de l'opérer, puifqu'il s'agit d'une roue mue par l'eau, dans le chapitre où il en eft queftion. Ce moyen peut-être bon pour les propriétaires qui en ont fait les frais ; mais ceux qui défireroient conftruire des indigoteries nouvelles, ceux-mêmes qui en ont de formées & qui font obligés, faute d'eau, de battre à bras d'hommes, peuvent fe paffer d'une mécanique auffi coûteufe, en y fubftituant, ou en employant un moyen plus fimple & plus avantageux de battre l'extrait, que ceux connus & pratiqués. Les indigotiers qui ont des moulins mus par l'eau ou par des chevaux, trouveront auffi dans ce chapitre des defcriptions de machines différentes de celles qu'ils employent, & fondées fur des principes dont ils reconnoîtront la folidité.

ARTICLE PREMIER.

Principes du battage confidéré mécaniquement.

JE ne répéterai pas que le battage a pour but de féparer les molécules d'indigo qui font dans l'extrait, d'avec les alkalis volatils qui les tiennent diffoutes & des autres matières extractives de la plante avec lefquelles elles font alliées; enfuite de réunir les mêmes molécules en petites maffes, après l'évaporation des alkalis & d'occafionner par là leur précipitation au fond du vaiffeau. Il n'eft ici queftion que des principes du battage confidéré mécaniquement.

J'AI établi pour loi générale (II. P. C. II. A. IV.) que *l'eau*

Y

devoit être agitée ou brouillée & non battue ou frappée ; & j'ai fait
voir que les indigotiers n'avoient point jufqu'à ce jour porté leur attention fur le degré & fur l'efpèce de mouvement les plus favorables
au fuccès du battage. J'ai rendu compte des expériences qui prouvent,
qu'un mouvement modéré eft plus avantangeux que celui qui eft accéléré ; & qu'une fimple agitation de l'eau , un brouillon , eft préférable aux coups violents & redoublés. [*a*] On peut aifément & promptement en faire la preuve. Qu'on mette de l'extrait dans la taffe & qu'on
l'agite en fens contraire, au même moment qu'on battra de l'extrait
dans un gobelet, par le moyen d'une efpèce de battoir; on verra le grain
fe former bien plutôt dans la taffe , que dans le gobelet, & plus gros
& plus abondant , fi le volume du liquide eft égal de part & d'autre.
Il eft donc prouvé par l'expérience qu'un fimple balancement de l'eau,
ou qu'un brouillon , font les mouvements les plus avantageux. Sans
doute qu'ils procurent une évaporation plus prompte & plus complète des alkalis volatils, & qu'ils favorifent d'avantage la rencontre & par
conféquent la réunion des molécules d'indigo. Bien plus , lorfqu'elles
font réunies, ces mouvements doux ne peuvent pas les défunir ; au
lieu que les coups violents qui frappent & bouleverfent l'extrait, divifent par le choc des corps frappants & par l'agitation de l'eau, les grains
qu'ils rencontrent & empêchent la réunion fucceffive , conftante &
complète des molécules. Ainfi dans l'opération du battage , on doit
éviter , autant que cela eft poffible, le choc d'un corps quelconque
fur les molécules du grain & donner à l'extrait un mouvement modéré , afin que l'aggrégation de ces mêmes molécules ne foit pas rompue au même moment qu'elle a lieu , par une agitation trop violente
& trop brufque. C'eft fur ce principe que je vais décrire des machines
à bras & à eau pour le battage.

(*a*) Il fe paffe quelque chofe d'analogue à ceci, dans la formation
du beurre. La crême que l'on retire du lait dans les pays chauds eft plus
aqueufe qu'en Europe & le lait y donne moins de beurre. Lorfqu'on
bat cette crême par un mouvement trop vif & trop violent , on ne
retire point, ou prefque point de beurre.

ARTICLE DEUXIÈME.

Battage à bras d'hommes.

§. I.

ON établira fur le travers de la batterie un arbre placé horizontalement & mobile par le moyen de deux tourillons de fer [ou de bois dur] placés à fes extrémités & qui porteront fur des empoifes de bois ou plûtôt de pierres, affujetties par des coins de bois, fur des fupports en bois forts, folides & cimentés dans les murs. On emmortoifera dans l'arbre, fuivant l'étendue de ce vaiffeau, deux, trois ou quatre bras retenus par des chevilles ; ce ne feront que des demi-diamètres qui feront placés dans la partie inférieure de l'arbre & fufpendus; On adaptera des palettes à leurs extrémités inférieures, de huit pouces de largeur environ, fur douze à quinze pouces de longueur; de façon qu'elles fe trouvent à deux pouces feulement du fond de la batterie, lorfqu'elles font dans une fituation perpendiculaire, & à douze pouces des murs de la batterie, lorfqu'elles font horizontales ; ces palettes peuvent être rangées fur la même ligne; & alors on pourra les lier enfemble par une tringle de bois pour leur donner plus de folidité; ou bien fi l'on taille l'arbre de la batterie à huit pans, on peut placer les palettes fur trois faces inférieures. Ces deux pofitions réuffiffent également bien. Il faut feulement un peu plus d'effort, quand la machine commence à jouer, pour la première que pour la feconde ; mais lorfqu'elle eft en train, le jeu de la première devient plus facile.

ON donnera le mouvement à cet appareil par le moyen d'un levier qui fera emmortoifé au milieu de l'arbre, ou bien à l'une de fes extrémités, dans la partie fupérieure, verticalement ; il aura 8 à 9 pieds de hauteur plus ou moins, fuivant l'étendue de la batterie, fuivant la quantité des palettes, leur largeur & leur longueur, & fuivant la hauteur des bras; plus le levier fera long, moins il exigera de forces, pour être mis en mouvement ; mais auffi plus l'arc des vibrations fera grand ; on lui donnera trois pouces environ d'équarriffage. A fon extrémité fupérieure, on fixera fi l'on veut, un poids de 10, 12, ou 15 livres,

Y ij

fuivant l'exigence, pour faciliter le mouvement; au même endroit, on percera un trou dans lequel on paffera une corde qu'on y affujettira par le moyen d'un nœud de chaque côté du trou & par des chevilles de bois, afin d'empêcher que la corde ne s'ufe trop vîte par le frottement. Un feul noir placé vis-à-vis du levier fur une efpèce de théâtre, qui l'élevera prefque à la même hauteur tiendra dans fes mains l'extrémité de la corde & la tirera à droite & à gauche: cet effort fera mouvoir le levier & par conféquent toute la machine. Il en réfultera que l'arbre ne décrira qu'un feéteur ou portion de cercle de 30 à 35 degrés environ, & qu'après avoir parcouru cet arc, il reviendra fur lui-même du côté oppofé, fans achever fa révolution. Plus il y d'eau dans la batterie, moins les vibrations font grandes. Ce mouvement eft très-propre au fuccès de l'opération; & ce mécanifme fimple qui ne demande qu'un feul négre pour moteur épargnera les frais confidérables d'un moulin mû par l'eau ou par des chevaux.

L'OPÉRATION de battre l'extrait à bras d'hommes par les moyens ufités, eft un travail fort rude & qui employe plufieurs négres, parce que la mécanique qu'on a imaginée pour y parvenir eft fort lourde & mal entendue. Pourquoi armer les bras de caiffons ouverts appelés buquets, d'autant plus pefants qu'ils fe trouvent aux extrémités des leviers ? il faut un effort confidérable, pour les élever au deffus de la ligne horizontale.

LA machine que nous venons de décrire eft de la plus grande fimplicité, & le jeu réuffit très-bien; je l'ai employée, plufieurs fois avec fuccès. Lorfque le noir a l'adreffe de fuivre le mouvement de l'extrait contenu dans la batterie; l'eau fe trouve emportée dans fa totalité à droite & à gauche, par le mouvement de balancement contre les deux murs oppofés, elle emporte auffi les palettes; par conféquent elle aide l'effort du noir pour qui ce travail eft alors facile; mais lorfqu'il ne fuit pas ce mouvement avec jufteffe, il fe fatigue d'avantage; il eft alors obligé d'appuyer fortement fur la corde; un peu d'exercice & d'habitude le mettra promptement au fait.

IL réfulte de ce mouvement que l'eau eft plutôt emportée que battue ou bouleverfée; elle s'élève très-haut contre les murs oppofés, lorfqu'on donne au levier un mouvement rapide. On voit d'abord beaucoup d'écume, mais elle se dissipe totalement après l'aspersion de l'huile. Ce mouvement répond à celui de la tasse dans les épreuves que l'on fait ; c'est même ce qui m'en a donné l'idée.

L'EAU par l'effet de cette mécanique est agitée plutôt que brouillée. Comme je crois qu'il est avantageux d'y occasionner des brouillons, afin de faciliter la rencontre des molécules du grain, j'ai fait placer des deux côtés des murs de la batterie, opposés au mouvement de l'eau, à un pied de distance de chaque mur, deux barres de bois de 4 à 5 pouces de largeur, solidement assujetties, contre lesquelles l'eau vient se briser à chaque balancement ; d'où résulte non seulement qu'elle est brouillée, sans choc violent, mais encore qu'elle ne s'élève pas si haut contre les murs ; ces barres peuvent être enclavées dans les murs de la batterie & placées de façon que leur partie supérieure se trouve à-peu-près au niveau de l'extrait. Comme je ne m'en suis avisé qu'après coup, je les ai fait porter par des supports de bois, retenus haut & bas par des entresols contre les murs. Une tringle de chaque côté lie les deux barres entr'elles ; le tout forme une espèce de cadre, appuyé bien juste contre les murs, afin qu'il n'ait point de jeu & qu'il ne puisse pas être soulevé par l'eau.

NOUS avons proposé de placer le levier qui donne le mouvement à tout l'appareil, dans la partie supérieure de l'arbre. On peut le placer en dehors du mur dans la partie inférieure de l'arbre, de sorte qu'il soit suspendu ; mais dans ce cas, il faut prolonger l'arbre en dehors du mur de la batterie, du côté où l'on veut placer le levier, par le moyen d'un aissieu de fer, porté sur une empoise qui seroit placée sur un support en bois, cimenté dans le mur : c'est le local qui doit décider du placement du levier.

SI l'on a deux batteries attenantes, chacune aura séparément son levier & son arbre à part ; ainsi les deux arbres de deux batteries ne seront pas liés ensemble par un aissieu ; mais ils auront chacun deux tourillons, afin que leur mouvement se fasse séparément.

J'AI ouï dire qu'à la Louisianne on avoit imaginé une mécanique très-ingénieuse, pour battre l'extrait par le moyen de plusieurs seaux qui s'élèvent & s'abaissent alternativement. Ce mouvement ne peut pas être favorable à l'évaporation des alkalis & à la réunion des grains d'in-

digo. On a cru jufqu'à préfent qu'il fuffifoit de battre l'extrait, n'importe de quelle manière ; en conféquence on n'a recherché qu'à en
fimplifier la mécanique, fans avoir aucune idée des vrais principes du
battage.

§. II.

L A feĉtion précedente indique un moyen bien fimple d'agiter & de
brouiller l'eau en même temps; nous allons voir dans celle-ci comment
on peut la brouiller , fans l'agiter , avec les forces d'un feul homme.

O n prolongera une des extrémités de l'arbre couché fur le travers
de la batterie, par le moyen d'un aiffieu de fer, coudé en fens contraire aux deux bouts ; cet aiffieu fera porté fur une empoife de fer ou
de pierres, ou même de bois ; la partie faillante de l'aiffieu fera encla-
vée dans une pièce de bois à 8 pans, de 15 ou 18 pouces de longueur. On y adaptera un rouet, formant huit rayons au moins , qui
auront 4 pieds de longueur chacun. C'eft en appuyant fur l'extrémité
de ces rayons qu'un feul noir placé en dehors de la batterie fera
tourner l'arbre. Celui-ci fera traverfé dans fa longueur , par un nombre plus ou moins grand de bras plus ou moins longs , fuivant l'étendue de la batterie;ils n'auront ni caiffons ni buquets, ni palettes à leurs
extrémités; on les placera en fens contraire & à diftances égales ; on
les fera d'une feule pièce; ce feront des efpèces de tringles de bois de
trois pouces de largeur , de 12 ou 15 lignes d'épaiffeur , qui feront
évidés à leurs extrémités & réduits à deux pouces & demi. Pour les
retenir dans l'arbre , on peut placer des coins de bois , tant en deffus
qu'en-deffous des deux côtés & les cheviller ; mais on peut fe paffer
de coins ; il fuffira de cheviller les bras des deux côtés de l'arbre.

S i la batterie avoit une grande étendue & que le volume de l'extrait fut confidérable proportionnellement à la grande capacité des
trempoires, il faudroit alors donner plus de longueur aux rayons du
rouet & en multiplier le nombre. Par cette mécanique , l'eau n'eft
point foulevée , elle eft feulement brouillée. Les barres dont nous
avons parlé dans la feĉtion précédente ne peuvent qu'augmenter le
brouillon de l'eau dans cette occafion;ainfi je confeille d'en placer dans
le fond de la batterie,des deux côtés oppofés au mouvement des bras.

Il arrive que l'écume qui se forme toujours pendant le battage, soit qu'on agite, soit qu'on brouille, soit qu'on bouleverse, soit qu'on frappe l'eau, se réunit toute du côté opposé au mouvement que nous venons de décrire. On peut si l'on veut, tourner le rouet en sens contraire à différentes reprises. Cette contrariété de mouvement, occasionnera la disparition d'une partie de l'écume & favorisera sa dissipation totale, après l'aspersion de l'huile.

§. III.

Nous allons décrire une troisième machine plus compliquée que les deux autres, dont le jeu & le mouvement sont encore différents, & qui ne demande de même qu'un seul homme pour moteur ; tant il est vrai qu'il étoit facile de simplifier les moyens, & d'épargner la main d'œuvre dans l'opération du battage.

On établira dans le milieu de la batterie un arbre vertical porté sur un pivot de fer bien acéré, qui s'emboîtera dans une crapaudine acérée; elle aura 4 branches de fer & sera soudée elle-même dans une forte pierre taillée à ce dessein & qui sera cimentée dans le fond de la batterie. L'extrémité inférieure de cet arbre aura 4 ailes de bois plus ou moins longues, plus ou moins larges, suivant l'étendue de ce vaisseau & suivant le volume d'extrait qu'on doit battre habituellement; l'extrémité supérieure aura un tourillon de fer qui s'emboîtera dans un madrier, fort, solide, couché sur le travers de la batterie, appuyé sur les deux murs opposés. On peut maçonner ce madrier dans les murs; on peut le cheviller sur des supports de bois, ou l'y enclaver à queues d'aronde, ou l'y assujettir avec des chevilles de fer. L'arbre vertical aura dans la partie supérieure au dessous du madrier une lanterne dont les fuseaux engreneront dans un rouet qui sera porté par un arbre horizontal ; celui-ci aura un tourillon qui posera sur une empoise placée sur le madrier dont nous venons de parler: à l'autre extrémité du côté du mur, il aura pareillement un tourillon porté sur une empoise qui sera placée sur un support en bois maçonné sur le mur. Tout près du mur, soit en dehors, soit en dedans, on adaptera à l'arbre horizontal une roue à 8 rayons longs de 4 pieds environ. Un noir placé sur le mur de la batterie ou en dehors appuyera sur l'extrémité de ces rayons : fon effort imprimera le mouvement à toute la machine.

Les ailes n'auront guère que trois pouces de largeur. Une plus grande furface occafionneroit trop de réfiftance de la part du liquide. On placera les ailes de façon qu'il y ait à-peu-près autant d'eau au deffous qu'au deffus : elles feront mouvoir l'eau circulairement ; mais la forme carrée ou parallélogramme de la batterie, préfentera quelque oppofition à ce mouvement ; il en réfultera que l'eau aura beaucoup plus de brouillons.

Pour les augmenter, on peut encore, 1°. placer dans l'intérieur de la batterie les deux barres dont j'ai parlé dans la fection première de cet article ; elles préfentent au cours circulaire de l'eau une réfiftance qui occafione un remoux. 2°. tourner le rouet en fens contraire.

§. IV.

Je viens d'imaginer deux moyens nouveaux de battre l'extrait de deux cuves en même temps par un feul noir. On placera au milieu du mur mitoyen de deux batteries, un poteau folide, entaillé à fon extremité fupérieure, & faifant enfourchement, pour y placer horizontalement un levier qui y fera retenu par un boulon de fer à écrou ; ce levier fera un peu plus long que les deux batteries qu'il traverfera, & fera mobile. On placera à l'extrémité d'une des batteries un fecond poteau folidement affujetti par des liens, comme le premier, fur le mur extérieur ; il aura une entaille beaucoup plus longue que le premier, & dans laquelle on placera l'extrémité du levier qui dépaffera un peu le mur, pour en faciliter le jeu. On fixera une poulie dans le haut du fecond poteau, audeffus du levier, par le moyen d'un autre boulon à écrou. On attachera une corde à l'extrémité du levier, mais en dedans du poteau ; elle paffera par la poulie en dehors de ce poteau, & par conféquent en dehors du mur. On mettra dans cette partie un poids de douze, quinze, ou vingt livres fur le levier, plus ou moins, fuivant fa longueur & fon poids, pour en faciliter le jeu. Un noir placé en dehors de la batterie, tirera & lâchera la corde alternativement, ce qui fera monter & defcendre le levier. On emmortoifera dans cette pièce de bois, à droite & à gauche
che

che du point d'appui, cinq traverfes de bois horizontales, à diftances à peu-près égales entr'elles ; chaque traverfe aura cinq montants perpendiculaires, d'un pouce environ de diamètre, qui defcendront jufqu'au fond de la batterie, lorfque le levier fera le plus incliné qu'il eft poffible ; on leur donnera du jeu dans leurs mortoifes, afin que leur mouvement foit vacillant. A l'extrémité inférieure de chacun de ces montants, fera un petit cadre de bois folidement retenu, d'un pied carré environ. Ceux qui fe trouveront plus près du point d'appui, feront plus grands, parce qu'ils ont moins d'effet fur l'eau, à raifon du mouvement qui eft moindre dans cette partie, & doivent être plus longs, parce qu'ils ne peuvent pas defcendre auffi bas que les autres.

Il réfulte de cette mécanique que chaque fois qu'on tirera la corde en bas, le levier s'élevera du côté où eft le moteur, & s'abaiffera du côté oppofé ; alors les cadres de bois plongeront dans l'eau d'un côté, & la brouilleront, & ils s'éleveront en même temps de l'autre côté. Chaque fois qu'on lâchera la corde, le levier s'abaiffera du côté où eft le moteur, & s'élevera de l'autre côté ; ainfi chaque cuve fera battue alternativement. Par le moyen de cette mécanique l'eau eft rééllement frappée, chaque fois que les cadres plongent ; mais le choc n'eft pas violent, parce que le mouvement n'eft pas vif, & que les cadres ne préfentent pas une furface volumineufe ; auffi ce battage réuffit très-bien.

§. V.

On pourroit auffi placer le même levier avec fes traverfes & fes montants, lefquels au lieu de cadres auroient des palettes étroites & perpendiculaires à leurs extrémités, fur un poteau folidement affujetti fur le mur mitoyen de deux batteries ; de forte que ce levier feroit retenu au milieu, par un tourillon vertical, forgé de façon qu'il fervît en même temps de pivot. Les traverfes des extrémités du levier, n'auroient que trois montants, pour trois palettes, parce que le mouvement eft plus confidérable dans cette partie qu'ailleurs ; alors au lieu d'imprimer au levier un mouvement de haut en bas, ou lui en donneroit un horizontal. Il eft néceffaire, 1.º de fixer une roulette

Z

à l'une des extrémités du levier horizontal en dessous, afin d'en faciliter le mouvement de droite à gauche & de gauche à droite ; cette roulette porteroit sur une planche bien lisse, assujettie sur le mur. 2.º L'extrémité du levier où sera placée la roulette, & où s'imprimera le mouvement doit être un peu plus pesante que l'autre extrémité opposée, pour l'empêcher de s'élever. 3.º Elle doit dépasser le mur de la batterie, pour la commodité & pour la facilité du mouvement.

CETTE dernière mécanique opère peu de brouillons, surtout auprès des points d'appui du levier. Je ne me suis déterminé à en parler, que dans la vue de mettre les indigotiers sur la voie des recherches.

TOUTES les machines que je viens de décrire dans les cinq sections de cet article, ont été exécutées chez moi par le sr. Cochet menuisier-machiniste très-intelligent, à qui il suffit de présenter des idées pour qu'il les saisisse, & pour qu'il les mette à exécution. Il a été aidé dans ce travail par Morice Pichois charpentier très-adroit. Je saisis cette occasion de faire connoître ces deux ouvriers.

POURVU qu'on ne s'écarte pas du principe que j'ai tâché d'établir, on pourra varier ces machines de plusieurs manières & toujours avec succès. Celles que j'ai décrites suffiront pour mettre les indigotiers dans le cas d'en imaginer de nouvelles. Je finis par les prévenir qu'il n'est pas nécessaire en général que le mouvement soit égal ; au contraire son irrégularité brouille mieux l'eau & favorise d'avantage la rencontre des molécules du grain ; d'où résulte le succès de l'opération du battage.

ARTICLE TROISIÈME.

Battage par l'eau ou par des chevaux.

DÈS qu'on a trouvé des moyens simples & peu dispendieux de battre l'extrait par le moyen d'un seul homme, toutes les machines mues par l'eau ou par des chevaux deviennent inutiles ; car les premieres exigent aussi l'attention d'un homme placé à la vanne, pour l'élever ou pour l'abaisser, suivant qu'on demande un mouvement plus ou moins vîte, & lorsqu'il est question de le cesser; les secondes ont besoin d'une ou deux personnes pour conduire les chevaux; ainsi le moyen le plus écoonme de battre l'extrait est un de ceux que nous avons décrits dans l'article précédent.

CEPENDANT comme plusieurs propriétaires ont des moulins, nous allons donner dans cet article la description de plusieurs machines, dont l'effet est conforme au principe que nous avons établi. Mais avant tout nous dirons que la machine décrite par M. de Beauvais Rafeau, mue par l'eau ou par des chevaux, réussit très-bien, lorsqu'on se sert de buquets, au lieu de caissons, & qu'on leur donne un mouvement lent.

IL est très-facile d'employer le mouvement de l'eau pour faire agir les machines que nous avons décrites dans la deuxième & dans la troisième section de l'article précédent. On peut prolonger l'arbre de la roue & le lier par un aissieu de fer à celui de la batterie.

ON peut aussi armer de dents l'arbre de la roue, & les placer de façon qu'ils engrènent dans des fuseaux adaptés à l'arbre de la batterie; par ce moyen le mouvement seroit plus vif que par touts les autres. Je crois qu'il est inutile d'entrer dans un plus grand détail sur ce sujet.

(*a*) « SI on veut employer le mouvement de balancement, on » y parviendra par la voie des bascules, soit en appliquant des leviers » sur le bout de l'arbre de la roue motrice; ces leviers seroient placés sous un angle à faire vibrer à volonté l'arbre du battage par la » rencontre de leviers basculants & placés sur lui pour cet effet, soit

---

(*a*) La suite de cet article est de M. de Séligny Major du Quartier de la Riviere Noire, qui a prouvé ses connoissances en mécanique, en remettant à flot le Comte de Provence, Vaisseau de guerre de 74 canons, qui avoit été jeté sur les récifs de la Batterie Royale, à l'entrée du Port du N. O. de l'Isle de France par l'ouragan de 1760.

Z i j

» auffi par un excentrique ou manivelle d'un rayon quelconque placé
» fans fupport à l'extrémité du carré d'un des tourillons de la roue à
» eau , laquelle à chaque révolution feroit monter & defcendre une
» pièce fufpendue par un trou libre dans le manche de la manivelle ;
» laquelle pièce répondroit par fon autre extrémité inférieure à un bras
» de levier appliqué fur l'arbre du battage , lequel ne feroit qu'une
» portion de révolution , ou un arc d'environ 45 degrés à droite & à
» gauche.

« V o i c i un autre moyen bien régulier, mais quoique fimple,
» je le crois trop élégant , pour être employé à la manœuvre groffiè-
» re du battage. Ce moyen eft l'application d'un vat-&-vient horizon-
» tal qui procureroit à l'arbre du battage des arcs de vibrations alter-
» natives , doux & réguliers, d'un nombre de dégrés déterminé à vo-
» lonté ; mais ce moyen très-régulier eft bien plus compofé que le
» précédent, pour en faire l'application au battage & pour l'exécu-
» ter.

« A l'extrémité de l'aiffieu ou tourillon d'une roue à l'eau , il fau-
» droit fixer une petite roue pleine excentrique, d'un moyen diamè-
» tre, de bois ou de fer, d'environ fix pouces de rayons (le manche
» du vat-&-vient fera le double de la diftance du centre de la roue
» excentrique , au point du milieu, où elle fera fixée fur l'aiffieu ou
» tourillon.) Il faudroit encadrer cette roue excentrique dans un
» chaffis mobile horizontalement qui lui foit exactement affujetti, par
» les montants ou côtés verticaux , mais qui lui laiffe beaucoup de
» jeu ou de liberté, par les côtés haut & bas, afin que cette roue en
» faifant fa révolution ne puiffe pas toucher aux traverfes horizontales
» du chaffis.Sur la traverfe horizontale fupérieure du chaffis fera fixée
» une crémaillère ou rateau, armés d'un nombre de dents relatifs à
» l'arc de vibration défiré de droite & de gauche, que l'on veut impri-
» mer à l'arbre du battage qui fera ici garni de tourillons de fer bien
» tournés,à-peu-près d'un pouce de diamètre, roulant dans des entail-
» les de fupport en bois ou en pierres, fans empoifes. Un des touril-
» lons portera à fon extrémité, un carré fur lequel fera fixé folidement
» un pignon ou lanterne faits avec précifion ou juftefse, dont les dents
» ou fufeaux engrèneront dans les dents de la crémaillère ou rateau ;

» cela fait, la roue à eau étant en mouvement, toute la machine agira,
» & les vibrations s'exécuteront ».

CHAPITRE II.

De l'Indigoterie.

MON deſſein n'eſt pas de donner le plan d'une indigoterie. Je ne pourrois que répéter les deſcriptions très-bien faites, les détails très-clairs & très-étendus que l'on trouve dans l'ouvrage *in folio* de M. de Beauvais Rafeau, & copier à-peu-près les planches qu'il y a jointes. On s'eſt contenté de faire graver quelques-unes des machines nouvelles que j'ai décrites; les autres paroiſſent inutiles, & rendroient dans ce pays l'achat de ce livre trop diſpendieux.

On trouve des obſervations ſur une indigoterie à la ſuite de l'*Art de l'Indigotier* du même auteur, dans l'édition de l'Iſle de France : celles que nous allons donner ne ſont ni dans l'ouvrage de M. de B. R., ni dans l'addition qu'on y a faite ici. L'expérience nous a fait connoître l'utilité des changements que nous propoſons.

ARTICLE PREMIER.

Des Trempoires & des Batteries.

On a vu dans ce mémoire les raiſons que j'ai données, pour qu'on diminuât la hauteur des trempoires. J'ai même promis de prouver que la dépenſe pour la conſtruction des cuves, n'eſt pas plus conſidérable, en adoptant mon plan, qu'en ſe conformant à l'uſage reçu ; c'eſt ce qu'on va voir.

On élève ordinairement les murs des trempoires de trois à quatre pieds proportionnellement à leur étendue : plus ils ſont hauts, plus ils ſont diſpendieux. Etabliſſons une comparaiſon. Suppoſons la moindre hauteur qui eſt celle de trois pieds & que les autres dimenſions des murs ſoient de dix pieds ſur chaque face, pour que chacun de ces vaiſſeaux contienne cinquante charges de négres environ: ſuppoſons encore que les murs aient deux pieds d'épaiſſeur ; chaque cuve contiendra trois cents pieds cubes ; la maçonnerie aura une toiſe cube & tiers , pour les quatre côtés de la trempoire, non compris les fondements.

E n donnant aux murs de cette cuve deux pieds d'épaiſſeur & douze pieds & quart de longueur ſur chaque côté , avec deux pieds de hauteur , on aura trois cents pieds cubes & un huitième pour la capacité de ce vaiſſeau, quantité à-peu-près égale à celle de la premiè- re ſuppoſition ; mais on n'aura qu'une toiſe cube & un dix-huitième de maçonnerie à conſtruire , c'eſt-à-dire environ un cinquième de moins;ce qui établit entre ces deux conſtructions la proportion de vingt- quatre à dix-neuf.

S i l'on conſtruit quatre trempoires à côté les unes des autres, on aura dans la première ſuppoſition quatre toiſes cubes & un ſixième,pour la conſtruction de ces quatre vaiſſeaux , & dans la ſeconde ſuppoſition trois toiſes cubes & près d'un tiers de maçonnerie pour la conſtruc- tion des quatre cuves ; ce qui établit entre ces deux conſtructions la proportion de cinq à quatre .

J e n'ai pas fait mention dans ce calcul, afin de le ſimplifier,des fondements des murs, qu'on peut faire plus ou moins profonds, ſui- vant la nature du terrain. Je n'ai pas parlé non plus du plan des vaiſ- ſeaux ; ces deux articles peuvent rétablir l'équilibre entre les dépen- ſes des deux conſtructions; mais il eſt certain que l'on peut diminuer l'épaiſſeur des murs, lorſqu'ils ſont moins élevés, parce que l'eau ayant moins de profondeur pèſe moins ſur eux , dans les cuves dont nous avons propoſé les dimenſions.

O n peut dire à-peu-près la même choſe de chaque batterie. En leur donnant plus d'étendue en longueur & en largeur qu'on ne le fait communément, on n'augmente point la dépenſe de leur conſtruction; on n'eſt plus obligé d'élever ſi haut les murs des batteries , parce que l'agitation occaſionnée à l'eau par le mouvement des buquets ou des palettes pour le battage , doit être moindre proportionnellement à la hauteur de l'eau. Cette opération doit mieux réuſſir, lorſque l'extrait a moins de profondeur. 1.° Le liquide préſente plus de ſurface à l'air,

& l'évaporation néceffaire au fuccès fe fait plus facilement & plus promptement. 2.° La réfiftance du liquide eft moindre ; il faut donc employer une force moindre , pour l'agiter ; obfervation affés importante pour les indigotiers qui font obligés de battre à bras d'hommes. 3.° L'agitation & le bouleverfement du liquide font moindres ; ce qui eft favorable à la fabrique. 4.° Les grains d'indigo qui font légers & qui fe précipitent difficilement au fond du vaiffeau , ont moins de chemin à faire , lorfqu'ils ont une colonne d'eau moins confidérable à traverfer.

E N diminuant la hauteur des trempoires & des batteries on trouve encore un autre avantage ; c'eft de n'avoir pas befoin d'autant de chute pour la conduite des eaux ; ce qui eft fouvent un grand fujet d'économie, dans la dépenfe qu'elles exigent, pour la conftruction des canaux.

J E croirois volontiers que la forme fphérique feroit la plus avantageufe à donner aux trempoires, pour obtenir une fermentation plus prompte & plus égale dans toute la capacité du vaiffeau. Je fuppofe qu'il feroit à propos de ne couper que le fixième environ de la fphère dans le haut ; ce qui feroit fuffifant, pour arranger les herbes dans la cuve. Cette préfomption n'eft fondée fur aucune expérience. Comme la dépenfe pour la conftruction des vaiffeaux fphériques, feroit plus grande que pour celle des vaiffeaux cubiques, il feroit à défirer que quelque praticien , bon obfervateur , en fit l'effai par zèle & par amour pour la perfection de l'art.

I L me paroît vraifemblable que la fermentation de l'anil dans des vaiffeaux qui auroient la forme d'un cône tronqué , la bafe en haut , feroit plus fimultanée, que dans les vaiffeaux cubiques ou même fphériques. Comme le fommet du cône contiendroit très-peu d'herbes , il y a tout lieu de croire que la fermentation de cette partie ne devanceroit pas celle du haut ; mais je vois plufieurs inconvénients dans cette conftruction. 1.° Il y auroit vraifemblablement une proportion à chercher dans la forme du cône , ce qui multiplieroit la dépenfe de ces effais. 2.° Si le cône avoit plus de hauteur que les vaiffeaux cubiques, il augmenteroit la difficulté & la dépenfe de la conduite des eaux. Si pour rémédier à cet inconvénient , on faifoit les cônes plus petits , il faudroit en augmenter le nombre, ce qui seroit dispendieux, 3.° Je doute malgré cette forme avantageuse que le haut de la cuve parvînt au point de fermentation convenable en même temps que le bas.

S I au contraire on renverfoit le cône, la bafe en bas, il y a lieu de croire que la fermentation n'y feroit pas fimultanée ; mais on regarderoit comme inutile ou perdu le peu d'extrait qui fe trouveroit dans le haut.

O N reconnoît affès généralement qu'il feroit utile de couvrir les cuves d'un toit, mais furtout les batteries, afin de détourner les eaux des pluyes. On eft arrêté par la dépenfe de la bâtiffe & par la difficulté de la rendre folide contre les efforts des ouragans ; d'autant plus qu'il eft effentiel d'en laiffer les côtés ouverts, afin que l'évaporation des parties volatiles de l'extrait foit plus libre. Les colons qui habitent des quartiers pluvieux ne peuvent guère fe difpenfer de couvrir leurs batteries dans les temps des pluyes. Le moyen eft fimple & peu coûteux; c'eft d'établir au deffus de ces vaiffeaux une toile goudronnée & de l'y affujettir.

L E S auteurs difent que l'on peut employer une terre graffe, pour la liaifon des murs des indigoteries. Entre les différentes efpèces de terres argilleufes que nous avons à l'Ifle de France, il y en a deux, l'une rouge & l'autre jaune, qui mariées avec la chaux & un peu de ciment dans des proportions convenables acquièrent une dureté confidérable & font impénétrables à l'eau ; la glaife grife du pays n'a pas les mêmes qualités, mais la rouge les poffède éminemment.

A R T I C L E   S E C O N D.

Des Bondes.

M. de B. R. dit qu'on place des bondes de bois incorruptible aux trempoires & aux batteries. Le bois eft fujet à fe deffécher; il a ordinairement dans notre Ifle des géliffures ; l'eau filtre par ces fentes, ou s'écoule par les intervalles que laiffe la retraite du bois. J'ai trouvé plus à propos d'après ces inconvénients que j'ai éprouvés, de fubftituer aux bondes de bois de mes trempoires & de mes batteries, des bondes des pierres d'une feule pièce. Il eft facile de les percer

par

par le moyen d'une barre-à-mines. Quand même les trous ne feroient pas parfaits, il suffiroit d'envelopper les chevilles avec de la filasse, pour qu'elles retinssent l'eau.

I L'est quelquefois difficile de les retirer des daleaux, parce que l'humidité fait gonfler le bois. Si on les frappe avec un marteau ou avec un maillet, on peut ébranler les bondes. Il est mieux de percer verticalement les chevilles dans la partie saillante ; on y passe une barre ronde de fer de la grosseur du doigt ; elle forme deux poignées, au moyen desquelles en donnant avec force un mouvement circulaire à la cheville, on vient à bout de la retirer, sans causer d'ébranlement à la bonde.

C E L L E qui fournit l'extrait à la batterie doit avoir un daleau d'un plus grand diamètre que la bonde de chaque trempoire. L'eau en sortant de celle-ci a une vîtesse proportionnée à la hauteur de ses colonnes,& ne s'écoule pas avec la même promptitude, par un daleau égal à celui de la sortie, à moins que le canal n'ait beaucoup de pente. Si le daleau pour l'écoulement de l'extrait à trois pouces de diamètre, il faut en donner au moins trois & demi à celui de la batterie. J'aimerois mieux que l'ouverture de la bonde de la trempoire eut quatre pouces de diamètre, parce que j'éprouve que l'écoulement de toute l'eau qu'elle contient est très-long-temps à se faire, par une ouverture de trois pouces ; alors je donnerois cinq pouces de diamètre au daleau de la batterie.

A R T I C L E   T R O S I È M E.

De la Rigole qui conduit l'eau des trempoires dans les batteries.

L A rigole en maçonnerie destinée à conduire l'eau des trempoires dans les batteries doit avoir pour plus grande commodité une issue hors de l'indigoterie. Sans cette précaution, on est obligé, quand on veut nettoyer une trempoire, ou même cette rigole, de conduire l'eau dans une batterie; ce qui est quelquefois impraticable & toujours gênant & embarrassant, parce que l'eau passe nécessairement de la batterie dans le bassinot, d'où il faut la puiser à la main pour la vider. Si

A a

les batteries ou les baffinots contiennent de l'extrait, ou de l'indigo ; le lavage de la trempoire ne peut pas fe faire, ni celui de la rigole ; & l'on eft arrêté pour lâcher la cuve ; au lieu que fi le canal dont je parle a une iffue hors de l'indigoterie, on peut nettoyer, quand on veut, une ou plufieurs trempoires & la petite rigole elle-même.

M. de B. R. confeille de conftruire un fer-à-cheval, ou demi-cercle dans la rigole, vis-à-vis de chaque bonde des trempoires. Il ne dit pas que ce demi-cercle doive être plus élevé que le mur extérieur de la rigole. Si la maçonnerie du demi-cercle a moins de 15 à 16 pouces de hauteur, l'eau fortant avec impétuofité par le daleau de la trempoire, dans les premiers inftants, s'élevera par deffus le demi-cercle, & s'échappera en pure perte.

J'E N G A G E auffi à tronquer l'angle du demi-cercle du côté de la batterie, afin que l'extrait coule plus facilement de ce côté.

A R T I C L E   Q U A T R I È M E.

Du Baffinot.

L'É C H A N C R U R E qu'on a confeillé dans l'édition de l'Ifle de France de faire au baffinot eft très-utile, en ce qu'elle empêche le débordement des eaux, fur le plan du repofoir, lorfqu'on vide la batterie. Si les daleaux de celle-ci ont trois pouces de diamètre, l'échancrure du baffinot doit avoir 7 ou 8 pouces de largeur, fur autant de hauteur : on court rifque, en la faifant plus petite, de voir les eaux déborder dans le repofoir ; elle doit communiquer à un petit canal qui conduira les eaux en dehors.

Q U A N D on a deux batteries à côté l'une de l'autre & deux baffinots, il peut arriver que l'eau, lorfqu'on retire la cheville d'une batterie, déborde d'un baffinot dans l'autre, fi on n'a pas donné affés de pente aux deux petits canaux de décharge, & s'ils communiquent enfemble. Je confeille donc cette pente ; elle doit être de fix pouces environ, depuis la partie baffe de l'échancrue de chaque baffinot, jufqu'à la jonction des deux canaux qui leur font particuliers. Je fuppofe ici qu'on a conftruit ces petits canaux, pour l'écoulement des

éaux, afin qu'elles ne fe répandent pas fur le plan du repofoir.

J' A I fait pofer au deffus des rebords du baffinot, un cercle en
planches de huit pouces de largeur & qui a la même circonférence
que lui. Les négres, en marchant fur le contour de ce vaiffeau, pour
en retirer l'extrait ou la fécule , dégradent l'enduit qu'on y a mis ; le
bois obvie à cet inconvénient.

D A N S les fituations qui permettront de tenir les baffinots un peu
élevés au deffus du terrain, je penfe qu'il feroit très-commode , de
pratiquer une ouverture à la foffette, & d'y adapter en dehors une clef-
tournante, à trois pouces environ au deffus du fond. On rempliroit
facilement les facs de fécule , par le moyen de cette clef, fans être
obligé de puifer dans le baffinot. Il faudroit pendant l'opération, placer au deffous des facs une gamelle ou une baffine, pour ne rien perdre. Si l'on a eu l'attention de placer un tamis de crin clair , au deffous du dernier daleau de la batterie, lorfqu'on fait écouler la fécule
dans le baffinot, on aura très-peu d'ordures mêlées à l'indigo; mais il ne
fera pas tout-à-fait exempt de parties terreufes , qui fe précipiteront
d'elles-mêmes au fond de la foffette , & qui fe trouveront au deffous
du niveau du robinet dont j'ai parlé.

O N peut fe fervir de plumes d'Oyes ou de Dindes , à la place
d'une *plume-de-mer*, pour enlever tout ce qui furnage la fécule
dans le baffinot.

A R T I C L E C I N Q U I È M E.

Du Repofoir.

J E mets deux rangs de ratelier de chaque côté du repofoir ,
l'un au deffus de l'autre , pour fufpendre les facs remplis de fécule.
Les chevilles qui les foutiennent font placées en fens contraire d'un
ratelier à l'autre.

J' A I difpofé le plan de mon repofoir de façon que l'eau qui provient de l'égout des facs eft entraînée par la pente du plan vers les
petits canaux de décharge des deux baffinots ; afin que cette eau

défagréable par fon odeur, ne féjournât pas dans le repofoir; auffi ce plan eft-il pavé; & les joints des pierres ont été repris à chaux & à ciment.

J E penfe qu'il eft à propos de crépir le mur au deffus des baffi-nots, afin d'éviter par cette précaution la chute des ordures qui peuvent tomber des murs dans les baffinots & fe mêler avec la fécule.

A R T I C L E   S I X I È M E.

De la Sécherie.

S U I V A N T les deffeins qu'on trouve à la fuite de *l'Art de l'In-digotier*, la fécherie eft compofée de deux pièces. L'une eft un bâti-ment ordinaire plus ou moins grand, ouvert par l'un de fes pignons feulement; l'autre eft un hangar attenant. L'un & l'autre ont dès éta-blis, où l'on met les caiffes qui contiennent l'indigo. La deftination du premier bâtiment eft de garantir les caiffes de la pluye, & celle du fe-cond de les tenir expofées au vent. Il y a des indigotiers qui n'ont point de hangar & qui laiffent les établis & par conféquent les caiffes en plein air & au foleil. Nous avons vu dans la feconde partie, C. VII. A. III. quels étoient les inconvénients de cette pratique & qu'il étoit en général plus avantageux de tenir à l'ombre les caiffes qui contien-nent l'indigo. Comme il eft néceffaire de les expofer à un courant d'air, on pourroit conftruire une efpèce de hangar, dont touts les panneaux feroient en toile goudronnée ou en nates, qu'on abaiffe-roit ou qu'on leveroit promptement par le moyen d'une corde qui pafferoit entre deux poulies. Dès qu'on craindroit la pluye, on en garantiroit les caiffes très-promptement. Un feul noir prépofé au foin de la fécherie, baifferoit tous les panneaux de toile ou de nate, du côté où donneroit la pluye & laifferoit les autres côtés ouverts, fui-vant les circonftances : au lieu que dans les grands atteliers, il faut néceffairement plufieurs noirs, pour rentrer les caiffes des établis dans la fécherie, lorfqu'il pleut; leur négligence ou leur pareffe expofent les caiffes à être mouillées. On pourroit en fuivant la méthode que je prefcris, pofer plufieurs étagères dans le bâtiment, afin qu'il occupât un plus grand nombre de caiffes à la fois.

CHAPITRE III.

Des différentes efpèces d'anils.

ARTICLE PREMIER.

Des différentes efpèces d'anils connues à l'Ifle de France.

NOUS connoiffons plufieurs efpèces d'anils, foit naturelles, foit naturalifées à l'Ifle de France. Je vais faire une courte defcription de toutes celles que j'ai pu me procurer jufqu'à préfent , & je les diftinguerai les unes des autres , par leurs caractères les plus effentiels.

1ᵉʳ. *Anil fauvage de l'Ifle de France.*

CETTE plante eft naturelle à l'Ifle de France. Comme on n'en a pas fait encore la defcription, je la donnerai plus complète de cette efpèce d'anil que des autres.

ELLE eft très-commune dans le Port-Louis de l'Ifle de France, dans les environs & dans plufieurs endroits des bords de la mer ; ainfi elle aime la chaleur, les terreins fecs, & profpère dans les fols arides.

ELLE ne s'élève guère qu'à deux pieds : quelquefois elle n'a qu'une feule tige qui fe ramifie en plufieurs branches : d'autres fois elle vient en buiffon : elle n'eft pas touffue ni par fes branches , ni par fon feuillage. Les tiges & les branches font vertes, jufqu'au moment de la maturité des fruits : à cette époque elles jauniffent & fe defféchent , car la plante eft annuelle : on en voit cependant quelques-unes en très-petit nombre qui vivent deux ans.

LES feuilles ont des folioles rangées par paires le long d'une côte verte & cylindrique : chaque foliole a un pétiole court & verd qui la prolonge dans toute fa longueur & qui forme à fon extrémité une petite pointe faillante. La foliole eft ovale , un peu arrondie par fon extrémité, d'un verd gai & de la même nuance à-peu-près en deffous qu'en deſſus, liſſe, douce au toucher; la partie ſupérieure eſt légérement creuſée en gouttière : le revers eſt garni d'un duvet très-fin, & les nervures apparentes font parallèles entr'elles, plus marquées ſur le revers & forment avec la côte du milieu un angle de 15 à 18 degrés environ. Il y a huit ou dix paires de folioles & une impaire qui termine la feuille : elles font toutes ſujettes à la nutation ; chaque paire de folioles prend le ſoir une ſituation penchée, elles ſe rabattent l'une contre l'autre ; le jour elles ſe relèvent & ſe ſoutiennent ou droites, ou bien horizontales : elles font toutes à peu-près de grandeur égale, mais un peu plus petites que celles de la pluſpart des anils.

L E s Fleurs naiſſent le long d'un épi qui ſort pour l'ordinaire de l'aiſſelle des branches, à la même articulation qu'une feuille qui l'accompagne & du côté oppoſé ; cet épi a juſqu'à ſix pouces de long ; les fleurs font aſſès éloignées les unes des autres & leur nombre varie ; celles qui font placées à la partie inférieure de l'épi, s'ouvrent avant celles de la partie ſupérieure : elles font pétiolées ; elles ont un calice en partie verd, en partie brunâtre, monophylle & diviſé profondément en cinq parties qui ſe terminent en pointe ; deux de ces parties font toujours appliquées ſur le pétale ſupérieur, une ſur chaque pétale latéral & une ſur les deux pétales inférieurs ; ce calice reſte adhérent à l'extrémité de la gouſſe.

C H A Q U E fleur diviſée en cinq pétales eſt d'un beau cramoiſi & légumineuſe ; le pétale ſupérieur qui forme le pavillon eſt le plus grand, il eſt rond, un peu plié par le milieu, & recoquillé par les bords, ayant un onglet verd aſſès grand : le revers eſt d'une couleur moins vive, & quelquefois légérement brune. Les deux pétales latéraux font preſqu'auſſi larges que longs : lorſqu'ils font ouverts, ils font dans une ſituation oppoſée au premier pétale ; mais ils ſe ferment le ſoir, c'eſt-à-dire, qu'ils ſe joignent & qu'ils ſe rapprochent du milieu du grand pétale qu'ils touchent alors ; ils ont auſſi un onglet verd : les deux pétales inférieurs font unis enſemble ; ils ont la forme naviculaire, & une légère teinte de cramoiſi à leurs extrémités : ils enveloppent une gaîne qu'ils défendent de l'air & du ſoleil & qui eſt découpée à ſon extrémité en huit lanières, formant les étamines, dont les ſommets font d'un jaune pâle. Le piſtil s'élève du milieu d'entr'elles

& les dépasse toutes ; il est verd , recourbé, ayant un stigmate jaune pâle. La fleur a une légère odeur herbacée ; mais les feuilles en ont une assès forte , désagréable & semblable à celle des autres anils.

LE fruit est renfermé dans des gousses , d'abord vertes, ensuite jaunes, plates , un peu recourbées , articulées, terminées en pointe & qui ont deux panneaux,& un pouce de long plus ou moins. Les graines font grises, en forme de rein alongé ; il y en a 5 , 6 , 7 & 8 dans chaque gousse.

LA plante n'est pas indigofère ; j'en ai fait l'essai.

J'AI trouvé une variété de cette espèce d'anil au bord de la mer; elle est beaucoup plus petite dans toutes ses parties ; elle a les feuilles un peu bleues.

2ᵉ. *Anil - Malgache.*

CETTE plante me paroît être de la famille des *crotalaires*,& non un anil. Les feuilles sont pétiolées ; elles ont trois folioles disposées en manière de trèfle ; quelquefois elles ont de plus deux autres folioles plus petites, qui partent de la même nervure que les précédentes, & qui sont opposées aux trois premières : cette variété est accidentelle & se rencontre quelquefois sur les tiges des jeunes plantes : les tiges & les folioles sont velues ; celles-ci éprouvent la nutation.

LA Fleur a un calice assès grand , verd , velu, monophylle, divisé en cinq parties, accompagné de deux stipules noirs dans la partie supérieure. La fleur est très-grande , en comparaison de celles des autres anils, & papilionacée comme elles : le pétale supérieur est rougeâtre en dehors & d'un brun jaune en dedans;les deux pétales des côtés font d'un jaune pâle, & l'inférieur est en partie rougeâtre,en partie blanchâtre ; celui-ci enveloppe les organes de la génération, c'est-à-dire le pistil & les dix étamines; il reste même attaché long-temps, quoique desséché, à l'extrémité de la gousse, à laquelle il sert de coëffe. Le pistil a un stigmate jaune ; il est plus long que les étamines & recourbé ; il est renflé dans sa base qui est chargée d'un duvet cotoneux & blanc; il est entouré d'une espèce de gaîne qui s'entrouvre & qui est découpée en dix lanières , aux extrémités desquelles sont des sommets jaunes. Les fleurs sont pétiolées & viennent en épi.

L E S graines font réniformes, gris-foncé, nombreufes & contenues dans une gouffe affès groffe, noirâtre ou brune, cylindrique &
droite; elles font du bruit dans la gouffe, lorfqu'on les agite.

C E T T E plante eft indigofère. Les Madécaffes l'emploient quelquefois à teindre leurs pagnes en bleu. Elle nous eft venue de Madagafcar : elle eft très-fujette à être attaquée par les infeêtes & ne doit
pas être préférée aux anils qui n'ont pas le même inconvénient à l'Ifle
de France. Elle eft quelquefois très-touffue & s'élève jufqu'à plus de
deux pieds : elle eft annuelle ; il y a des plantes qui vivent deux ans,
mais cela eft rare.

3.ᵉ *Anil - Bâtard.*

O N le nomme communément *indigo-bâtard;* il vient ici naturellement : cette efpèce fournit quelques variétés : les unes ont les filiques d'un verd pâle & blanchâtre avant leur maturité ; les autres ont
les filiques colorées en rouge par veines ; d'autres enfin les ont toutes
rouges. Ce qui caraêtérife particulièremeut les anils-bâtards, c'eft que
leurs graines font toutes noires.

I L paroît que les ânils-bâtards que nous avons à l'Ifle de France
font différents de celui qu'on cultive à St. Domingue. *Le revers de
la feuille*, dit M. de B. R., en parlant de ce dernier, *eft garni
d'un poil fubtil, picotant, facile à détacher & très-inquiétant pour
les négres qui s'en chargent.* [*a*] Tous les anils-bâtards que nous
avons ici, du moins touts ceux que j'y ai vus, n'ont qu'un duvet
mol & affez rare, comme les autres anils, fur le revers des feuilles;
il eft un peu picotant, mais fi légèrement qu'il n'eft point inquié-
tant pour les négres. Le même auteur dit que *fes filiques font
jaunes.* Celles de nos bâtards n'ont pas cette couleur, foit a-
vant, foit après leur maturité. Il ajoute que la couleur *noire* de la
graine *tire un peu fur le verd*, lorfqu'elle n'eft pas bien mû-

[*a*] Art de l'indigotier, Edition de paris in fo. 1770. L. II.
C. II. p. 52.
Idem, Edition de l'ifle de france in 8ᵍ 1778, p. 51.

re.

re. (*a*) Dans le même cas, les graines de nos bâtards tirent un peu sur le violet, lorsqu'elles font fraîches & qu'elles ne font pas bien mûres. Enfin nos anils-bâtards & mêmes les cérés rendent beaucoup moins de fécule à l'Ifle de France, que *l'indigo-bâtard* à St. Domingue, fi l'on s'en rapporte, comme cela me paroît jufte, à ce qu'en difent les auteurs. Je ne m'arrêterai pas à l'objection tirée du fol ou du climat qu'on pourroit faire contre mon opinion ; parce qu'il eft conftant que nos bâtards viennent ici auffi hauts, auffi touffus pour le moins que ceux de St. Domingue, dans différents fols & dans différentes expofitions. J'en ai vu aux Plaines St. Pierre qui avoient neuf pieds & demi de haut, mefure prife, & qui n'avoient que quinze mois de plantation.

T o u t e s les efpèces d'anils-bâtards que nous avons ici, font celles qui réfiftent le mieux aux influences des faifons & dont la végétation eft en même temps la plus prompte & la plus fûre dans toutes fortes de terrains. Elles rendent toutes un indigo fort beau, mais en trop petite quantité, pour dédommager l'artifte des frais de culture & de manipulation.

4.ᵉ *Anil-Céré.*

J e donne ce nom à cette plante, parce qu'elle ne me paroît pas avoir été décrite par aucun auteur ; & parce que M. Céré Colon de cette ifle, l'ayant trouvée fur fa terre, où elle étoit venue fans foins, s'eft fait un plaifir, fuivant en cela les fentimens de zèle & d'honnêteté qui le portent à être utile à fes compatriotes en toutes occafions, d'en diftribuer des graines aux colons : cette efpèce eft aujourd'hui la plus multipliée à l'Ifle de France : quoiqu'elle fe foit trouvée dans d'autres habitations & dans d'autres quartiers, c'eft à M. Céré à qui l'on doit fa grande multiplication dans notre Ifle. J'efpère que par reconnoiffance les colons indigotiers adopteront fans peine cette dénomination. L'anil-céré vient auffi bien, auffi haut, auffi touffu, auffi facilement que le bâtard & s'accommode de même de tous les ter-

(*b*) Art de l'indigotier, Edition de paris, in fo. 1770. L. II. C. II. p. 58.
Idem, Edition de l'ifle de france, in 8.ᵉ 1778. p. 67.

B b

rains & de touts les quartiers. Il me paroît donner un peu plus de fécule que le bâtard : ses graines lèvent plus facilement, mais il est plus
sujet à *décharger* & au *brûlage*.

I L diffère du bâtard, en ce que ses tiges & ses siliques, avant leur
maturité, sont rougeâtres ; que ses feuilles ont une couleur plus foncée; & que ses graines sont en partie noires, en partie grises & un peu
plus petites. Je connois deux variétés d'anil-céré : l'une a les siliques
beaucoup plus grosses, plus rouges, plus recourbées & les graines
plus grosses : la seconde au contraire a les siliques moins grosses, les
graines plus petites & toutes grises, & les tiges moins rouges. Cette
dernière est moins sujette au brûlage que la première espèce. Je n'ai
pas cultivé la troisième, celle qui a les siliques les plus grosses.

5.ᵉ *Anil-Africain.*

O N a trouvé cet anil à l'Isle de France dans les champs : j'ignore s'il y a été transplanté ; mais je sais qu'il existe à la Côte Orientale
d'Afrique & même à Madagascar. La plante ne s'élève pas aussi haut
que la précédente : ses branches s'étendent horizontalement : elle a des
folioles petites, bleues, obtuses, des siliques longues de 12 à 15 lignes, minces, un peu recourbées, un peu grainelées; les unes brunes,
les autres rougeâtres ; ce qui forme une variété dans la même espèce
de plante. Les graines sont cylindriques, petites, grises. La plante vient
assès bien & très-touffue : elle paroît, d'après les essais que j'ai faits en
petit, fournir beaucoup de belle fécule.

J E ne m'arrête pas à décrire en détail les anils qui n'ont pas des
différences caractéristiques, ou essentielles, avec les espèces qui sont
connues, comme le *franc* si bien décrit par M. Marchand.

J E viens de recevoir par M. Le Fer de Beauvais des graines d'anil
de Madagascar, qui sont presque toutes noires, & qui par leur grosseur,
par la forme & par les dimensions de leurs siliques, me paroissent être
une autre variété de l'anil-africain.

6.ᵉ *Anil-Bouchet.*

J E nomme ainsi une espèce que M. Bouchet Négociant armateur
nous a envoyée de Fort-Dauphin dans l'Isle de Madagascar, & qui a

beaucoup de reſſemblance avec la précédente, par la forme, par la grandeur & par la couleur de ſes folioles: elles ont cependant une petite différence. Les côtes de celles du Bouchet ſont ſaillantes comme celles des autres anils & ſe prolongent d'une ligne environ audelà de la foliole ; au lieu que l'Africain a une pointe ſaillante très-petite, & ordinairement un angle rentrant à l'extrémité de la foliole. L'anil-bouchet eſt plus grand dans toutes ſes parties que l'africain. Le premier s'élève droit, au lieu que celui-ci s'étend horizontalement. Le bouchet a les ſiliques rougeâtres, avant leur maturité, un peu graineléés, tant ſoit peu plus longues & plus groſſes que celles de l'africain : les graines du premier ſont blondes ou griſes & plus groſſes ; [*a*] les tiges & les branches ſont moins brunes que celles de l'africain, & les feuilles un peu plus bleues.

ON prétend que les Madécaſſes préfèrent l'anil-bouchet à tout autre, pour faire de l'indigo, & pour teindre en bleu. Comme cette plante a beaucoup de feuilles ; qu'elle vient très-haute, forte & touffue, & facilement ; & qu'elle donne beaucoup de fécule, elle mérite d'être cultivée ; elle réuſſit dans les quartiers ſecs de notre Iſle ; cependant elle eſt un peu ſujette au brûlage, accident qui lui eſt commun avec tous les anils, excepté le bâtard.

M. Le Fer de Beauvais Commandant le vaiſſeau du Roi le Lauriſton, qui a cherché en bon citoyen à ſe rendre utile dans touts les voyages qu'il a faits dans les mers des Indes, en enrichiſſant l'Iſle de France des productions étrangères qu'il a pu ſe procurer, m'a fait part de la méthode des Madécaſſes, pour teindre leurs pagnes en bleu. On ſait qu'elles ſont faites avec les fils des feuilles du *Rafia*, [*b*] eſpèce de Palmier Naturel à Madagaſcar, dont la moële eſt une ſubſtance nutritive très-ſaine, qu'on appelle ſagou. Ils ont l'art d'en faire des étof-

(*a*) Toutes les eſpèces d'anils qui ont les graines griſes, en produiſent ſouvent de noires mêlées avec les autres, lorſqu'elles ont été cueillies trop mûres ; ces graines noires ont beaucoup de peine à lever.

[*b*] On le nomme tantôt *Rafia*, tantôt *Roufia*, tantôt *Moufia*, ſuivant les idiomes des différentes parties de Madagaſcar.

Bb ij

fes très-fines & très-agréables. Le procédé que je vais décrire eſt celui des habitants de Foulepointé, qui eſt l'eſcale la plus conſidérable
de cette grande Iſle, dans l'Eſt, par 15 d. Sud, où M. Le Fer a fait
pluſieurs voyages.

ON met les matteaux du Rafia dans de l'eau ſur le feu, avec des
feuilles fraîches d'anils : on leur donne cinq à ſix minutes de bouillon ;
enſuite on laiſſe le tout en digeſtion à froid, pendant ſix heures, au
bout deſquelles on retire les matteaux : on les met une ſeconde fois
ſur le feu dans une nouvelle décoction de feuilles d'anil. Après ces
manipulations les fils ont pris une teinte bleue ; on les fait ſécher &
on tiſſe les étoffes. La nuance de la couleur n'eſt pas belle, elle eſt ordinairement ardoiſe, ou d'un bleu preſque noir. On employe trois eſpèces d'anil, qui donnent des teintes plus ou moins foncées, mais
toutes tenaces. L'anil-bouchet en eſt un ; les deux autres ſont vraiſemblablement l'africain & le tromelin qui exiſtent auſſi à Madagaſcar.
On ne ſe ſert à Foulepointe d'aucun ingrédient pour donner de la ténacité à la couleur : les eaux dont on fait uſage ſont celles d'un marais
qui ſe trouve proche des habitations, & qui eſt rempli d'herbes aqua-
tiques de pluſieurs eſpèces ; ces eaux ſont rougeâtres ; ce ſont les ſeules
dont les hommes & les animaux domeſtiques faſſent uſage dans le
pays pour leur boiſſon ; on ne leur a pas reconnu juſqu'à préſent de
qualité malfaiſante. Peut-être, dit M. Le Fer, ces eaux portent-elles leur
mordant avec elles. Je croirois plutôt que toute teinture en bleu d'indigo eſt naturellement tenace, puiſque cette ſubſtance eſt de nature
réſineuſe.

C'EST au moment où j'écris que j'apprends les détails de ce procédé ; à peine ai-je eu le temps de l'eſſayer une fois ſur les toiles de
chanvre & de coton ; il n'a pas réuſſi ; mais je préſume qu'il ſeroit
facile de le perfectionner & qu'on pourroit en tirer parti.

7.ᵉ *Anil - Tromelin.*

CETTE eſpèce a été apportée ici de la Baye d'Antongil dans
l'Iſle de Madagaſcar, par M. le Chevalier de Lanuguy Tromelin, En-
ſeigne de vaiſſeaux du Roi, dans un voyage qu'il y a fait, Commandant
la Corvette la Dauphine. Cet anil exiſtoit à l'Iſle de France, mais il

y étoit rare , inconnu & fans nom. La reconnoiffance fait un devoir aux indigotiers , d'adopter les dénominations que je donne aux plantes qui n'ont été ni décrites, ni défignées & qui font fans noms. Pourroient-ils méconnoître les bienfaits des bons citoyens qui dans des pays éloignés s'occupent gratuitement du foin de leur être utiles ?

CET anil a quelque reffemblance avec le précédent; il eft très-touffu, & ne vient pas auffi haut ; il a les feuilles un peu plus bleues & plus petites; fes tiges font rougeâtres. Il diffère de toutes les autres efpèces, par les filiques qui font groffes, brunes, liffes, coupées en bec de flûte à leur extrémité, ayant dans cette partie une pointe plus longue que celles des autres anils & qui eft piquante: lorfqu'elles ont acquis toute leur groffeur, elles fe tiennent ordinairement dans une pofition verticale, la pointe en bas; au lieu que les filiques de la plufpart des autres efpèces fe tiennent ordinairement droites, la pointe en haut: cette pofition des filiques n'eft pas particulière à l'anil-tromelin; & fe voit dans celles du bouchet & de l'africain. Le tromelin a les graines affès groffes , cylindriques, blondes, marquées d'un petit point noir dans le milieu; c'eft l'ombilic. Il paroît fe plaire dans les quartiers pluvieux, mieux que tout autre anil & plus que dans les quartiers fecs; mais il ne fructifie pas dans les premiers , comme dans les feconds: il donne beaucoup d'indigo dans touts les quartiers. Il y en a une variété qui a les filiques noires, plus longues, moins groffes, & les graines noires & petites ; je ne connois pas encore la végétation de celle-ci.

8.ᵉ *Franc - Anil.*

C'EST une efpèce que j'ai chez moi, dont j'ignore l'origine & qui me paroît reffembler à *l'indigo-franc* de nos colonies de l'Amérique , fuivant les defcriptions des auteurs; elle ne s'élève pas plus haut que lui, & demande auffi une bonne terre pour profpérer; elle diffère de *l'anil-franc*, en ce que les épis de fes fleurs font beaucoup plus longs ; ils ont quelquefois jufqu'à fix & fept pouces de longueur. Les fleurs font très-écartées les unes des autres & ont un pétiole fort long ; la couleur des pétales eft affès pâle; les filiques ont quatorze à feize lignes de longueur, font un peu recourbées, d'un brun jaunâtre, affès groffes, grainelées : les graines font groffes, cylindriques & rougeâtres.

9.ᵉ *Anil - Blanc.*

L E S folioles font larges, obtufes, épaiffes & d'un verd très-pâle : les jeunes tiges de la plante font d'un verd blanc : les fleurs font petites & d'un rofe pâle : lès filiques font petites, recourbées, un peu grainelées, brunes; & cependant elles ont un œil un peu blanchâtre, quand on les laiffe parvenir à leur entière maturité. Cet anil vient lentement dans mon quartier & ne paroît pas s'élever beaucoup. Peut-être fe plairoit-il d'avantage dans les quartiers pluvieux. Toutes les plantes ont péri dans mon jardin après avoir donné leurs graines; ce qui me fait croire que cette efpèce eft annuelle. Il me paroît que c'eft improprement qu'on l'a nommée ici *Indigo Guatimalo*, fi l'on s'en rapporte aux defcriptions que font les auteurs de ce dernier. *L'indigo qu'on appèle à St. Domingue, guatimalo, eft une efpèce qui a tant de reffemblance & de rapport au bâtard, qu'il feroit prefqu'impoffible de les diftinguer l'un de l'autre, fans fes filiques & fa graine colorée de rouge bruni.* (*a*) Or l'anil blanc ne reffemble point du tout au bâtard; il eft facile à l'œil le moins connoiffeur de les diftinguer l'un de l'autre. L'anil blanc ne vient pas à beaucoup près auffi haut que le bâtard ; il a beaucoup moins de feuilles que ce dernier; il a l'extrémité des tiges d'un verd très-pâle & diffère encore plus du bâtard, par la grandeur, par la couleur & par la forme des folioles qui font tout-à-fait différentes. D'ailleurs les graines de cet anil font blondes & non colorées de rouge bruni.

J E n'ai point encore vu d'anil qui fe rapporte à la courte defcription que fait M. de B. R. du Guatimalo. M. Le Fer de Beauvais m'a fait préfent de plufieurs efpèces de graines d'anils qu'il a recueillies à Madagafcar, dans les voyages qu'il y a faits en 1778 & 1779. Je

---

[*a*] Art de l'indigotier, Edition de paris in fo. 1770. L. II. C. II, p. 54.

Idem, Edition de l'ifle de france in 8.º 1778. p. 56,

ne puis pas encore favoir fi ces efpèces diffèrent de toutes celles que nous avons ici ; mais il y en a une, dont les graines font colorées de rouge bruni ; c'eft peut-être le guatimalo.

A u refte on a fait de très-bel indigo avec cet anil blanc, dans des effais en petit, mais il paroît qu'il rend peu & je vois qu'il a une végétation bien lente dans un quartier un peu fec où je le cultive; il eft naturel à l'Ifle de France.

10.ᵉ *Anil du Tamarin.*

I L eft naturel à notre Ifle où il eft rare. On l'a trouvé au bord de la mer, auprès de l'Anfe du Tamarin. On prétend que c'eft le plus grand de tous les anils qui font ici; mais j'en doute; & j'ai l'expérience que fa végétation n'eft pas fi prompte que celle du bâtard & du céré. J'ai femé des graines des uns & des autres en même temps dans le même champ. Le prétendu grand anil n'eft pas venu auffi haut que les deux autres à beaucoup près.

S E S folioles font d'un bleu pâle, affès grandes ; fes filiques font longues, groffes, droites, un peu articulées, d'abord vertes, enfuite brunes & contiennent des graines rougeâtres ou jaunâtres, affès groffes & cylindriques. Je le cultive depuis peu & je ne puis rien dire quant à préfent fur fon produit. Cette plante me paroît un peu fujette au brûlage ; & je ferois porté à croire, qu'elle réuffit mieux dans les terres fablonneufes & dans les quartiers très-fecs & très-chauds que par tout ailleurs.

11.ᵉ *Anil de l'Inde.*

O N cultive fans doute différentes efpèces d'anils dans les Indes. Nous en avons reçu des graines de la Côte Coromandel; elles font rougeâtres. Les effais qu'on a faits dans différents quartiers de nôtre Ifle pour le cultiver, n'ont guère réuffi ; cette plante demande vraifemblablement une terre fablonneufe : fes folioles font larges & d'un bleu foncé : fes filiques font liffes, prefque droites & jaunâtres. La mauvaife qualité de l'indigo de cette côte ne donne pas des préfomptions avantageufes à cette plante. Cependant le fol & le climat de notre Ifle étant différents de ceux de la Côte Coromandel & notre méthode de

fabriquer l'indigo étant toute autre . il fe pourroit que cette efpèce
d'anil donnât ici beaucoup de belle fécule , comme on l'affûre.

12.ᵉ *Anil du Bengale.*

I L diffère de toutes les autres efpèces & même de celui de la
Côte Coromandel qu'on nous a envoyé. Il a les folioles plus liffes ,
plus pâles que ce dernier & plus grandes qu'aucune autre efpèce d'a-
nils : il a paru d'abord réuffir dans mon quartier & avoir une végétation très-prompte;mais les orages & les grandes pluyes l'ont brûlé totalement & il a péri. Ses filiques font liffes & jaunâtres & peu recourbées;
fes graines font rougeâtres & jaunâtres. Je n'ai pu le foumettre à des effais.

I L faut peut-être un terrein fablonneux comme celui de l'Inde,
& argilleux comme celui du Bengale, mais humide, pour que les
anils de ces pays profpèrent. Les colons de l'Ifle de France qui ont
des terres de cette nature , peuvent effayer la culture de ces plantes.

13.ᵉ *Anil d'Agra.*

O N cultive peu-tètre aux environs d'Agra différentes efpèces
d'anils communes à d'autres pays. Celle qui doit en porter le nom
eft celle qui ne fe trouve qu'à Agra, ou du moins qui en tire fon
origine. Cet anil étoit autrefois cultivé dans quelques jardins de
notre Ifle, où il avoit été tranfplanté. Je ne l'ai pas encore retrouvé,
quoique plufieurs perfonnes prétendent le poffèder. Nous avons ici
deux efpèces de petits caffiers originaires du Bengale, à fleurs jaunes,
à longues filiques, qui ont à-peu-près le port de l'anil, & que bien des
gens prennent pour tel. Ces Caffiers font annuels & n'ont point les
folioles impaires comme les anils : de plus ils ne font pas indigofères;
je m'en fuis affûré par l'expérience. Celui d'Agra eft vivace, il a de
groffes fleurs jaunes; c'eft le feul anil que je connoiffe qui ait les fleurs
de cette couleur ; il a une filique réniforme, groffe & courte. La grande réputation de l'indigo d'Agra dans les Indes où il eft plus connu
qu'en Europe, fait défirer aux indigotiers de poffèder la plante qui
le produit : elle traînaffe beaucoup , mais elle donne ici peu de graines : on feroit obligé de la tranfplanter pour la multiplier; elle eft
très

très - baffe & n'eft pas touffue.

14.ᵉ *Anil de Manille.*

CETTE efpèce eft une acquifition que nous venons de faire cette année, 1779. Elle nous vient de l'Ifle Luçon Capitale des Philippines : on la cultive aux environs de Manille. Elle ne s'élève, dit-on, qu'à deux pieds de haut : on prétend que fes feuilles font épaiffes, larges, charnues & bleues. J'en ai femé des graines dans mon jardin, au mois d'Avril : les plantes ont été cultivées avec foin : foit que le climat ou le fol ne leur conviennent pas, foit que la faifon où elles ont été femées, ne foit pas favorable à cette efpèce de plante, elle n'a eu qu'une végétation très-lente, & ne s'eft élevée qu'à 12 ou 15 pouces de haut, fans être touffue. Dans cet état elle portoit fleurs & graines. Il femble que cet anil foit d'une efpèce naine. Les fleurs font petites & d'un rouge très-pâle; les filiques ont 8 à 9 lignes de long dans leur maturité, font toutes rougeâtres lorfqu'elles approchent de cet état, & font grainelées; les tiges font d'un brun rougeâtre; les branches & fürtout leurs extrémités font d'un rouge plus vif; les folioles font petites, vertes, minces, fans être charnues; il y en a quelques-unes qui font brunes. Les graines font groffes, cylindriques, blondes, ayant dans le milieu un point noir qui eft celui de l'ombilic; il y en a quelques unes qui font un peu rougeâtres. On prétend que cet anil eft très-riche en belle fécule, mais qu'il ne donne que deux récoltes de feuilles par an : on ajoute qu'à la feconde, on arrache la plante & qu'on emploie les racines avec les tiges. J'ai peine à me perfuader que ce procédé foit avantageux; à moins que la féve des racines de cette plante ne foit chargée de fécule. Il feroit à defirer que touts les voyageurs fuffent auffi empreffés à fe rendre utiles que M. Rivalz d'Angelly qui nous a fait préfent de cette efpèce d'anil. Ce que je viens de dire de fa végétation n'encourage pas à en tenter la culture; mais nous ne devons pas renoncer à nos effais : peut-être qu'à force de recherches, nous parviendrons à découvrir des efpèces d'anils plus analogues à notre fol & à notre climat.

TOUTES celles dont j'ai parlé dans cet article fleuriffent & fructifient à l'Ifle de France trois fois dans l'année aux mêmes époques qui font périodiques, lorfqu'elles font livrées à elles-mêmes ; excepté les deux premières efpèces qui font annuelles, *l'anil fauvage* de cette Ifle, & *l'anil-malgache* ; celles-ci n'ont qu'une floraifon par an & périffent après la maturité de leurs fruits.

ARTICLE SECOND.

De l'anil riche de la terre ferme.

DIFFÉRENTS auteurs parlent d'une efpèce d'anil particulière à l'Amérique, & que M. de B. R. nomme *indigo riche de la terre ferme,* dont le produit *fe vend,* dit-il, au poids de l'or. L'importance de cet objet m'engage à tranfcrire ici la defcription de cette plante, telle qu'elle fe trouve dans *l'Art de l'Indigotier* du même auteur ; (*a*) d'autant plus qu'un voyageur m'a parlé d'une efpèce d'anil qu'il a vue à Madagafcar, dont les feuilles rendent un fuc bleu, comme celles de l'anil riche de la terre ferme. Peut-être cela fuffira-t-il pour engager quelque marin patriote à nous enrichir de cette efpèce de Madagafcar (fi elle exifte) qui pourroit être la même, ou donner un produit précieux. (*b*).

« CETTE plante croît jufqu'à la hauteur de deux ou trois pieds. » Sa tige eft ronde & noueufe, effilée, pleine de fuc, fpongieufe com- » me les rofeaux, verte & couverte çà & là de poils roux. Elle pouffe » fur fa tige & fur fes branches, des feuilles fans pédicule & fe touchant » de fort près, oppofées deux à deux, longues de quatre doigts,

---

[*a*] Edition de paris, in fo. 1770. L. I. C. V. p. 31.

[*b*] M. Le Fer de Beauvais a bien voulu faire des recherches à ce fujet dans les voyages qu'il vient de faire à Foulepointe dans l'Ifle de Madagafcar. Il m'a affûré qu'il n'avoit trouvé aucune efpèce d'anil qui eut un fuc bleu, & que les Madécaffes de cette partie lui avoient dit qu'ils n'en connoiffoient point ; il faut donc la chercher dans quelque autre canton de cette grande Ifle.

» étroites & vertes, comme celles de la Lyſimaque. Elles ſont couvertes
» de petits poils blancs des deux côtés & un peu rudes au toucher.
» Il ſort des mêmes nœuds où les feuilles ſont placées, deux pédicu-
» les à côté l'un de l'autre, droits & longs de deux ou trois doigts,
» portant à leur extrémité une fleur ronde, comme celle de la paque-
» rette, entourées de diſtance à autre de petites feuilles blanches, au
» milieu deſquelles ſe trouvent de petites étamines blanches. Sa raci-
» ne qui peut avoir environ un demi-pied eſt un peu courbe; elle je-
» te d'autres petites racines couchées, ligneuſes & couvertes d'une
» écorce brune qui peut facilement ſe détacher. Toute cette plante,
» de même que ſa racine eſt tellement pleine de ſucs, que ſi on vient
» à rompre une partie de l'une & de l'autre, il en ſort auſſitôt une cou-
» leur bleue.

« O n fait de l'anir en pilant ſeulement cette herbe & en la laiſ-
» ſant infuſer dans de l'eau. On la laiſſe tranquille, pour lui don-
» ner le temps de former ſon dépôt, qu'on fait deſſécher au ſoleil &
» qui ſe vend au poids de l'or.

Le ſuc de cette plante eſt donc un indigo pur, aqueux & de la
plus grande beauté : il n'en eſt pas de même de celui de toutes les autres eſpèces d'anils que je connois. Au reſte je ne ſais, ſi l'on ne feroit
pas fondé à douter de la vérité de ce récit. M. de B. R. ne l'a fait que
ſur la foi des auteurs qui en ont parlé. Il me ſemble que cet indigo précieux n'eſt pas connu en Europe; du moins j'avoue que je n'en ai pas entendu parler; & je ne vois pas à quel uſage on pourroit employer une
teinture auſſi chère : quelque éclatante qu'elle puiſſe être, il ne me paroît
pas poſſible qu'elle ſoit auſſi priſée qu'on le dit : en ſuppoſant qu'elle
exiſte, pourquoi eſt-elle ſi rare? les frais de la fabrique, ſi elle eſt telle qu'-
on l'a détaillée ci-deſſus, ne peuvent pas contribuer au prix de cette
denrée. Quelque délicate que ſoit cette plante, quelques ſoins qu'elle exige, quelqu'incertain que puiſſe être ſon produit, il eſt d'un prix aſſès haut,
pour engager les cultivateurs de la terre ferme à s'adonner à cette culture; alors l'indigo riche devenant moins rare diminueroit de prix, & l'on
en trouveroit dans le commerce : ainſi la cherté même de cette denrée
devroit en augmenter la quantité, & celle-ci en diminuer néceſſairement le prix.

ARTICLE TROSIÈME.

Réflexions sur les différentes espèces d'anils.

J'AI décrit dans l'article précédent toutes les espèces d'anils que je connois dans notre Isle ; il y en a sans doute beaucoup d'autres dans différents pays. L'indigo de Java est le plus estimé de touts en Europe & le plus précieux. J'ignore si sa qualité supérieure est due à l'espèce de la plante qu'on y cultive, au sol, au climat de cette Isle, ou bien à une manipulation bien entendue.

J'AI vu un indigo de Mascate d'une couleur assès belle, bleu céleste. Je ne sais pas, s'il seroit prisé par les teinturiers européens ; si cette couleur est due à l'espèce de la plante, ou à quelque procédé particulier dans la fabrique, ou plûtôt au mélange de quelque ingrédient;[a] & si cet indigo donne toutes les nuances de bleu. J'invite toutes les personnes que les circonstances pourront conduire à Java & à Mascate, à prendre sur cet objet des informations qui pourroient devenir instructives & utiles, & à les communiquer au public : je les engage surtout à enrichir l'Isle de France des différentes espèces d'anils qui se trouvent dans ces pays. En attendant le fruit des recherches des citoyens zélés, il seroit bien intéressant de cultiver toutes les espèces d'anils que nous possédons; afin de connoître par des expérien-

---

[a] J'ai mêlé à l'extrait d'anil, immédiatement après le battage, une liqueur composée de deux parties d'eau de chaux, & d'une partie d'infusion de noix de galle. L'indigo a été précipité assès lentement en bleu céleste pâle. Je ne parlerai pas de l'effet du foie de soufre fait par la voie humide, sur l'extrait. Il n'agit guère que comme alkali fixe & fait beaucoup d'effervescence avec les acides ; mais le foie de soufre fait par la voie sèche, & mêlé avec de l'eau, précipite aussi la fécule d'une manière assès complète & par couches : l'une est bleue céleste, l'autre verte, & l'autre jaunâtre. L'addition de l'acide vitriolique ne fait point d'effervescence, & donne à la fécule une couleur bleu céleste assès belle. En versant de l'acide vitriolique sur le sédiment précipité par la noix de galle & l'eau de chaux, il a repris la couleur bleu-foncé.

ces en grand les espèces qui conviennent à chaque nature de terrain, à chaque exposition différente ; & quelles sont celles qui ont la végétation la plus prompte & la plus sûre, & dont le produit est le plus considérable, le plus assuré & le plus beau. Les essais multipliés qu'une pareille entreprise exige, demandent nécessairement beaucoup de temps, de labeur, de soins, de dépenses & d'observations, avant de pouvoir porter un jugement sur les résultats. Les essais en petit, ceux-même en grand d'une seule année, ne peuvent pas être regardés comme décisifs : il est essentiel de les répéter, quant à la culture & quant à la fabrique, en variant les terrains & les saisons. Le colon qui aura consacré son travail à ces recherches, méritera sans doute la reconnoissance du public.

S I telle espèce d'anil étoit très-riche en fécule & réussissoit difficilement à la culture ; ou demandoit des soins dispendieux ou recherchés, comme des arrosements, beaucoup d'engrais, une terre neuve ou fertile ; ne devroit-on pas lui préférer toute autre espèce moins riche en indigo ; mais qui demanderoit moins de précautions, ou de soins ou de dépenses, & qui résisteroit mieux à l'influence des saisons contraires. C'est à l'expérience seule à résoudre ce problême.

L'ANIL-CÉRÉ & le bâtard sont les seuls dont la végétation nous soit bien connue jusqu'à présent. Le céré est, comme je l'ai dit, sujet au brûlage & non le bâtard ; l'un & l'autre donnent trop peu de produit. Je ne doute pas qu'on ne soit obligé de renoncer à leur culture, & qu'on ne leur préfère l'espèce de bâtard de St. Domingue & l'anil franc de l'Amérique, ou quelqu'autre espèce plus fructueuse. Quoique l'anil-bouchet & l'africain donnent de grandes espérances dans les quartiers secs de notre Isle, & l'anil-tromelin dans les quartiers pluvieux, nous devons cependant faire de nouvelles recherches, pour tâcher de nous procurer des espèces encore plus riches, s'il en existe. Cette différence de produit de la part des plantes du même genre ne doit pas surprendre. On voit que l'anil sauvage de notre Isle n'est pas même indigofère ; à plus forte raison doit-on trouver des espèces qui donnent plus ou moins de produit les unes que les autres.

L E S essais qu'on a faits, il y a 35 ans environ dans notre Isle, pour fabriquer de l'indigo, ont donné les mêmes résultats à-peu-près que

ceux d'aujourd'hui ; c'eft-à-dire un indigo fort beau , mais en trop petite quantité , pour fuivre cet objet avec profit. Il eft reconnu que les
premiers colons ont cultivé l'anil-céré & le bâtard. M. Céré Major
de quartier & Directeur du jardin du Roi, qu'il fuffit de citer pour
donner toute créance à fon rapport , a bien voulu me communiquer
le journal de feu M. fon père qui avoit établi l'un des premiers dans nôtre colonie,une manufacture d'indigo.On voit qu'il n'étoit point fatisfait
des fuccès de la culture, ni des produits de la fabrique quant à la
quantité ; & que les tentatives de plufieurs autres colons dans le même genre n'avoient pas été plus heureufes que les fiennes : ils abandon-
nèrent touts cette entreprife, après quelques années d'effais très-difpendieux. Plufieurs caufes ont contribué à ce mauvais fuccès. Les
plus effentielles font, que les efpèces d'anils que l'on cultivoit alors,
ont donné & donnent encore aujourd'hui peu de produit ; que la culture de cette plante & l'art de la fabrique n'étoient pas bien connus
dans notre Ifle ; & que l'indigo étoit dans ce temps à un prix très-bas.
Le plus beau ne valoit, dit-on, qu'une demi-piaftre la livre; il fe vend
aujourd'hui 14 & même 15 francs la livre en France. Une culture
mieux entendue affûre maintenant le fuccès des plantations : nous
avons des plantes plus riches : une méthode plus facile & plus fûre a
encore l'avantage de diminuer les frais de la main-d'œuvre , & de procurer en même temps un produit plus abondant & plus précieux :
ainfi les colons des Ifles de France & de Bourbon doivent efpérer de
réuffir aujourd'hui dans une entreprife où leurs devanciers ont
échoué.

MALGRÉ touts ces avantages , malgré toutes les reffources de
l'induftrie , pour porter l'art de l'indigotier au plus haut point de perfection poffible , il fera toujours d'un revenu incertain , parce que la
récolte des herbes eft elle-même incertaine. On a vu dans la II. P. C. I.
A. IX. le détail des accidents auxquels l'anil eft fujet , pendant fa végétation. Il n'eft pas étonnant que les colons de St. Domingue aban-
donnent cette culture , pour fe livrer à celle des cañes à fucre , lorfqu'ils font en état d'entreprendre cette dernière, dont les produits font
plus affûrés. La première cependant intéreffe le commerce intérieur & extérieur du Royaume, les manufactures de toute efpèce

d'étoffes, de laine, foie, chanvre, lin, coton, & plufieurs arts où l'indigo eft employé comme peinture. Nous fera-t-il permis de dire que ces confidérations feront peut-être affès importantes, pour engager le Gouvernement à donner fa protection aux fabriques d'indigo dans nos colonies ; furtout depuis que les Anglois cherchent à étendre cette branche d'induftrie dans le Bengale, pays fertile & peuplé, où la main-d'œuvre eft à bas prix. Cette nation ne retire pas affès d'indigo de fes colonies d'Amérique, pour la confommation de fes manufactures; elle en achete chez les étrangers. La France elle-même lui en fournit. Nous craignons qu'un jour elle n'en fourniffe à la France. C'eft aux hommes d'état à juger de la force des réflexions que nous préfentons, & qui nous font dictées uniquement par l'amour du bien public.

CHAPITRE IV.

De la culture de l'anil.

LA culture de l'anil a été entreprife fi nouvellement à l'Ifle de France, que l'expérience nous manque encore fur cette partie bien intéreffante. Je ne m'aviferai donc pas de donner des leçons aux colons fur cet objet : mon intention eft feulement de leur faire part de mes obfervations & de mes projets de culture.

ARTICLE PREMIER.
De la plantation de l'anil.

LES auteurs recommandent avec raifon de cueillir les graines de l'anil, avant leur entière maturité ; parce qu'alors elles lèvent difficilement, fur tout celles du bâtard. Je penfe qu'il eft avantageux de les mettre tremper dans de l'eau quelques heures avant de les planter ; mais pour que cette méthode réuffiffe, il faut que la terre ait été arrofée par une bonne pluye, ou qu'il en tombe pendant la plantation ou bien après qu'elle eft faite.

E N général la plantation par rayons eft celle qui réuffit le mieux: elle confomme à la vérité beaucoup de graines ; mais on eft bien dédommagé de cette dépenfe par le fuccès. Comme les graines d'anil ne réuffiffent pas toujours complètement, je crois qu'on n'en fauroit trop mettre en terre. On ne peut guère fuivre cette méthode, que lorfqu'on a un champ bien épierré : alors le rateau dont **M. de B. R.** donne la defcription & le plan dans *l'Art de l'Indigotier*, eft un moyen très-commode & très-expéditif, pour former beaucoup de rayons à la fois; mais il ne faut pas croire que la plantation de l'anil ne réuffiffe pas dans un terrain pierreux : j'ai quelques champs remplis de pierres , où la plante eft très-bien venue.

J'A I imaginé d'ajouter au rateau dont je viens de parler, des trémies mobiles ; j'en donnerai ci-après la defcription & le plan. Cette machine eft un véritable femoir , au moyen duquel les graines fe fèment d'elles-mêmes dans les rayes formées par les dents du rateau. Elle ne peut être utile que dans les terrains bien unis & exempts de pierres. Je propofe de faire la plantation par planches de fix rangées , afin qu'on puiffe nettoyer & chauffer les plantes avec plus de facilité, fans les piétiner; & qu'on puiffe donner un labour à la terre à chaque coupe, foit avec la pioche, foit au moins avec le grattoir.

L E S labours trop négligés dans les colonies augmentent confidérablement l'accroiffement des plantes ; elles deviennent plus hautes, plus branchues , plus feuillées & plus fubftantielles. Je ne doute pas que l'indigo des plantes foignées ne foit plus beau que celui des plantes négligées.

S I l'on défiroit former des fillons plus profonds & plus larges pour quelque autre plantation , on pourroit , au lieu de dents, armer le rateau de plufieurs coutres ou focs de fer , proportionnés à l'ufage auquel on deftine les tranchées & aux dimenfions qu'on veut leur donner. Il faudroit alors augmenter la force des pièces de la machine, & la faire tirer par un ou plufieurs chevaux, fuivant les circonftances. Il eft entendu que le terrain aura été labouré , avant d'y faire paffer le femoir : ainfi fon ufage eft applicable au bled , au ris & à touts les menus grains. On pourroit même s'en fervir en France.

P L U S I E U R S citoyens ont recherché en Europe les moyens de
femer

femer les grains, en labourant la terre, afin de faire ces deux opérations à la fois. Les machines qui ont été inventées pour parvenir à ce but, font la plufpart très-ingénieufes, mais elles ont toutes plufieurs inconvénients qui en ont arrêté l'ufage. Elles font trop difpendieufes; elles ont des parties trop compliquées, trop délicates, & fe détraquent fouvent; lorfque cela arrive, le laboureur. eft arrêté au milieu de fon opération; il n'a pas l'adreffe & l'intelligence néceffaires, pour réparer la machine. On ne trouve guère que dans les villes des ouvriers qui foient en état de la remettre en jeu: il faut perdre un temps confidérable pour l'y tranfporter. Les agriculteurs & les artiftes qui fe font occupés de cet objet ont voulu labourer la terre en la femant: ces deux opérations ont rendu leurs machines très-compliquées: il eut été plus fimple de labourer le terrain avec la charrue; & lorfqu'il eft préparé de le femer avec le femoir. L'épargne de la femence, fa jufte diftribution dans le terrain & par conféquent une végétation plus avantageufe, dédommageroient amplement le cultivateur de l'augmentation de la main-d'-œuvre; car je conviens qu'on feroit plus long-temps à répandre la femence dans un champ, par le moyen du femoir que je propofe, que par celui ufité de la répandre à la main & à la volée. Cependant on pourroit augmenter le nombre des dents du rateau; ce qui accéléreroit le travail des femailles. Cette machine eft fi fimple qu'il y a peu de payfans qui ne foient en état de la raccommoder eux-mêmes, fans être obligés de recourir à des ouvriers adroits, rares & chers.

Les graines provenant des plantes cultivées lèvent plus facilement que celles des plantes fauvages. Les graines fraîches réuffiffent mieux que les anciennes. Avec ces précautions, le choix de la faifon, un temps convenable, & avec les attentions qu'exige la plantation, on eft prefqu'affûré de la voir réuffir. Il paroît qu'à l'Ifle de France, l'anil eft moins fujet au brûlage & aux autres accidents qui le détruifent, qu'à St. Domingue.

Les engrais qui me paroiffent convenir le mieux à l'anil font les cendres des végétaux qui contiennent beaucoup d'alkali fixe & le fumier qui produit de l'alkali volatil; mais furtout les urines des animaux. Les Indiens mettent un troupeau de moutons paître pendant plufieurs jours dans le champ qu'ils deftinent à l'anil. Il réuffit beaucoup mieux dans les terres neuves que dans les vielles. On s'accorde unanimement, à dire que les plus légères lui conviennent mieux que les autres: il vient affès bien dans celles où l'on a cultivé des patates, pourvu qu'on les enlève avec foin & qu'on arrache exactement toutes les tiges qui repouffent. Je préfume que les terres jaunes ou rouges font préférables à toute autre; parce que ces premières font ferrugineufes & que dans notre Ifle elles font ordinairement légères.

JE crois qu'il réuffiroit dans les champs où l'on a cultivé du manioc, dans les terres en friche, fi on les prépare convenablement, enfin dans les vielles terres bien labourées & bien fumées. Celles qui font trop compactes ne lui conviennent point; il feroit à propos de leur donner plufieurs labours, avant de faire les plantations.

ON pourroit ameublir ces mêmes terres par un moyen plus fimple, mais plus long; ce feroit d'y planter des *Ambrevades*, efpèce de *Cityfes*, affès près les uns des autres, pour qu'ils couvrent tout le terrain par leurs feuillages. Ces arbriffeaux ont des racines très-étendues qui divifent la terre & qui l'engraiffent enfuite, lorfqu'elles pourriffent, après qu'on a détruit les tiges: les feuilles qui tombent forment un engrais. Avant de femer l'anil, on couperoit les ambrevades, & on y mettroit le feu; enfuite on défonceroit le terrain pour retirer les groffes racines, qu'on laifferoit fécher & qu'on brûleroit. On laboureroit la terre, pour la rendre plus légère & pour mêler les cendres; enfuite on femeroit la graine par un temps convenable.

LE détail de toutes ces façons effrayera peut-être nos colons accoutumés en général à ne donner aucune préparation aux terres qu'ils cultivent, que celle de les tenir exemptes d'herbes. Je les engage à lire dans l'ouvrage de M. de Beauvais Rafeau le détail des travaux que l'on faits à St. Domingue, pour la culture de l'anil; & je les prie de confidérer que cette plante eft délicate tant qu'elle eft jeune, qu'elle exige des foins, & qu'elle les paye avec ufure.

LES Quartiers de l'Ifle de France qui jouiffent d'un foleil très-chaud & dont les terres peuvent être arrofées facilement, me paroiffent les plus propres à la culture de l'anil; cette plante aime la chaleur & un peu d'humidité. Toutes les efpèces font affès délicates, à l'exception de l'anil bâtard qui mériteroit la préférence, s'il donnoit autant de produit, que certaines autres espèces; d'autant plus que l'indigo du bâtard me paroît avoir plus de consistance que celui des autres.

Il est vraisemblable que la seconde coupe qui est la plus avantageuse à St. Domingue, se fait dans le temps des chaleurs & des pluyes: ces heureuses influences de la saison procurent à la plante une végétation plus considérable, à la feuille une nourriture plus abondante & plus substantielle, & à l'artiste un produit plus grand. Les grandes pluyes & les orages sont nuisibles; ils font tomber les fleurs & même une partie des feuilles; les tiges se dessèchent ensuite facilement par l'ardeur du soleil.

On sait que les graines des différentes espèces d'anils lèvent en toute saison, pourvu qu'elles soient arrosées. J'ai lieu de croire que dans les quartiers secs, les mois de Mars ou d'Avril sont ceux qui conviennent le mieux à la plantation de l'anil, lorsque la saison est pluvieuse, ou lorsqu'on peut arroser le terrain par immersion; voici sur quoi je me fonde. Les graines ont besoin d'être arrosées pour lever & les plantes pour prospérer. Si on sème au printemps qui paroît être ici la saison la plus favorable à la végétation de cette plante, la sécheresse qu'on éprouve communément dans les mois de Septembre, Octobre & Novembre & quelquefois plus tard, empêchent les graines de lever: si elles lèvent par le moyen d'une pluye ou deux, les jeunes plantes sont bientôt desséchées par le temps sec qui suit; au lieu que dans les mois de Mars, ou d'Avril, on a ordinairement quelques pluyes, beaucoup de rosées, & moins de chaleur. Les mois de Mai, Juin & Juillet amènent des bruines & des fraîcheurs: la plante végéte lentement à la vérité, mais aussi dans le mois d'Août, elle prend plus d'accroissement. On peut faire la première coupe au commencement de Septembre. La plante étant alors vigoureuse n'a rien à redouter des sécheresses ordinaires d'Octobre & de Novembre; on doit même faire la seconde coupe en Novembre, ou vers le commencement de Décembre & la troisième dans le temps des plus grandes chaleurs qui sont favorables à la végétation de l'anil.

La plantation du printemps ne pouvant guère avoir lieu en Septembre, parce qu'elle ne réussiroit pas, vu le défaut de pluye dans cette saison, ne se fera donc qu'en Novembre au plutôt, en supposant que les pluyes commencent dans ce mois ; ce qui n'arrive pas toujours. Si elle réuſſit, elle ne procure pas des coupes auſſi avantageuſes que la plantation des mois de Mars ou d'Avril. La première coupe peut ſe faire dans ces deux derniers mois ; la ſeconde en Mai ou Juin & la troiſième peut-être en Septembre. Voilà trois coupes, dont le produit doit être bien mince, parce que les herbes dans les temps froids ont peu de ſubſtance. J'ai ſuppoſé une végétation aſſès prompte, & ſur laquelle on ne doit pas abſolument compter. Les coupes qui ſuivent la plantation de Mars paroiſſent plus avantageuſes.

J E dois encore obſerver que le ſuccès de la plantation de Novembre n'eſt point aſſûré ; car ſi les graines ſemées alors ont réuſſi, on doit craindre pour les plantes, le brûlage, dans les mois de Décembre, Janvier & Février, occaſionné par des pluyes trop abondantes & trop fréquentes, par les orages de cette ſaiſon & par l'ardeur du ſoleil. Je crois donc qu'il eſt plus à propos, même dans les quartiers pluvieux, de faire la plantation dans les mois de Mars ou d'Avril, que dans notre printemps. Je ne préſume pas que la ſaiſon la plus favorable à la plantation de l'anil puiſſe varier, ſuivant l'eſpèce qu'on cultive ; parce que toutes les eſpèces que nous avons ici végètent dans la même ſaiſon, à l'exception des anils qui ſont annuels. Au reſte touts les indigotiers ſavent qu'on ne doit pas enſemencer tout le terrain à la fois, afin que la coupe des herbes puiſſe ſe faire ſucceſſivement.

J E penſe qu'on ne doit guère ſe flatter d'obtenir à l'Iſle de France plus de trois coupes annuellement, à moins que l'anil-franc ne ſoit en effet auſſi prompt dans ſa végétation, que les auteurs le diſent. J'ai lieu d'eſpérer que les ſouches d'anils ſe ſoutiendront pendant trois ans. J'ai fabriqué de l'indigo avec des herbes qui étoient à leur ſeptième coupe & qui avoient 22 mois de plantation ; ainſi l'expérience ſemble confirmer cette préſomption qui eſt encourageante pour les colons indigotiers de l'Iſle de France.

L O R S Q U E les herbes ont été *brûlées*, accident auquel elles ſont ſujettes, ſurtout pendant qu'elles ſont jeunes ; lorſqu'elles ont *déchargé* ; ou qu'elles ont été rongées par les inſectes ; ou endommagées par un coup de vent ; ou deſſéchées par l'influence de la ſaiſon ; il faut les couper le plutôt qu'on le peut, à deux ou trois pouces de terre,

Si elles sont fortes, & si on peut en espérer quelque produit, on les travaillera par le moyen de la *fermentation réitérée* dont j'ai détaillé le procédé au chapitre premier de la Seconde Partie, Article XIV. Quand les herbes sont pauvres en feuilles & celles-ci en fécule , on ne peut guère en attendre de produit par la pratique ordinaire; moins l'extrait est chargé d'indigo, plus l'opération du battage est difficile. Dans tous les cas que je viens de rappeler , il est avantageux de couper les souches de la plante , afin de ranimer sa végétation; il faut même faire la coupe le plus près de terre qu'on le peut : sans cette précaution , beaucoup de plantes périroient; celles qui résisteroient, n'auroient qu'un feuillage rare , pauvre ; & croîtroient lentement.

ARTICLE SECOND.

Nouvelle méthode pour la culture & pour les coupes de l'Anil.

J'AI suivi dans l'article précédent les idées reçues au sujet des différentes coupes de l'anil. Je me propose d'essayer une méthode différente sur *l'anil-bouchet* , lorsque je serai parvenu à le multiplier. Je le semerai dès le mois de Mars , dans un terrain que j'arroserai par irrigation , afin d'assurer le succès de ma plantation : je transplanterai les brins , lorsqu'ils auront deux mois environ , même dans des terrains pierreux , faute de mieux ; & je les placerai environ à deux pieds de distance les uns des autres en tout sens, parce que cette espèce vient très-touffue : je mettrai un peu de fumier au pied de chaque plante , autant que je le pourrai : je la laisserai donner ses premières fleurs & ses premières graines. Dès que la végétation sera ranimée , c'est-à-dire , dès que la plante sera chargée de feuilles nouvelles , & que les secondes fleurs paroîtront en abondance , je la mettrai en coupe.

LES avantages que je présume retirer de cette méthode sont 1°. Que j'assure la germination des graines, en les arrosant : je puis donner de l'eau facilement à un petit carré de terre , à une pépinière; mais la situation de mon terrain ne me permet pas d'arroser tout un champ. 2.° Par la méthode des transplantations , je profiterai des terres les moins susceptibles de la culture de l'anil, je veux dire, celles trop pierreuses. 3.° Il me sera plus facile de fournir assés d'en-

grais à chaque plante qu'à tout un champ. 4.° J'efpère retirer autant
d'indigo dans une feule coupe par cette méthode, que dans les trois
coupes ordinaires ; parce que les plantes ayant de l'efpace pour s'étendre, feront très-hautes, très-branchues & furtout chargées de feuilles plus nourries, que lorfqu'elles font entaffées les unes fur les autres, ou épuifées par des coupes réitérées. J'ai remarqué que les fouches âgées donnoient, après la coupe, des rejetons bien plus forts,
plus nombreux, plus garnis de feuilles plus nourries & plus épaiffes,
& bien plus promptement, que les jeunes plantes. 5.° Si la préfomption du produit fe vérifie, il en réfultera une manipulation moins confidérable pour une feule coupe que pour trois coupes. 6.° Je confom-
merai moins de graines. 7.° Je préfume que la plante réfiftera pendant plufieurs années à des coupes auffi rares. Touts les anils font en
effet vivaces, à l'exception des deux premières efpèces que j'ai décrites dans le chapitre précédent, Article Premier : j'en connois qui
ont dix ans & qui donnent annuellement trois récoltes de graines.

J E fuivrai la même méthode pour la feconde coupe. A la vérité
je ne puis guère efpérer plus de deux coupes par an. J'ai calculé lors
des effais que j'ai faits, qu'un arpent de terre exploité de cette manière
pouvoit rendre par chaque coupe, 5 à 6 cuves de cinquante charges
de négres, en fuppofant que le champ foit bien garni ; mais je ne puis
donner cette eftimation pour certaine : elle dépend d'ailleurs de la fertilité du terrain, de fon expofition, de l'efpèce des herbes qu'on y
cultive, des foins qu'on leur donne, & de l'influence des faifons.

L E S auteurs paroiffent perfuadés que l'anil rend peu de produit,
quand il a porté graines. Si l'on coupe la plante dans le temps de la
maturité de fes fruits, ou immédiatement après, il eft inconteftable,
qu'on retirera peu de fécule; parce que l'anil perd la plus grande partie de fes feuilles, lorfque fes graines entrent en maturité : l'on fait
que ce font les feuilles feules qui fourniffent l'indigo ; mais après la
récolte des graines, la plante fe charge d'une quantité confidérable de
nouvelles feuilles, enfuite viennent les fleurs. Lorfqu'une partie de
celles-ci commence à nouer, c'eft alors le moment que je prends pour
la coupe ; & je puis affûrer que le produit des vieilles fouches a été très-
confidérable. Il faut abfolument avoir l'attention de ne pas couper des

branches chargées de filiques mûres ; parce qu'elles font très-fermentefcibles, & qu'elles contiennent beaucoup de fubftances extractives qui fe diffoudroient très-promptement dans l'extrait. Je n'ai fait encore d'effais que fur l'anil-céré & fur le bâtard : j'ai vu que le battage étoit difficile à faifir , parce que l'extrait eft noirâtre, à raifon des fubftances extractives que l'eau diffout des branches des vieilles fouches. Par la même raifon, la précipitation eft plus lente : un peu de pratique mettra promptement l'artifte au fait, & lui fera voir que le battage de ces herbes doit être un peu plus pouffé qu'à l'ordinaire. J'ignore fi les autres anils préfentent les mêmes difficultés : en général, il y a un moyen fimple de les lever en tout ou en partie ; c'eft de retrancher des fouches le plus de bois qu'on peut , avant de charger la cuve.

Pour adopter cette pratique, il faudroit qu'elle procurât un produit plus confidérable que la méthode ordinaire, ou aumoins égal : le peu d'effais que j'ai faits jufqu'à préfent ne m'a pas encore permis de faire cette comparaifon ; ainfi je propofe d'effayer , & je ne confeille pas encore d'embraffer cette méthode. Je n'en ai parlé qu'afin de réveiller le goût des effais chez les colons, & de les mettre fur la voie des recherches. Je ne faurois trop répéter qu'il y en a encore beaucoup à faire fur la culture & fur la fabrique de l'indigo.

Lorsqu'on n'a pas la commodité d'arofer le terrain, & que les mois de Mars, Avril & Mai ne font pas pluvieux contre l'ordinaire, on ne doit pas efpérer de réuffir dans la plantation que l'on feroit dans cette faifon ; alors il faut planter les graines d'anil en Novembre ou Décembre ; ou même plutôt dans les quartiers pluvieux.

Doit-on labourer le champ d'anil après chaque coupe ? cette pratique peut être très-utile, lorfque le terrain eft rempli de mauvaifes herbes, & lorfqu'on donne un labour léger par un temps difpofé à la pluie; mais dans le temps des féchereffes & des grandes chaleurs, cette façon ne peut qu'être préjudiciable ; elle deffécheroit la terre & par conféquent les racines. On ne doit jamais donner un labour profond, qui découvriroit les racines & qui les expoferoit à l'air & au foleil; mais on doit toujours farcler le terrain.

Il feroit furtout avantageux d'engraiffer le champ , après chaque coupe , foit avec les herbes d'anil, ou autres, foit avec du fumier, foit avec des cendres, ou un mélange de ces fubftances, foit même avec de la glaife, fuivant la nature du fol.

C H A P I T R E   V.

De la méthode des Indiens, pour fabriquer de l'indigo.

A R T I C L E   P R E M I E R.

Defcription abrégée de la méthode des Indiens, pour fabriquer de l'indigo.

M. DE B. R. rapporte dans la première partie de fon ouvrage tout ce qu'ont écrit les auteurs qui ont traité des méthodes pratiquées en Afie pour fabriquer de l'indigo. J'ai reçu l'année dernière de Pondichery un mémoire fur le même objet. Je me propofe d'en rendre compte dans ce chapitre, & d'y ajouter enfuite quelques réflexions. Cette méthode eft celle des peuples de la Côte Coromandel; elle ne diffère pas effentiellement de celles rapportées par M. de B. R. & qui font fuivies dans les autres parties de l'Afie, où l'on s'occupe à cette fabrique.

Il paroît que tous les Afiatiques en général commencent par faire fécher au foleil les herbes d'anil étendues fur une plate-forme; enfuite ils les frappent avec des bâtons, pour en féparer les feuilles qu'ils vannent & qu'ils recueillent avec foin dans des jarres [ce font des grands vafes de terre cuite] en les tenant bien clofes, afin que l'air n'y pénètre point. Ils expofent derechef les feuilles au foleil, & les réduifent en pouffière, en les pilant dans un mortier ; ils gardent foigneufement cette pouffière dans des vafes bien fermés. L'attention qu'on met à féparer les tiges & les branches plus ou moins exactement des feuilles & même les côtes des feuilles, eft fuivant les Indiens ce qui contribue le plus à donner de la qualité à l'indigo.

Lorsqu'ils veulent en fabriquer, ils mettent cette poudre dans un vafe avec de l'eau. Trois heures après, la liqueur doit paroître

tre verte à la superficie, & la poudre a la couleur de cuivre rouge; ils agitent le tout, & ils versent la liqueur dans une jarre sur laquelle ils ont assujetti une toile qui laisse filtrer l'eau & qui retient le sédiment qu'ils retirent & qu'ils ajoutent à celui resté dans le premier vase. Ils y mettent de l'eau ; ils l'agitent pendant deux heures & ils filtrent la liqueur une seconde fois à travers la toile qui est sur la jarre : ils réitèrent cette opération une troisième fois; après quoi ils jettent le sédiment comme inutile ; ils battent soir & matin pendant deux heures l'extrait contenu dans la jarre ; cette opération dure trois jours.

Pour connoître le moment où il faut cesser le battage, les Indiens versent un verre de l'extrait dans une dissolution qu'ils font dans l'eau d'une terre glaise particulière au pays. Si le mélange est verd, ils recommencent le battage ; s'il est noir ou bleuâtre, ils le cessent.

Ils versent la dissolution de cette même terre dans l'extrait. Trois ou quatre heures après, ils vident l'eau de la jarre ; ensuite ils étendent la fécule qui s'est précipitée pendant le repos, sur une toile bien tendue. Lorsque l'indigo s'en détache aisément, ils le mettent dans des panelles (espèce de vase de terre cuite non vernissée) où ils le pétrissent ; ensuite ils le mettent sur une plate-forme de terre battue, sur laquelle ils ont étendu une couche légère de cendres fines & tamisées, couvertes d'une toile. Les cendres sont employées pour absorber l'humidité de la pâte, dont ils forment ensuite des pelotes qu'ils font sécher, jusqu'à ce qu'elles ne s'attachent plus aux mains. Dès qu'elles sont sèches on voit à leur superficie une matière blanchâtre ; alors on les expose à l'ombre pendant trente-six ou quarante-huit heures, ensuite au soleil du matin & du soir, jusqu'à ce qu'elles soit bien sèches & dures. Les Indiens prétendent que les sels des cendres contribuent à rendre plus vive la couleur de l'indigo ; ils y ajoutent une teinture de bois d'Inde ou de Brésil, quand ils veulent donner aux étoffes un œil violet.

Je n'entrerai pas dans le détail de la méthode des Indiens, pour la culture de l'anil ; je dirai seulement ce qui est le plus essentiel à connoître. Ils choisissent les terres légères & les moindres en qualité, pour faire leurs plantations de graines d'anils ; ils les sement à demeure, & ne les arrosent pas : ainsi cette culture est moins pénible pour eux que celle du riz, qu'ils transplantent brin à brin & qu'ils arrosent fréquem-

E e

ment. Ils labourent d'abord quatre fois les champs deftinés à la plantation de l'anil ; ils y tiennent enfuite un troupeau de moutons pendant huit jours au moins , parce qu'ils penfent que l'urine de ces animaux eft un engrais effentiel pour cette efpèce de plante ; ils donnent deux autres labours à la terre ; le fédiment provenant de la fabrique, les tiges & les branches de la plante fervent à engraiffer le terrain. Ils font trois coupes par an ; c'eft lorfque l'anil ceffe de croître, & que les feuilles d'en bas commencent à jaunir; ces coupes fe font à deux pouces de terre & feulement depuis le point du jour jufqu'à huit heures du matin. Quoique l'efpèce d'anil qu'ils cultivent foit vivacé , ils enlèvent les fouches, après les trois récoltes dont j'ai parlé : ils donnent dans la faifon des plantations la même façon à la terre , & ils l'enfemencent chaque année avec de nouvelles graines.

J'ai penfé que ce mémoire pourroit faire plaifir au lecteur. Je tiens ces détails de M. Brunel, Premier Confeiller au Confeil Supérieur de Pondichery , dont on connoît l'exactitude. Je lui dois un témoignage public de ma reconnoiffance pour les foins qu'il a pris de m'inftruire d'une méthode que je défirois connoître avec certitude : Je fuis bien aife en le citant, de donner tout crédit à la defcription que je viens de faire.

ARTICLE DEUXIÈME.

Réflexions fur la méthode des Indiens pour fabriquer de l'indigo.

PLUSIEURS perfonnes avoient révoqué en doute la pratique que l'on fuit dans les Indes Orientales d'éplucher les feuilles de l'anil. M. de B. R. expofe toutes les objections qu'on a faites contre ce rapport ; il eft cependant vrai , comme on le dit dans le mémoire dont je viens de donner un extrait ; il eft confirmé par le récit de plufieurs auteurs qui ont voyagé dans les Grandes Indes. L'expreffion *éplucher* dont ils fe font fervis , eft impropre ; elle a été la caufe des doutes qu'on a formés là deffus : cette queftion eft maintenant décidée.

Il refteroit à comparer les réfultats de cette pratique avec ceux de la méthode des Européens, en chargeant l'une & l'autre des frais de la manipulation ; afin de connoître qu'elle eft la plus avantageufe.

Les recherches qui pourroient conduire a cette comparaison, mériteroient, je pense, d'être suivies ; elles devroient être entreprises par un calculateur exact, impartial & qui seroit expert dans les deux deux méthodes. Je présume qu'on pourroit simplifier celle des Indiens, en se dispensant de piler les feuilles. J'ai étendu sur une plate-forme, faite en pierres, des herbes d'anil céré ; je les ai laissées pendant quatre jours exposées au soleil & même à la rosée de la nuit : je les ai fait ensuite *éplucher*, c'est-à-dire que je les ai fait battre avec des petites perches, qu'on nomme ici gaulettes : les feuilles se sont détachées facilement & promptement des branches ; je les ai mises dans une cuve avec de l'eau. Comme elles sont plus légères que l'eau, il seroit à propos d'avoir un treillis fin de fil de fer qui occupât le haut du vaisseau & qui eut les mêmes dimensions en longueur & en largeur. Outre le cadre qui porteroit le treillis & qui seroit en bois, on placeroit dans la longueur quelques traverses en bois, sur lesquelles on poseroit des poids, afin de noyer entièrement les feuilles. Comme je ne voulois faire que des essais, je n'avois pas fait ces préparatifs ; cependant avec des planches & des pierres je suis venu à bout de noyer les feuilles. Je n'ai pas assès d'expérience dans cette pratique, pour indiquer comment on peut saisir le point de la fermentation ; elle ne présente point les mêmes phénomènes que dans les cuves des indigotiers européens ; je l'ai trouvée parvenue au point convenable, après trois heures de durée, en faisant *la preuve* ; ainsi ce n'est qu'une macération & non une fermentation. Lorsque j'ai poussé celle-ci jusqu'à neuf heures, ou seulement jusqu'à six heures de durée, je n'ai pu obtenir d'indigo, ni par le battage, ni par le moyen d'un précipitant qui en développe toujours, quand l'extrait en contient : aussi je tiens pour certain que l'indigo étoit entièrement décomposé ; je n'ai obtenu qu'un précipité blanchâtre & jaunâtre, qu'un acide minéral a redissout complètement. Lorsque la macération a été ménagée, l'opération a réussi après un battage convenable.

CETTE pratique ne demande pas des cuves à beaucoup près aussi grandes, que la méthode des Européens : les feuilles séchées & séparées des branches, n'occupent peut-être pas le dixième du volume des herbes fraîches ; ainsi on pourroit se dispenser de construire une indigoterie en maçonnerie. Quelques cuves en bois, même d'une médiocre capacité, des barriques ou des pièces de deux, pourroient suffire à une grande fabrique. Le battage se feroit dans ces mêmes vaisseaux & à peu de frais. J'ai fait sécher cinq cents livres d'herbes fraîches d'anil-céré coupées dans leur maturité : les feuilles ont été recueillies avec soin ; il y en avoit soixante & quinze livres. Je les ai fait piler; la poudre qui en est provenue ne pesoit plus que soixante-cinq livres. [*a*] D'un autre côté, cé ne seroit pas une petite dépense pour les grandes manufactures, que de construire en pierres ou en argamasse, les plate-formes nécessaires au desséchement des feuilles ; il faut peser les avantages & les désavantages.

O n voit par là qu'il y a plusieurs méthodes différentes de faire de l'indigo ; & l'on doit regretter que les artistes européens soient restés constamment attachés à leur méthode, ou plutôt à leur routine, sans avoir fait jusqu'à présent beaucoup de recherches pour la perfectionner.

C e n'est pas sans raison que les Indiens tiennent à l'abri de l'air les feuilles séches, ou la poudre qui en provient : j'ai éprouvé non sans étonnement, que des feuilles qui avoient été desséchées, épluchées & mises dans un sac de Voakoas ouvert & placé dans un magasin, ne rendoient plus d'indigo au bout de deux mois. Qu'est de-

---

[*a*] J'avoue que cette expérience augmente les doutes que j'ai formés sur ce qu'on dit du produit des cuves d'indigo à St. Domingue. On prétend qu'une trempoire de 300 pieds cubes qui contient 40 à 50 paquets d'anil-franc, cé qui fait environ 3000 livres pesant, rend jusqu'à 30 livres d'indigo. C'est donc une livre de fécule pour cent livres d'herbes fraîches. Nous avons vu que cent livres de celles-ci ne rendoient que treize livres de feuilles desséchées & pilées: j'ai de la peine à croire que treize livres de feuilles puissent donner une livre d'indigo, même dans les circonstances les plus heureuses. Je conçois cependant que certaines espèces d'herbes ont plus de feuilles que d'autres ; & je crois que c'est surtout par cette raison, que l'anil-franc rend beaucoup plus que le bâtard à St. Domingue ; & que le bouchet est ici plus fructueux que les autres.

vénue cette substance ? s'est-elle volatilisée avec les alkalis ? s'est-elle décomposée sans fermentation, ou plutôt par le moyen d'une fermentation lente & insensible ?

La méthode des Indiens paroît couter plus de main-d'œuvre, & n'être pas aussi expéditive que celle des Européens. J'ignore si la première est aussi fructueuse que la seconde ; mais elle paroît plus sûre ; elle ne présente aucune difficulté pour juger du point de la macération, puisqu'elle se règle sur la durée du temps. Leur méthode offre un autre avantage, c'est que la macération est simultanée ; du moins elle m'a paru telle dans les essais que j'ai faits en petit. D'un autre côté il est embarrassant & quelquefois impraticable de dessécher les herbes, dans les pays qui sont arrosés par des pluyes fréquentes & abondantes.

La pluspart des personnes qui ont voyagé à la Côte Coromandel sont étonnées de la simplicité des moyens que les Indiens emploient pour fabriquer de l'indigo : elles ont vu des artistes s'occuper à ce travail en plein air, en plein champ, dans des vases de terre cuite ; elles n'ont pas approfondi les détails des procédés de ces peuples, & pensent qu'ils y mettent moins de façon que les Européens, surtout quand elles comparent ces vases de terre, à nos grandes cuves en maçonnerie, à nos moulins. Ces personnes ont été trompées par les apparences ; elles ont adopté une erreur qui s'est accréditée. Premièrement la méthode des Indiens en elle-même n'est pas aussi simple que la nôtre, puisqu'ils desséchent les herbes, qu'ils en séparent les feuilles & qu'ils les pilent ; au lieu que nous employons sans préparation les herbes fraîches telles qu'on les a coupées. Secondement tout l'attirail d'une grande fabrique présente en effet à l'œil des objets imposants, plusieurs grandes cuves en maçonnerie qu'on appèle *trempoires*, quelques autres qu'on appèle *batteries*, le reposoir avec ses vaisseaux, des machines pour battre, une sécherie, des caisses, des sacs, &c ; au lieu de tout cela les Indiens n'ont que des jarres & des panelles. Je ne présenterai qu'une réflexion pour détruire l'illusion. Un seul homme suivant notre méthode peut conduire à sa fin une cuve chargée de 50 paquets d'herbes qui lui rendront suivant leur espèce & leur qualité depuis dix jusqu'à trente livres d'indigo. Mais par la méthode des Indiens, un homme occupé pendant le même intervalle de temps ne fabriquera peut-être qu'une livre d'indigo avec des herbes desséchées & pilées, qui ont par conséquent exigé un travail préliminaire. C'est donc notre méthode qui est la plus simple, puisqu'elle épargne la main-d'œuvre. L'attirail des grands atteliers, quoiqu'il en impose aux yeux, n'a pour but que de simplifier le travail. Tout art qui emploie des machines a des procédés réellement plus simples que ceux qui occupent beaucoup de bras. J'ai cru qu'il étoit à propos de détruire un préjugé faux qui a pris quelque crédit, & de rendre aux Européens la justice & l'hommage qui sont dus à leur industrie.

S i la méthode des Indiens étoit plus fructueuse que la nôtre, il feroit facile de la perfectionner : on auroit des moulins pour piler les herbes, des cuves en maçonnerie pour les mettre à macérer, avec des daleaux couverts d'un tamis de crin pour arrêter le marc, lorsqu'on vidroit la cuve ; on auroit un canal pour y conduire l'eau sans embarras, des batteries pour agiter à la fois une grande quantité d'extrait par le moyen d'une mécanique simple ; en un mot on simplifieroit la main-d'œuvre dans les grandes manufactures. Je suppose même que l'on se servît de futailles, pour les opérations de la fabrique, il seroit très-facile d'imaginer des machines au moyen desquelles, on battroit à la fois l'extrait contenu dans plusieurs de ces vaisseaux.

J'a u r o i s désiré connoître la terre glaise que les Indiens emploient dans leurs opérations, afin d'essayer si le même moyen pourroit être appliqué à notre méthode. Le mélange qu'ils font de la dissolution de cette terre avec l'extrait pourroit avoir pour but de précipiter la fécule, ou plutôt d'augmenter la quantité du produit. La terre argilleuse se déposant avec l'indigo au fond du vase, en augmente le volume & le poids, mais au détriment de la qualité : on sait qu'en général celui de la Côte Coromandel est mêlé de terre, de sable & de cendres, & qu'il est de la plus mauvaise qualité : au reste c'est en rassemblant beaucoup de connoissances, qu'on peut espérer de porter l'art à un point de perfection dont on ne l'a pas cru susceptible.

J'a i essayé, si l'on pouvoit connoître le point du battage, à la manière des Indiens, avec trois sortes de terre glaise de notre Isle, l'une grise, l'autre jaune & la troisième rouge. J'ai bien vu que l'extrait verdiſſoit l'eau de la diſſolution de ces terres, quand il étoit verd, & le noirciſſoit quand il étoit noir; mais je n'ai point ſaiſi comment cette épreuve pouvoit ſervir d'indice, pour reconnoître le point du battage; la glaiſe de l'Inde ſeroit-elle d'une qualité différente des nôtres ? J'avoue que je ne devine pas quelle peut être la nature particulière d'une argille, pour opérer l'effet dont il eſt queſtion : j'imagine cependant que tout le myſtère ſe réduit à ceci. Quand on met de l'extrait, lorſque ſa couleur après quelque temps de battage devient d'un verd foncé, dans un vaſe opaque, (les Indiens n'ont pas de vaſe de verre) il eſt difficile de reconnoître ſi la couleur eſt verd foncé, ou ſi elle eſt noire. En étendant la liqueur dans beaucoup d'eau, on en voit plus facilement les nuances : les grains d'indigo en ſont le principe ; mais l'extrait qui eſt alors fauve ou noirâtre les empêche de réfléchir leurs rayons colorants. Si l'on mêle cet extrait avec beaucoup d'eau, on affoiblit d'une part l'intenſité de ſa couleur; & d'autre part, comme l'indigo tant qu'il eſt verd, eſt dans un état de diſſolution, il ſe confond alors avec l'eau dans laquelle on le mêle & lui communique la couleur verte ; mais lorſque l'extrait eſt devenu noir par l'abſence des alkalis qui ont ſeuls la propriété de verdir l'indigo, & par la réunion de ſes molécules en maſſes, alors elles ne peuvent plus ſe diſſoudre dans l'eau & paroiſſent elles-mêmes comme noires.

AÏNSI en mêlant l'extrait avec de l'eau pure dans un vaſe diaphane, on apperçoit plus facilement les changements de la couleur de l'extrait, non pas tant par celle qu'il communique à l'eau, que par celle des nuages qui s'y font remarquer au moment de la chute, comme je l'ai dit au chapitre du battage. A quoi donc peut ſervir la diſſolution d'une terre glaiſe? peut-être que l'acide vitriolique qu'elle contient, contribue à développer la couleur de l'indigo. Je n'ai cependant pas obſervé cet effet dans les eſſais que j'ai faits ; c'eſt une queſtion de ſavoir ſi l'acide vitriolique combiné intimement avec la terre de la glaiſe, peut agir ſur les molécules du grain *réunies* & en maſſe & les aviver.

IL eſt très-certain que les Indiens mêlent beaucoup de terre à leur indigo. M. Brunel a eu la complaiſance de m'en apporter lui-même de Madraſt; il eſt en petits pains fort durs. Sur une demi-livre j'ai retiré quatre onces d'une terre argilleuſe, pure, griſe & très-fine ; &

je n'ai obtenu après la deffication que deux onces cinq gros d'indigo;
il s'eft perdu une once trois gros de matière dans les lavages & dans les
manipulations : fi l'on travailloit en grand, la perte feroit moins confidérable. On peut poufler cette analyfe encore plus loin par des procédés recherchés & plus exacts. Je fuis perfuadé que huit onces de
cette denrée, pourroient être réduites à deux onces d'indigo. Je ne devine pas les raifons du mélange d'une fi gtande quantité de terre glaife, car il me femble qu'on perd en qualité ce qu'on gagne en quantité ; mais peut-être ce mélange eft-il néceffaire ou bien utile à la teinture des toiles de coton en bleu : au refte je fais qu'on fabrique de
bel indigo & très-pur, à la Côte d'Orixa, aux environs d'Agra, &
même dans d'autres cantons de l'Afie.

On a vu que les Indiens étendoient la pâte fur une toile, & qu'ils
mettoient cette toile fur des cendres. Cette pratique peut être bonne
à un certain point, pour accélérer la deffication de l'indigo, & pour
éloigner les infectes qui chercheroient à y dépofer leurs œufs ; mais
il me femble que les cendres doivent conferver long-temps de l'humidité ; & je ne puis pas croire que leurs fels contribuent à donner de
l'éclat à la couleur de l'indigo. Lorfque les alkalis fe combinent avec
lui, ils ne peuvent que le verdir. Je conviens que par ce procédé, il
ne fe fait aucune combinaifon des deux fubftances, mais un fimple
mélange ; alors les alkalis n'ayant aucune action fur les molécules du
grain ne peuvent pas les aviver ; ce font au contraire des parties hétérogènes interpofées dans la pâte & dont le mélange ne peut qu'obf-
curcir la couleur de l'indigo. J'avoue que le même mélange des alkalis avec la pâte ne la détériore réellement pas, & qu'elle reprend
toute fa qualité, lorfqu'on l'emploie pour la teinture ; mais jufques-
là elle doit avoir perdu de fon luftre pour le coup d'œil, & fera par
conféquent moins recherchée, & moins prifée. Je ne m'en fuis pas
tenu à cette théorie ; j'ai fait l'effai de cette pratique ; & j'ai vu que
la couleur de l'Indigo avoit un peu perdu de fon luftre. Si j'adoptois
ce moyen de deffication, je préférerois de mettre la pâte fur une
toile que j'étendrois fur du fablon fin, comme cela eft pratiqué par
quelques peuples de l'Afie.

QUOIQUE l'indigo de l'Inde foit très-mauvais, & d'un prix très-
bas

bas, il a cependant beaucoup de dureté qu'il ne doit vraisemblablement qu'à la façon du pétriffage ; on en fait des teintures très-belles &
très-folides fur de la toile de coton. Le procédé des Indiens dans la
teinture feroit très-intéreffant à connoître. J'ai feulement appris qu'au
lieu de fels alkalis qu'employent les teinturiers françois pour diffoudre
l'indigo, les premiers fe fervoient d'eau de chaux ; & qu'ils faifoient
auffi fermenter leurs cuves, avant d'y tremper les étoffes. L'eau de
chaux paroît avoir plus d'action fur les réfines que l'alkali fixe en liqueur ; & par cette raifon feroit plus propre à opérer la diffolution de
l'anir. Si cela étoit, on devroit l'employer par préférence ; d'autant
plus qu'elle coûte moins. Peut-être feroit-il à propos d'y mêler du fel
ammoniac ; l'eau de chaux dégageroit l'alkali volatil de ce fel neutre ;
(a) & l'acide marin fe combineroit avec les parties terreufes, pour
former un fel acéteux calcaire. L'alkali volatil contribueroit à la diffolution de l'indigo ; on a vu ci-devant que les acides minéraux avi-
voient fa couleur ; tout porte donc à croire que ce procédé réuffiroit ;
mais on ne peut l'affurer qu'après l'expérience : j'invite les amateurs
à la tenter ; elle ne peut être ni longue, ni difficile, ni difpendieufe
dans les pays où l'on a des teinturiers à fa portée.

L E S détails dans lefquels je fuis entré fur la fabrique de l'indigo,
paroîtront peut-être trop étendus ou trop minutieux à quelques perfonnes. Je les prie de confidérer que j'ai traité cet art d'une manière
nouvelle ; & que j'ai dû ne rien oublier de tout ce qui pouvoit inté-
reffer, ou guider, ou inftruire les artiftes. Si quelques-uns d'entr'eux
font rebutés de la multitude des termes phyfiques & chimiques que
j'ai été forcé d'employer dans le cours de cet ouvrage ; s'ils trouvent
les principes que j'ai établis trop abftraits ; fi les explications que j'ai

[a] J'ai concaffé du fel ammoniac ; je l'ai mis dans une fiole ; j'ai
verfé de l'eau de chaux vive & concentrée ; j'ai bouché la fiole ; lorfque le fel a été diffous, j'ai agité le mélange ; enfuite j'ai ôté le bouchon ;
il s'eft développé une odeur vive & urineufe, qui prouve que les parties calcaires ont décompofé le fel ammoniac ; ainfi cette décompofition
fe fait par la voie humide, comme par la voie féche.

F f

données des phénomènes leur paroissent trop scientifiques ; je leur re-
présenterai que le sujet m'y a entraîné & qu'il m'a paru l'exiger ; je leur
observerai qu'ils peuvent s'attacher uniquement à la lecture des préceptes qui traitent de la manipulation, s'ils le jugent à propos;& qu'ils
les trouveront rassemblés dans la Récapitulation générale qui est à la
suite de cet ouvrage. J'ajouterai que tout art demande une étude particulière pour le bien connoître ; qu'on ne doit pas s'attendre à devenir artiste par la simple lecture d'un traité, quelque complet qu'il soit;
& qu'on ne peut devenir habile, que lorsqu'on réunit l'intelligence des
principes & la connoissance des procédés à l'expérience. Mais comme la plupart des indigotiers sont des propriétaires de terres, qui ont
en général plus d'acquit & de lumières que les artisans du commun,
& qu'il y a parmi eux beaucoup de colons très-instruits, j'ai lieu de
croire que ceux-là me sauront gré d'avoir tâché de donner une théorie complète de l'art qu'ils exercent, ou dont ils dirigent les procédés, & de leur avoir tracé la route des recherches.

J E ne saurois trop recommander à ceux qui sont éclairés, laborieux & zélés d'en faire de nouvelles sur l'art dont ils s'occupent. Je
suis bien éloigné de croire qu'il ait été porté dans cet ouvrage au point
de perfection dont il est susceptible ; je suis au contraire très-persuadé
que les lumières, les talents & les travaux des personnes instruites
ameneront de nouvelles découvertes plus intéressantes que les miennes. Je n'aspire qu'à l'honneur d'avoir fait quelques pas dans une carrière qu'on peut regarder comme nouvelle, & à la gloire d'avoir été
par là utile à mes compatriotes.

OBSERVATIONS

Sur les maladies causées par la fermentation putride de
l'indigo, dans la fabrique de cette denrée.

O N prétend que la fabrique de l'indigo est nuisible à a santé, &
qu'elle occasionne des maladies dangereuses; je ne crois pas cette opi-

nion fans fondement; mais je ne puis pas admettre que les rifques que l'on court de tomber malade foient auffi imminents que bien des perfonnes veulent le croire : ils ne peuvent provenir, comme je l'ai dit dans un endroit de cet ouvrage, que des miafmes putrides qui s'élèvent des herbes, foit pendant leur fermentation & furtout dans les premiers inftants du battage de l'extrait, foit pendant la deffication de la pâte. Comme toutes ces opérations fe font en plein air, ces mêmes vapeurs font bientôt emportées par le vent ou même par l'air ambiant: cependant j'ai vu une perfonne en être fingulièrement affectée.

L'INTÉRÈT de la confervation de notre fanté étant un des plus chers que nous ayons, il me paroît très-à propos d'éviter les dangers de la perdre. Les obfervations qui font à la fujte de *l'Art de l'Indigotier*, Edition de l'Ifle de France, indiquent des précautions à prendre dont les détails ont paru minutieux à quelques perfonnes, qui n'ont pas affès réfléchi fur la facilité de leur exécution & fur l'importance de leur objet : elles fe réduifent prefque toutes à éviter autant qu'il eft poffible, de s'expofer aux miafmes qui réfultent des diverfes opérations de la fabrique. Le moyen le plus fimple confifte à fe tenir au vent des trempoires & des batteries & même des caiffes où l'on met fécher l'indigo. Lorfque la deffication eft prompte, il y a moins de danger; les pratiques qui tendent à l'accélérer étant en même temps plus avantageufes à la fabrique, font auffi préférables dans la vue que nous préfentons ici.

UN moyen qui me paroît très-propre à garantir des effets des miafmes putrides, c'eft de refpirer du vinaigre pendant la manipulation, & d'ufer de boiffons acidules, par exemple une limonade, de l'eau de tamarins, &c. Les acides ont la propriété de fufpendre la putréfaction; ils fe combinent avec l'alkali volatil,& forment avec lui un fel neutre qui n'eft pas mal-faifant. On conferve mangeables pendant plufieurs mois des viandes qu'on a fait frire dans du fain-doux, & qu'on a noyées enfuite dans de bon vinaigre. L'ufage des acides doit être habituel aux indigotiers & mêmes aux teinturiers lorfqu'ils tombent malades.

UNE autre précaution qu'on pourroit prendre, feroit de changer fouvent de vêtement, & d'expofer les anciens à la chaleur du feu . Rien n'eſt plus propre à les purifier que cette pratique.

O n   doit avoir l'attention de retirer les herbes de la trempoire le plutôt qu'on le peut : leur fermentation qui n'eſt pas ralentie par l'abſence de l'extrait , atteint promptement un degré très-haut de putréfaction ; alors il eſt d'autant plus dangereux de les manier, qu'on a vidé la trempoire plus tard : dans ce cas je crois qu'il eſt très-à-propos de laver la cuve , afin que la fermentation du bas de ce vaiſſeau qui eſt toujours trop vive , ne ſoit pas accélérée dans l'opération ſuivante , par l'effet d'un ferment trop actif.

F I N.

RÉCAPITULATION GÉNÉRALE

DE L'ESSAI

SUR LA FABRIQUE DE L'INDIGO.

PREMIÈRE PARTIE.

CHAPITRE I.

Notions générales sur la fabrique de l'Indigo.

LES matières colorantes de l'indigo font de nature réfineufe, & font combinées avec l'alkali volatil, & avec d'autres fubftances extractives. L'art n'a pour but que de les extraire de la plante qui les contient & que l'on nomme *anil.* On y parvient à l'aide de la fermentation & du battage.

L'INDIGO eft indiffoluble à l'eau pure ; mais l'alkali volatil & la fermentation opèrent fa diffolution dans l'eau.

LORSQUE la fermentation a été trop longue, elle a diffout une grande quantité de matières extractives de la plante, qui empêchent la réunion des molécules d'anir, qui arrêtent en partie leur précipitation, enfin qui fe mêlent avec lui & altèrent fa couleur.

LORSQUE la fermentation n'a pas duré affès long-temps, l'eau n'eft pas chargée d'une affès grande quantité d'indigo ; dès lors la rencontre & la réunion des molécules deviennent difficiles : elles ne peuvent pas fe précipiter, tant qu'elles ne font pas aggrégées.

LE battage occafionne mécaniquement l'évaporation de l'air allié avec les molécules de l'indigo, & celle des alkalis volatils : alors ces mêmes molécules étant libres, se rencontrent, s'accrochent & se précipitent par leur propre poids, parce qu'elles sont indissolubles à l'eau, lors qu'elles sont libres.

S i le battage est outré, il divise mécaniquement les grains qui sont aggrégés ; ils restent suspendus dans le liquide, à raison de leur ténuité : le battage occasionne dans ce cas la pénétration réciproque des grains & des matières extractives qui altèrent leur couleur.

S i le battage pèche par défaut, l'évaporation des alkalis volatils qui tiennent l'indigo dissous n'est pas entière ; dès lors la précipitation est incomplète.

CHAPITRE II.

Théorie de la fermentation de l'anil.

L A fermentation de l'anil est du genre alkalescent. Les épreuves chimiques démontrent cette vérité. Nous distinguerons quatre états dans l'extrait, pendant la durée de la fermentation : 1.er fermentation *commençante* ; 2.me ; *bonne* ; 3.me *excédée* ; 4.me *putride.*

Premier. Les herbes exhalent peu d'odeur ; il y a très-peu de bulles d'air à la surface de l'eau, peu ou point de crême violette, & l'eau a peu de couleur.

Second. L'extrait est coloré en verd ; il a une odeur assès vive ; il a des bulles d'air éparses à la superficie & une crême violette.

Troisième. Touts ces phénomènes sont plus marqués.

Quatrième. Ils sont encore portés plus loin.

D a n s le premier degré, la dissolution n'a pas eu le temps de se faire. Dans le second, elle se trouve au point le plus favorable à la fabrique. Dans le troisième & surtout le quatrième degré, il s'est dissout une grande quantité de matières extractives, qui nuisent à l'opération plus ou moins , fuivant le degré de l'excès ; une partie même de l'indigo fe décompofe.

CHAPITRE III.

Théorie du battage de l'extrait.

LE battage dégage l'air & fait évaporer les alkalis volatils ; alors les molécules d'anir devenues libres , fe rencontrent par l'effet de la percuffion, fe pénétrent , forment maffes & fe précipitent par leur propre poids : parce qu'elles font fpécifiquement plus pefantes que l'extrait ; & qu'elles ne peuvent contracter d'union avec l'eau , lorfqu'elles font libres , puifqu'elles font de nature réfineufe.

SI le battage eft outré , il divife mécaniquement les grains qui s'étoient formés; & qui réduits à des particules trop ténues, n'ont plus affès de denfité & de poids, pour vaincre la réfiftance du liquide & ne fe précipitent pas; dans cet état ils s'allient avec les matières extractives.

SI le battage n'a pas eu le degré convenable, alors l'évaporation des alkalis volatils qui tiennent l'indigo en diffolution , n'eft pas fuffifante.

RÉGLE générale. Lorfque l'indigo eft rare dans l'extrait , lorfqu'il eft allié ou combiné avec des matières hétérogènes , fa précipitation eft incomplète

CHAPITRE IV.

Théorie de la defiication de l'indigo.

L'INDIGO eft une fubftance extracto-réfineufe , indiffoluble à l'eau pure. Il en réfulte que les parties aqueufes contenues dans la pâte , s'évaporent fpontanément : alors celle-ci prend de la confiftance ; elle acquiert de la dureté. Une deffication trop prompte la rend friable ; une deffication trop lente établit entre les parties de

la pâte une fermentation qui occasionne de la moisissure, & quelquefois la décomposition de quelques molécules d'anir.

S E C O N D E　P A R T I E.

C H A P I T R E　I.

Préceptes relatifs à la fermentation de l'anil.

A R T I C L E　P R E M I E R.

Maturité des herbes pour la coupe.

UNE coupe prématurée & une coupe tardive procurent peu
de produit. Dans le premier cas, les herbes ne sont pas assès nourries: dans le second elles ont peu de feuilles & beaucoup de bois;
celui-ci fournit des matières extractives & point d'indigo.

LE moment le plus avantageux à saisir pour la coupe des herbes est celui où la plante est chargée de fleurs; où il y en a quelques-
unes de nouées; où la plus part des feuilles ont acquis tout
leur accroissement, leur couleur, leur substance; où elles font un
cri, lorsqu'on les froisse dans la main.

A R T I C L E　S E C O N D.

Coupe des herbes.

LA coupe peut se faire avec une faulx dans les terrains unis;
on se servira de sacs de Voakoa, pour transporter les herbes: on doit
différer la coupe, lorsqu'il pleut: elle doit se faire à 7 heures du matin ou à 5 heures du soir en été; à 8 heures du matin & à 4 heures
du soir en hyver.

A R T I C L E　T R O S I È M E.

Arranger les herbes dans la cuve.

ON arrangera les herbes dans la cuve; de façon qu'elles ne
foient

foient ni trop foulées, ni trop étendues, & que l'eau furnage d'un pouce à un pouce & demi tout au plus ; mais avant de les embarquer, on en ôtera le plus de bois que l'on pourra.

ARTICLE QUATRIÈME.

Degré de la fermentation.

L'E A U dans la trempoire a d'abord une retraite occafionnée par les bulles d'air que le liquide déplace, par l'affaiffement des herbes, par le développement de l'air fixe qui fait une des parties conftituantes de l'anil, par la fuccion des tiges, par l'imbibiton de la maçonnerie & par l'évaporation de l'eau.

E L L E monte enfuite, parce que ces mêmes caufes ceffent ou diminuent, & que la raréfaction de l'air fixe foulève le volume de l'eau. Au bout d'un certain temps elle baiffe une feconde fois; mais ce n'eft que dans le cas d'une fermentation beaucoup trop excédée ; ainfi la retraite & l'afcenfion de l'eau ne peuvent pas fervir d'indice, pour connoître le point précis de la fermentation; parce qu'on n'a aucune règle pour déterminer les caufes de l'afcenfion de la liqueur.

L'É C U M E de l'anil ne prend point feu, comme on le prétend; les efforts de la fermentation dans la trempoire, ne peuvent jamais rompre des barres folides, ni foulever dès poteaux lourds & bien affujettis.

L'É P R E U V E ordinaire de la taffe n'eft pas fûre. La fermentation eft à des degrés différents dans la même cuve, au même moment : le bas eft toujours plus avancé que le centre, & celui-ci plus que le haut.

ARTICLE CINQUIÈME.

Moyen de rendre la fermentation fimultanée.

P O U R amener la fermentation au même degré, dans toutes les parties de la cuve, en même temps, on verfera dans le bas de la trempoire une diffolution alkaline, ou du fuc de citrons ; & dans le

Gg

haut, de l'eau d'anil en bonne fermentation; ensuite on couvrira la
cuve avec des nates, pour y maintenir une température égale.

ARTICLE SIXIÈME.

Second moyen de rendre la fermentation simultanée.

POUR rendre la fermentation simultanée, il faudroit donner
aux trempoires moins de hauteur, mais plus de longueur & de largeur qu'on ne le fait communément.

LA théorie de la fermentation nous engage à proposer de verser
dans le bas de la cuve du suc de citrons mêlé à une dissolution alkaline,
en attendant que des recherches ultérieures, nous indiquent quelque
composition plus efficace.

ARTICLE SEPTIÈME.

Moyen de connoître le degré de la fermentation.

NOUS ne connoissons pas de moyen plus simple & plus sûr,
pour juger du degré de la fermentation, que la seule inspection de la
cuve, en observant avec attention les phénomènes qui l'accompagnent. On peut faire concourir l'épreuve de la tasse, en prenant au
même moment de l'extrait du haut, du centre & du bas de la cuve.

MAIS on doit se rappeler, 1.° qu'il vaut mieux pécher par
défaut que par excès de fermentation; 2.° que le haut de la cuve
ne se trouve jamais au même degré que le bas; 3.° que les moyens
que nous avons indiqués, pour rendre la fermentation simultanée,
amènent des effets très-prompts sur la fin de l'opération & qu'ils exigent la surveillance de l'artiste; 4.° que la rareté ou l'abondance du
cuivrage & de l'écume, jointes à l'odeur & à la couleur de l'eau, doivent servir d'indice, pour régler la durée de la fermentation.

ARTICLE HUITIÈME.

De la durée de la fermentation.

ELLE a des degrés plus ou moins rapides, suivant la qualité
des herbes & suivant l'influence du temps. Toutes les herbes qui sont

pauvres en fécule demandent une fermentation moins avancée que les autres.

ARTICLE NEUVIÈME.

Des herbes pauvres en fécule.

LA stérilité du sol, l'influence de la saison, une coupe prématurée, ou tardive, l'épuisement occasionné par plusieurs coupes, la vieillesse des tiges, sont les principales causes qui concourrent au peu de substance des herbes.

ARTICLE DIXIÈME.

Seconde fermentation de l'extrait.

DANS le cas où le battage ne peut pas réunir le grain, il faut laisser l'extrait prendre une seconde fermentation dans la batterie; ensuite on donnera un second battage. Ce procédé exige que la batterie soit couverte.

ARTICLE ONZIÈME.

Épreuve par les thermomètres.

LA chaleur étant sujette à varier dans la trempoire, les thermomètres ne peuvent pas indiquer l'état de la dissolution.

ARTICLE DOUZIÈME.

Épreuve par l'eau de chaux.

ON peut en juger par le moyen de l'eau de chaux. On met de l'extrait dans un gobelet de verre; on le bat; on y verse ensuite de l'eau de chaux, ou une liqueur alkaline. La promptitude avec laquelle se fait la précipitation du grain est l'indice qui sert de règle.

ARTICLE TREZIÈME.

De la première cuvée.

LA fermentation d'une première cuvée est plus lente que celle

Ggij

des fuivantes. La maçonnerie abforbe beaucoup d'eau, lors qu'elle eft féche. En rempliffant d'eau pure la trempoire, deux jours avant la première cuvée, on évite cet inconvénient.

ARTICLE QUATORZIÈME.

Fermentation réitérée de l'extrait.

UNE fermentation réitérée de l'extrait, peut convenir aux herbes pauvres en fécule. Plus l'extrait en contient, plus l'opération du battage eft prompte & fûre.

NOUS entendons par ce procédé, qu'on mettra l'extrrait fermenter une feconde fois avec de nouvelles herbes : il faut pour cela établir deux cuves attenantes, dont l'une foit plus élevée que l'autre. Les deux fermentations ne doivent pas être portées auffi loin qu'à l'ordinaire.

ARTICLE QUINZIÈME.

Indigo fans fermentation.

IL ne paroît pas poffible de faire de l'indigo avec profit, fans le fecours de la fermentation ; à moins qu'on ne trouvât quelque plante dont le fuc fut un indigo liquide.

CHAPITRE II.

Préceptes du battage.

ARTICLE PREMIER.

Écoulement des eaux de la trempoire dans la batterie.

ON vide l'eau de la trempoire dans la batterie, lorfqu'on juge que la diffolution eft au point convenable.

ARTICLE SECOND.

Explication de ce qui fe paffe dans la batterie pendant le battage.

LE mouvement du battage occafionne l'évaporation des alkalis volatils qui verdiſſoient les atomes colorants ; c'eſt pourquoi l'extrait de verd devient bleu ; enſuite il paroît noir, lorſque les grains ſont formés.

ARTICLE TROISIÈME.

Moyen pratiqué pour juger du battage.

POUR juger du battage, on met de l'extrait dans la taſſe de temps en temps, pendant l'opération ; on l'agite un peu, on le laiſſe en repos : il faut que l'indigo ſe précipite de lui-même promptement & entièrement. Cette épreuve ne préſente point le grain dans le même état qu'il eſt dans la batterie.

ARTICLE QUATRIÈME.

Battage conſidéré comme mouvement.

UN battage ménagé eſt le ſeul convenable. *L'eau doit être plu-tôt agitée ou brouillée que battue ou frappée.* Ainſi les buquets ſans fonds, valent mieux que les caiſſons.

IL ſeroit avantageux de donner aux batteries plus de longueur & de largeur, qu'on ne le fait communément, afin que l'eau qu'elles contiennent moins de profondeur.

ARTICLE CINQUIÈME.

Durée du battage.

LA durée du battage ne peut pas ſe régler ſur la durée & ſur les progrès de la fermentation, ni même ſur la qualité des herbes, qu'on ne peut pas connoître avec certitude ; mais on doit s'arrêter uniquement à remarquer l'effet du battage.

ARTICLE SIXIÈME.

Moyen de connoître le point du battage.

POUR connoître l'effet & le degré du battage, on prendra de l'extrait de temps en temps ; on en mettra très-peu ſur une aſſiette blanche, ou ſur un plat de faïence, ou de porcelaine, ou d'argent.

Si le grain fe prècipite promptement & que l'eau foit claire & rouffe, il faut ceffer le battage.

A R T I C L E   S E P T I É M E.

Afperfion de l'huile.

O N ne doit faire une afperfion avec de l'huile dans la batterie, pour diffiper l'écume qu'elle contient , que lorfque l'eau paroît perfe, bleue ou noire. L'huile de moutarde ou de poiffons m'a paru préférable à celle des graines de ricin.

I L faut enlever foigneufement avec des plumes la crême qui fe dépofe fur la fécule & qui furnage fur la pâte liquide dans le baffinot.

A R T I C L E   H U I T I È M E.

Autres moyens de connoître le degré du battage.

I L y a deux autres moyens de connoître le degré du battage : l'un confifte à verfer pendant l'opération quelques gouttes de l'extrait dans un gobelet de verre blanc , rempli d'eau claire & pure ; il la verdit quand le battage n'eft pas au point convenable ; mais dès qu'il la noircit, on doit ceffer le battage : le fecond moyen eft d'employer le précipitant.

A R T I C L E   N E U V I È M E.

Du Rafinage.

C E qu'on entend par le *Rafinage*, nous paroît vide de fens. Tant que les grains ne font pas réunis, il faut continuer le battage , & ce n'eft pas là à rafiner : dès qu'ils font réunis complètement, il faut ceffer le battage ; il n'y a plus à rafiner.

A R T I C L E   D I X I È M E.

D'un fecond battage,

U N fecond battage eft néceffaire, lorfque l'eau eft verte; à moins que cette nuance ne foit foible. Dans tout autre cas , il eft inutile ou nuifible ; il vaut mieux recourir à l'ufage d'un précipitant.

ARTICLE ONZIÈME.

Écoulement des eaux de la batterie.

Il eft effentiel de lâcher l'eau de la batterie, le plutôt qu'on le peut, après le battage.

ARTICLE DOUZIÈME.

Avis fur la forme des batteries.

On propofe de donner aux batteries plus d'étendue en longueur & en largeur, & moins de hauteur, qu'on ne le fait communément; afin que le battage y foit plus facile, que l'évaporation des fels volatils foit plus prompte, & la précipitation du grain plus vive & plus abondante.

ARTICLE TREIZIÈME.

Indigo fans battage.

Il y a plufieurs moyens de faire de l'indigo fans battage, mais le fuccès n'en paroît pas complèt; c'eft une matière à recherches.

CHAPITRE III.

Du Précipitant.

ARTICLE PREMIER.

Avantages du Précipitant.

LE précipitant augmente le produit d'une cuve & donne de la mar- /m
ge fur les degrés de la fermentation & du battage; parce qu'avec fon

secours, on peut réparer les inconvénients de l'excès, ou même du défaut de l'une & de l'autre opération.

A R T I C L E S E C O N D.

Recherches qu'on a faites sur un précipitant.

L E S mucilages n'ont pas dans l'occasion dont il s'agit une vertu précipitante, chimiquement parlant. L'eau de chaux & les alkalis fixes la possèdent ; mais ils verdissent la couleur bleue des végétaux & par conséquent l'indigo.

A R T I C L E T R O S I È M E.

Du véritable Précipitant.

L E véritable précipitant de cette substance est l'alkali fixe, ou l'eau de chaux. Il faut émousser leur causticité ; on y parvient en les combinant avec le phlogistique dans l'état huileux.

A R T I C L E Q U A T R I È M E.

Préparation du précipitant.

U N E dissolution de cendres mêlées avec de la chaux ; l'eau de chaux combinée avec une décoction de feuilles d'orpin, ou de troncs de bananiers, ou de la pulpe du savonier, ou d'herbes blanches, ou d'un convolvulus de l'Inde à fleurs bleues, ou de suye de cheminée, ou avec le sucre lui-même, forment des précipitants efficaces. On peut aussi phlogistiquer l'eau de chaux avec de certaines huiles grasses, telles que celle de moutarde, de gingely, de poissons, &c.

A R T I C L E C I N Q U I È M E.

Avivage de l'Indigo.

O N versera sur la fécule dans le bassinot, un acide végétal bien déphlegmé, ou bien un acide minéral étendu dans beaucoup d'eau ; par exemple l'huile de vitriol à la dose de huit gros par pinte ; on la-

vera

vera enfuite deux fois la fécule dans une eau pure & chaude.

ARTICLE SIXIÈME.

Réflexions fur le précipitant.

L E précipitant eft utile dans touts les cas; il eft néceffaire dans plufieurs, furtout lorfqu'il y a excès ou défaut de fermentation ou de battage.

CHAPITRE IV.

D'une cuve manquée.

L'E x c ê s de ces deux opérations peut être tel que la cuve foit totalement manquée. Lorfque la fermentation eft excédée, il faut verfer le précipitant dans la batterie, avant & après le battage, en dofe plus forte, que lorfqu'il y a défaut de fermentation ou de battage. Dans ces deux derniers cas, on verfera le précipitant dans la cuve après le battage; il faut toujours agiter les mélanges, & finir par le procédé de l'avivage.

CHAPITRE V.

D'un indigo de mauvaife qualité.

ARTICLE PREMIER.

Améliorer de l'indigo nouvellement fabriqué.

S I l'indigo eft noir & puant, il faut le retirer des facs & des caif-fes, & le délayer d'abord dans une eau acidule; enfuite dans l'eau bouillante; 3° dans une diffolution alkaline; 4.° dans l'eau bouillante, une ou deux fois; 5.° dans une eau acidule; 6.° on lui donnera deux lotions d'eau bouillante.

ARTICLE SECOND.

Améliorer un indigo desséché & marchand.

POUR améliorer parfaitement un indigo desséché & marchand, il faut nécessairement le dissoudre ; on ne peut y parvenir que par le moyen de la fermentation. Lorsque la dissolution sera faite, on procédera au battage, ensuite on décantera l'eau ; on purifiera & on desséchera l'indigo.

ARTICLE TROISIÈME.

Avis aux Teinturiers.

UN moyen d'amélioration plus simple est de pulvériser l'indigo, de le tamiser, & de verser sur la poudre, une eau alkaline concentrée, froide ou plutôt chaude, par deux fois au moins, de le laver dans deux eaux bouillantes, ensuite dans une eau acidule, enfin dans plusieurs eaux bouillantes.

[ARTICLE QUATRIÈME.

Avis aux Indigotiers.

L'INDIGO le plus beau & le plus léger foisonne plus à la teinture, que le médiocre & le mauvais : il est plus avantageux au fabriquant d'en faire de beau, que de mauvais.

CHAPITRE VI.

De l'Écume.

L'ÉCUME qui surnage sur l'extrait après le battage, & qui est quelquefois considérable est composée de beaucoup d'indigo, d'air & d'autres matières hétérogènes. Mettés cette écume sur le feu dans une bassine, avec une dissolution alkaline phlogistiquée; filtrés la liqueur;

laissés la se repofer; décantés la; verfés fur le marc de l'acide vitriolique affoibli; décantés l'eau après le repos , & faites fécher la fécule.

CHAPITRE VII.

Deffication de l'Indigo.

ARTICLE PREMIER.

Décantation de l'eau.

DÈS que l'indigo fera précipité; on fera écouler l'eau de la
batterie : il faut retirer la fécule le plutôt qu'on le peut, & la conduire dans le baffinot.

ARTICLE SECOND.

Filtration de l'extrait.

ON met la fécule liquide dans les facs; on les ouille à plufieurs
reprifes, à mefure qu'ils s'égouttent. On n'en retirera l'indigo, que lorfqu'ils ne rendront prefque plus d'eau; on mettra les facs dans une
baille avec de l'eau; on les y lavera, pour retirer le peu d'anir qui eft
refté appliqué fur la toile.

ARTICLE TROISIÈME.

Deffication à l'ombre ou au foleil.

ON met ordinairement l'indigo dans des caiffes de bois , pour le
faire fécher à l'ombre, ou au foleil. Par le premier moyen, la deffication eft trop lente; par le fecond, elle eft trop prompte.

ARTICLE QUATRIÈME.

De la friabilité de l'indigo.

LA friabilité de l'indigo eft un défaut qu'on doit tâcher d'éviter il dépend de plufieurs caûfes, mais furtout de la deffication.

A R T I C L E   C I N Q U I È M E.

Du pétriffage de l'indigo.

J E crois le pétriffage très-avantageux, pour accélérer la deffication, & pour donner de la liaifon à la pâte.

A R T I C L E   S I X I È M E.

Éloigner les infectes.

O N éloignera les infectes qui fe nichent dans la pâte, en l'expofant d'abord au foleil, pour en deffécher la fuperficie, en foufrant le fond, les côtés & les rebords des caiffes, en les frottant avec des gouffes d'ail, ou encore mieux avec de l'*affa fœtida*.

A R T I C L E   S E P T I È M E.

Premier effai de deffication.

S I l'on met l'indigo dans une étuve,il faut y entretenir pendant la nuit une chaleur de 40 à 45 degrés,thermomètre de M.deRéaumur, la diminuer pendant le jour, & donner de l'air de temps en temps.

A R T I C L E   H U I T I È M E.

Second effai de deffication.

U N moyen plus expéditif, c'eft de mettre la pâte dans un vaiffeau plat qu'on expofe au bain de vapeurs.

A R T I C L E   N E U V I È M E.

Troifième effai de deffication.

O N pourroit étendre la fécule fur une toile bien tendue qui laifferoit filtrer l'eau qu'elle contient.

A R T I C L E   D I X I È M E.

Méthode des Afiatiques.

L E S uns étendent la fécule fur une toile qu'ils pofent fur des cendres ou fur du fable;les autres,après avoir fait fécher la fécule dans des caiffes, en forment des pains qu'ils expofent au feu fur des claies.

ARTICLE ONZIÈME.

Avis fur le même fujet.

L E fond des caiffes, s'il eft de bois , fera d'une feule pièce. On choifira le bois le plus poreux, le plus vieux & le plus fec.

O N ne doit jamais confondre les différentes qualités d'anir.

ARTICLE DOUZIÈME

Du Reffuage.

L E reffuage n'a pas lieu, lorfque l'indigo eft parfaitement fec ; c'eft un moyen très-commode d'achever fa deffication.

TROISÈME PARTIE. /I

CHAPITRE I.

De la mécanique du battage.

ARTICLE PREMIER.

Principe du battage.

J E pofe pour principe du battage que , *l'eau doit être agitée ou brouillée , plutôt que battue ou frappée.*

ARTICLE SECOND.

Battage à bras d'hommes.

J'A I donné la defcription de plufieurs machines à bras,pour battre l'extrait par le moyen d'un feul noir. J'y renvoie le leçteur.

ARTICLE TROSIÈME. /I

Battage par l'eau ou par des chevaux.

O N peut auffi communiquer le mouvement à l'arbre de la batterie, par le moyen d'une eau courante, ou par des chevaux, conformément au principe que nous avons établi.

CHAPITRE II.

De l'Indigoterie.

ARTICLE PREMIER.

Des Trempoires & des Batteries.

SI l'on donne moins de hauteur, mais plus de longueur & de largeur en proportion à ces vaisseaux, la dépense n'en est pas plus grande ; & il en résulte plusieurs avantages. On peut couvrir la batterie avec une toile goudronnée, pour la mettre à l'abri de la pluye.

ARTICLE SECOND.

Des Bondes.

IL faut substituer des Bondes de pierres, aux bondes de bois, tant aux trempoires qu'aux batteries.

ARTICLE TROISIÈME.

De la Rigole.

LA Rigole qui conduit l'eau des trempoires dans les batteries, doit avoir une issue en dehors de l'indigoterie.

ARTICLE QUATRIÈME.

Du Bassinot.

FAITES à chaque Bassinot une échancrure, qui réponde à un canal, pour conduire les eaux en dehors du reposoir. Placés un cercle de planches, sur le pourtour du bassinot. Si l'on pouvoit le tenir élevé audessus du terrain, on le vidroit plus facilement.

ARTICLE CINQUIÈME.

Du Reposoir.

ON peut placer plusieurs rangs de rateliers dans le Reposoir, &

en difposer le plan, de façon que l'eau des facs fe réuniffe, vers les canaux de décharge.

ARTICLE SIXIÈME.

De la Sécherie

ͽ **U N** hangard dont tous les panneaux feroient en toile goudronnée, ou en nates qui s'éleveroient & s'abaifferoient à volonté, formeroit une Sécherie. Placés des étagères dans l'intérieur, pour les caiffes.

CHAPITRE III.

Des différentes efpèces d'anils.

ARTICLE PREMIER.

Anils de l'Ifle de France.

ON a raffemblé jufqu'à préfent quatorze efpèces d'anils à l'Ifle de France. On peut en voir la defcription dans l'ouvrage.

ARTICLE SECOND.

Anil riche de la Terre-Ferme.

V O Y É S la defcription de l'anil riche de la Terre-Ferme. Son produit fe vend, dit on, au poids de l'or.

ARTICLE TROISIÈME.

Réflexions fur les anils.

J'E N G A G E les voyageurs à nous procurer toutes les efpèces d'anils inconnues. Les Ifles de France & de Bourbon doivent efpérer du fuccès dans la culture de l'anil & dans la fabrique de l'indigo.

CHAPITRE IV.

De la culture de l'anil.

ARTICLE PREMIER.

Plantation de l'anil.

LA plantation des graines par rayons eft celle qui réuffit le mieux. Pour l'accélérer, on fe fervira d'un femoir, dont nous donnons la defcription. L'anil veut des foins, des labours & des engrais. On peut refaire une terre ufée, en y plantant des ambrevades qu'on coupera & qu'on brûlera. Le temps de la plantation le plus favorable à la fabrique, eft Mars, Avril & Mai; la faifon la plus favorable à la germination des graines, eft Novembre & Décembre.

ARTICLE SECOND.

Nouvelle méthode pour la culture & pour les coupes de l'anil.

J E propofe de former des pépinières, de tranfplanter l'anil, & de ne le couper qu'à la feconde floraifon,& dans le temps des fecondes fleurs des tiges nouvelles.

CHAPITRE V.

Méthode des Indiens pour fabriquer de l'indigo.

ARTICLE PREMIER.

De la méthode des Indiens pour fabriquer de l'indigo.

T O U T S les Afiatiques font fécher au foleil les herbes d'anil & en féparent les feuilles qu'ils réduifent en poufière; ils la mettent dans un vafe avec de l'eau, ils battent l'extrait, &c.

ARTICLE SECOND.

Réflexions fur la méthode des Indiens.

I L feroit à propos de faire des effais en grand de la méthode des Indiens, pour en comparer les réfultats à ceux de la nôtre.

OBSERVATIONS

Sur les maladies caufées par la fabrique de l'indigo.

N E vous expofés pas aux vapeurs de l'indigo; flairés du vinaigre; faites ufage d'une eau acidule pour boiffon.

EXPLICATION.

EXPLICATION. *

De quelques termes qui font employés dans l'Effai fur la fabrique de l'indigo.

ACIDE. Subſtance ſaline, fluide ou concrète, qui a un goût acide. Il y a trois acides tirés du règne minéral ; le vitriolique, du vitriol, de l'alun & ſurtout du ſoufre; le nitreux, du ſalpètre & des terres nitreuſes ; le marin, du ſel gemme & du ſel marin. L'acide végétal ſe tire des végétaux, & ſurtout du ſuc de leurs fruits : les uns le contiennent pur, ou preſque pur ; les autres ont beſoin du ſecours de la fermentation portée au ſecond degré, pour le manifeſter ; comme les raiſins, les pommes, &c. On obtient facilement certains acides végétaux ſous forme concrète. Il y a auſſi des acides animaux tirés du règne animal.

AFFINITÉ. On entend par ce mot en chimie la tendance que deux corps ont à s'unir entr'eux, plutôt qu'avec d'autres corps.

AIR-FIXE. C'eſt l'air qui fait partie conſtituante d'un corps, qui a perdu ſon élaſticité dans cette combinaiſon ; mais il la recouvre, lorſqu'il s'en dégage par le moyen de la décompoſition du même corps ; & qu'il ſe réunit à celui de l'atmoſphère.

---

* Ce Vocabulaire ne peut pas être un Dictionnaire de Phyſique ou de Chimie : la pluſpart des explications ne ſont pas complètes; elles ont été faites uniquement pour faciliter l'intelligence du livre ſur la fabrique de l'indigo ; elles n'ont rapport qu'aux acceptions dans leſquelles les termes ſont employés dans le cours de cet ouvrage. On a négligé d'y faire entrer les termes de botanique, & ceux des machines qu'on a décrites; leur explication auroit entraîné trop loin : les premiers intéreſſent peu les indigotiers en général; les ſeconds ſont connus des menuiſiers & des charpentiers machiniſtes.

Ii

ALKALESCENT. Qui tient de la nature de l'alkali : qui commence à entrer en putréfaction.

ALKALI. Sel. Il y en a de fixe, le minéral & le végétal : le minéral se tire de la soude & d'autres plantes marines ; le sel marin en contient beaucoup ; le végétal se tire par l'incinération des végétaux. L'alkali caustique est celui dont on a augmenté la vertu, en le traitant avec la chaux. L'alkali volatil ainsi nommé, parce qu'il a de la volatilité, tandis que les autres sont fixes, est le produit de la putréfaction des substances animales ou végétales : il est sous forme concrète, c'est-à-dire de siccité ; ou fluor, c'est-à-dire fluide, liquide. L'alkali phlogistiqué est celui qui est combiné avec une surabondance de phlogistique.

ALKALIN. Qui tient de l'alkali, qui a les propriétés de l'alkali.

AMILACÉE. Substance amilacée, qui est de la nature de l'amidon.

ANTISEPTIQUE. Qui arrête, ou qui suspend l'effet de la putréfaction.

ARGAMASSE. Couverture des maisons à l'Italienne, faite en chaux & ciment : plate-forme faite en chaux & ciment.

AVINAGE. *Aviné.* Les indigotiers se servent de cette expression, pour dire que leur cuve est imbibée d'extrait, & se trouve par là plus disposée à la fermentation.

AVIVAGE. Procédé pour relever la couleur de l'indigo, & lui redonner de l'éclat.

AVIVÉ, *ée.* Se dit d'une substance colorante à laquelle on a donné plus de vivacité, plus d'éclat.

BREVET. C'est un mélange de son lavé, de racines de garance & quelquefois d'alkali fixe, que les teinturiers emploient dans les cuves d'indigo.

BRULAGE. On entend par ce mot, l'accident auquel l'anil est sujet, étant jeune, quand il se dessèche par l'effet d'un vent sec, ou par un soleil ardent, ou par des coups de soleil.

CALER. Se dit du grain d'indigo, lorsqu'il va au fond de l'eau.

CANGE. Est une décoction de ris qui rend l'eau laiteuse & mucilagineuse.

CANGÉ. Espèce d'apprêt que donnent les Indiens aux toiles de coton, en les mettant tremper dans une eau de ris.

COMBINAISON. C'est en chimie l'union intime de deux ou de plusieurs corps de différente nature; union telle qu'il y ait adhérence entre toutes leurs parties, & qu'elles soient toutes homogènes entr'elles ; ainsi ce n'est pas un simple mélange.

COMPOSITION. (*des corps*) Est la même chose que leur combinaison.

CONCENTRATION. *Concentré.* Se disent des acides, lorsqu'en les déphlegmant, on les rend plus forts, plus actifs.

CONCRET. Se dit par opposition à fluide, à liquide : substance concrète, veut dire épaisse, séche & qui a quelque dureté.

CRÊME. Est une pellicule violette qui couvre la superficie de l'extrait ; c'est un indigo très-atténué.

CUIVRAGE. Est dans le fond la même chose que la crême ; mais on donne plus particulièrement le nom de cuivrage, à la crême ou pellicule violette qui se trouve sur la superficie de l'extrait, lorsque cette crême affecte les couleurs de l'Iris.

DÉCANTATION. *Décanter.* C'est retirer tout liquide qui se trouve audessus d'un dépôt, sans troubler celui-ci.

DÉCHARGER. Se dit de l'anil, lorsque ses folioles tombent d'elles-mêmes sur pied. On emploie aussi ce mot, pour désigner la chute de l'indigo des folioles, en admettant qu'il est entraîné par l'effet des pluyes fréquentes.

DÉCOCTION. Coction de quelque substance dans un liquide : le liquide lui-même après la coction.

DÉCOMPOSITION. Est la séparation des parties constituantes des corps ; ou la réduction des mixtes à des principes plus simples, & de nature différente.

DÉPHLEGMER. C'est enlever à une liqueur des parties aqueuses, pour la rendre plus forte.

DÉPURER. Rendre plus pur, en enlevant des parties hétérogènes.

DISSOLUTION. Est la combinaison d'un corps avec un liquide. Voyés *Combinaison.* Voyés le premier paragraphe de la page 4.

ÉBULLITION. Mouvement occasionné par le feu dans un

liquide : état d'un liquide qui bouillonne : l'action de faire bouillir un liquide sur le feu.

É L A B O R A T I O N. Travail de la nature, pour perfectionner la féve.

E M B A R Q U E R. (*les herbes*) C'est les mettre & les arranger dans la trempoire.

E T H É R É E. Subtil, volatil.

E X T R A I T. Les Indigotiers appèlent extrait, l'eau chargée des principes de l'anil. Voyés la note qui est au bas de la page 4.

E X T R A C T O - R É S I N E U X. Substance du règne végétal, compofée de matières extractives & réfineufes ; mais en qui les parties réfineufes dominent.

F É C U L E. Est le dépôt végétal qui fe forme dans un liquide; c'est un fédiment de nature végétale.

F E R M E N T. Substance en fermentation, ou très-difpofée à la fermentation, & qui l'excite dans les fubftances avec lefquelles on la mêle, telles que le levain, l'écume de la bierre, les raffles, le malth, &c.

F E R M E N T E S C I B L E. Difpofé à la fermentation.

F L E U R É E. Écume blanche ou colorée qui fe trouve par flocons fur la fuperficie des cuves des indigotiers & des teinturiers,& qui est produite par la fermentation.

F L U I D E É L A S T I Q U E. Synonime d'air fixe : on l'appèle fluide, parce qu'il l'est en effet; élaftique, parce qu'il a beaucoup d'élafticité, lorfqu'il est dégagé des corps.

F L U O R, fluide.

G R A I N. La réunion de plufieurs molécules d'indigo, forme ce qu'on appèle le grain ; parce qu'il est alors fenfible à la vue, fous la forme d'un grain plus ou moins gros.

H U I L E D E V I T R I O L. C'est l'acide vitriolique dans un degré de concentration.

I N C I N É R A T I O N. L'Action de réduire en cendres.

I N D I G O F È R E. Qui porte, qui donne l'indigo.

I N F U S I O N. L'action de mettre des fubftances dans un liquide froid ou chaud, mais non bouillant. Le liquide lui-même chargé des principes qu'il a enlevés à ces mêmes fubftances.

INTENSITÉ. Degré de force ou d'activité d'une chofe, des couleurs.

INTERMÈDE. On donne ce nom aux fubftances qui fervent à en unir, ou à en féparer d'autres, qui fans cela ne pourroient ni s'unir, ni fe féparer; cette union & cette féparation fe font en vertu des affinités.

INTERPOSITION. Se dit d'un corps dont les particules fe placent entre celles d'un autre corps, fans qu'il y ait d'union ni de combinaifon entr'elles; l'interpofition n'eft qu'un mélange de parties différentes.

JUXTAPOSITION. Contact immédiat des corps entr'eux, feulement par leurs furfaces.

LATUS. Mot latin francifé; il fignifie côté, furface.

LIGNEUX. Qui eft de bois, ou qui tient de la nature du bois.

LOTION. Opération qui confifte à laver un corps dans un liquide, pour enlever les parties hétérogènes que ce liquide peut diffoudre, & celles qui flottent à fa furface : elle fe fait à chaud ou à froid.

MACÉRATION. C'eft tremper les corps à froid dans un liquide pendant quelque temps, pour en extraire quelques principes.

MATIÈRE-EXTRACTIVE. On comprend fous ce nom, touts les principes des végétaux que l'eau peut diffoudre, tels que les fels, les gommes & les mucilages, les fubftances favoneufes, &c.

MENSTRUE, Liqueur propre à diffoudre & à extraire certains principes des corps : il y a des menftrues de plufieurs efpèces; les aqueux; les fpiritueux; les falins; les huileux.

MIASMES. Vapeurs fubtiles & malfaifantes qui s'exhalent de certains corps.

MOLÉCULES. Parties très-petites d'un corps.

——————— *Primitives intégrantes.* Ce font les plus petites parties d'un corps compofé, mais de même nature que ce corps.

——————— *Conftituantes.* Ce font les plus petites parties d'un corps compofé, de nature différente, & qui conftituent celle du mixte.

M U C I L A G E. Subſtance épaiſſe, gluante, tenace, colante, lorſqu'elle eſt humectée, qu'on retire des végétaux & des animaux.

N E U T R A L I S E R. Se dit des ſels que l'on combine avec un acide quelconque.

N I S U S. Mot latin franciſé, qui veut dire effort.

O U I L L A G E, *ouiller.* Remplir entièrement avec une liqueur, un vaſe qui n'eſt pas plein.

P A R E N C H Y M E. Ce mot ſignifie dans cet ouvrage le ſquelette fibreux qui ſert de cloiſon aux ſucs de la plante ; il y a des auteurs qui prennent ce mot dans une autre acception.

P E R S. Nuance de couleur entre le bleu & le verd.

P E L L I C U L E. Eſt une couche très-mince d'indigo qui couvre en totalité ou en partie la ſuperficie de l'extrait: c'eſt auſſi une couche mince & ſaline qui ſe forme à la ſurface de l'eau de chaux, & de la diſſolution des ſels.

P H L O G I S T I Q U E. Le principe inflammable dans un état de combinaiſon, & formant une des parties conſtituantes des mixtes auxquels il eſt uni.

P O R P H Y R I S A T I O N. L'action de réduire les corps en parcelles très-ténues.

P R É C I P I T A N T. Subſtance qui a la propriété de ſéparer deux corps combinés enſemble, de s'unir avec l'un des deux, & d'occaſionner la précipitation de celui qui a été dégagé.

P R É C I P I T A T I O N. Chute d'un corps qui eſt dans un liquide au fond du vaiſſeau qui les contient : on appèle auſſi précipitation, l'opération par laquelle on déſunit deux corps l'un d'avec l'autre, par le moyen d'un intermède.

P R É C I P I T É. Subſtance ſéparée d'un fluide par la vertu de quelque ingrédient, & raſſemblée au fond du vaiſſeau qui les contient.

R É S I N O - E X T R A C T I F. Subſtance compoſée de réſine & de matières extractives, où celles-ci ſont en plus grande proportion que l'autre.

S A L I N O - T E R R E U X. Subſtance qui approche de la nature des ſels, mais où la terre abonde.

SATURATION. On entend par ce mot la combinaison parfaite d'un acide avec un alkali ; ou la diffolution complète d'un fel dans l'eau ; telles que la première ne peut pas fe charger d'une plus grande quantité d'acide ou d'alkali ; & la feconde, d'une plus grande quantité du même fel.

SAVONEUX. Subftance compofée d'huile & de fel, & mifci ble à l'eau.

SAVONEUX-EXTRACTIF. Subftance compofée de matières favoneufes & extractives.

SEL AMMONIACAL. Tout fel neutre compofé d'un acide quelconque, faturé d'alkali volatil, eft un fel ammoniacal.

SÉLÉNITE. Matière faline , compofée d'acide vitriolique & de terre calcaire.

SEL NEUTRE. Combinaifon d'un acide avec une fubftan-ce quelconque , dans laquelle entre le principe terreux.

SIMULTANÉE. Qui fe fait en même temps : qui eft au même degré dans le même moment.

SUCS EXTRACTIFS. Sont les fucs des végétaux qui re-tiennent les matières extractives.

SUR-SON-GROS. Se dit du grain d'indigo parvenu au plus haut point de groffeur.

TARTRE-VITRIOLÉ. Sel neutre compofé d'alkali fixe végétal & d'acide vitriolique.

THÉIFORME. Décoction théiforme eft une infufion à l'eau bouillante, à la manière dont on fait le thé.

VISQUEUX. Colant, gluant, tenace.

VIVACE. On dit d'une plante qu'elle eft vivace, lorfqu'el-le vit plufieurs années.

VOAKOA Efpèce de Palmier. On fe fert de fes feuilles qui font longues & fouples , & qu'on divife en lanières, pour en faire des nates groffières & des facs.

VOLATIL. Qui s'élève par le moyen du feu, ou de la cha-leur, qui fe diffipe , qui s'évapore.

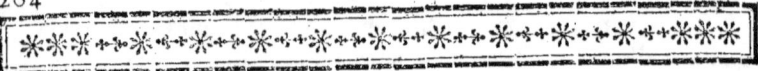

EXPLICATION
DES FIGURES,
Qui ont rapport à la fabrique & à la culture de l'indigo.

PLANCHE PREMIÈRE.

Perspective d'une cuve qu'on appèle batterie, armée & prête à battre.

Nota. La machine est représentée dans une situation presque horizontale, afin d'en faire voir toutes les pièces.

A. B. C. D. Batterie ou vaisseau en maçonnerie qui contient l'extrait sortant de la trempoire.

E. Árbre de la batterie placé horizontalement, ayant un tourillon à chaque extrémité. Ils font appuyés sur des empoises de pierres, assujetties sur des supports en bois cimentés dans les murs.

F. Levier de 7 ou 8 pieds de haut (plus au moins) emmanché dans l'arbre & chevillé. A l'extrémité supérieure de ce levier est attachée une corde qui sert à le faire mouvoir de droite à gauche.
   On établit sur le mur de la batterie une plate-forme sur laquelle se tient un noir. Il prend la corde du levier dans ses deux mains, & la tire alternativement à droite & à gauche. Les palettes suivent alors le mouvement contraire.

G. Bras ou chevrons emmanchés dans l'arbre, & chevillés en haut & en bas.

H. Palettes emmanchées à l'extrémité de chaque bras, & retenues par quatre chevilles.

I. Planchette

I. Planchette deftinée à lier les bras.

K. Corde qui fert à faire mouvoir le levier.

PLANCHE II.

PERSPECTIVE d'une cuve qu'on appèle batterie, armée & prête à battre.

A. B. C. D. Batterie ou vaiffeau en maçonnerie, qui conduit l'extrait fortant de la trempoire.

E. Arbre de la batterie.

F. Rouet à huit rayons faillants. Il eft adapté dans le centre, à l'arbre qui dépaffe le mur de ce côté, par le moyen d'un aiffieu de fer, porté fur une empoife de pierres, retenue fur un fupport en bois, bien cimenté dans le mur. Les rayons ont quatre pieds à compter du centre du rouet. Un négre placé en dehors de la batterie pèfe fur l'extrémité de chaque rayon alternativement, & fait mouvoir l'arbre armé de fes bras. Les rayons de ce rouet font liés entr'eux par des traverfes, *a, a, a.*

G. Bras dont le mouvement circulaire brouille l'eau : ils font placés en fens contraire; l'arbre étant taillé à huit pans, ils en traverfent chacun deux : ils font chevillés des deux côtés de l'arbre : ils ont deux pouces & demi à trois pouces de largeur; leur extrémité paffe à deux pouces du fond de la batterie & à un pied des murs.

PLANCHE III.
FIGURE I.

PERSPECTIVE d'une cuve qu'on appèle batterie, armée & prête à battre.

A. B. C. D. Batterie ou vaiffeau en maçonnerie, qui contient l'extrait de la trempoire.

E. Arbre horizontal. Il n'occupe que la moitié de la largeur de la batterie ; il eft porté d'une part fur l'un des murs de la batterie, par un tourillon *b*, qui pofe fur une empoife de pierres, laquelle eft retenue fur un fupport de bois *c*, cimenté dans le mur. De l'autre part, il eft porté par un tourillon pofé de même fur une empoife de pierres, retenue fur un fort madrier.

K k

F.　Madrier, large d'un pied, épais de 4 pouces, couché sur le trá-
vers de la batterie, & retenu à ses extrémités, par deux chevilles de fer, sur deux supports en bois.

G.　Rouet qui a huit rayons saillants, de 5 pieds environ. Un noir
se tient debout sur le mur de la batterie. Il pèse sur l'extrémité
des rayons; & par cet effort, il fait mouvoir l'arbre. Les traverses *a*, n'ont d'autre objet que de lier les rayons entr'eux.

H.　Rouet qui a 40 aluchons. On peut en mettre plus ou moins
à volonté; ils s'engrènent dans les fuseaux de la lanterne de l'arbre vertical.

FIGURE II.

I.　Arbre vertical. A l'extrémité inférieure est un pivot d'acier *b*,
qui s'emboîte dans une crapaudine d'acier, soudée dans une pierre de taille qui est placée au milieu de la batterie au niveau du
plan & bien cimentée. L'extrémité supérieure à un tourillon *c*,
qui s'emboîte dans le madrier F. La lanterne est composée de
16 fuseaux *d*, à l'extrémité supérieure de l'arbre vertical. Il a
des bras ou ailes à l'extrémité inférieure.

b　Pivot d'acier.

c　Tourillon de fer, ou de bois dur.

d　Fuseaux : il y en a 16.

L.　Bras ou chevrons placés à 6, 7 & 8 pouces plus ou moins du
fond du vaisseau. Ils ont trois pouces de largeur & deux pouces
d'épaisseur; ce sont ces bras qui brouillent l'eau. On peut les
mettre au même niveau, ou bien au dessus l'un de l'autre.

PLANCHE IV.

FIGURE I.

PLAN d'un semoir pour ensemencer un champ avec des graines
d'indigo par sillons. La machine est représentée semant; elle est vue
par derrière. On suppose que deux nègres la tirent en avant, & qu'un
troisième nègre appuye sur les deux manches de derrière. On voit
les graines tomber des trémies dans les sillons qui ont été tracés par
les dents, & ces mêmes sillons marqués.

A. Semoir.

B. Trémie dans laquelle on met la graine; il y en a 6. On peut en mettre d'avantage, en augmentant les proportions de la machine. Toutes ces trémies font liées entr'elles, & affujetties à une planchette mobile retenue au rateau, afin de pouvoir les renverfer fubitement.

C. Branche de l'avant-train.

D. Barre de l'avant-train.

E. Manche du femoir.

F. Rouleau de bois qu'on enveloppe de paille, qui tourne fur lui-même, lorfque la machine eft en marche, & qui eft deftiné à recouvrir de terre les fillons ouverts. Ainfi ce rouleau a un tourillon à chaque bout, qui s'emboîte dans les deux liens qui font à droite & à gauche.

G. Liens de bois qui retiennent le rouleau.

H. Montants de bois qui font enclavés fortement dans l'arbre, & qui fervent à retenir les liens de bois mobiles, & la planchette qui porte toutes les trémies.

I. Liens mobiles en bois qui lient la planchette.

FIGURE II.

A. Trémie vue ifolée.

B. Sommet de la trémie, garni de fer blanc; la pointe eft trouée pour laiffer paffer les graines.

C. Petite ouverture, pour introduire les graines dans la trémie.

a. Lanières de cuir qui retiennent la porte de l'ouverture.

b. Taquet mobile qui tient la porte fermée.

c. Porte. Elle pofe fur une feuillure faite à la planche; elle a aufli elle-même une feuillure.

Nota. Il faut ajouter dans les trémies du fable fin, ou de la terre bien féche & tamifée, avec les graines; fans quoi elles ne paffent point par les trous des trémies; à moins qu'on ne les faffe beaucoup trop grands, & il paffe alors trop de graines à la fois.

PLANCHE V.

FIGURE I.

PLAN d'un femoir pour enfemencer un champ avec des graines d'indigo. La machine eft repréfentée femant; elle eft vue pardevant.

A. Semoir.

B. Trémie dans laquelle on met la graine; il y en a fix pareilles.

C. Branches de l'avant-train.

D. Barre de l'avant-train.

E. Manches du femoir.

F. Rouleau de bois qu'on enveloppe de paille, qui tourne fur lui-même, lorfque la machine eft en marche, & qui eft deftinée à recouvrir de terre les fillons ouverts par les dents & garnis de graines.

G. Liens de bois qui retiennent le rouleau. On n'en voit qu'un; il y en a un fecond de l'autre côté de la machine.

H. Montants de bois qui font enclavés fortement dans l'arbre, & qui fervent à retenir les liens de bois mobiles, & la planchette qui porte toutes les trémies.

I. Liens mobiles en bois qui lient avec l'arbre du rateau, ou pièce principale (fig. II) de la machine, la planchette fur laquelle les trémies font cloutées.

K. Planchette qui lie toutes les trémies enfemble, & qui eft mobile. C'eft par le moyen de cette pièce, qu'on met les trémies, dans la pofition où l'on veut, le fommet en bas ou en haut, à volonté.

L. Arbre ou pièce principale de la machine. *V. fig. II.*

M. Dents qui tracent les fillons. *V. fig. II.*

F I G U R E　II.

L. Arbre ou pièce principale de la machine. Il a quatre pieds & demi de long, 5 pouces de largeur & 5 pouces d'épaiffeur. Toutes les autres pièces de la machine font emmanchées dans celle-ci, ou y répondent.

M. Dents qui ouvrent les fillons; il y en a 6. Elles font à 8 pouces les unes des autres, à compter de leur centre; elles ont quatre pouces de hauteur, & 18 lignes de diamètre qui fe terminent en œufs; elles font de bois dur; elles peuvent être en fer. L'extrémité inférieure de chaque trémie répond jufte au milieu de chaque dent.

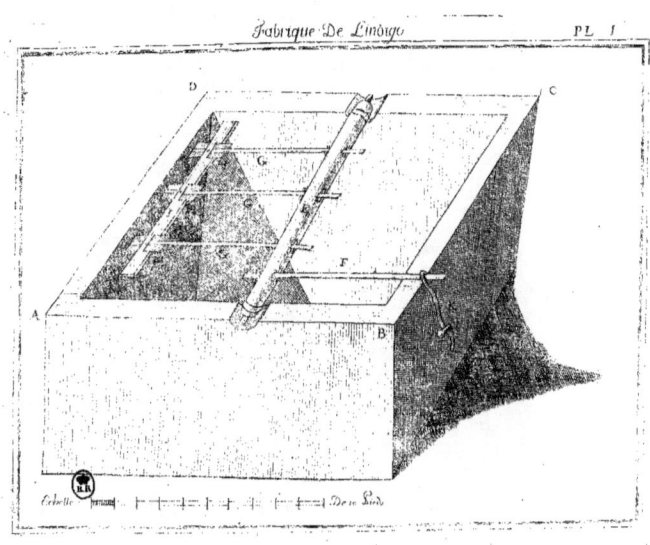

Echelle _____ De 10 Pied

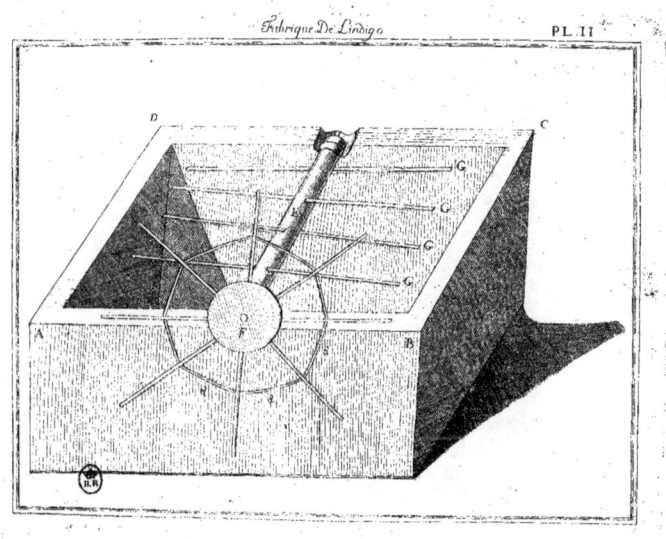

Fig . 1

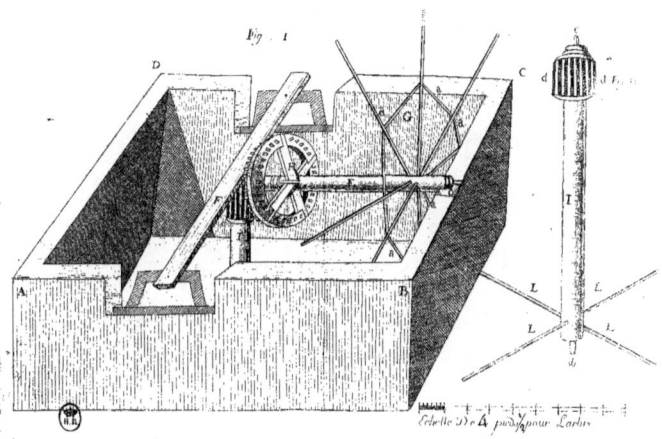

Echelle De 4 pieds pour L'arbre

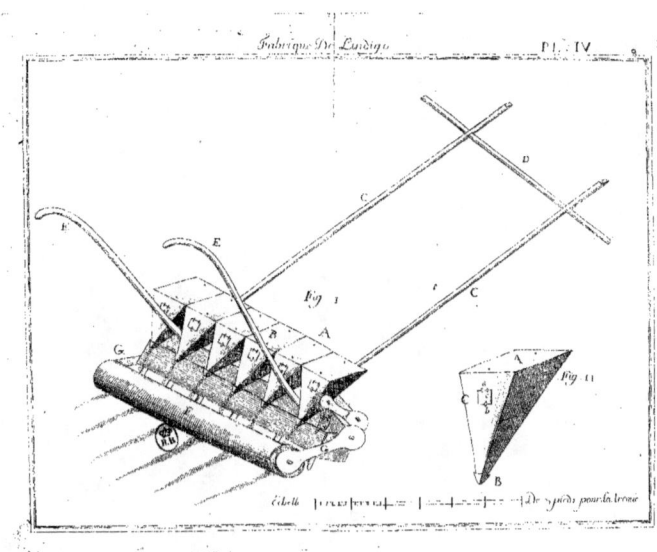

Fig. 1

Fig. 11

Échelle ┤┼┼┼┼┼┼┼┤─┼─┼─┼─┤ De 9 pieds pour la toise.

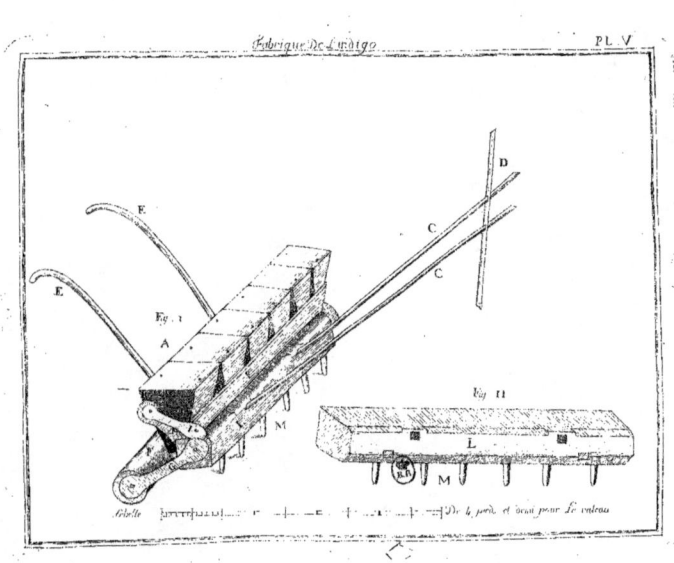

RAPPORT
DES COMMISSAIRES.

NOUS Souffignés Commiffaires nommés par Monfieur le Vicomte de Soüillac, Capitaine des Vaiffeaux du Roi & Commandant Général des Ifles de France & de Bourbon, & par Monfieur de Foucault, Intendant des dites Ifles, pour rendre compte d'un ouvrage intitulé, ESSAI SUR LA FABRIQUE DE L'INDIGO, par M. Charpentier de Coffigny, Ingénieur du Roi & Correfpondant de l'Académie Royale des Sciences de Paris, avec cette épigraphe, *Ufus & impigræ fimul experientia mentis paulatim docuit pedetentim progredientes*, & pour vérifier en même temps les découvertes de l'auteur dans l'art de l'indigotier, nous nous fommes tranfportés à ce deffein à fon habitation de Palma fife dans le Quatier des Plaines de Willhems, le feize du préfent mois, jour auquel nous avons été convoqués par les Chefs de la Colonie.

EN conféquence, nous avons pris lecture du mémoire déjà cité, dont nous allons faire fommairement le rapport. Nous avons affifté pendant plufieurs jours aux expériences principales qu'il feroit trop long de rapporter. Elles ont eu les fuccès annoncés par l'Auteur, en préfence de M. M. de Soüillac, de Foucault, de Tronjoly Chef de la Divifion de l'Inde, & Chevreau Intendant de Pondichery.

NOUS obferverons que cet ouvrage eft trop confidérable, & qu'il contient des détails trop étendus, pour que nous puiffions nous permettre de fuivre l'auteur. Nous nous contenterons d'expofer fuccinctement le jugement que nous en avons porté.

L'ART de l'indigotier eft connu & pratiqué depuis long-temps dans les quatre parties du monde, mais la manière dont l'auteur l'a traité nous a paru neuve.

LA théorie de cet art intéreffant étoit abfolument ignorée. Les artiftes ont jufqu'à préfent travaillé fans règles certaines, fans principes, fans guides affûrés ; & n'ont fuivi qu'une routine toujours aveugle, fouvent erronnée , rarement heureufe.

L'A U T E U R s'eft attaché principalement dans le cours de fon ouvrage à développer la théorie de cet art. Il y a même confacré la première partie de fon livre. Ses principes nous paroiffent fondés fur ceux d'une chimie éclairée, font appuyés fur des épreuves chimiques, & juftifiés par le fuccès;ils font auffi confirmés par le raifonnement, & réuniffent toutes les probabilités que l'on peut défirer en fait de fpécu-lation;& comme ils font touts liés les uns aux autres,& qu'ils expliquent d'une manière claire, naturelle & plaufible, touts les phénomènes d'un art très-compliqué, nous penfons qu'on doit moins les regarder com-me un fyftême vraifemblable, que comme une démonftration.

CETTE première partie eft d'autant plus intéreffante à connoître & à étudier, qu'elle eft, comme dit l'auteur, l'œil qui doit guider l'ar-tifte dans toutes fes opérations.

L'A U T E U R a établi dans la Seconde Partie de fon ouvrage, une méthode nouvelle de fabriquer de l'indigo, fondée fur les prin-cipes de phyfique & de chimie, qui l'ont conduit à des découvertes très-importantes. Nous ne le fuivrons pas article par article : nous fe-rions comme forcés de répéter ce qu'il a dit lui-même dans la Récapi-tulation Générale qu'il a jointe à fon ouvrage, & de donner notre ap-probation à chaque article,& nos éloges à la manière dont ils font trai-tés. Nous dirons donc en peu de mots.

1.° Que l'Auteur paroît n'avoir rien oublié de touts les détails de la fabrique ; que fes vues font nouvelles, ingénieufes & heureufes; qu'elles font préfentées avec beaucoup d'ordre & de clarté; qu'il a eu l'attention de combattre, par amour pour la vérité & pour la perfec-tion de l'art, les erreurs des auteurs qui l'ont précédé, mais avec les égards qu'ils fe doivent touts.

2.° Que la plufpart des procédés qu'il a détaillés font nouveaux & fondés en raifon,& fur le fuccès de l'expérience ; que ceux-mêmes qu'il propofe,& dont il n'a pas fait l'effai,parce qu'ils auroient augmenté con-fidérablement fes dépenfes,font difcutés avec beaucoup d'intelligence.

3.° Que les procédés qu'il prefcrit fixent l'incertitude des règles de la pratique fur les points indécis de la *fermentation* & du *battage*,& donnent des réfultats plus affûrés, plus abondants & plus précieux, que ceux de la méthode ufitée , fans augmenter la dépenfe des manipulations.

4.° Enfin que l'on trouve dans cet excellent traité, non feulement la folution la plus complète & la plus fatisfaifante que l'on pouvoit défirer, de la queftion fameufe du *précipitant*, fecret très-important dans la fabrique ; mais encore la folution peut - être plus intéreffante d'une queftion qui n'avoit pas même été agitée ni foupçonnée , celle d'aviver un indigo médiocre ou mauvais. Nous ne nous arrêterons pas fur toutes les conféquences détaillées dans l'ouvrage, & qui font la fuite de ces deux dernières découvertes. Elles rendroient feules fon effai recommandable au Gouvernement & aux Artiftes; s'il n'étoit pas d'ailleurs le traité le plus complet , le plus inftruétif , le plus utile & le plus curieux qui ait été fait fur l'art de l'indigotier. L'Auteur n'a rien adopté des méthodes & des pratiques reçues. Nous ofons & nous devons le dire ; comme un hommage que nous rendons à la vérité. L'Auteur a créé de fon propre fonds un art tout nouveau. Il l'a rendu intéreffant aux indigotiers pour lefquels il a principalement travaillé, aux teinturiers qu'il a éclairés de fes confeils, aux curieux par la manière dont il l'a traité, & aux chimiftes par des expériences qui nous ont paru nouvelles.

LA Troifième Partie donne la difcription, 1.° de plufieurs machines nouvelles pour battre l'extrait, dont nous avons vu le jeu & le fuccès ; elles fimplifient la main-d'œuvre, & font conftruites fur les principes nouveaux que l'auteur a établis. 2.° des différentes efpèces d'anils qui font à l'Ifle de France, & dont la plufpart étoient inconnues. Le travail , les recherches , les obfervations de l'Auteur fur cette partie, montrent autant fon application que fon exaétitude. Il a découvert que le peu de fuccès des expériences anciennes & nouvelles faites aux Ifles de France & de Bourbon, étoit dû à la nature & à l'efpèce des herbes; & parconféquent, que les colons de ces Ifles ne doivent pas défefpérer, d'y établir la culture & la fabrique de l'indigo, en s'attachant à des plantes plus riches. L'Auteur rend compte des obfervations qu'il a faites fur la végétation & fur le produit de beaucoup d'efpèces différentes d'anils. Tout ce qu'il dit fur la culture renferme des vues , des confeils & des préceptes utiles aux agriculteurs. Le femoir qu'il a imaginé , dont il donne la defcription, & dont nous avons vu l'effet, la nouvelle méthode qu'il propose pour la coupe de l'anil, font encore remarquer fes vues ingénieufes.

ENFIN il termine fon ouvrage par une defcription abrégée de la méthode des Indiens de fabriquer l'indigo. Les réflexions qu'elle lui fait naître, & celles qu'il a ajoutées pour prévenir les maladies que peut en occafionner la manipulation, font très-intéreffantes.

NOUS ne pouvons qu'approuver un ouvrage qui a demandé beaucoup de recherches, de travaux & de dépenfes de la part du citoyen zélé qui l'a entrepris; nous fommes intimement perfuadés que ce mémoire fera très-utile aux colonies qui fabriquent de l'indigo, & même aux teinturiers qui emploient cette fubftance; & nous déclarons avec plaifir que M. de Coffigny, en s'écartant de la méthode reçue, a porté l'art de l'indigotier à un point de perfection dont on ne l'avoit pas foupçonné.

NOUS fera-t-il permis, en fortant des bornes de nos fonctions, d'engager ce citoyen ftudieux & éclairé, à continuer fes recherches fur le même objet ou fur quelqu'autre utile aux colonies, perfuadés que le Gouvernement faura non feulement le dédommager des dépenfes qui font la fuite de fes travaux, mais encore récompenfer fon zèle & les découvertes importantes qu'il a faites, & celles qu'il pourroit faire par la fuite.

EN foi de quoi nous avons figné le préfent, & l'avons remis aux Chefs de la Colonie conformément à leurs ordres. Fait quadruple. A Palma dans l'Ifle de France, Quartier des Plaines de Williems, le 18 Août 1779. Et ont figné, M. M. *Le Chevalier de Tromelin* Capitaine de Vaiffeaux du Roi; *Le Baron de Souville*, Capitaine de Vaiffeaux du Roi; *de Maiffin* Colonel d'Infanterie; *Le Chevalier Des Roys* Major au Corps du Génie; *St. Mihiel*, Confeiller au Confeil fupérieur & Médecin du Roi; *De Grainville Montigny* Commandant de Quartier; *Le Vaffeur* Contrôleur de la Marine & des Colonies aux Ifles de France & de Bourbon; *Sonnerat* Sous-Commiffaire de la Marine, Correfpondant de l'Académie des Sciences; *Céré* Major de Quartier & Directeur du Jardin du Roi; *Morice* Négociant & Armateur; *Boucher* Major de Quartier; *Stierling* Habitant, Officier des Milices Nationales; *Bellabre* Habitant; *Pitois* Capitaine d'Infanterie; *Le Roux* Habitant.

VU, *Signé* LE V.TE DE SOUILLAC & FOUCAULT.

LETTRE

LETTRE
SUR L'INDIGO.

A Monsieur Le Baron de Souville *Chevalier de l'Ordre Royal & Militaire de St. Louis, Capitaine de Vaiſſeaux du Roi, de l'Académie Royale de Marine.*

A Palma dans l'Iſle de France le 6 Septembre 1779.

LE Mémoire Imprimé, Monſieur, que vous avés eu la bonté de m'adreſſer avant-hier, intitulé *Analyſe & Examen Chimique de l'Indigo* . . . par M. Quatremere Dijonval, pièce qui a remporté le prix à l'Académie Royale des Sciences de Paris, en l'année 1777, m'étoit inconnu, lorſque j'ai préſenté mon ouvrage ſur la fabrique de l'indigo à l'Aſſemblée du 16 Août dernier.

(*a*) VOUS ſavés, Monſieur, que la brochure de M. Dijonval, n'eſt parvenue à l'Iſle de France que par les derniers Vaiſſeaux qui ſont arrivés ici d'Europe, *le Severe, & les Amis*, en Août dernier; & vous aviés déjà eu la complaiſance quelque temps avant leur arrivée, de jeter les yeux ſur mon ouvrage : je l'avois auſſi communiqué à quelques autres perſonnes de votre connoiſſance. (*b*)

AINSI je n'ai pas pu profiter des découvertes de l'auteur que

[*a* [Un autre mémoire ſur l'indigo a partagé le prix de l'Académie dans le même temps ; celui-ci ne nous eſt pas encore parvenu.

[*b*] Feu M. de Launay Conſeiller Honoraire au Conſeil Supérieur de l'Iſle de France ; M. Thébault Conſeiller au Conſeil Supérieur de la même Iſle; M. Céré Major de Quartier & Directeur du Jardin du Roi; M. de Séligny Major de Quartier ; M. Pitois, Capitaine d'Infanterie; M. le Chevalier de la Hauſſe Aide-Major au Régiment de l'Iſle de France

je viens de citer, dans l'art de la teinture. Pour épurer touts les indigots, il indique un procédé qui a du rapport avec un de ceux que j'ai détaillés ; mais qui n'eft pas à beaucoup près auffi efficace ; c'eft de pulvérifer cette fubftance, & de la laver dans plufieurs eaux bouillantes. On pourroit foupçonner que je n'ai fait que perfectionner la découverte de cet auteur, dans ce qui tient à ce procédé. *V.* II. P. C. V. A III. *de l'Effai fur la fabrique de l'indigo*. Il eft cependant vrai, que je n'en ai eu aucune connoiffance. Il n'échappera pas à votre fagacité, que la théorie & les expériences qui m'ont conduit aux procédés que j'ai détaillés, pour améliorer un indigo médiocre ou mauvais, ne font pas l'effet du hazard, ni celui d'un plagiat, quand même vous n'en auriés pas des preuves certaines.

JE pourrois en fournir plufieurs. Je me contenterai de citer un paffage de la lettre (*a*) que j'ai eu l'honneur d'écrire le 3 Novembre 1778, aux deux Chefs de la Colonie, pour leur faire part du réfultat de mes recherches fur la fabrique de l'indigo ; & j'y joindrai le témoignage de quelques perfonnes (*b*) qui ont vu dans les mois de Mai, Juin & Juillet 1778, & par conféquent avant l'arrivée du *Sévère* à l'Ifle de France, le procédé par lequel je précipitois & j'avivois fubi-

---

[*a*] Après avoir annoncé entr'autres découvertes, celle d'un précipitant qui a de l'action fur l'indigo, fans l'altérer, j'ajoute, « Lorfque » par excès de fermentation ou de battage, l'indigo eft *diffous*, pour » me fervir de l'expreffion impropre des indigotiers, car il eft alors » décompofé en partie, on lâche la cuve qu'on regarde comme perduei » j'ai trouvé le moyen de reformer le grain, de le réunir, de le pré- » cipiter, & de *l'aviver*. Ainfi on ne fera plus expofé à faire des pertes » dans la fabrique de l'indigo. Il réfulte encore de cette découverte, » qu'il eft facile d'améliorer une fécule de médiocre qualité.

[*b*] M. Chevreau Intendant de Pondichery ; M. le Chevalier de Tromelin Capitaine de Vaiffeaux du Roi;M. Thébault & M. de Focard, Confeillers au Confeil Supérieur de l'Ifle de France; M. Rivalz de St. Antoine, Ancien Confeiller au même Confeil;M. de Séligny Major de Quartier; M. de Roullede & M.Morice Négociants;M. deStierling Capitaine dans les Milices Nationales; M. Le Roux Habitant; M.Vigneron Capitaine de Vaiffeaux de Marine Marchande, &c.

tement une fécule nouvellement fabriquée, & de mauvaise qualité.

Vous avés vu, Monfieur, dans le cours de mon ouvrage, que ce font en général les matières extractives de l'anil, qui combinées ou alliées avec les molécules de l'indigo, affoibliffent, offufquent, ou altèrent la couleur bleue de cette fubftance. Vous vous rappelés qu'elle eft de nature réfineufe & par conféquent indiffoluble à l'eau pure. Vous favés que les matières extractives font en général mifcibles à ce menftrue ; mais comme une partie d'entr'elles eft combinée avec les molécules d'anir, qui les préfervent de l'action de l'eau, il en réfulte qu'on doit employer quelque diffolvant plus actif, qui puiffe enlever au moins la plus grande partie de ces mêmes matières extractives : c'eft pour cela, que j'ai confeillé aux indigotiers & aux teinturiers, de laver la pâte ou la poudre d'indigo, dans plufieurs eaux alkalines & acidules, comme on en peut voir le détail dans plufieurs endroits de mon ouvrage. J'ai éprouvé plufieurs fois, que le même indigo qui ne teignoit plus l'eau, après plufieurs lotions purement aqueufes, lui donnoit enfuite une couleur très-foncée, quand on le lavoit dans un eau alkaline ou acidule.

Cette vérité paroît avoir échappé à M. Dijonval, qui ne prefcrit que des lotions purement aqueufes. Il en a méconnu une autre : c'eft que l'indigo médiocre, tel qu'il eft dans le commerce, & furtout le mauvais, contiennent très-fouvent, outre les matières extractives dont nous venons de parler, des parties d'indigo qui ont été décompofées dans la fabrique, par un excès de fermentation, qui font noires, & dont le mélange altère la couleur des molécules bleues. Lorfque l'indigo eft noirâtre, c'eft une preuve qu'il contient plus de matières hétérogènes, que de parties réfineufes. Les premières font noires, & les fecondes font bleues. L'indigo le plus beau contient au contraire beaucoup de parties réfineufes & peu de matières extractives. Ainfi les lotions des différents menftrues que j'ai indiqués, purifient l'indigo, en enlevant des matières hétérogènes que touts les procédés de l'art ne peuvent pas rendre bleues. Il réfulte de ceci, que l'analyfe des indigots de différentes qualités doit fournir des produits dans des proportions différentes ; c'eft ce qui eft confirmé par l'expérience.

Quoiqu'on doive attendre plus d'effet des diffolvants que

j'ai confeillés d'employer que de l'eau pure, pour purifier l'indigo ;
quoique j'aie prefcrit de le pulvérifer & de le tamifer, avant de le
foumétre à leur action, je fuis perfuadé, qu'il exifte encore, après l'opération, des matières extractives que les diffolvants n'ont pu attaquer
dans l'intérieur des grains : auffi je ne regarde pas ce moyen de purification comme complet : l'indigo doit paroître plus beau, après le procédé, qu'il n'eft réellement ; parce que l'œil n'apperçoit que les furfaces qui ont été nettoyées, & ne pénètre pas dans l'intérieur des grains.

C E même procédé eft plus efficace fur un indigo nouvellement
fabriqué : les grains qui viennent de fe former, n'ont pas encore contracté une adhérence bien forte qui n'a lieu qu'après la deffication :
les diffolvants ont alors beaucoup de prife fur lui, & peuvent même
pénétrer à un certain point dans leur intérieur encore ductile, & enlever la plus grande partie des matières extractives qui s'y étoient ni-
chées.

L A purification de l'indigo, telle que je l'ai indiquée, ne lui ôte
pas la propriété de fe deffécher enfuite, & de contracter beaucoup
de dureté. Je vous ai montré, Monfieur, des morceaux d'indigo de
l'Inde, que j'avois purifiés, defquels j'ai retiré quatre onces de terre
glaife, fur huit onces de matière, & qui avoient acquis une couleur
plus belle & plus foncée, fans être brillante, un grain plus fin, beaucoup de dureté & beaucoup de pefanteur ; ainfi l'indigo peut être remis dans le commerce, lorfqu'il fera purifié fuivant ma méthode.

V O I C I donc les avantages qu'elle offre fur celle de M. Quatremere Dijonval ; 1.° d'être plus efficace que la fienne ; 2.° de rendre l'indigo au commerce, & par conféquent tranfportable dans les
pays étrangers. 3.° d'indiquer aux indigotiers un moyen d'obtenir toujours une fécule trés-belle dans la fabrique de cette fubftance.

C E n'eft pas tout. Le procédé de M. Dijonval a très-peu d'effet.
» *Si on fe contentoit* (dit-il, p. 19) *d'étendre l'indigo fur une toi-*
» *le & d'y jeter plufieurs leffives d'eau bouillante, ou de jeter cette*
» *même eau dans un cuvier qui contiendroit de l'indigo, chaque*
» *partie auroit bien plus de peine à être attaquée par l'eau bouillan-*
» *te, & il en réfulteroit d'ailleurs une multitude d'autres inconvé-*
» *nients.*

J'A I plusieurs choses essentielles à dire sur ce passage. Ce que l'auteur appèle improprement, *lessives d'eau bouillante*, n'est que de l'eau chaude ; mais voici quelques observations plus sérieuses.

I L n'y a personne qui ne prévoie l'inconvénient de la première pratique présentée en supposition. De l'eau bouillante versée sur un indigo réduit en poussière, & qu'on auroit étendu sur une toile, entraîneroit avec elle les parties les plus ténues de cette substance.

L'A U T E U R prétend que l'indigo contenu *dans des sacs d'une toile assès serrée, pour ne point laisser passer le menu ou la poussière*, après l'avoir divisé *le plus qu'il sera possible*, est plus facilement attaqué par l'eau bouillante, que lorsqu'il est étendu dans un cuvier. J'avoue que j'ai une opinion & une pratique différentes. Non-seulement j'étends l'indigo dans le cuvier, & je verse de l'eau bouillante par dessus, ainsi que les dissolutions alkalines & acidules ; mais encore j'agite le mélange pendant quelque temps ; & je crois que la poudre d'indigo est beaucoup mieux nettoyée par cette pratique, que lorsqu'on l'enferme dans des sacs d'une toile serrée.

M. Q. D. prétend qu'il résulte une multitude d'inconvénients de la pratique d'étendre la poussière dans le cuvier ; il auroit bien du en citer quelques-uns : je vais suppléer à cet oubli, ou à cette réticence. L'indigo réduit par la trituration, ou par la porphyrisation, ou par la mouture, à des particules très-déliées, en laisse flotter beaucoup des plus ténues dans le liquide. M. Dijonval qui a dû éprouver cet inconvénient n'a pas su précipiter les grains d'indigo nageants dans l'eau. Il en résulte, que la purification ne peut avoir lieu ; car on ne peut pas séparer l'eau de l'indigo, tant qu'il ne se précipite pas ; & cette eau indigofère finit à la longue par se putréfier : ainsi cette multitude d'inconvénients prétendus se réduit à un seul ; c'est que l'indigo ne se précipite pas entièrement : d'où il résulte que si on lui donne le temps d'entrer en putréfaction, tout est perdu. Si l'on prend le parti de filtrer la liqueur chargée d'indigo, il faut se résoudre à en perdre beaucoup, lorsque le filtre a les mailles trop grandes, ou bien à voir la filtration impossible, si le filtre est trop serré. Il falloit donc trouver le moyen de précipiter l'indigo, plutôt que de l'enfermer dans une toile serrée, où l'adhérence entr'elles des particules d'une pâte indissoluble à l'eau pure, empêche à un certain point l'action de celle-ci, & rend son effet médiocre: c'est ce que je tâcherai de prouver par l'expérience.

J E crois devoir en rendre compte dans le plus grand détail. J'ai mis dans un sac de toile à voile neuve, douze livres d'indigo (*a*) de qualité moyenne, bien broyées & passées au travers d'un tamis de crin un peu serré. J'ai suspendu le sac dans une marmite profonde, pleine d'eau, & sous laquelle on a mis le feu. Après avoir donné une demi-heure de bouillon, j'ai fait jeter l'eau qui étoit colorée en fauve, & on a mis de nouvelle eau chaude dans la marmite avec le sac; on l'a fait bouillir pendant une demi-heure. Cette opération a été répétée quinze fois de suite. A la cinquième l'eau étoit blanche & claire, après la demi-heure ordinaire de bouillon; elle s'est soutenue dans le même état à la sixième & à la septième décoction; mais à la huitième, elle a repris de la couleur, (*b*) jusqu'à la treizième, qu'elle est redevenue blanche & claire. Elle étoit de même à la quatorzième & à la quinzième décoction. On a ouvert le sac; on a trouvé l'indigo agglutiné, en pelotes, ayant quelque consistance, & présentant dans l'intérieur des veines jaunâtres & rougeâtres, mais légères. On l'a mis dans une cuve de bois, après l'avoir froissé; on a versé par dessus de l'eau de chaux froide; on a même agité le mélange pendant quelque temps; il s'est formé sur le champ une écume très-abondante, en grosses bulles. Au bout de douze ou quinze heures, la précipitation du grain ne se faisant point, j'ai jugé que la cuve ne contenoit pas une assés grande quantité d'eau de chaux, proportionnellement à l'indigo & aux matières hétérogènes qui s'y trouvoient mêlées, & qui rendoient l'eau trop dense; j'ai fait ajouter beaucoup d'eau de chaux. Au bout de

---

[*a*] J'avoue qu'en général, j'ai peu de confiance dans les essais qui se font en petit sur quelques gros, ou même sur quelques onces de matière, relativement à l'appréciation des résultats.

[*b*] J'attribue cet effet à ce qu'on a vraisemblablement manié le sac, plus durement, après la septième lotion qu'après les autres; ce qui a du changer la position respective de beaucoup de molécules d'indigo contenues dans le sac, & leur faire présenter des surfaces qui avoient échappé à l'action de l'eau.

huit heures , on a décanté une eau noirâtre très-foncée : on a verſé
ſur le ſédiment de nouvelle eau de chaux froide, qu'on a brouillée pendant quelques minutes; au bout de huit heures, on a decanté une eau
noire: on a verſé enſuite par trois fois de l'eau pure & bouillante dans
le cuvier, en agitant le mélange ; la première a été repoſée au bout de
cinq heures,& retirée noire; la ſeconde étoit encore plus noire , & n'a
été décantée qu'au bout de ſept heures ; la troiſième qui étoit tout
auſſi noire que la précédente, n'a été décantée qu'au bout de dix
heures.

J' A I précipité à part les eaux noires, provenant du mélange de
l'eau de chaux, en y mêlant de l'acide vitriolique; elles ont fourni un
ſédiment noir qui avoit une légère teinte de bleu. L'indigo qui eſt décompoſé entraîne avec lui quelques atomes bleus qui ne paroiſſent pas
fort éloignés de la décompoſition.

J' A I pris à part l'eau noire provenant des lotions d'eau pure &
bouillante : j'y ai verſé de l'eau de chaux pure , & j'ai obtenu un précipité très-noir. Pour varier les expériences, j'ai mêlé avec ces eaux
noires , de l'acide vitriolique : au bout de deux heures , l'eau étoit
claire & rouſſe; mais le ſédiment étoit très-noir, ſans mélange de teinte bleue. J'ai décanté cette eau acidule, & j'ai verſé de l'eau de chaux
ſur le ſédiment ; je lui ai donné pluſieurs réchaux & pluſieurs palliements, pendant pluſieurs jours , après y avoir ajouté de la chaux &
du ſon lavé ; je n'ai pas pu obtenir du bleu : c'eſt qu'en effet ce ſédiment étoit un indigo décompoſé. L'expérience ſuivante m'en a fourni
une autre preuve. J'ai fait ſécher les ſédiments de ces eaux noires,
tant ceux précipités par le repos & ſans mélange , que ceux précipités par l'eau de chaux & par l'acide ; ils étoient tous ſans exception
noirs. Il me ſemble que les réſultats de cette expérience, prouvent qu'il y
a dans l'indigo de moyenne qualité beaucoup de parties décompoſées.

J E reviens aux lotions qui ont été faites ſur les douze livres d'indigo. On a verſé de l'eau froide ſur le marc , enſuite trois bouteilles
d'eau , dans chacune deſquelles on avoit mêlé une once d'huile de
vitriol : au bout de quatre heures , j'ai trouvé l'eau colorée en noir,
mais ayant une légère teinte violette aſſès belle ; j'ai pris à part un peu
de cette eau , & l'ai miſe dans deux vaſes cylindriques de verre; j'ai

ajouté dans l'un de l'huile de vitriol; il s'eſt formé un précipité noir, qui réfléchiſſoit cependant une nuance violette, lorſqu'on le préſentoit dans un certain jour. J'ai verſé de l'eau de chaux dans l'autre vaſe : le précipité de celui-ci étoit noir & paroiſſoit être une matière décompoſée, dans laquelle on diſtinguoit cependant une bien légère nuance d'un bleu terne; ce ſédiment deſſéché étoit noir comme les autres.

A P R È S l'acide, on a donné au marc, c'eſt-à-dire aux douze livres d'indigo de l'expérience, trois lotions ſucceſſives d'eau bouillante : elles ſont ſorties noires toutes les trois : en conſéquence j'ai recommencé les lotions à l'eau de chaux froide ; on en a donné trois ; elles étoient noirâtres ; la ſeconde moins que la première, & la troiſième encore moins ; celle-ci avoit même une légère teinte bleue ; enſuite on a verſé trois fois de l'eau bouillante qui avoit à chaque fois une légère teinte bleue, lors de la décantation.

Récapitulons les lotions.

15 Ebullitions à l'eau pure, ſuivant le procédé de M. Dijonval; on peut regarder leur effet à peu-près comme nul : enſuite ſuivant ma méthode.

2 Lotions d'eau de chaux froide.

3 D.ᵗᵒ d'eau pure & bouillante.

1 D.ᵗᵒ d'eau acidulée.

3 D.ᵗᵒ d'eau pure & bouillante.

3 D.ᵗᵒ d'eau de chaux froide.

3 D.ᵗᵒ d'eau pure & bouillante.

___

15. Lotions au Total.

L' I N D I G O étoit ſort beau ; je l'ai deſſéché ; il peſoit enſuite ſept livres, douze onces; ainſi c'eſt quatre livres quatre onces qu'il avoit perdu dans ſa purification.

L A multiplicité de tant de lotions, pour purifier l'indigo, m'a fait chercher un procédé, pour en diminuer le nombre. J'ai eſſayé d'employer bouillante, une liqueur alkaline phlogiſtiquée avec des végétaux; l'effet ne m'a pas paru fort prompt. J'ai eſſayé l'eau de chaux bouillante; j'ai été obligé de donner ſept lotions, pour obtenir une eau claire

re

re, enfuite deux autres lotions à l'eau pure & bouillante, pour enlever les parties calcaires. J'ai effayé de faire bouillir de l'eau de chaux , pendant une demi-heure, fur l'indigo pulvérifé & tamifé : on a laiffé repofer & refroidir la liqueur; on l'a décantée; enfuite on a verfé de nouvelle eau de chaux fur le marc; on l'a fait bouillir pendant une demi-heure; la même opération a été répétée fept fois; les premières eaux ont été très-noires. On a lavé enfuite la fécule dans deux eaux bouillantes: elle étoit très-belle ; mais je ne confeillerois pas d'employer cette méthode ; parce qu'il peut arriver que le marc fe brûle par l'action du feu.

ENFIN j'ai effayé d'employer une eau acidulée & bouillante, dans la proportion d'une once d'huile de vitriol par bouteille d'eau. J'obferve qu'il ne faut pas verfer cette huile dans l'eau qui contient le marc, parce qu'elle excite une très-grande efferveſcence; l'indigo teint l'eau par ce procédé, & ne fe précipite pas complètement; il faut avoir recours à l'eau de chaux, fi l'on veut le précipiter. Lorfque cette couleur bleue eft foible, je confeille de jeter l'eau de la diffolution qui eft en même temps chargée de matières noires; la perte qu'on fait eft très-petite.

IL réfulte de tous mes effais dont le détail feroit beaucoup trop long à rapporter, que tous les indigots que j'ai employés qui n'étoient pas à la vérité des plus beaux , noirciffent les eaux alkalines plus ou moins ; que les lotions doivent être multipliées , fi l'on veut purifier la pâte le plus qu'il eft poffible ; que celles à l'eau de chaux bouillante , paroiffent être les plus efficaces; qu'il eft à propos de les faire dans des vafes de terre, & non dans des vaiffeaux de métal ou de bois; qu'après les lotions alkalines, il en faut donner deux à l'eau bouillante, enfuite au moins une acidule, & une dernière à l'eau pure & bouillante ; parce que l'acide paroît avoir feul la propriété d'aviver la couleur de l'indigo , c'eft-à-dire , d'augmenter fon éclat; que la couleur noire provient en partie d'un indigo décompofé mêlé à la pâte, en partie des matières extractives; que la couleur jaunâtre ou rougeâtre des lotions provient vraifemblablement des matières extractives; mais peut-être auffi de ce même indigo décompofé. Si l'on décompofe l'indigo par l'acide nitreux , il devient noirâtre en féchant; j'ai foumis cette terre à plufieurs infufions ; j'en ai retiré d'abord des eaux noires, enfuite des eaux jaunâtres , même après trente lotions.

M m

J E ne fais fi l'indigo purifié autant qu'il peut l'être par les procédés de l'art ne remplaceroit pas le bleu de pruffe dans la peinture,
quoique ces deux fubftances ne foient pas du même genre. Il ne faut
pas croire, & je l'ai déjà dit, que les manipulations que j'ai détaillées,
fuffifent pour enlever toutes les matières hétérogènes qui font alliées à
l'indigo, puifque les diffolutions quelconques ne peuvent pénétrer dans
leur intérieur. L'expérience fuivante m'en a fourni une preuve complète.
On a vu que j'avois tamifé les douze livres d'indigo, réduites en poudre, que j'ai d'abord foumifes à quinze ébulitions, fuivant la méthode de M. Dijonval, enfuite à quinze lotions, fuivant ma méthode.
J'ai pris cette pâte encore molle & humide ; je l'ai expofée aux coups
d'un pilon pendant une demi-heure, & je l'ai foumife de nouveau à
plufieurs lotions alkalines ; elle a encore noirci les premières ; & ce
n'eft qu'après cinq lotions, qu'elle n'a plus coloré le liquide.

J E ne fais pas fi les moyens efficaces de purifier l'indigo, auffi
complètement, qu'il eft poffible de le faire, feroient autant avantageux
dans la teinture, qu'on feroit porté à le croire. Les dépenfes de la
purification jointes au déchet qui en réfulte, rendroient peut-être cette opération plus coûteufe que profitable. D'un autre côté, les matières extractives qu'on enlève de l'indigo par ce moyen, facilitent
peut-être la diffolution de cette fubftance, & lui prêtent peut-être une
forte d'expanfion qui fait qu'elle foifonne d'avantage à la teinture,
lorfque ces mêmes matières fe trouvent alliées à l'indigo dans une
certaine proportion, qui pourroit devenir nuifible, fi elle étoit outrepaffée. L'expérience feule doit éclaircir ces doutes. Les fubftances fermentefcibles qu'on ajoute au bain de teinture, contribuent à la diffolution de l'indigo ; mais il me femble, que leur mélange doit altérer fa pureté & fon éclat. Si l'on adoptoit le procédé des Lévantins, (a)

[a] Pour teindre le fil de coton, ils ajoutent fur une livre d'indigo,
quatre livres d'huile de vitriol bien rectifiée ; ils expofent ce mélange au
bain de fable, pendant vingt-quatre heures. Lorfque tout eft refroidi, ils
décantent la liqueur, pour la féparer du marc qui eft au fond du vafe ; ils
la mêlent avec de l'eau bien chaude, & ils y plongent le coton filé, &c.
Extrait du Dictionnaire des Arts & Métiers, p. 239. T. IV.

pour teindre en bleu d'indigo, je ne doute point qu'alors le plus pur
& le plus beau, ne procurât plus d'effet, plus d'éclat & plus de profit à l'artiste. J'ai lu dans le savant traité de l'Art du Diftillateur d'Eaux-
Fortes, &c. par M. de Machy, in folio 1773, p. 170, qu' *en gé-*
néral l'acide vitriolique a la propriété de faire tourner au noir,
les couleurs dans lesquelles il se trouve ; l'eau forte vitriolifée
noircit l'écarlate . . . Le bleu d'indigo diffous dans l'acide vi-
triolique, est plus noir que toute autre manière d'employer cet-
te fécule. Toutes mes expériences font contraires à cette dernière
affertion. J'aurai occafion de citer par la fuite celles de M. Q. D.
conformes aux miennes fur ce point. Je conçois facilement que l'acide vitriolique puiffe avoir en général la propriété de faire tourner au
noir les couleurs dans lesquelles il fe trouve, & qu'il noirciffe l'é-
carlate ; il a en général la propriété de brûler & de décompofer les
matières végétales & animales ; mais il ne caufe aucune altération à
l'indigo, furtout lorfqu'il eft pur. S'il eft mêlé avec une grande quantité de matières extractives, l'acide vitriolique peut bien brûler ces
mêmes matières, les réduire à l'état charbonneux ; & dans ce cas noircir la teinture.

    J E ne parle pas d'un autre moyen que j'ai indiqué II. P. C. V.
A. II, dans l'*Effai fur la fabrique de l'Indigo*, de purifier cette
fubftance, & qui eft plus efficace que celui dont il a été queftion jufqu'à préfent dans cette lettre. M. D. n'en parle pas ; ainfi la découverte de ce procédé ne peut pas m'être conteftée.

    C E T auteur prétend, que *le premier parti que les artiftes*
pourront tirer de cette découverte eft un moyen infaillible de
reconnoître au jufte la qualité des différens indigots ; & de les
comparer avec la plus grande exactitude. p. 18 & 19. Je ne puis
pas être de fon avis. Quelque eftime que je conçoive pour les talents
de cet auteur, quelques applaudiffemens que je donne à fon zèle &
à fon travail, je ne me laiffe point aller à fon autorité dans des conféquences qui me paroiffent outrées. Je conviens que l'abondance ou
la rareté des matières hétérogènes qu'on retire de l'indigo par des lotions, indiquent à peu-près la qualité de cette denrée.

    M A I S comment déterminer *au jufte & avec la plus grande*

exactitude, la quantité de matières étrangères féparées par les différentes lotions, pour comparer enfemble les quantités de parties hétérogènes qu'on a enlevées de différents indigots ; il faudroit ou précipiter ces matières, ou faire évaporer toutes ces eaux, fécher le fédiment, ou l'extrait épaiffi qu'on retireroit, & les pefer ; afin de pouvoir faire des comparaifons. Avec tout cela, elles ne feroient pas de la plus grande exactitude, & ne préfenteroient pas à l'artifte des réfultats affûrés dans les comparaifons qu'il pourroit faire ; d'autant plus que l'intenfité des couleurs des eaux pourroit bien ne pas fe trouver proportionée à la quantité de matières étrangères contenues dans l'indigo, mais à la nature de ces mêmes matières ; & celle-ci peut varier à raifon de mille circonftances. D'ailleurs un peu plus ou un peu moins de ténuité dans la divifion de l'indigo ; un degré de chaleur plus ou moins fort appliqué à l'eau qu'on emploſe ; une dofe d'eau inégale proportionnellement aux matières ; un féjour plus ou moins long de cette eau fur l'indigo ; une agitation [néceffaire fuivant ma méthode] plus ou moins vive, plus ou moins longue ; une diffolution de chaux plus ou moins chargée ; tout cela rendra cette épreuve très-incertaine. En outre les négociants ou les teinturiers qui achetent l'indigo en gros, pourroient-ils fe fier à une pareille épreuve, quand même elle feroit *infaillible* & facile à faire. Les caiffes, les barriques contiennent des indigots de plufieurs cuves & par conféquent de qualités différentes: ainfi telle épreuve donnera plus, telle autre donnera moins de matières étrangères, fans qu'on puiffe reconnoître au jufte les différentes qualités de la marchandife contenue dans la même barrique. Donc ce procédé n'eft ni *fimple*, ni *précis*, ni concluant.

L'A U T E U R s'arrête moins à la quantité des matières hétérogènes retirées par les lotions, qu'à la gradation des nuances des diffolutions : c'eft la couleur des eaux qu'il préfente comme objet de comparaifon des différents indigots. Cette manière de juger ne me paroît pas fûre. Je viens de détailler plufieurs circonftances qui pourront rendre les lotions plus ou moins colorées. La qualité même des matières étrangères doit contribuer à la couleur de l'eau. D'ailleurs comment faifir la vétitable nuance d'une gradation de couleur dans l'eau, & rapporter jufte cette nuance à telle ou telle qualité d'anir ?

& quand on fe feroit affuré de la nuance, on n'en feroit peut-être pas
plus avancé. La couleur de l'eau des cuves varie dans la fabrique, fans
qu'on puiffe fouvent en connoître la caufe, quoique l'indigo ait été
bien fabriqué, & qu'il foit très-beau. Celui dont l'eau étoit claire,
ne rendra point l'eau chargée dans les lotions ultérieures, autant que
celui dont l'eau étoit très-colorée, qui donnera une nuance forte aux
lotions de cette épreuve ; car l'indigo participe néceffairement à la
teinte des eaux de l'extrait. Lorfque l'indigo eft noir, il communique
cette couleur à l'extrait & aux eaux des diffolutions : comment faifir
la gradation des nuances de cette couleur ? comment la rapporter à
celle des eaux jaunes ou rougeâtres, pour *reconnoître au jufte la
qualité des différents indigots, & pour les comparer avec la plus
grande exactitude.*

J E n'ajouterai pas que la nature, indépendamment du mélange
de la matière extractive étrangère à l'anir, peut combiner les principes prochains de cette fubftance, dans des proportions différentes,
ou les travailler par des procédés modifiés entr'eux par de légers accidents, quoiqu'effentiellement les mêmes, à raifon du fol, du climat,
de l'influence de la faifon, de la culture, &c.; &c.; ce qui doit donner
des différences dans les qualités des différents indigots, même en les
fuppofant purs.

M A I S j'avoue, Monfieur, fans détour, que j'ai peine à me rendre à l'autorité de M. Q. D. tout inftruit qu'il doit être fur cette matière, lorfqu'il affure, p. 19, que *la légéreté, la fineffe de la pâte, le
cuivre intérieur, le poli de la caffure ne font bien fouvent que des
fignes équivoques* de la qualité de l'indigo, & *ne font que trop fré-
quemment démentis dans l'emploi.* J'ofe croire que l'emploi qui dé-
ment les bonnes qualités d'un pareil indigo eft lui-même trompeur :
c'eft-à-dire que le teinturier a manqué fa cuve. Je l'ai dit dans le cours
de mon ouvrage, je viens de le répéter dans cette lettre, & M. D.
eft de cet avis ; ce font les matières extractives qui altèrent les parties
colorantes de cette fubftance ; & ce font les parties d'indigo décompofé qui offufquent l'éclat des molécules bleues : les unes & les autres
ne peuvent laiffer à la pâte l'éclat du cuivre intérieur ; elles ne peuvent pas exifter en grand nombre, dans un indigo léger ; (ce font

furtout les matières hétérogènes qui le rendent pefant). Peut-être ne nuifent-elles pas à la fineffe de la pâte ; mais elles ne laiffent pas fub-fifter le poli brillant de la caffure , lorfqu'elles font abondantes.

J' A I dit que les Indiens avoient un moyen de pratique que je ne connois pas, pour reconoître la qualité de l'indigo; je l'ai comparé à la pierre de touche. Je ne fais fi en effet la pierre ponce , ou quelqu'-autre efpèce de pierre , ne pourroient pas indiquer d'une manière précife les qualités de l'anir , en montrant les nuances de la couleur, comparativement les unes aux autres ; cette épreuve feroit la plus fimple.

P E R M E T T É S moi, Monfieur , de parcourir avec vous le Mémoire de M. Q. D. Plus un auteur a de crédit & de mérite, plus fes erreurs font effentielles , & plus il importe au public qu'on les faf-fe connoître. Le goût que vous avés pour les fciences , l'intérêt que vous prenés en citoyen éclairé à la perfection des arts , me font de fûrs garants, que vous ne défapprouverés pas le motif qui détermine ma critique. Je fuis perfuadé que l'auteur lui-même qui a cherché à fe rendre utile à fes concitoyens , ne trouvera pas mauvais que je cher-che & que je préfente dans la même vue, la vérité qui me paroît lui avoir échappé.

J E ne m'arrêterai pas à la defcription incomplète & fautive que l'auteur fait des anils , *franc* & *bâtard*. Je dirai peu de chofes de la théorie erronnée qu'il donne, d'aprèsM. de B. R., de la fermentation de ces deux plantes; j'ai prouvé qu'elle n'étoit pas fpiritueufe , mais du genre putride. Je combattrai en paffant une erreur qui paroît reçue, & que l'auteur ne peut avoir adoptée que fur le témoignage d'autrui. *L'indigo* [dit-il , p. 6 & 7] *dans le moment même où il vient d'être coupé , & où il n'eft encore qu'une herbe eft déjà fi dif-pofé à la fermentation , qu'il s'échauffe & prendroit feu, fi on le laiffoit quelque temps en bottes ou en monceau.* On a pu voir dans mon Effai les expériences que j'ai faites qui prouvent le contraire de cette affertion. J'ai foulé plufieurs fois dans une futaille cent livres & plus de feuilles d'anil; elles s'y font échauffées ; mais el-les étoient bien éloignées du degré de chaleur néceffaire pour pren-dre feu , quoique je les y aye laiffées plus de 24 heures fans eau. *La fermentation spontanée* [p. 7] qui s'excite dans les herbes mises en bottes , ne fait pas *le plus grand tort au reste des opérations* de la fabrique , comme on a pu le voir par les expériences que j'ai rapportées , II. P. C. I. A. XV ; puisque les mêmes herbes qui ont fermenté dans une bartique pendant vingt-quatre heures sans eau , ne laissent pas que de donner ensuite un indigo superbe & très-promptement , une heure après qu'on y a versé de l'eau. Je suis même porté à croire, qu'il conviendroit de laisser les herbes, deux ou trois heures, dans la trempoire plus ou moins , avant d'y verser de l'eau, surtout celles des plantes âgées. Je présume qu'on gagneroit du temps par ce moyen sur la durée totale de la fermentation.

CETTE présomption paroît impliquer contradiction avec ce que j'ai dit dans mon ouvrage , qu'on ne devoit pas fouler les herbes dans les sacs, parce qu'elles sont très-fermentescibles. Si tous les sacs pouvoient prendre le même degré de fermentation, ce ne seroit point un mal; mais comme cela est impossible , il en résulteroit un défaut de simultanéité dans la fermentation de la cuve.

JE ne répéterai pas ici ce que j'ai dit dans mon ouvrage sur la prétendue *inflammabilité de l'écume* (p. 9) & sur tous les autres points de la théorie de M. de B. R. adoptée par M. Q. D. Toutes ces erreurs sont excusables dans ce dernier ; mais celles qu'il tire de son propre fonds méritent d'être réfutées.

P. 10 *Il n'y a point encore d'époque fixe , pour arrêter le battage ; & c'est uniquement, lorsque la fermentation du grain est bien décidée, qu'on doit le suspendre. On le reconnoît encore , lorsque la couleur du grain , si verte avant le battage , devient d'un bleu assés caractérisé.*

IL me semble qu'il y a ici une faute d'impression ; car on ne sait ce que c'est que *la fermentation du grain* , pendant l'opération du battage. Je présume qu'au lieu du mot *fermentation*, on doit lire dans ce passage celui d'*aggrégation*, qui présente un sens clair & très-juste. Le second indice désigné par l'auteur, pour reconnoître le point du battage est erroné. On peut voir ce que j'ai dit là dessus dans le second chapitre de la seconde partie de mon Essai. Si l'aggrégation du grain & la couleur bleue de l'extrait étoient des indices certains du degré du battage, il feroit facile à faifir; & l'on connoîtroit *l'époque fixe* où il convient d'*arrêter le battage.*

P. 10. L'auteur dit que *la partie jaunâtre de l'extrait fe fépa-re de la fécule, fans dire, comment, ni pourquoi, & la laiffe pré-cipiter au fond de la batterie, & furnage à la partie fupérieure de l'extrait, au quelle elle donne une teinte dorée.* Or c'eft ce que M. de B. R. n'a point dit, ce me femble. La crême violette qui fur-nage fur l'extrait après le battage, n'eft point jaunâtre; c'eft toujours de l'indigo, & peut-être le plus fin, s'il n'étoit pas allié avec l'huile des afperfions, & les autres corps étrangers qui furnagent fur l'eau, comme les feuilles, les tiges, &c. *La partie* foit difant *jaunâtre,* qui eft tantôt fauve, tantôt brune, tantôt rouffe, tantôt rougeâtre, tantôt rouge couleur de briques, tantôt noirâtre, tantôt bleuâtre, tantôt olivâtre, tantôt verdâtre (car l'extrait affecte toutes ces cou-leurs après le battage) refte toujours confondue & diffoute dans l'eau de la batterie, & ne *furnage* point *à fa partie fupérieure.*

P. 11. L'auteur dit qu'il a paffé de l'eau odorante, lors de la dif-tillation du plus bel indigo connu; & lors qu'il détaille, p. 12, les produits, il n'eft plus queftion de cette eau.

P. 12 *Les cendres de l'indigo contiennent du fer attirable par l'aimant.* Je fuis bien éloigné de vouloir nier les expériences de l'au-teur; mais je dois dire que j'ai préfenté à une aiguille aimantée des cendres d'indigo qui n'avoit pas été diftillé; aucune portion n'a été attirée. J'ai prouvé par d'autres épreuves chimiques que l'indigo con-tenoit du fer; il me femble que la calcination devroit dépouiller ce-lui-ci de fon phlogiftique, & le réduire en chaux: dans cet état il n'eft pas attirable par l'aimant. Ces expériences dont les réfultats font con-traires, femblent prouver qu'il y a des différences très-effentielles en-tre les diverfes efpèces d'indigo, ou que M. D. n'a pas pouffé la cal-cination auffi loin que moi: ce qui me le feroit croire, c'eft que les cendres qu'il a obtenues étoient grifâtres, preuve qu'elles n'ont pas été bien calcinées, qu'elles tenoient encore de l'état charbonneux,& qu'elles contenoient du phlogiftique. Les cendres que j'ai obtenues, après une longue calcination, font de la couleur des cendres du bois, gris blanc; auffi elles ont fait effervefcence avec le vinaigre diftillé & avec

l'acide

l'acide vitriolique étendu dans beaucoup d'eau, mais non avec l'huile de vitriol concentrée, du moins d'une manière fenfible, quoiqu'il fe foit dégagé un peu d'air du dernier mélange.

P. 15. L'expérience de M. D. par laquelle il *a réuffi non-feulement à teindre une étoffe dans le bleu le plus vif & le plus foncé, mais encore à en pénétrer la corde*, lui paroît *offrir la preuve la plus complète de l'influence qu'ont les alkalis fur l'indigo*, & *démontre bien*, <u>*fuivant cet auteur*</u>, *que loin d'en altérer les parties colorantes*, comme quelques perfonnes le prétendent, *ils les avivent au contraire, les rendent plus pénétrantes, & leur communiquent de la fixité*. Je fuis bien éloigné de vouloir lui enlever le mérite d'un procédé qui feroit une découverte intéreffante dans l'art de la teinture, s'il étoit nouveau ; mais je ne puis foufcrire aux conféquences que l'auteur tire de cette expérience. Il convient lui-même qu'il a *neutralifé l'acide vitriolique par le mélange d'un alkali*. Or c'eft du tartre vitriolé qu'il a formé : c'eft donc au tartre vitriolé qu'il paroît naturel d'attribuer l'effet & le fuccès de fon procédé & non à l'alkali. Cette expérience ne prouve donc pas, comme il le prétend, *l'influence qu'ont les alkalis fur l'indigo*, &c. Il a dit lui-même, p. 13. *Les alkalis n'ont pas une action fenfible, ou au moins apparente fur l'indigo*. Comment n'a-t-il pas remarqué que l'addition de l'acide changeoit les propriétés de l'alkali. La démonftration que cet auteur préfente, comme une fuite de fon expérience, que les alkalis *loin d'altérer les parties colorantes* de l'indigo, *les avivent au contraire*, n'eft rien moins que plaufible : il attribue aux alkalis, ce qui eft l'effet de l'acide : le mélange *d'une once d'alkali fixe . . . avec fix onces d'huile de vitriol*, ne fuffit pas pour qu'il y ait faturation parfaite des deux fubftances. L'alkali forme du tartre vitriolé ; & dans cet état, il n'eft guère diffoluble dans l'eau : ce n'eft donc pas à ce fel neutre, qu'on doit attribuer le fuccès de cette expérience. Mais une grande partie de l'huile de vitriol [de la proportion ci-deffus] furabondante à la faturation de l'alkali, eft libre ; c'eft elle qui avive les parties colorantes, qui les rend, fi l'on veut, *plus pénétrantes & leur communique de la fixité*. Cependant je crois devoir ajouter, que les parties colorantes de l'indi-

N n

go , ont de la fixité par elles-mêmes , par leur propre nature.

COMME il n'est point indifférent de s'affûrer à laquelle des deux fubftances , on doit le fuccès de cette expérience , je fournirai de nouvelles preuves en faveur de mon opinion & contre celle de l'auteur.

1.° Lorfqu'on mêle une diffolution alkaline pure avec l'extrait,
dans la fabrique de l'indigo , foit avant, foit pendant le battage, les
molécules d'anir qui font alors dans un grand état de ténuité, & par
cette raifon feule, attaquables par les alkalis, fe précipitent en verd;
l'addition d'un acide leur rend une couleur bleue fuperbe. Vous avés
vu , vous même, Monfieur , & plufieurs fois, cette expérience; vous
favés que je pourrois joindre à votre témoignage, s'il en étoit befoin,
celui de toutes les perfonnes qui étoient à Palma le 16 du mois dernier , & de beaucoup d'autres qui ont affifté en différents temps à mes
expériences.

2.° Les Lévantins teignent le coton en bleu d'indigo , par un procédé à peu-près pareil à celui de l'auteur, comme on a pu le voir dans
la note que j'ai placée ci-devant. Toute la différence confifte , en ce
qu'ils n'ajoutent point d'alkali fixe à l'huile de vitriol : cette addition
me paroît plutôt nuifible qu'utile, en ce que le tartre vitriolé qui fe
forme aux dépens de l'acide n'a aucune action fur l'indigo ; il n'y a
que la portion d'huile de vitriol furabondante à la formation du tartre vitriolé qui agiffe dans cette occafion.

JE répète ici ce que j'ai dit dans le cours de mon ouvrage fur la
fabrique de l'indigo , que je conjecture que ce procédé feroit préférable à tout autre, fi l'on employoit un indigo extrêmement pur ; j'a-
joute ici, que je préfume qu'il feroit plus économique, s'il réuffiffoit
complètement , que le procédé pratiqué par les teinturiers françois :
non feulement il épargneroit beaucoup de main-d'œuvre ; mais il
économiferoit l'indigo ; & l'on ne courroit jamais rifque de perdre
des cuves, ni de tomber malade ; l'art de la teinture doit être très-
mal-fain.

JE viens de faire une expérience qui confirme mon opinion. J'ai
pulvérifé & tamifé de l'indigo de médiocre qualité ; j'en ai jeté une
once dans un bocal de verre , & j'ai verfé par deffus fix onces d'huile de vitriol , pour fuivre les mêmes proportions que M. Q. D.;

je n'ai point ajouté d'alkali fixe ; j'ai agité le vase : l'effervescence a
été à peine sensible ; mais la chaleur a été grande ; il s'est développé
quelques vapeurs qui avoient l'odeur d'acide sulphureux volatil : au
bout d'un quart d'heure, j'ai versé de l'eau sur le mélange, peu à peu,
en agitant continuellement le vase ; j'en ai mis huit livres. (*a*) Au
bout de deux jours, j'y ai mis tremper des étoffes de soie, de laine,
de chanvre & de coton. La soie est l'espèce qui a pris le mieux les
couleurs, mais je n'ai pas été satisfait de celles du chanvre & du coton. Peut-être ne les y ai-je pas mises assès-tôt ; peut-être n'ont-elles
pas resté assès long-temps dans la teinture ; je ne les y ai laissées que
douze minutes ; peut-être exigent-elles quelque préparation que je
ne connois pas. Au reste l'indigo dans cette expérience, s'est précipité de lui même au fond du vase, au bout de quelques jours, sans
être altéré ; ainsi la dissolution n'étoit pas complète ; ainsi il paroît nécessaire dans cette opération de ne pas perdre de temps à teindre
les étoffes.

P. 16. L'auteur prétend, que *les extraits résineux sont également
solubles dans l'eau commune.* Ce principe me paroît trop générali-
sé. Les substances résino-extractives, sont en effet dissolubles dans

---

(*a*) Ce procédé exigeroit plusieurs essais, pour chercher qu'elle est
la proportion la plus avantageuse, d'indigo, d'huile de vitriol & d'eau
qu'on doit employer ; pour savoir combien de temps on doit laisser
l'acide agir sur l'indigo, avant d'y mêler de l'eau ; pour connoître, s'il
est à propos de tenir sur le feu le vase qui contient la teinture ; enfin pour
déterminer quelle est la préparation qu'on doit donner à chaque genre d'étoffes, avant de les plonger dans la liqueur & le temps qu'elles
doivent y rester. Lorsque la teinture seroit épuisée, il seroit facile de
retirer l'indigo qu'elle contiendroit, en y ajoutant de l'alkali fixe, soit
en substance, soit étendu dans beaucoup d'eau, suivant que l'expérience en montreroit la nécessité ; il précipiteroit sûrement toute la fécule,
si elle ne se précipitoit pas d'elle-même. On la purifieroit ensuite, si l'on
vouloit, par les moyens que j'ai indiqués. Elle contiendroit beaucoup
de tartre vitriolé, qu'on pourroit enlever par des décoctions d'eau pure & chaude, qu'on décanteroit étant chaude ; mais ce sel ne nuit point
à la qualité de l'indigo.

l'eau ; parce que les matières extractives fervent d'interméde, pour diffoudre la partie réfineufe qui eft alors en petite quantité ; mais lorf-que les fubftances font extracto-réfineufes , c'eft-à-dire, lorfque les parties réfineufes font en plus grande proportion que les matières ex-tractives , alors l'eau ne les diffout point , ou n'en diffout qu'une très-petite partie; l'indigo eft dans ce dernier cas. Comment l'auteur n'a-t-il pas remarqué que les diffolvants fpiritueux & éthérées, & l'eau bouil-lante, n'ayant pas pu opérer la diffolution de l'indigo, pas plus que les alkalis & les acides minéraux rendus aqueux , il falloit que cette fub-ftance végétale fut de nature réfineufe , & même de l'efpèce des réfi-nes compofée d'une huile non-volatile (*a*) La diftillation de l'indigo donnant beaucoup d'huile en eft une autre preuve. Les matières ex-tractives alliées ou combinées avec lui , font donc elles-mêmes de na-ture gommeufe , mucilagineufe , ou favoneufe , ou faline , ou terreu-fe , ou falino-terreufe , mais non réfineufe.

P. 18. *C'eft un principe connu de tous les indigotiers qu'un indigo eft d'autant mieux réuffi , qu'il a été plus repofé après le battage , & par conféquent mieux dégagé de fon jaune.* L'auteur ne voit que du jaune dans les diffolutions qu'il a faites : elles font en général de couleur fauve & non pas jaune; il y en a de rougeâtres, il y en a de noirâtres, de verdâtres , de bleuâtres.

V o u s favés, Monfieur, ce que vous devés penfer de cette théorie du jaune & du bleu : je ne reviendrai pas fur ce fujet & je paf-ferai même condamnation fur plufieurs points. Mais je me crois obli-gé de relever une erreur qui pourroit être funefte à quelques indi-gotiers , fi fur la réputation du livre, ils embraffoient fans examen l'o-pinion de l'auteur. L'indigo n'eft pas d'autant plus beau, *qu'il a-été plus repofé après le battage.* J'en ai donné les raifons dans le cours de mon ouvrage; & j'ajoute ici que j'en ai fait l'expérience en grand plus d'une fois. On peut bien à la vérité gagner un peu fur la

---

[*a*] L'huile légère qu'on retire de l'indigo par la diftillation , a été atténuée & purifiée par le feu. En foumettant à une rectification l'huile pefante qu'on retire auffi , après la première , par la même diftillation, on obtient encore beaucoup d'huile légère.

quantité, par un long repos, dans les cas seulement où l'indigo se précipite lentement ; mais c'est aux dépens de la qualité ; & compensation faite du prix, loin de gagner, l'on perd. Donc il s'en faut bien qu'on ait d'autant mieux réussi par cette pratique.

P. 21. L'auteur discute avec beaucoup de sagacité la question qu'il se propose à lui-même. Pourquoi les indigots que l'on fabrique aujourd'hui dans le Nouveau Monde, sont-ils inférieurs à ceux que l'on y fabriquoit autrefois. On voit qu'il commence par admettre ce qui est en question. Si en effet, *il faut aujourd'hui* dans la teinture, *presque le double des anciennes doses, pour obtenir le même effet,* p. 20, en suivant le même procédé qu'autrefois, & en ne donnant pas plus d'intensité de couleur aux étoffes ; quoique la fabrique de l'indigo, la culture de l'anil, & l'art de la teinture, soient mieux entendus aujourd'hui qu'autrefois, l'auteur a eu raison de chercher dans une cause générale, les principes d'un effet général. Il croit les avoir trouvés dans l'épuisement des terres des colonies, & dans le défaut des labours. Je n'objecterai pas que l'épuisement des terres de St. Domingue (l'auteur a cette Isle principalement en vue) ne peut être que successif, s'il a lieu; les défrichements s'y font successivement: on fait d'ailleurs, & l'auteur en convient, que les colons de cette isle réparent cet épuisement par l'usage des fumiers, par des arrosements & par la culture.

J E n'ajouterai pas que les Asiatiques cultivent l'anil & fabriquent de l'Indigo, depuis un temps immémorial ; sans avoir remarqué que cette plante ait dégénéré, & que les produits qu'ils en obtiennent aujourd'hui, aient moins de propriété qu'autrefois.

I L semble qu'on devroit attribuer la différence dont parle l'auteur, dans l'emploi de l'indigo d'aujourd'hui comparé à celui des temps antérieurs, plutôt à la façon de la fabrique, qu'à l'influence du sol. Cette matière foisonne à la teinture d'autant plus qu'elle est plus pure ; sa bonne qualité ne proviendroit-elle pas de la main de l'artiste, plutôt que de toute autre circonstance? Je ne déciderai pas s'il en coûte plus à la nature, de combiner ensemble les principes propres à former du bleu, qu'à combiner les substances qui forment les matières extractives. Quoiqu'il en soit; il me paroit que la fertilité du sol doit plus influer sur la quantité, que sur la qualité du produit, d'autant plus que celle-ci dépend jufqu'à un certain point de l'exactitude , de l'adreffe, & de l'intelligence de l'artifte , lorfqu'il travaille avec des herbes louables. Au refte j'approuve fort les labours profonds confeillés par l'auteur, dans toutes les terres, où l'on peut promener la charrue, ce qui ne difpenfe pas de l'ufage des engrais. Il eft impoffible de fe fervir de cet inftrument dans la plufpart des terres de l'Ifle de France, qui font parfemées d'une trop grande quantité de groffes pierres.

LES réflexions que l'auteur ajoute enfuite, p. 25, 26, 27, 28, & 29, me paroiffent judicieufes. Il veut que les indigotiers renferment leur marchandife dans des caiffes carrées, plutôt que dans des barriques ; & qu'ils donnent à leur indigo la forme d'un parallélipipède, de 6 pouces de long, fur 4 de large, fans augmenter la hauteur ordinaire. M. de B. Rafeau, veut au contraire, pour accélérer la deffication (ce qui eft très-important) qu'on diminue la groffeur actuelle des carreaux. Je craindrois qu'en augmentant les dimenfions de la longueur & de la largeur, fans augmenter la hauteur des carreaux, ils ne fuffent fujets à fe fendre pendant la deffication : je penferois qu'il feroit à propos de faire les cubes plus gros qu'on ne les fait, pour entrer dans les vues de M. D. ; & j'ai lieu de préfumer d'après quelques expériences encore imparfaites, que l'indigo eft moins fujet à être friable, lors qu'il eft en gros carreaux qu'en petits ; ce qui feroit une découverte pour l'Ifle de France, où l'indigo qu'on y fabrique a fouvent ce défaut; mais je ne puis difconvenir qu'il feroit plus long-temps à fécher. Quoiqu'il en foit, j'adopte entièrement les caiffes carrées propofées par l'auteur, pour le tranfport de l'indigo ; & je ferois d'avis qu'on colât du papier en dedans & en dehors fur les joints des planches & dans les angles des caiffes. Si l'on vouloit abfolument empêcher les carreaux de fe brifer, par les frottements auxquels ils font fujets dans les caiffes, lors du tranfport, on pourroit envelopper de papier chaque cube, ou chaque parallélipipède.

LA troifième partie du mémoire de M. D. renferme des détails très-intéreffants fur l'art de la teinture, & des procédés nouveaux décrits avec beaucoup de netteté. Permettés moi, Monfieur, de vous faire part de quelques obfervations. L'auteur a parlé de la fabrique de l'indigo, qu'il n'a pu connoître par l'expérience. Je n'ai nulle pratique

dans l'art de la teinture; ainfi je foumettrai mes idées & mes conjectures aux artiftes éclairés qui réuniffent, comme l'auteur, beaucoup de
lumières & beaucoup de zèle, à beaucoup d'expérience. Ces deux
arts, la fabrique & la teinture de l'indigo, ont des rapports certains;
ils peuvent & doivent s'éclairer mutuellement.

J' A V O U E que je n'ai point été fatisfait de la théorie de l'auteur,
fur les procédés de teinture en bleu d'indigo, & fur les phénomènes
qui en réfultent. Les notions que j'ai prifes dans le traité de la teinture des laines par feu M. Hellot, & les idées que m'a fait naître la
fabrique de l'indigo, m'ont conduit aux principes que je vais expofer.

L' I N D I G O eft une fubftance extracto-réfineufe qui eft indiffoluble à l'eau pure. Les alkalis & la fermentation opèrent fa diffolution,
& la réduifent à fes molécules primitives intégrantes; fans cela elle ne
pourroit pas pénétrer les étoffes & les teindre. Cette diffolution eft
marquée par la couleur verte que prend le bain, & qui eft due à l'action des alkalis fur les molécules bleues; ils ne les attaquent point,
tant qu'elles reftent dans l'état d'aggrégation, & n'altèrent point alors
leur couleur; ainfi la teinte verte du bain eft une preuve que l'indigo
a été réduit à fes molécules primitives intégrantes.

D' A P R È S cette théorie, l'art doit avoir pour objet, de rechercher les moyens d'amener la fermentation dans la cuve de teinture, &
de l'y entretenir à peu-près au même degré. Si elle eft outrepaffée,
l'opération eft manquée en tout ou en partie proportionnellement à
l'excès; parce que la putréfaction décompofe & dénature l'indigo.
Voilà une analogie bien marquée entre les opérations du teinturier &
celles de l'indigotier.

P A R M I les fubftances végétales, les réfines font celles qui fe
prêtent le moins à toute efpèce d'altération. Elles ne font pas fermentefcibles; parce qu'elles font concrètes, qu'elles ne contiennent point
d'eau furabondante à leur effence, que leurs molécules ont un grand
degré d'adhérence les unes avec les autres, & qu'elles ne fe laiffent pas
pénétrer facilement par les menftrues aqueux. Les fubftances extracto-réfineufes participent à cette propriété, plus ou moins, à proportion de ce qu'elles approchent de la nature des réfines.

J E répète qu'il eſt néceſſaire de réduire l'indigo à ſes molécules primitives intégrantes pour teindre les étoffes, & qu'on y parvient par le moyen de la fermentation aidée des ſels alkalis. [*a*] On commence par pulvériſer l'indigo, afin que préſentant plus de ſurface, il ſoit attaqué avec plus de facilité. Cette manipulation eſt très-eſſentielle. Je vois dans le mémoire de M. Q. D. qu'on a des moulins pour cet objet, & qu'on pulvériſe l'indigo par le jeu d'une meule de pierres. Je ne ſais ſi le choc des pilons, ne ſeroit pas préférable, c'eſt-à-dire, s'il ne réduiroit pas l'indigo en particules plus déliées. Il me ſemble, que les artiſtes doivent rechercher les moyens mécaniques les plus efficaces, de réduire cette ſubſtance en parties de la plus grande ténuité. On doit déjà conjecturer, mais on verra encore mieux par la ſuite, que le ſuccès de leur opération, dépend ſurtout du degré de ténuité, où ſe trouve l'indigo, quand on le met dans la cuve; ainſi je ſerois d'avis qu'on le tamiſât.

P O U R faciliter la fermentation, on ajoute dans la cuve, outre les ſels alkalis dont nous avons parlé, des ſubſtances fermenteſcibles, telles que du ſon & des racines de garance. On prétend que ces dernières contribuent à la ténacité de la couleur ſur les étoffes : (*b*) ſi ce-

[*a*] Je préſume que la fermentation ſeule opéreroit la diſſolution de l'indigo, ſans mélange de ſels; mais je penſe qu'ils l'accélèrent. Le frottement des molécules des alkalis, contre les particules d'indigo, ſurtout lorſqu'on *pallie*, ou lorſqu'on *braſſe* la cuve, l'effort que font les pointes aigues de ces mêmes ſels, comme autant de coins qui cherchent à s'inſinuer, dans les pores de l'indigo, peuvent contribuer à opérer ſa diviſion. Les ſels procurent encore un autre avantage; ils ralentiſſent les progrès de la fermentation, qui ſans cet obſtacle auroit une marche trop rapide pour les opérations de l'artiſte. Voilà deux effets contraires: comme ils ont lieu ſucceſſivement, ils ne ſont pas contradictoires.

[*b*] L'indigo poſſède par lui-même cette propriété. Les teintures que font les Indiens avec cette matière ſans garance, ſur des toiles de coton, ſont très-ſolides. S'il eſt vrai que la garance fixe le bleu ſur les étoffes, je ſuppoſe qu'on doit attribuer cet effet, à ce que les matières extractives de cette plante donnent un certain moëlleux aux parties réſineuſes qui pourroient être friables.

la

la eft, il me femble qu'on n'en met pas affès, en fuppofant qu'une
augmentation de dofe n'ait pas d'autres inconvénients. (*a*)

J'O S E demander aux artiftes, pourquoi ils ne préparent pas leur
teinture dans des vaiffeaux de cuivre. Craignent-ils que le métal ne
foit attaqué par les alkalis, ou par la fermentation ? les fels fe trouvant noyés en petite quantité dans beaucoup d'eau, & même enve-
loppés dans des matières extractives, ne peuvent pas, ce me femble,
avoir beaucoup d'action fur le cuivre. Quant à la fermentation, je ne
préfume pas qu'elle puiffe attaquer ce métal dans l'état d'aggrégation. (*b*)

J E dois fuppofer que ce moyen a été tenté, & qu'il préfente des
difficultés, puifqu'on employe des cuves de bois. On a penfé qu'un
certain degré de chaleur étoit néceffaire au fuccès de l'opération,
quoiqu'on ne fe foit pas fait des principes ; on a pris le parti de tenir la cuve dans un lieu clos, & de réchauffer le bain de temps en
temps. Mais ne pourroit-on pas fe fervir de cuves de terre cuite? On
fait ufage fur les Vaiffeaux de vafes de cette efpèce, verniffés en dedans,
qu'on appèle *jarres* ; il y en a qui contiennent deux barriques, c'eft-
à-dire 480 pintes : on en feroit de plus grands, fi cela étoit néceffaire. Ces vafes de terre feroient plus commodes que des cuves de bois:

[*a*] La garance teint en rouge. Si elle étoit employée en grande
dofe, elle pourroit communiquer un œil violet aux teintures d'indigo.
J'ignore fi les artiftes font ufage de ce mélange, ou s'ils l'ont effayé. Les
Indiens employent le bois-de-fapan & l'indigo, pour teindre en violet.

[*b*] J'oferai préfenter ici une idée, qu'on trouvera peut-être har-
die, fi perfonne ne l'a publiée avant moi, & qui donnera, fi elle eft vraie,
quelques lumières fur la décompofition des métaux. Je préfume que
touts les êtres compofés de la nature font fufceptibles d'éprouver la
fermentation, & même d'être dénaturés par elle. Les métaux réduits à
des molécules extrêmement ténues, & placés avec des matières fermentefcibles dont le mouvement feroit lent, en un mot dans des circonftances favorables, doivent perdre tout leur phlogiftique, & fe trouver réduits à l'état d'une terre pure, incapable de reprendre le principe qu'elle a perdu, par les moyens de l'art ; mais fufceptible de le re-
couvrer par ceux qu'employe la nature, & de redevenir métal.

O o

on pourroit entretenir dans le bain, à l'aide du feu, un degré de chaleur précis qu'on connoîtroit exactement par le moyen d'un thermomètre suspendu ; il ne s'agiroit plus que de déterminer ce degré. Un habile teinturier le reconnoîtra promptement par l'expérience. Le terme n'en est pas absolument précis ; un peu plus, ou un peu moins de chaleur ne peut pas apporter des différences essentielles dans l'effet ; mais il est un point où en deçà de ce terme, la fermentation seroit trop lente & trop foible, & au delà duquel elle seroit arrêtée. M. Dijonval a reconnu que le cinquante-cinquième degré du thermomètre de Réaumur, (p. 56) étoit celui où une grande cuve portoit bleu. Il ne m'appartient pas de trouver ce terme un peu haut. Je crois cependant que si l'opération réussit dans les cuves de bois au 55.ᵉ degré, comme cette chaleur n'est qu'un moment à ce terme, & qu'il est question de la tenir constante dans la cuve que je propose, il seroit à propos de lui donner moins de chaleur. Il est un degré qui favorise la fermentation ; au dessus de ce degré, elle est retardée : on pourroit donc employer ce moyen de la suspendre, quand on le jugeroit à propos, en augmentant la chaleur du bain. Les vases dont j'ai parlé ont différentes formes ; la plus ordinaire est celle d'un ovoïde tronqué par les deux extrémités. Je suppose qu'on enfermât dans une maçonnerie les deux tiers de la partie supérieure de la jarre ; on laisseroit au dessous une place vide, ce seroit le foyer : une grande bassine de cuivre ou de fer qui contiendroit du sable, s'adapteroit au dessous du vase, & seroit portée sur un trépied mobile comme elle : ce seroit au dessous de cette bassine qu'on entretiendroit du feu ; elle seroit beaucoup plus large que le cul du vase, afin d'empêcher le contact de la flamme sur le vase.

L E S Indiens préparent leur teinture en bleu d'indigo, dans des vases de terre cuite, & n'emploient point l'action du feu ; ils laissent la fermentation s'exciter d'elle-même : j'ignore si leur méthode est préférable à celle des Européens.

O N a soin de *pallier* la cuve de temps en temps, afin de faciliter la dissolution de l'indigo. Elle n'est pas simultanée, c'est-à-dire que toutes les particules ne se dissolvent pas en même temps. Celles que la division mécanique a réduites aux parcelles les plus ténues, sont diffoutes long-temps avant les autres. On ajoute de temps en temps des alkalis ou de la chaux, du fon & de la garance. L'expérience feule a montré l'utilité de cette pratique aux artiftes. Je me flatte, Monfieur, de vous faire voir qu'elle eft fondée en raifon, & que M. Q. D. n'en a pas faifi les motifs, puifqu'il n'a pas foupçonné la non-fimultanéité de la diffolution de l'indigo.

Les alkalis fixes fe volatilifent par l'effet de la fermentation putride; donc ils s'évaporent, donc il eft à propos de les remplacer: ils agiffent fur les grains d'indigo non diffous, puifque cette diffolution fe fait fucceffivement; ils fufpendent un peu le cours de la fermentation, & l'empêchent de fe porter trop promptement au plus haut point de putridité.

Les premières matières fermentefcibles qu'on met dans la cuve fe décompofent; dès lors il n'y auroit plus lieu à la fermentation, fi l'on n'en ajoutoit pas de nouvelles.

C'est donc très-à propos que les teinturiers ne mettent pas dans la cuve tout à la fois les alkalis & les matières fermentefcibles; leur effet pafferoit trop rapidement: une grande partie des grains d'indigo, ne feroit point attaquée, point diffoute, & par conféquent en pure perte.

Voila, Monfieur, quelle eft la théorie que je me fais du procédé de la teinture en bleu d'indigo. J'efpère vous fournir de nouvelles preuves en fa faveur, en attaquant les principes de M. D., & en fuivant le détail de fes procédés.

Venons à la page 48. *Pendant un an & quelquefois dix-huit mois . . . les deux feuls ingrédients qu'on remet fans ceffe dans la cuve, font la chaux & l'indigo.* Il me femble que l'auteur a oublié de parler du brevet, qu'on ajoute auffi de temps en temps; je puis me tromper; & ne fuis pas à portée dans ce pays-ci de vérifier ma conjecture; mais pourquoi emploie-t-on de la chaux en nature? Eft-ce que l'eau de chaux faturée ne feroit pas le même effet? cette liqueur auroit toujours à peu-près, la même force, la même vertu; au lieu que la chaux varie dans fes effets, comme l'auteur l'a remarqué lui-même. Le danger du contact des étoffes avec la pâtée ou bouillie épaiffe qui eft au fond de la cuve, peut être attribué en grande partie à la chaux : en fupprimant celle-ci , on diminue au moins le volume de cette pâtée qui doit être très-confidérable , & affés embarraffante, au bout d'un an de renouvellement continuel; mais le plus fûr eft de faire des effais.

P. 51 Il eft effentiel de battre & de laver les étoffes qui ont été teintes , pour emporter les particules bleues , qui n'ont qu'une adhé-rence fuperficielle avec l'étoffe ; fans quoi elle *déchargeroit fans ceffe les parties colorantes qui font reftées en trop grande abondance à la fuperficie.* On remarque que l'eau qui a fervi aux lavages des étoffes eft fingulièrement colorée.

NE pourroit-on pas employer un autre procédé que celui qui eft en ufage , qui lavât également l'etoffe , mais qui retînt les parties colorantes que l'eau enlève & qui font perdues? Eft-il néceffaire que l'eau fe renouvelle ? Ne pourroit-on pas laver dans la même eau contenue dans une grande cuve, plufieurs étoffes les unes après les autres ; on effayeroit d'alkalifer ou d'aciduler cette eau. Je pencherois à croire, que les acides feroient plus propres à donner de l'éclat & de la fixité aux molécules bleues qui adhéreroient à l'étoffe. Je laiffe aux artiftes le foin d'imaginer les moyens mécaniques les plus fimples, les plus prompts & les plus efficaces de dévider l'étoffe dans la cuve à plufieurs reprifes. Si cette expérience réuffiffoit , il feroit enfuite très-fa-cile de retirer les parties colorantes qui auroient été délayées dans l'eau de la cuve ; il s'agiroit de laiffer le tout en repos. Si les particu-les bleues ne fe précipitoient pas complètement , on pourroit donner un léger battage , enfuite verfer dans la cuve une liqueur alkaline ou acidule; alkaline, fi l'eau eft pure , ou fi elle eft acide ; acidule, fi l'eau eft alkaline.

JE fuis réduit, Monfieur, à des conjectures fur les procédés d'un art qui n'eft pas pratiqué dans le pays que j'habite , & que je n'ai étudié que dans le livre de M. Hellot & dans le mémoire de M. D. Je regrette de ne pouvoir pas les appuyer par l'autorité de l'expérience; mais j'invite cet auteur lui-même à la faire ; je le crois trop bon ci-toyen pour s'y refufer.

CETTE pratique qui ne me paroît ni plus longue , ni plus diffi-cile , ni plus difpendieufe que celle qui eft en ufage , diminueroit la

confommation de l'indigo ; mais je ne fais fi elle ne laifferoit pas à défirer, qu'on découvrît quelque ingrédient qui eut la propriété de fixer
une plus grande quantité de bleu fur les étoffes, furtout fur celles
de chanvre & de coton : cette découverte ne me paroît pas impoffible. Si l'on trouvoit quelque décoction dans le genre végétal, qui
fut de nature gommeufe ou extracto-réfineufe, & qui n'eut par elle-
même qu'une teinte légère, fauve ou brune, mais qui eut la propriété
d'adhérer fortement aux étoffes, on pourroit efpérer que l'indigo fe
fixeroit par affinité fur les parties de la décoction dont je viens de
parler, & qu'il feroit retenu fur l'étoffe par ces mêmes parties : il faudroit donc avant de la teindre en bleu, la préparer dans une pareille décoction. Je ne fais fi le brou de noix, la racine de noyer, le fumac & les
autres fubftances de ce genre, qu'on emploie dans la teinture, ne
rempliroient pas le but propofé. La fuye de cheminée, & furtout les
feuilles d'artichaux & la garance méritent d'être effayées.

P. 53. L'auteur penfe que l'indigo *a un caractère qui le diftingue de toutes les autres fubftances employées dans la teinture ;
c'eft-à-dire, qu'il eft feul fufceptible de fermentation, & même
de fe développer d'autant mieux que cette fermentation eft plus
foutenue.* Je penfe au contraire que l'indigo & les fubftances du même genre que lui, qui font de nature réfineufe, font beaucoup moins
fufceptibles de fermentation, que celles de nature gommeufe, favo-
neufe-extractive, &c. qu'on emploie dans la teinture. L'auteur lui-
même paroît revenir à cet avis, quand il dit, p. 75. première ligne
& fuivantes, que *jamais la partie fondamentale & colorante des
cuves, n'eft diffoute, ni perdue . . . & qu'elle eft toujours prête à reparoître auffi femblable à elle-même & auffi peu altérée que
la matière des précipités quelconques.* (*a*) Cette opinion quoique

---

[*a*] Cette comparaifon n'eft pas d'un phyficien chimifte tel que
M. Q. D. paroît l'être. C'eft un principe inconteftable, que la fermentation dénature toutes les fubftances végétales & animales qui la fubiffent. La plufpart des précipités chimiques fe font inftantanément, &
fans fermentation ; ils font occafionnés par la tendance qu'a tout corps
pefant à fe réunir au centre de la terre, lorfque rien ne s'oppofe à ce

contraire à la précédente, n'eft pas plus vraie. Si la partie colorante n'étoit pas diffoute, elle barbouilleroit mais ne teindroit pas l'étoffe, comme je crois l'avoir prouvé dans mon Effai fur la fabrique de l'indigo, I. P. C. II. La diffolution ne change pas la nature des fubftances; ainfi l'indigo, pour être diffous, n'eft pas perdu; il eft très-facile à l'art de le recueillir : c'eft même en cela que confifte le travail des indigotiers.

I L eft reconnu que les fubftances de nature réfineufe fe prêtent difficilement à la fermentation, à une décompofition; je ne crois pas qu'il foit néceffaire de prouver un principe auffi conftaté. D'un au-

mouvement. Il y a deux fortes de décompofition, l'une des parties conftituantes des corps, l'autre de leurs parties intégrantes. La première eft opérée par la fermentation ou par le feu : elle a lieu en enlevant à un corps, une ou plufieurs de fes parties conftituantes. La feconde a lieu dans les précipitations qui fe font toutes en vertu de la loi des affinités. Dans la première, le corps eft défuni, fes principes prochains fe font féparés. Dans la feconde, une fubftance s'eft féparée d'une autre, ou de plufieurs, mais elle eft toujours & effentiellement la même; les parties qui la conftituoient n'ont point été défunies. Ces principes font élémentaires en chimie. On peut confulter le Dictionnaire de chimie de l'Illuftre M. Macquer, où les principes les plus abftraits font développés avec la plus grande clarté, ouvrage qui a plus contribué qu'aucun autre à étendre cette fcience qui a tant d'influence fur la plufpart des arts.

La fermentation continuée trop long-temps dans la trempoire, attaque les molécules d'indigo, qui étant réduites à leurs parties primitives intégrantes préfentent trop de *latus*, trop de furfaces. Elle enleve l'air fixe qui eft un des principes de l'indigo, & le réduit par cette fouftraction à un état charbonneux, en combinant le phlohiftique, avec l'huile, les fels & la terre de cette fubftance, dans un arrangement différent de celui où ils étoient. Les indigotiers difent que l'indigo eft *brulé*, lorfqu'il eft décompofé par excès de fermentation. Cette expreffion n'eft pas auffi impropre qu'elle pourroit le paroître : ils l'entendent dans un fens figuré, mais elle eft jufte littéralement. Les phyficiens & les naturaliftes ne feront point étonnés que je fuppofe, qu'il fe forme une matière charbonneufe dans l'eau, par l'effet de la fermentation; & ils conviendront touts qu'elle décompofe & qu'elle dénature touts les mixtes qui la fubiffent.

tre côté l'expérience a fait voir à touts les indigotiers , que fi la fermentation eft excédée dans la trempoire, l'indigo qu'ils retirent eft
noir. On peut voir dans mon ouvrage fur la fabrique de cette fubftance, les réfultats d'une fermentation outrée des herbes féches ou
fraîches. On peut amener les chofes au point, qu'on ne retire plus
d'indigo du tout, quoiqu'on emploie l'eau de chaux, ou touts les
précipitants quelconques, & même les acides: le précipité qu'on obtient n'eft plus de l'indigo. Qu'eft donc devenue cette fubftance? N'eft-
il pas clair & démontré qu'elle a été décompofée par l'effet de la fermentation? Ne m'oppofés pas, Monfieur, les expériences de M. D.
comme contraires à celles que je vous cite. J'efpère vous démontrer,
qu'elles font favorables à mon opinion, que cet auteur n'en a pas connu le principe, & qu'il en a tiré des conféquences peu juftes & contradictoires, comme vous venés de le voir : en attendant fuivons, la
lecture de fon mémoire.

P. 54. La couleur noire du bain eft une preuve qu'il contient de
l'indigo décompofé, foit que ce défaut provienne de la nature de celui que le teinturier a employé, & parconféquent du vice de la fabrique ; foit que la fermentation portée trop loin dans la cuve de teinture ait décompofé une partie des mólécules bleues qui s'étoient diffoutes , & qui pouvoient fe trouver en trop petite quantité, pour donner au bain la couleur verte. Alors *l'odeur du bain . . . affecte l'o-*
dorat de la manière la plus piquante & la plus âcre. Si on effaye
de teindre fur une cuve qui offre touts ces caractères, l'étoffe ou refte
entièrement blanche & ne prend aucune couleur, ou fort d'un gris fa-
le, terreux & mal-uni. Tout cela eft une fuite néceffaire de la décompofition des mólécules bleues & de la fermentation excédée. M. D.
n'a donné aucune explication de cet accident.

P. 55. *Mais l'accident qui les allarme encore plus* (les teinturiers) *& qui jufqu'à ce jour a fait le défefpoir des meilleurs ar-*
tiftes, eft celui dans lequel la cuve la plus vigoureufe, change
tout à coup de face, & pour ainfi dire, de nature, paffe du
bleu le plus vif à la couleur de leffives, exhale l'odeur la plus
fétide, & ne fait que devenir de plus en plus infecte, à mefure qu'on
la pallie. Si on rifque de plonger quelque étoffe dans une cuve

exactement réduite à cet état, elle ne prend aucune espèce de nuance, & elle sort exactement telle, que si on l'eut plongée dans l'eau pure. Touts ces phénomènes sont des suites naturelles d'une fermentation excédée qui a décomposé les atomes colorants.

P. 56 & 57. Je ne devine pas pourquoi M. Hellot & M. Dijonval se sont servis d'une cuve de bois, où la chaleur étoit difficile à maintenir, tandis qu'ils pouvoient faire usage d'un vaisseau de métal, ou de terre cuite, pour leur opération de teinture.

P. 59 & 60. Nous voici enfin arrivés à l'expérience séduisante de l'auteur. Sa cuve étant en bon état, *j'ai tenté,* dit-il, *d'en déranger l'équilibre, en y jetant d'abord un excès de chaux. Quoique je lui en eusse donné une livre, en la palliant la veille au soir, je lui en ai encore rendu une livre & demie le lendemain matin, & je ne l'ai plus palliée de la journée. Lorsque je l'ai découverte le lendemain, j'ai trouvé la belle couleur du bain changée en un noir foncé, son odeur étoit absolument celle de la chaux. . . Y ayant plongé un morceau d'étoffe qui la veille auroit été teint du plus beau bleu, au bout de 7, ou 8 minutes, je ne l'ai retiré que d'un bleu pâle, terne & mal égal, après l'y avoir laissé séjourner pendant quatre heures. . . .* L'excès de chaux a précipité les atomes colorants; c'est ce qui a changé promptement la couleur du bain; & c'est ce qui fait que l'étoffe étoit mal teinte, au bout de 4 heures de séjour. Il ne paroît pas, à juger par les symptômes rapportés, que la fermentation fut alors excédée, puisque *l'odeur* de la cuve *étoit absolument celle de la chaux.* Quand il y a excès, l'odeur est très-fétide. J'observe qu'au moment du mélange de la chaux, l'odeur est urineuse; parce que cette substance a la propriété de dégager l'alkali volatil. Si M. D. eut ajouté en une seule fois, toute la chaux qu'il a jetée en deux fois dans la cuve, & qu'il l'eut palliée pendant quelque temps, il auroit d'abord reconnu cette odeur urineuse, vive & pénétrante. Au bout de quelque temps de repos, le bain n'auroit eu aucune nuance de bleu, & n'auroit donné aucune teinte de bleu au morceau d'étoffe; parce que la chaux se trouvant dispersée par les palliements, en quantité suffisante, auroit précipité tous les atomes colorants. La vertu précipitante de la chaux est reconnue depuis long-temps par les indigotiers.

Suivons

Suivons les détails de l'expérience de M. D.

P. 60. Il a *réchauffé* la cuve qui *est restée dans le même état, pendant 4 jours consécutifs.* Il l'a *réchauffée de nouveau après cet intervalle. La cuve qui donnoit encore une fleurée légère avant ce second réchaux, & portoit encore bleu... a cessé d'en donner alors le moindre vestige, son odeur est devenue plus mordante que jamais, sa couleur plus noire.* ... Au bout de deux jours, *j'ai commencé à heurter dessus,* dit-il, *j'ai vu aussitôt une fleurée bien caractérisée.* .... *Je l'ai enfin mise sur le feu le 4e. jour.* .... *J'ai apperçu un changement rapide, même en ravalant, & encore plus, lorsque j'ai eu transvasé tout le bain.* ..*J'ai teint dessus un morceau d'étoffe dans une nuance tout aussi foncée qu'auparavant, sans y avoir cependant remis la moindre particule d'indigo.*

La chaux a la propriété de retarder la fermentation; il n'est donc pas étonnant que la cuve soit *restée dans le même état pendant 4 jours consécutifs.* Au bout de ce temps, la fleurée & le bleu ont disparu, parce que la fermentation du bain a été portée trop loin, & les a décomposés: mais elle n'étoit pas aussi active, dans le fond de la cuve, dans la pâtée, où se trouvoit la chaux ; ainsi la fermentation ne pouvoit développer d'atomes colorants de la pâtée, quoiqu'elle contînt beaucoup d'indigo, d'autant plus qu'on ne donnoit aucun palliement. La preuve de l'excès de la fermentation se tire incontestablement de l'*odeur* du liquide, *devenue plus mordante que jamais* & de *sa couleur plus noire.* Deux jours après, quelques parties alkalines de la chaux, s'étant volatilisées par la fermentation, sont parvenues à dissoudre une partie des grains d'indigo qui étoient dans la pâtée, & qui avoient jusques là résisté à l'action de la fermentation ; alors le simple mouvement de *heurter dessus,* a fait paroître une fleurée.

Le 4.ᵉ jour, *le changement a paru rapide, en ravalant, & encore plus, lorsque j'ai eu transvasé tout le bain.* Notre artiste physicien attribue le changement au dernier réchaux qu'il a donné ce 4.ᵉ jour. Il s'est trompé sur la cause. Un palliement sans réchaux auroit produit le même effet : ce changement existoit dans le fond de la cuve ; il ne s'agissoit que de disperser dans le bain, les molécules

P p

d'indigo, toutes difpofées à la diffolution, mais empâtées par la terre calcaire, le fon, la garance, &c. Pefons les expreffions de l'auteur. *Le changement*, dit-il, *a été rapide, même en ravalant;* c'eft-à-dire, en imprimant du mouvement aux molécules colorantes qui é-toient dans le fond de la cuve en grand nombre, & qui fe font dif-perfées & diffoutes dans la liqueur: le changement s'eft fait *encore plus* fentir, lorfque *tout le bain a été tranfvafé;* parce qu'alors le mouvement a été plus long & plus confidérable, & qu'il a mêlé & difperfé plus efficacement dans le bain, les atomes colorants du fond de la cuve; le même changement auroit eu lieu fans réchaux; pour-vu qu'à l'aide du temps & d'une chaleur fpontanée, la fermentation fut parvenue au même point: il n'eft donc pas étonnant, que la cuve ait teint un morceau d'étoffe, dans une nuance tout auffi foncée qu'au-paravant, fans addition d'indigo, puifque la cuve en contenoit, qui n'a pu fe diffoudre, qu'après plufieurs jours, & par l'action continuée de la fermentation.

JE crois, Monfieur, que l'explication que je viens de donner, eft auffi fimple que vraifemblable. Je n'ofe pas dire qu'elle me paroît une démonftration; mais je vous avoue que je ne puis pas admettre que des réchaux puiffent révivifier un indigo décompofé. Quand mê-me cette hypothèfe feroit appuyée fur des conjectures plaufibles, [ce qui n'eft pas] elle laifferoit encore à défirer une explication. Pour-quoi, & comment cela eft-il ainfi?

L'INDIGO ayant été décompofé par la fermentation, a perdu une partie, mais non totalité de fes principes conftituants, tels que l'air fixe, le phlogiftique & l'alkali volatil; & fe trouve vraifembla-blement dans l'état charbonneux: les réchaux peuvent-ils recombiner enfemble ces principes dans les mêmes proportions où ils étoient au-paravant, avec les fubftances plus fixes qui entrent dans la compo-fition du mixte; tandis que ces mêmes principes touts volatils fe font évaporés en grande partie. Les réchaux ont-ils même quelque action fur une matière charbonneufe? Quand même on fuppoferoit que la décompofition a été complète, & que l'indigo par la féparation de fes principes touts volatils a été réduit à l'état d'une pure terre, pour-roit-on admettre que des réchaux recombineroient cette terre avec les mêmes principes & reformeroient de l'indigo ?

P. 61. Tout ce que l'auteur ajoute enfuite contre le mauvais effet reconnu des réchaux, d'après l'expérience des teinturiers, & d'après la fienne propre (*comme je l'ai éprouvé moi-même*, dit-il) auroit bien du le défabufer fur les caufes qu'il admet du fuccès de fon expérience ; d'autant plus que l'on voit par les détails qu'il en donne, p. 60, que les premiers réchaux n'ont rien opéré de bien. Je ne nie pas que la chaleur ne foit néceffaire, pour ramener, ou pour entretenir, ou pour établir la fermentation. Je répète que celle-ci opère tout le changement avantageux : elle diffout fucceffivement des parties d'indigo qui fe trouvent au fond de la cuve ; mais une chaleur graduée, ménagée & continuelle, eft préférable à celle des réchaux.

L'EXPÉRIENCE plus frappante que l'auteur détaille, p. 62 & 63, ne peut avoir d'autre explication que celle que je viens de donner. Une plus grande quantité de chaux a fufpendu plus long-temps la diffolution de l'indigo, &c. Il feroit poffible de pouffer l'expérience encore plus loin, en concaffant l'indigo, au lieu de le réduire en pouffière : plus les aggrégats feront volumineux, plus leur diffolution fera lente. Tout ceci prouve (ce me femble) qu'il feroit avantageux d'avoir des cuves, que l'on pût échauffer modérément ; afin d'y entretenir une fermentation égale & conftante.

P. 64. J'avoue que je ne conçois pas comment les alkalis qui verdiffent conftamment la couleur bleue des végétaux, dès qu'ils peuvent les faifir en particules déliées, & qui verdiffent auffi les molécules de l'indigo, dans les cuves de la fabrique & dans celles de la teinture, *peuvent ranimer toutes les parties* d'une cuve de teinture. Que les acides quelconques puiffent empêcher l'étoffe de verdir, cela ne me furprend pas : les alkalis ont feuls la propriété de verdir les atomes bleus. Si donc on les neutralife par un acide, ils perdent cette propriété ; alors les molécules d'anir reprennent leur couleur naturelle. L'effet des alkalis fur le bain de teinture, lorfqu'ils font en proportion fuffifante, eft de précipiter les molécules bleues qui font diffoutes ; enfuite, lorfqu'ils fe font transformés en fels volatils par le moyen de la fermentation, ils favorifent la diffolution des grains d'indigo. Seroit-ce là ce que l'auteur entend, quand il dit que les alkalis *peuvent ranimer toutes les parties* d'une cuve ?

J E ne fuivrai pas l'auteur dans fon expérience d'une cuve putréfiée, qu'il femble avoir réparée par des réchaux , & par l'addition d'une grande quantité de chaux. Les réchaux, en faifant évaporer les alkalis volatils qui font alors trop abondants , & les fubftances huileufes devenues éthérées , produifent alors deux bons effets : l'un , de diffiper des matières corrofives , fétides & ternes ; l'autre, de retarder la fermentation ; car le feu à un certain degré & la chaux opèrent cet effet; celle-ci agit enfuite à l'aide d'une fermentation lente fur les grains d'indigo , qui font reftés au fond de la cuve, & qui étant diffous, font que la cuve porte bleu , & qu'elle eft alors propre à teindre. La chaux a de plus la propriété de fe combiner avec les matières extractives qui fe trouvent diffoutes dans l'eau du bain. Le fuccès de cette expérience, je le répète , n'eft dû , comme celui de la précédente, qu'aux grains d'indigo dépofés dans le fond de la cuve , qui ont échappé long-temps à la fermentation , & qui l'ont enfin fubie.

S I l'on prenoit à part de l'eau du haut de la cuve , lorfqu'elle eft en putréfaction totale , & lorfqu'elle ne montre aucune veine bleue , ou verte , ni fleurée bleue , & qu'on réchauffât féparément cette eau , on auroit beau ajouter de la chaux & multiplier les réchaux , on ne rendroit jamais cette eau propre à la teinture, fans une addition d'indigo. J'engage M. D. & les teinturiers de France zélés pour la perfection de leur art, & pour le bien public , à en faire l'expérience : j'ofe d'avance en prévoir le réfultat. S'ils mettent beaucoup de chaux en fubftance , le bain fera conftamment de couleur rougeâtre; ils ne retireront qu'une pâtée un peu colorée. S'ils ajoutent feulement de l'eau de chaux , elle pourra précipiter quelques parties d'indigo noirâtres; d'autres à demi-décompofées , qui pourront préfenter une nuance bleue bien foible ; encore j'en doute: mais je réponds d'avance , que ce bain après bien des palliements , & autant de réchaux quel'on voudra lui donner, ne teindra en bleu aucune efpèce d'étoffe. Si cela eft ainfi, ne feroit-il pas à propos de décanter l'eau d'une cuve putréfiée & qui ne porteroit point bleu ; & de verfer fur le fédiment de nouvelle eau pure & chaude, en y ajoutant du fon, de la garance, & de l'eau de chaux , ou de la chaux en nature ; & en palliant enfuite la cuve ; c'eſt encore une expérience qu'il faudroit tenter.

J E voudrois auſſi que quelque artiſte phyſicien eſſayât, après avoir décanté l'eau d'une cuve tournée ou putréfiée, d'y ajouter de l'eau de chaux phlogiſtiquée, ſuivant un des procédés que j'ai détaillés dans mon ouvrage ſur la fabrique de l'indigo. Le phlogiſtique ſe combinant avec les molécules prêtes à ſe décompoſer, retarderoit peut-être cet effet. On pourroit encore mêler de prime-abord, l'alkali phlogiſtiqué ; par exemple, une leſſive de cendres, avec l'indigo dans les cuves.

P. 71. L'huile de vitriol verſée dans une cuve, même ſans alkali, y occaſionnera d'autant plus d'efferveſcence, qu'elle approchera de la putréfaction ; parce que dans cet état, elle contient des alkalis volatils développés. Mais comme on jette toujours de la chaux dans les cuves de teinture, il en réſultera qu'une partie de l'huile de vitriol formera un ſel ammoniacal avec l'alkali volatil, un tartre vitriolé avec l'alkali fixe, comme la potaſſe, les cendres gravelées, &c., & une ſélénite avec les terres calcaires. Touts ces ſels n'ont point la propriété d'accélérer la putréfaction; ainſi l'expérience citée par M. D. d'une cuve qui s'eſt tournée en très-peu de temps, après l'addition de l'huile de vitriol, de la potaſſe & du borax, ne prouve nullement que cet effet ſoit dû à ces ingrédients. Cette cuve étoit diſpoſée à ſe tourner, & ſe feroit tournée peut-être encore plutôt ſans cette addition. La chaux a pu arrêter enſuite, ou plutôt ſuſpendre la fermentation ; c'eſt l'effet ordinaire de cette ſubſtance, dans les opérations du teinturier & de l'indigotier.

P. 73 & 74. L'expérience d'une cuve qui au bout de plus d'un mois étoit ſans odeur, n'a rien de ſurprenant. Toute fermentation putride a un terme, paſſé lequel elle ne préſente plus les mêmes phénomènes ; c'eſt lorſque toutes les ſubſtances fermenteſcibles ont été décompoſées entièrement.

P. 75. *Qui eſt ce qui peut produire*, dit l'auteur, *des ſymptômes auſſi extraordinaires & ſurtout auſſi rebutants ? je le répète ; ce ſont les commencements de la fermentation putride.* Touts ces ſymptômes ſont plus extraordinaires & plus rebutants, quand la fermentation putride eſt à ſon plus haut période ; & ce n'eſt pas le moment où elle commence. *C'est elle qui produit l'horrible fétidité des cuves.* Rien n'est plus vrai. *C'est elle encore qui fait disparoître toutes les parties colorantes, puisqu'elle ne manque jamais de porter également ses ravages sur le principe colorant de toutes les substances qu'elle attaque, & que la destruction des couleurs est même un des premiers signes de son action.* Tout cela est très-juste ; c'est en décomposant, en dénaturant les atomes colorants, que la fermentation portée à un certain degré, détruit les couleurs. Mais comment dans la même page, l'auteur peut-il dire le contraire. *Jamais la partie fondamentale & colorante des cuves, n'est dissoute, ni perdue, dans celles qui paroissent à la vérité l'annoncer si clairement par leurs symptômes,* &c. . . .

JE m'apperçois un peu tard, Monsieur, que j'ai fait une critique assès longue & assès complète du mémoire de M. Quatremere Dijonval. Je souhaite qu'il rende justice à mes motifs. Cet auteur n'a eu pour but dans son travail, que de se rendre utile au public, auquel il a même sacrifié des découvertes qu'il a cru importantes, & qui auroient pu lui être plus utiles qu'à tout autre. Ce désintéressement prouve une âme noble : il est bien audessus de touts les éloges que l'on peut donner, au mérite d'auteur, ou d'inventeur. C'est avec le plus grand plaisir que je rends justice au patriotisme de ce citoyen. Le sentiment dont il est affecté, sera mon excuse auprès de lui : j'ai cherché comme lui à me rendre utile. Celui de nous deux qui a rencontré la vérité, ne prouve pas qu'il a plus de zèle que l'autre, mais seulement qu'il s'est trouvé dans des circonstances plus heureuses qui la lui ont présentée. Si elle m'a échappé, je serai enchanté d'avoir occasionné son triomphe, & de l'avoir fait reconnoître d'une manière incontestable.

TELS sont, Monsieur, les sentiments qui m'animent. Ils m'ont inspiré la hardiesse & le courage, [je dirois volontiers, la témérité] d'attaquer un auteur couronné par une Académie Savante, qui montre autant de talent que de zèle, qui depuis long-temps a étudié l'art qu'il a traité, qui a parcouru pour s'instruire les ateliers les plus renommés de la France, & qui paroît s'être étayé de l'expérience; tandis que je n'ai aucune étude, aucune pratique sur le même objet.

Ce n'eſt pas chez moi l'effet d'une aveugle préſomption. L'art de la teinture en bleu d'indigo, a beaucoup d'analogie avec celui de la fabrique de cette ſubſtance, que j'ai beaucoup étudié. Je crois avoir ſaiſi la théorie de ce dernier, quoiqu'elle ſoit inconnue juſqu'à préſent aux indigotiers, & même à l'Europe Savante. Si je me ſuis trompé dans l'application que j'ai faite des principes d'un art à l'autre, j'aurai peut-être indiqué aux teinturiers quelques pratiques nouvelles, qui pourront les conduire à perfectionner leur méthode; & j'aurai rempli mon but principal.

J'E N ai eu pluſieurs autres en vous adreſſant cette lettre: d'abord, de prouver par votre témoignage, & par celui des perſonnes que j'ai citées, que je ne me ſuis point approprié la découverte d'autrui; en ſecond lieu de rendre compte de quelques expériences qui m'ont paru intéreſſantes; enfin de vous convaincre des ſentiments du très-ſincère attachement avec lequel j'ai l'honneur d'être,

MONSIEUR,

Votre très-humble & très-obéiſſant Serviteur.

COSSIGNY. FILS.

LETTRE
SUR L'INDIGO-VERD.

A Monſieur Le Monnier, *Penſionnaire de l'Académie Royale des Sciences de Paris, Premier Médecin Ordinaire du Roi.*

A Palma dans l'Iſle de France le 12 Septembre 1779.

JE ſouhaite, Monſieur, que le Mémoire que j'ai l'honneur de vous
adreſſer, & qui traite de la fabrique de l'indigo, vous paroiſſe digne
d'être préſenté à l'Illuſtre Académie dont vous êtes membre. Le zèle
qui l'anime pour le bien public & pour la perfection des arts, m'eſt
un ſûr garant qu'elle honorera d'un regard, un traité plus complet que
touts ceux qui ont paru juſqu'à préſent, d'un art qui intéreſſe la proſ-
périté de nos Colonies, le commerce du Royaume, & pluſieurs manufactures de la Nation.

IL étoit important d'en établir la théorie. Je me ſuis attaché principalement à la ſaiſir & à la développer: elle devoit conduire à des règles certaines, à des manipulations profitables, à des découvertes utiles. Il eut été à déſirer, que ces recherches euſſent été entrepriſes par
quelqu'un qui eut plus de loiſir, plus de moyens & plus de talents que
moi ; je ſens qu'elles ſont imparfaites.

TELLES ſont ſurtout célles qui m'ont procuré une fécule verte
de l'anil. Quoique je n'aye pas encore beaucoup de connoiſſances,
ſur cette ſubſtance nouvelle, je me propoſe cependant de vous rendre
compte des expériences qui m'ont donné ce réſultat. Pluſieurs perſonnes dont je reſpecte l'autorité & les lumières, m'ont engagé à rendre public le procédé, par lequel j'obtenois un indigo-verd. J'aurois
déſiré pouvoir annoncer en même temps l'utilité de cette ſubſtance;

mais

mais j'ignore, fi elle peut être employée dans la peinture, ou dans la teinture.

L e procédé pour l'obtenir eft fimple.

O n y parvient fans fermentation: elle eft même nuifible au fuccès de l'opération. C'eft d'abord une trituration; enfuite une macération, qui n'eft pas abfolument néceffaire; 3.º une filtration; 4.º une infufion; 5.º une précipitation fpontanée; 6.º une décantation; 7.º une purification par des lotions; 8.º une filtration plus complète; 9.º une deffication.

P i l é s des herbes fraîches d'anil; mettés les tremper avec un peu d'eau pure, ou d'eau de chaux, pendant une heure; foumettés les à la preffe; mettés à part l'eau que vous retirerés, & que vous filtrerés deux ou trois fois, au travers d'un linge un peu ferré: ajoutés de nouvelle eau fur le marc, de façon qu'il foit feulement trempé; & mettés le tout à la preffe au bout d'une heure; filtrés encore plufieurs fois la feconde eau que vous retirerés. On peut mêler enfemble les deux liqueurs qu'on a obtenues, ou les tenir féparées. J'obferve que la première donne un fédiment qui paroît d'une couleur plus vive que la feconde.

S i l'on humectoit les herbes une troifième fois, & qu'on les mît à la preffe, on pourroit encore retirer un peu de fécule verte, en petite quantité & de qualité médiocre.

O n ajoutera beaucoup d'eau de chaux vive aux deux liqueurs; on les agitera; enfuite on les laiffera repofer: après quoi l'on décantera l'eau furnageante. On trouvera au fond du vafe une fécule verte d'une belle couleur: fon éclat dépend de l'exactitude des procédés que je viens de détailler, & de plufieurs autres circonftances que je rapporterai.

J e penfe qu'il eft à propos de l'épurer fur le champ, c'eft-à-dire, pendant qu'elle eft molle; elle eft alliée avec des matières extractives, dont il eft facile de la féparer; il s'agit de la laver plufieurs fois dans de l'eau de chaux; enfuite dans plufieurs eaux bouillantes: elle donne à l'eau pure une couleur jaunâtre tirant fur le rouge, à l'eau de chaux une couleur brunâtre.

P o u r opérer cette purification, l'eau de chaux a plus d'ac-

Q q

tion que l'eau pure , ou même qu'une eau acidule : j'ai obfervé que celle-ci terniffoit la couleur verte. Lorfque cette fécule a été purifiée, elle devient moins noire en féchant ; elle a même une nuance foible d'olives , furtout lorfqu'elle eft réduite en poudre.

A P R È S cette opération , on mettra la pâte égoutter dans des facs, enfuite dans des caiffes, pour la faire fécher. L'anil rend une plus grande quantité de fécule verte que de bleue.

C E T T E pâte verte eft comme l'indigo, indiffoluble à l'eau; elle ne s'y délaye même pas, elle paroît avoir plus de vifcofité. Lorfqu'elle eft fraîche & encore humide,elle peint le papier & la toile en verdfoli-de. Je n'ai pas pouffé les expériences de ce genre affès loin : elle eft noire,lorfqu'elle eft féche ; la pâte eft très-fine & fans éclat; elle prend le poli, fans couleur , fans nuance cuivrée, lorfqu'on la frotte avec l'ongle. Elle a même étant féche & bien purifiée, une odeur que je ne puis pas définir ; fans être putride , elle n'eft point agréable.

L'A C I D E nitreux & l'eau régale la décompofent fans effervef-cence & fans chaleur bien fenfible , & la réduifent en une terre tirant fur le brun foncé , mais affès vif.

L'A C I D E vitriolique concentré verfé fur cette pâte réduite en poudre , n'en diffout qu'une très-petite partie. Lorfqu'on ajoute un peu d'eau , il fe développe une grande chaleur fans effervefcence.

L'A C I D E marin pur , mais non fumant, ne paroît avoir aucu-ne action fur cette fubftance, ne caufe aucune effervefcence, aucune chaleur.

L E S acides minéraux étendus dans beaucoup d'eau & les alka-lis fixes en liqueur , n'ont aucune action fur elle ; mais ils la purifient de même que l'indigo bleu , en lui enlevant des matières étrangères qui fe trouvent alliées avec elle.

L'E A U bouillante verfée fur cette fécule verte réduite en poudre, & agitée pendant quelque temps, fe charge d'une fubftance fauvetrès-foncée , lorfque la pâte n'a pas été purifiée ; mais ne prend point ou prefque point de couleur, lorfque la pâte a été lavée plufiéurs fois, pendant fa fabrication.

L O R S Q U' O N la réduit en pouffière très-fine, l'efprit de vin rectifié paroît en extraire quelques parties , furtout fi cette pâte n'a pas été bien purifiée..

LORSQU'ON preffe les herbes immédiatement après qu'elles ont été pilées, & qu'on y ajoute très-peu d'eau, afin de faciliter l'écoulement des fucs de la plante, on retire très-peu de fécule verte, mais elle eft plus belle.

J'AI parlé fuccinctement de ce procédé, en rapportant dans mon *Effai fur la fabrique de l'indigo*, des expériences que j'ai faites : mon deffein étoit alors d'en faire de nouvelles fur cette matière; afin de confirmer la réalité de cette découverte, d'en perfectionner la manipulation, & d'en reconnoître l'utilité, s'il étoit poffible : je n'ai pas eu le loifir de pouffer mes recherches fort loin : tout ce qu'elles m'ont appris, c'eft que l'on pouvoit obtenir un produit plus beau, en employant des feuilles épluchées, au lieu des tiges chargées de leurs feuilles, & en fuivant le procédé tel que je l'ai indiqué.

SI l'on verfe de l'eau bouillante fur les feuilles d'anil pilées, cette infufion prend une couleur brunâtre & rougeâtre très-foncée. Lorfqu'elle a duré long-temps, elle donne après le repos un fédiment d'un bleu noir, que l'acide avive fort-peu. Cette même infufion précipitée par l'eau de chaux donne un fédiment encore plus noir & moins bleu, fur lequel l'acide a peu d'effet.

SI l'on verfe de l'eau bouillante fur les feuilles d'anil épluchées, mais entières, l'infufion prend d'abord une légère couleur verte; mais au bout de quelque temps, en agitant le mélange, elle devient d'une couleur foncée, & enfin d'un noir brun. Le fédiment qui en provient, foit fpontanément, foit par l'action de l'eau de chaux, eft à peu-près le même que le précédent, d'un bleu noir que l'acide n'avive pas.

CES expériences confirment celles dont j'ai rendu compte dans mon *Effai fur la fabrique de l'indigo*, qui prouvent que les matières extractives de l'anil donnent le plus fouvent à l'eau, une couleur rougeâtre & noirâtre, & qu'elles font noirâtres, lorfqu'elles font aggrégées. On verra dens la 4.e fection des additions, qu'il eft effentiel de ne faire durer les infufions que quelques minutes, lorfqu'on veut en retirer de l'indigo bleu.

J'IGNORE fi d'autres perfonnes avant moi, ont eu connoiffance de ce produit verd : mais je viens de lire dans le Journal *Encyclopé-*

dique ou Univerſel de Bouillon, 1.er Décembre 1777. T. VIII. P. II., quelque choſe qui y a rapport. Le Journaliſte rend compte des obſervations que *M. Sage des Académies Royales des Scien-* *ces de Paris, de Stockholm, &c.* a données dans ſes *Eléments de* *minéralogie docimaſtique, ſur l'indigo, fécule bleue, qu'on retire* *de l'anil, en faiſant macérer dans l'eau cette plante, pendant 24* *heures*, p. 193.

J'OBSERVERAI d'abord que le journaliſte s'eſt trompé ſur le moyen & ſur la durée du temps; il eſt très-rare que l'opération qui eſt une fermentation, & non une macération, aille juſqu'à 24 heures, & ſa durée varie.

ENSUITE je prendrai la liberté d'oppoſer mes expériences aux conſeils que donne cet Académicien Célèbre ſur la fabrique de l'indi-go. Plus un auteur a de réputation & de mérite, plus ſes erreurs ſont dangereuſes.

M. Sage a reconnu que la plante devoit éprouver un degré de *pu-* *tréfaction*, pour qu'on put en extraire la fécule bleue. Il ajoute (p. 193 du journal cité)*Lorſque l'anil n'éprouve qu'une fermentation* *acide, comme quand les nègres la font manquer entièrement dans* *la cuve, en y jetant du ſuc de citrons, la partie colorante ne ſe dé-* *veloppe point, & l'on ne peut raſſembler l'indigo.*

LA fermentation de l'anil livrée à elle-même, n'eſt jamais acide. J'ai verſé pluſieurs fois dans le bas de mes cuves du ſuc de citrons, juſ-qu'à la quantité de huit bouteilles, par eſſai, dans la vue de ralentir la fermentation de cette partie : elle n'a pas été *manquée* pour cela. Il ne paroît guère poſſible, que les nègres puiſſent ou veuillent ſe pourvoir d'une aſſès grande quantité de ſuc de citrons, pour faire *manquer* la cuve; ils ſont trop pareſſeux pour prendre cette peine. J'ai mis des herbes d'anil dans du jus de citrons pur; & je n'ai pu en effet obtenir d'indigo; parce que cette liqueur arrête la fermentation, qui eſt néeeſſaire à la diſſolution des molécules colorantes; à moins qu'on n'employe une liqueur preſque bouillante; & ce n'eſt pas ce pro-cédé dont il eſt queſtion.

M. Sage croit qu'il ſeroit bon auſſi de mettre un peu d'alkali dans la batterie.... *Car ce ſel a la propriété d'aviver la couleur bleue de l'indigo.* P. 194. Si l'on met peu d'alkali dans la cuve, son effet n'eſt pas ſenſible, puiſqu'elle contient ſuivant la pratique ordinaire, au moins 200 pieds cubes d'eau. Si on en met beaucoup avant le battage, l'alkali tiendra une partie des molécules du grain diviſées, & empêchera leur réunion, & précipitera l'autre partie en verd; ainſi l'addition de ce ſel ſeroit défavorable au ſuccès de l'opération, excepté dans le cas d'une fermentation excédée. Si c'eſt après le battage, qu'on met l'alkali dans la batterie, nous allons voir que notre chimiſte ſe trompe ſur le motif & ſur l'effet du conſeil. L'alkali jeté dans la cuve en doſe ſuffiſante après le battage, précipite l'indigo; ce qui eſt un effet avantageux; mais ce ſel n'avive pas la fécule; c'eſt tout le contraire, puiſqu'il fait prendre la couleur verte aux molécules bleues de l'extrait, & le plus ſouvent une nuance terne, ſale, & qui tient un peu d'un ton brunâtre. M. Quatremere Dijonval penſe auſſi que l'alkali avive la couleur bleue de l'indigo. Voici ce qui auroit pu induire en erreur les deux obſervateurs, s'ils avoient eu connoiſſance de ce procédé. Quand on veut purifier l'indigo qui eſt dans le commerce, qu'on le pulvériſe, & qu'on le mêle avec une diſſolution alkaline, il eſt certain qu'elle diſſout des matières extractives qui obſcurciſſent la couleur bleue, à proportion de leur quantité. En décantant l'eau de la diſſolution, on retire donc des matières étrangères qui altéroient la couleur bleue; elle paroît enſuite plus belle. Mais il eſt facile de voir que l'alkali dans cette opération n'a point agi ſur l'indigo; parce que celui-ci n'eſt pas réduit à ſes molécules primitives intégrantes. Dès que l'alkali peut agir ſur ces molécules, il les verdit: ainſi il a une propriété contraire à celle qu'on lui attribue. C'eſt l'acide qui dans tous les cas, donne réellement de l'éclat, du brillant, du changeant à l'indigo, & qui l'avive.

JE trouve (p. 194 du même journal) un procédé attribué à M. Sage pour tirer de l'anil une plus grande quantité d'indigo. Le voici. *On a remarqué qu'après avoir expoſé à l'ardeur du ſoleil, l'eau deſtinée à la macération de l'anil, on retiroit de cette plante une plus grande quantité d'indigo. Cela provient de ce que l'eau chaude ouvrant davantage les pores de la plante, en ſépare plus facilement la fécule colorée.* J'en demande pardon à cet Académicien, dont je connois la réputation , & dont je respecte les lumières; mais je suis obligé de dire qu'il a été trompé. Il n'a pas pu suivre lui même les détails de la fabrique de l'indigo; il est parti d'une fausse supposition sur le rapport d'autrui. *L'eau destinée* à la fermentation & non pas *à la macération de l'anil , exposée à l'ardeur du soleil* ne procure pas dans les colonies *une plus grande quantité d'indigo* , que l'eau prise à la rivière. Les expériences nombreuses que j'ai faites à ce sujet, m'ont fait voir, que la fermentation étoit un peu plus prompte, lorsqu'on employoit de l'eau d'un réservoir exposé au soleil : on peut environ gagner 25 à 40 minutes, plus ou moins ; j'ai comparé dans le même moment expérience à expérience. Mais si l'on gagne un peu sur le temps, on ne gagne rien sur le produit. Les cuves qui fermentent le plus promptement ne sont pas celles qui rendent essentiellement le plus d'indigo. Si la quantité du produit étoit une suite de la promptitude de la fermentation , il y auroit des moyens de l'accélérer , bien plus efficaces que celui dont on parle , qui est connu depuis long-temps , & même pratiqué par plusieurs indigotiers. L'eau chaude mêlée en certaine quantité à l'extrait a cette propriété : les ferments la possèdent encore. On pourroit aussi entasser à sec les herbes dans la trempoire , & les y laisser fermenter sans eau, pendant quelques heures. Si l'on ne compte pas le temps de cette fermentation séche , celle qui suit avec de l'eau est plus prompte qu'à l'ordinaire , surtout si l'on emploie de l'eau un peu tiède.

L' E A U *chaude ouvrant d'avantage les pores de la plante en sépare plus facilement la fécule colorée.* Donc il faut faire bouillir les herbes dans de l'eau : il me semble que M. S. auroit du tirer cette conséquence, plutôt que celle qu'on trouve dans le Journal & que je vais transcrire. *M. S. croit donc qu'il y auroit de l'avantage à écraser l'anil sous une meule , avant que de le jeter dans la cuve.* (p. 194).

P R E M I È R E M E N T , je ne crois pas qu'il soit facile d'écraser promptement sous une meule, 40 , 50, ou 60 paquets d'herbes de 60 livres chaque, pour former une cuve. Des herbes fraîches s'empâtent sous une meule mouvante ; il n'est pas aisé de les conduire entre les deux meules , pendant que l'une des deux est en action. Il ne feroit pas facile non plus, de broyer promptement une grande quantité d'herbes, par le moyen des pilons. Ceux qui font mus par l'eau ou par des chevaux, retombent toujours dans le même point : comme les herbes ne gliffent point dans le mortier, il n'y auroit que celles qui fe trouveroient fous la ligne des pilons qui feroient broyées ; il faudroit donc avoir des mortiers cylindriques & des pilons de même forme & de même diamètre, ou faire agir ceux-ci à bras d'hommes. De quelque façon qu'on s'y prenne, c'eft une augmentation de main-d'œuvre, & par conféquent une dépenfe de plus.

SECONDEMENT, on obtient par le procédé indiqué par M. S. un indigo verd, & rien autre, lorfqu'il n'y a point de fermentation; car lorfqu'elle a lieu, on n'obtient qu'un fédiment terne & noirâtre.

LE même Journal attribue à M. S. (p. 194 & 195) la *manière d'empêcher l'indigo de moifir, & d'aviver la couleur bleue de cette fécule.* C'eft le même procédé à peu-près, que celui de M. Quatremere Dijonval. Vous avés vu, Monfieur, ce que vous deviés en penfer, fi vous avés jeté les yeux fur la lettre que j'ai écrite à M. le Baron de Souville. On lit enfuite. *Un Américain a obfervé que ce procédé avantageux, ne feroit peut-être point adopté, par la raifon que ceux qui font ce commerce, font habitués à eftimer l'indigo par le ton de fa couleur, & règlent fur cette couleur le prix plus ou moins haut qu'ils y mettent. Une autre caufe qui mettra peut-être obftacle à cette amélioration* (p. 196) *de l'indigo dans nos Colonies, c'eft que cette fécule diminue d'environ un 20.me de fon poids.*

SI l'indigo eft avivé par un procédé quelconque, c'eft-à-dire, fi la couleur bleue a plus d'éclat, plus d'intenfité, plus de netteté, *ceux qui font ce commerce,* & qui *font habitués à eftimer l'indigo par le ton de fa couleur,* doivent fans doute eftimer d'avantage celui qui a plus de *ton,* plus d'éclat, & *régler fur* la plus belle *couleur le prix* le plus haut. S'il eft tel, qu'il excède la diminution du poids, caufée par le procédé de l'avivage, je ne vois pas pourquoi il ne feroit pas adopté dans nos colonies.

L'AMÉRICAIN cité a trouvé que la *fécule,* par le procédé de M. S., *diminue d'environ un* 20.me *de fon poids.* Ne voit on pas que cette diminution doit varier à raifon de la qualité de la fécule, de l'exactitude qu'on apporte dans les détails de la purification, enfin de la méthode elle-même plus ou moins efficace.

J E ne suivrai pas ce que le Journaliste dit ensuite des observations de M. S. sur la fabrication du sucre ; ce n'est pas mon objet. Je me contenterai d'observer, qu'il seroit à désirer que quelque chimiste aussi habile que lui entreprît le voyage des colonies, pour faire des recherches sur plusieurs arts qui me paroissent susceptibles de perfection; & je mets au premier rang celui de fabriquer le sucre. Je reviens à mon sujet.

D E S herbes d'anil entières mais épluchées, mises à infuser au bout de 24 heures, qu'elles ont été coupées, avec de l'eau bouillante, pendant 15, 20 & 30 minutes, donnent un précipité terne & olivâtre, par l'action de l'eau de chaux, mais en petite quantité ; l'acide donne à ce sédiment une couleur plus noire que bleue.

S I l'on met les herbes d'anil pilées, étant fraîches avec de l'eau bouillante, pendant quelques heures, on ne retire qu'une fécule olivâtre & terne. Si ce marc prend un degré de fermentation, la fécule en est d'autant plus altérée, que la fermentation a été portée plus loin. Elle ne présente pas les mêmes phénomènes que celle qui accompagne les herbes entières : elle est à la vérité plus avancée dans le bas que dans le haut de la cuve, mais elle ne produit aucune écume, & quelquefois aucune crême sur la superficie de l'eau; cependant le battage développe ensuite une grande quantité d'air, mais point de molécules bleues.

J' A I mis dans une futaille des herbes pilées sans eau ; il n'y avoit point de chaleur sensible à la main, au bout de 10, 12, 15 & même 20 heures, comme dans les herbes entières. J'ai répété cette expérience, en mettant un thermomètre dans les herbes pilées ; il a pris deux degrés de chaleur de plus, qu'un autre qui servoit de comparaison; ces herbes n'ont donné aucun résidu.

J' A I mis de l'eau dans la futaille qui les contenoit. Au bout d'une heure ou deux, j'ai retiré une fécule verte, mais moins vive que celle que j'ai obtenu des herbes pilées qui n'avoient eu aucune fermentation préliminaire. Au bout de quelques heures, la fécule étoit un peu terne ; ensuite je n'ai obtenu qu'un précipité sale de

couleur

couleur jaunâtre & brunâtre.

L'INDISSOLUBILITÉ de l'indigo-verd dans les menftrues aqueux, fpiritueux, acides & alkalins, exige vraifemblablement qu'on le traite comme l'indigo, pour l'employer dans la teinture. Peut-être que la fermentation le décompofera & changera fa couleur.

J'AI effayé le procédé fuivant. J'ai réduit de l'indigo-verd en poudre très-fine ; je l'ai mêlé avec de l'huile de vitriol pure ; il ne s'eft excité aucune chaleur, aucune effervefcence, même en agitant le mélange ; j'ai laiffé repofer la liqueur pendant quelques heures ; enfuite j'ai ajouté de l'eau pure à plufieurs reprifes, en agitant le vafe ; il s'eft excité une chaleur très-forte fans effervefcence. Lorfque la liqueur a été refroidie, j'y ai mis fans préparation des échantillons d'étoffe de foie & de coton, que j'y ai laiffé tremper pendant fix heures; je les ai retirés verds; je les ai lavés dans de l'eau pure; ils ont déchargé la plus grande partie de leur teinture ; cependant la foie a confervé une nuance verte ; mais l'acide n'a diffout que quelques parties de la fécule ; le furplus eft refté au fond du vafe.

DE qu'elle nature eft cette fubftance ? quels font les mixtes qui la compofent ? eft-elle un mélange des atomes bleus avec les atomes jaunes? eft-elle plutôt un indigo verdi par une furabondance d'alkali volatil ? fur toutes ces queftions, je ne puis que préfenter mes doutes.

L'INDIGO-VERD paroît être une fubftance extracto-réfineufe, comme l'indigo bleu, & contient une plus grande quantité d'huile ténue & d'alkali volatil ; ce fel y exifte tout formé en grande quantité. C'eft à l'expérience à nous apprendre, fi cette fécule peut être de quelque utilité dans la pratique des arts ; je ne fuis pas à portée d'en faire l'effai. Il me fuffit de l'avoir fait connoître, & d'avoir faifi cette occafion de vous affûrer du très-fincère attachement avec lequel j'ai l'honneur d'être,

MONSIEUR,

Votre très-humble & très-obéiffant Serviteur.

COSSIGNY. FILS.

Rr

ADDITIONS
A L'ESSAI SUR LA
FABRIQUE DE L'INDIGO.

L'ESSAI sur la fabrique de l'indigo, ayant souffert un retard affès considérable dans l'impreffion; parce que l'Imprimerie Royale qui eft là feule que nous ayons à l'Ifle de France a été occupée pour les befoins du fervice, j'ai fait quelques obfervations & quelques ex-périences nouvelles, dont je vais rendre compte. Il n'a pas été poffible d'intercaler les unes & les autres dans le corps de l'ouvrage; le défaut de caractères ne permet pas d'imprimer plus de deux feuilles à la fois; lorfqu'elles font tirées, on eft obligé de défaire les planches. Peu de perfonnes connoiffent toutes les difficultés qu'on éprouve ici pour donner au public un ouvrage un peu confidérable. Je dois ren-dre juftice au zèle infatigable & à l'intelligence de M. Lambert, Em-ployé du Roi, Directeur de l'imprimerie Royale : aucun obftacle n'a pu l'arrêter; aucune veille ne lui a coûté. Il eut été à défirer que tant d'empreffement à fervir le public, eut rencontré une occafion plus ef-fentielle.

I.

Moyen de connoître le degré du battage.

L'EXPÉRIENCE m'a indiqué un moyen de connoître le de-gré du battage, dont je n'ai pas fait mention dans le cours de mon ouvrage. On prend de l'extrait, pendant qu'on le bat, quand il com-mence à devenir d'un bleu foncé; on le verfe dans un compotier; ou y ajoute un peu de précipitant, environ la dixième partie; on agi-

te les deux liqueurs un moment , tant pour les mêler , que pour réunir les molécules d'indigo ; enfin on laiffe le tout en repos. La groffeur du grain , fa précipitation plus ou moins prompte , & furtout la
couleur rouffe de l'eau , montrent que le battage eft au degré convenable.

IL y a des herbes de mauvaife qualité , dont l'eau conferve une
couleur verdâtre , malgré le battage & malgré l'effet du précipitant ;
c'eft un avis d'augmenter la dofe de ce dernier. Dans ce cas, il eft affés
difficile de faifir le point précis d'un battage convenable ; mais
on reconnoîtra qu'il eft parvenu à ce degré, lorfqu'on verra un cerne de couleur rouffe , qui fe forme tout au tour de l'extrait , après
le mélange du précipitant , après l'agitation des liqueurs , & après le
repos : l'eau ne devient rouffe qu'au bout d'un temps très-long: quelquefois elle refte verte ou verdâtre , furtout lorfqu'on travaille avec
des herbes âgées ; mais on ne doit pas s'en inquiéter , dès que l'effet
du précipitant a été prompt dans le compotier , & que l'eau prend
après le repos le cerne roux dont j'ai parlé.

II.

Proportions de la quantité de précipitant qu'on doit employer par chaque cuve.

J'AI dit dans le cours de mon ouvrage , que je ne pouvois pas
affigner les dofes du précipitant qu'on doit mêler à l'extrait : en effet
elles font fujettes à varier ; j'en ai détaillé les raifons. Une plus longue expérience me permet aujourd'hui d'indiquer un à peu près.

LORSQU'ON a travaillé avec de bonnes herbes , & que la
fermentation & le battage, ont été faifis à propos, une barrique de
précipitant fuffit pour l'extrait d'une trempoire qui a trois cent pieds
cubes de capacité; mais dans tout autre cas, il en faut une barrique
& demie, & quelquefois deux barriques.

SI les herbes font de mauvaife qualité, fi la fermentation a été
outrée, il faut employer la plus grande dofe de précipitant. Toutes les
fois qu'après un battage convenable , l'eau de l'extrait verfé dans un

R r ij

compotier & mêlé avec le précipitant, ne fera pas claire & rouffe ;
mais embrouillée, ou verdâtre, ou noirâtre, & que le grain fera petit & léger, il faut la plus grande dofe d'alkali phlogiftiqué, c'eft-à-
dire deux barriques, pour les cuves qui ont trois cents pieds cubes de
capacité : cette liqueur ne coûte guère que la peine de la faire ; & l'on
court moins de rifques à en mettre plus que moins.

III.

Avis aux indigotiers fur le moyen de fabriquer de l'indigo avec les herbes âgées.

L'ANIL eft en général une plante vivace : j'en connois plufieurs
pieds qui ont plus de dix ans. J'avois préfumé qu'on pouvoit en tirer
parti: les premiers effais que j'avois faits en petit fembloient le promettre; mais il falloit s'en affurer par des expériences répétées en grand: celles que j'ai faites depuis deux ans & demi, que je travaille à la fabrique
de l'indigo, demandent encore quelques années, pour avoir toute la
certitude qu'on peut leur défirer : cependant elles donnent dès à préfent les plus grandes efpérances du fuccès, & me paroiffent mériter
par leur importance & par les conféquences heureufes qui en déri-
vent, toute l'attention des indigotiers.

J'AI fait planter au mois de Décembre 1777, des graines d'a-
nil-bâtard & céré, fans les mêler, dans un champ qui fe trouve au
pied de la Montagne du Corps-de-garde, & qui eft en pente ; les
unes & les autres n'ont levé qu'en partie : en même temps j'avois fait
planter du maïs dans les mêmes champs : il n'a pas nui à la végétation des anils qui avoient levé ; il a donné une récolte honnête, malgré la grande fécherefle qu'il effuya au commencement de 1778. En
Janvier de cette année, je fis planter de nouvelles graines d'anils dans
les mêmes champs ; elles ne réuffirent pas à caufe de la fécherefle
dont je viens de parler. Je renouvellai cette plantation dans les mois
de Février & de Mars 1778 ; enfin les champs fe trouvèrent garnis :
on ne leur a donné d'autres foins que de les farcler de temps en temps.

DEPUIS cette époque jufqu'au moment où j'écris ces addi-

tions [en Avril 1780] ces deux espèces d'anils qui font dans une
terre rougeâtre, plutôt maigre que graffe, ont fourni huit coupes
plus abondantes les unes que les autres : les herbes font plus hautes,
plus touffues & plus nourries dans l'été que dans l'hyver ; mais la huitième coupe qui a été faite dans une faifon favorable, a été la plus
confidérable & la plus fruchueufe : les plantes ne font point épuifées,
& promettent de nouvelles récoltes. Une partie du champ qui eft au
pied de la Montagne du Corps-de-garde a été abandonné à elle-même, après la coupe du mois de Septembre 1779, parce que je me
propofois de détruire les anils bâtard & céré que j'y avois fait planter,
pour y fubftituer l'anil-bouchet, dont le produit eft plus confidérable.
Des occupations plus effentielles ne m'ayant pas permis de fuivre ce
projet, ce même champ fe trouva garni de mauvaifes herbes, au bout
de deux mois, au point qu'elles couvroient toutes les plantes d'anils ;
mais quelque temps après, ceux-ci prirent le deffus ; ils avoient en Février 1780, plus de quatre pieds de haut ; ils étoient très-verds, très-
touffus & chargés de feuilles. J'allois les mettre en coupe, au moment
de l'Ouragan du 21 Février dernier ; il les a dépouillés prefqu'entièrement de leurs feuilles ; il a deffëché une grande partie des fommités des
branches ; mais il n'a pas endommagé les fouches, ni les branches qui
ont repouffé de nouvelles feuilles, & qui ont porté de nouvelles fleurs.
La plufpart des filiques qui étoient nouées avant l'ouragan, ont réfifté
& ont pris de l'accroiffement ; je viens de couper ces herbes le 10
Avril, & par conféquent fept femaines après l'Ouragan ; elles m'ont
fourni beaucoup d'indigo & très-beau ; la fermentation a été très-
prompte ; mais le temps a été orageux, pendant la fabrique ; le battage a duré cinq quarts d'heures, un peu plus, un peu moins ; il a fallu
beaucoup de précipitant, pour occafionner la précipitation du grain ;
& malgré fon effet, l'eau étoit un peu noirâtre. Toutes les cuves que
j'ai faites ont été faciles, & m'ont fourni un indigo violet très-beau.

J'AUROIS mieux fait de récéper toutes ces plantes immédiatement après l'Ouragan ; & c'eft le confeil que je donne aux indigotiers qui fe trouveront dans le même cas. Les champs dont les anils
avoient été coupés quelques jours avant l'Ouragan, n'ont pas été en-
dommagés ; les plantes âgées qui fe font trouvées abritées par des

arbres, ont peu souffert ; je pense donc qu'il est très-à propos de divi-
ser par carrés les plantations d'anils, & de les entourer par des allées
d'arbres, ou par des charmilles; afin de protéger les indigofères contre
la violence des coups de vent.

I L résulte de ces expériences , 1.° qu'on peut planter du maïs, en
même temps que des graines d'anils, dans le même champ ; pourvu
que le premier soit un peu plus espacé que de coutume ; sans craindre qu'il ne nuise à la végétation des anils : par ce moyen on aura une
récolte de maïs , sans rien perdre sur celle des herbes ; 2.° que les
plantes souffrent peu des ouragans, lorsqu'elles sont fortes & vigou-
reuses , c'est-à-dire avancées en âge , & qu'on ne perd que la récolte pendante; 3.° que les vieilles souches ne périssent pas, quoiqu'enfouies dans les herbes ; 4.° que ces plantes résistent plus de deux ans
aux coupes qu'on fait avec précaution ; 5.° qu'elles produisent, pourvu qu'on fasse usage du précipitant en grande dose , autant d'indigo la
troisième année que la première , & qu'il est de très-bonne qualité.
J'insisterai sur ces dernières conséquences , parce qu'elles me paroissent très-importantes.

A St. Domingue & même dans toute l'Asie , on renouvelle chaque année les plantations d'anils ; parce qu'on est persuadé que la
plante ne rend presque point de produit la seconde année , & qu'on
a même beaucoup de peine à l'obtenir : c'est qu'on n'a pas trouvé le
moyen de retirer tout l'indigo qu'elle contient : voici pourquoi. L'a-
nil ayant la seconde année des racines plus fortes , plus étendues , plus
nombreuses, produit en même temps des branches plus fortes & plus
nourries , qui donnent beaucoup de sucs extractifs dans la trempoire,
par le moyen de la fermentation qui occasionne leur dissolution dans
l'eau : ce sont ces mêmes sucs qui empêchent la réunion du grain, lors
du battage , comme je l'ai dit plusieurs fois dans mon Essai. Les indigotiers de l'Amérique ne connoissant aucun procédé, pour dégager
l'indigo des ces matières extractives , ont pensé qu'on ne pouvoit pas
en retirer avec profit des vieilles herbes : ils renouvellent donc leurs
plantations tous les ans.

L E s Asiatiques en général cultivent une espèce d'anil qui ne se
soutient pas la seconde année ; d'ailleurs il y a tout lieu de croire, que

les feuilles elles-mêmes (c'est la seule partie du végétal que les Indiens employent) des herbes âgées , abondent plus en sucs extractifs, que les feuilles des jeunes plantes.

CETTE méthode expose les colons indigotiers à plusieurs incon-vénients qu'il à propos de détailler.

1.º Comme ils ne recueillent point de graines, ils sont obligés d'en acheter avec les colons qui ne cultivent l'anil que pour le produit des semences: les indigotiers se mettent par là dans le cas d'en manquer, & se soumettent à une dépense annuelle.

2.º Les plantations ne réussissent pas toujours , (*a*) soit que les graines aient été cueillies trop mûres ou trop vertes , ou qu'elles se trouvent échauffées, soit par l'influence d'une saison contraire ; il faut alors acheter de nouvelles graines, dont on n'est pas plus assuré que des premières ; il faut recommencer les plantations , dont le succès est encore incertain : ainsi voilà une dépense , une perte de temps & de journées de noirs ; & un retard d'autant plus préjudiciable , dans le produit qu'on espéroit , que toutes les saisons ne sont pas égale-ment favorables aux coupes de l'anil.

3.º Tant que les plantes sont jeunes, elles sont très-délicates : un vent brûlant, un soleil ardent & le défaut de pluyes les desséchent ; des pluyes fréquentes & abondantes, les font pourrir, ou les exposent aux coups de soleil qui les flétrissent , ou les rendent languissantes , ou les effeuillent.

4.º Les jeunes plantes demandent des sarclaisons exactes & fré-quentes ; sans quoi elles seroient étouffées à cet âge par les mau-vaises herbes qui croissent en abondance dans le champ.

5.º Les différents insectes qui attaquent les champs d'anils, & qui dévorent quelquefois toutes les plantes en 24 heures, ne font tant

---

[*a*] J'ai planté des graines d'anils dans des trous très-éloignés les uns des autres, à 7 , 8 & 10 pieds ; j'ai eu soin de sarcler le champ où j'avois planté du maïs en même temps. Lorsque les anils ont porté des siliques mûres, je les ai fait cueillir ; on les a froissées dans la main; on a répandu les graines dans le champ , à la volée ; il s'est trouvé ensuite totalement garni de plantes.

de dégâts , que dans les plantations nouvel'es.

6.° Chaque année voit renaître les mêmes dépenfes, le même travail , les mêmes rifques.

LA méthode des tranfplantations que j'ai indiquées, dans l'*Effai fur la fabrique de l'indigo* , obvie en partie à touts ces inconvénients. J'ai éprouvé que les plants d'*anil-bouchet*, qui eft l'efpèce à la quelle je donne la préférence fur toutes celles que j'ai décrites, étant placés à 3 & à 4 pieds de diftance les uns des autres , devenoient fuperbes, & qu'ils garniffoient tout le terrain ; mon objet n'a été jufqu'à préfent que de me procurer des graines , pour multiplier cette efpèce d'anil. Lorfque je la cultiverai dans la vue de la mettre en coupe, pour en fabriquer de l'indigo , alors je placerai les plants à deux pieds les uns des autres dans le même champ.

MAIS fi l'on parvient à fabriquer avec profit de l'indigo, avec les herbes de la feconde, de la troifième, de la quatrième, de la cinquième année, &c , on n'eft expofé qu'une feule fois, pendant tout ce temps aux inconvénients que je viens d'expofer, pourvu que les plantes réfiftent aux coupes réitérées de chaque année. [*a*] Je n'en fuis encore qu'à l'épreuve de la troifième année ; ainfi je ne puis rien affurer pour celles qui fuivront. Je préfume cependant qu'elles auront le même fuccès. L'anil a trois féves dans le cours de l'année ; c'eft-à-dire qu'il fleurit & qu'il fructifie trois fois par an : chaque fois il fe dépouille d'une partie de fes feuilles & il en pouffe de nouvelles : les trois coupes annuelles ne paroiffent pas devoir l'épuifer beaucoup plus que le dépouillement qui lui eft naturel.

IL falloit donc trouver une méthode de retirer l'indigo des herbes âgées. Je n'en ai point de particulière à décrire : celle que j'ai détaillée dans le cours de mon Effai procure un fuccès complet. Il s'agit de retrancher des vieilles herbes le plus de bois qu'il eft poffible, de

---

[*a*] Suivant les auteurs, l'anil-franc eft fujet à périr dans la feconde année, lorfqu'on l'a coupé plufieurs fois dans la première année de fa végétation ; mais le bâtard, le céré , le bouchet, & plufieurs autres font vivaces.

procurer

procurer à la cuve une fermentation fimultanée, par touts les moyens que j'ai indiqués, de faire furtout ufage du précipitant, & d'employer le procédé de l'avivage que j'ai décrit fort au long. Ce réfultat fournit une nouvelle preuve de la fupériorité de ma méthode fur la routine ordinaire ; il n'y a point de lecteur qui ne puiffe en faire la compa-raifon.

C O N C L U O N S de tout ceci, que la culture de l'anil devient par ce moyen, l'une des plus affurées auxquelles on puiffe fe livrer dans les Colonies : elle occupe moins de terrain que toute autre ; elle exige moins de bras ; les champs étant une fois garnis, demandent peu de foins pendant plufieurs années ; parce que les vieilles fouches font vigoureufes : d'un autre côté, la fabrique de l'indigo devenant facile, & donnant des produits affurés, eft en même temps plus fruc-tueufe.

I V.

Indigo fans fermentation & fans battage.

O N a vu dans la II. P. de l'*Effai fur la fabrique de l'indigo*, C. I. A. XV. & C. II. A. XIII, les expériences que j'ai faites, pour parvenir à fabriquer de l'indigo fans fermentation, ou fans battage. Quoiqu'elles n'aient pas été fuivies d'un fuccès complet, j'ai déclaré que je n'en défefpérois pas ; & j'ai engagé les artiftes à tenter de nou-veaux effais. Voici ceux qui m'ont réuffi le mieux.

1.° J'ai fait éplucher des anils fans beaucoup de façons, mais de manière à féparer des branches leurs feuilles & leurs fommités. Soit que je les aye defféchées à demi, foit que je les aye employées fraîches, foit même que je les aye pilées, elles ont également fourni de l'indi-go, & très-promptement. J'ai verfé fur ces feuilles vertes, ou deffé-chées, entières ou pilées, de l'eau de chaux bien chaude, mais non bouillante ; je les ai retournées fouvent dans le vafe qui les con-tenoit, en les comprimant un peu, de temps en temps ; l'eau eft devenue verte prefque fur le champ ; enfuite perfe ; enfin elle a pris un ton bleu fur un fond brun ; elle s'eft couverte d'un cuivrage fuperbe ; tout cela s'eft fait très - promptement : je l'ai décantée

S s

lorfque fa couleur a été très-foncée ; c'eft-à-dire au bout de trois ou quatre minutes d'infufion : je l'ai filtrée à travers un tamis de crin clair ; & j'ai verfé dans cet extrait, le tiers environ de fon volume d'eau de chaux pure , en brouillant le mélange. Après le repos & la précipitation du grain , j'ai décanté l'eau furnageante ; j'ai lavé le dé- pôt dans deux eaux pures & chaudes; enfuite je l'ai avivé avec de l'a- cide vitriolique étendu dans beaucoup d'eau (huit gros d'huile de vitriol par pinte d'eau) & je l'ai lavé fucceffivement dans deux eaux pures & chaudes : j'ai obtenu par ce procédé un indigo très-beau.

I L y a des efpèces d'anils dont l'extrait prend d'abord une couleur d'un brun rougeâtre , enfuite il verdit.

L E S mêmes herbes vertes ou defféchées à demi, pilées ou entiè- res, qui ont fubi une première décoction théiforme à l'eau de chaux , rendent encore de l'indigo , par le moyen d'une feconde infufion , en fuivant le détail des procédés ci-deffus ; mais il eft en moindre quantité, & paroît moins beau : on ne doit pas employer une eau de chaux auffi chaude, la feconde fois que la première, ni faire durer l'infufion auffi long-temps.

S I l'on fait une troifième , une quatrième & une cinquième infu- fion des mêmes herbes dans de l'eau de chaux chaude , on obtient promptement & fans addition, un précipité verd, que le mélange d'un acide, rend enfuite bleu & qui eft en effet de l'indigo ; mais il m'a pa- ru d'une qualité inférieure : les précipités de la quatrième & furtout de la cinquième infufion, contiennent outre l'indigo , des particules ver- tes qui fe détachent des feuilles , pendant l'opération.

L E S herbes defféchées à demi , ou fimplement fanées , rendent plutôt leur indigo , que les vertes.

S I l'on employoit une eau de chaux bouillante , l'opération ne réuffiroit pas auffi bien , parce qu'elle diffout en trop grande quanti- té les fucs extractifs de la plante ; il en eft de même , lorfqu'on laiffe infufer trop long-temps les herbes dans la liqueur : c'eft pour ces raifons, que l'expérience que j'ai rapportée, p. 77. de l'*Effai fur la fabrique de l'indigo*, n'a pas réuffi ; les herbes étant dans une baffi- ne fur le feu, ont éprouvé un degré de chaleur trop grand & conti- nué trop long-temps.

L'E A U pure & chaude extrait auffi l'indigo de certaines efpèces d'anils, mais en bien moindre quantité.

I L faut attendre que la décoction foit refroidie, pour y ajouter la feconde eau de chaux ; l'opération réuffira mieux.

J'A I dit qu'il falloit employer l'eau de chaux froide, dans la proportion du tiers du volume de l'extrait, pour précipiter l'indigo : cette dofe eft fujette à varier en plus ou en moins ; il y a moins de rif-ques à outrepaffer la proportion néceffaire, qu'à la diminuer.

2.° Au lieu de verfer de l'eau de chaux froide, dans les infufions d'eau de chaux chaude, on peut y mêler un acide, qui fait précipi-ter l'indigo plus complètement : l'extrait, fuivant le premier procédé, conferve le plus fouvent une couleur verte ou verdâtre ; preuve cer-taine qu'il tient de l'indigo en diffolution; au lieu qu'il devient par celui-ci d'un brun rougeâtre, clair, quoique foncé. Il eft néceffaire de mêler affès d'acide à l'extrait, pour neutralifer tout le fel de la chaux, de brouiller le mélange, & de frapper les parois du vafe qui le contient, pour faciliter la précipitation du grain.

A P R È S la décantation de cette eau rougeâtre, on ajoutera de l'acide vitriolique foible fur le précipité ; enfin on le lavera dans deux ou trois eaux pures & bouillantes, qu'on décantera le plus chaudes qu'on pourra, afin d'enlever les fels qui fe font formés par le mélange de l'eau de chaux & de l'acide.

3.° U N E diffolution alkaline faite fimplement avec des cendres, réuffit encore mieux que l'eau de chaux pure, & même qu'une diffo-lution alkaline rendue cauftique. L'extrait prend une couleur plus bel-le, plus foncée, & fournit plus d'indigo, dont la précipitation fe fait également par l'addition d'un acide. Une diffolution de potaffe, de cendres gravelées, peut-être même de foude, procureroit vraifem-blablement le même fuccès. Des étoffes plongées dans ces diffolutions indigofères, avant la précipitation du grain, ne prennent qu'une nuan-ce terne qui n'a point de fixité; à moins qu'on ne les y laiffe tremper pendant plufieurs jours; au bout de ce temps, il s'établit dans la li-queur une légère fermentation qui contribue vraifemblablement à fixer fur l'étoffe une plus grande quantité de molécules colorantes.

J'AI effayé de verfer fur les feuilles d'anil une eau acidulée & chaude l'effet n'a pas été heureux : cette eau enlève quelques molécules d'indigo, mais en trop petite quantité; & leur précipitation se fait très-lentement & incomplètement, même en ajoutant de l'eau de chaux dans l'extrait.

CES procédés sont peut-être plus curieux qu'utiles; cependant, il seroit à propos de s'en affurer par des essais en grand, afin de comparer leurs produits à ceux de la méthode ordinaire. J'imagine que dans une grande manufacture, il faudroit avoir plusieurs grandes chaudières de cuivre, enfouies dans une maçonnerie jusqu'aux bords, rangées sur la même ligne, & au deffous desquelles on mettroit le feu, lorsqu'il seroit nécessaire : on y conduiroit à volonté, & dans la proportion requise, l'eau d'un grand réservoir, où l'on auroit mis & brouillé préliminairement des cendres ; il faudroit fans doute que cette dissolution se fut clarifiée par le repos. Lorsqu'elle auroit atteint dans la chaudière le degré de chaleur convenable, ce qu'on reconnoîtroit facilement au moyen d'un thermomètre, on y jetteroit les herbes vertes dépouillées, autant qu'on le pourroit, de la partie ligneuse ; on les brouilleroit pendant quelques minutes, avec une longue fourche ; il faudroit pour cela qu'un homme put se tenir au deffus des chaudières, & ne pas les remplir entièrement. Lorsque la décoction seroit parvenue au point désiré, on feroit écouler l'extrait dans une barrique placée au deffous de la chaudière, par le moyen d'une clef tournante, qui seroit adaptée à son fond : il seroit mieux d'avoir des vases de terre ou de cuivre, pour recevoir l'extrait ; parce que l'eau de chaux ou la leffive, pourroient diffoudre, furtout étant chaudes, des parties hétérogènes du bois de la barrique: cet atelier n'auroit donc, ni trempoire, ni batterie. Je ne crois pas qu'il fallût se pourvoir d'une grande quantité de chaudières, même pour une grande fabrique; l'opération est très-prompte ; on pourroit la renouveller très-souvent par jour dans les mêmes chaudières.

QUOIQUE l'indigo dans ces procédés se précipite fans battage, il est cependant plus avantageux de battre un peu l'extrait, lorsqu'il est refroidi, avant d'y ajouter la feconde eau de chaux, ou l'acide. Si l'on vouloit employer ce moyen dans les grandes manufactures, on battroit l'extrait, pendant 15 ou 20 minutes environ, dans les

futailles, ou dans les vaiſſeaux de cuivre, avec un long bâton qui auroit à l'une des extrémités un petit carré de bois, fait avec une planche
percée de pluſieurs trous : au reſte il ne ſeroit pas difficile d'imaginer
quelque moyen mécanique de ſimplifier l'opération du battage.

J E me ſuis étendu ſur les détails de ces procédés, pour démontrer
qu'il reſte encore des recherches à faire ſur l'art de l'indigotier, & que
le ſuccès des expériences dépend ſouvent d'une légère circonſtance :
l'ébullition ne réuſſit pas comme la décoction théiforme, pour retirer
l'indigo des anils ; il eſt même à propos que la liqueur qu'on emploie,
n'ait pas tout-à-fait le degré de chaleur de l'eau bouillante. D'un autre côté les liqueurs alkalines quelconques, ne diſſolvent point l'indigo, lorſqu'elles ſont refroidies, ſans le ſecours de la fermentation.

J' A I penſé qu'il étoit inutile de donner dans ces additions, la théorie des procédés qui y ſont détaillés : j'ai ſuppoſé le lecteur en état de
faire lui-même l'application des principes que j'ai établis dans mon
Eſſai, aux détails que j'ai ajoutés. Qu'il me ſoit cependant permis
d'expliquer une contradiction qui n'eſt qu'apparente, & que l'on pourroit ſoupçonner entre cette dernière expérience, & celles que j'ai rapportées dans le cours de mon ouvrage : l'une fait voir que l'eau de
chaux & les diſſolutions alkalines, aidées par la chaleur ſeule, diſſolvent l'indigo contenu dans les anils: les autres prouvent que les alkalis
ne diſſolvent point l'indigo fabriqué, ſans le ſecours de la fermentation.
Quand même ces deux effets qui paroiſſent contraires, ſeroient inex-
plicables, il me ſuffiroit qu'ils fuſſent vrais, pour les rapporter; mais il
eſt très-facile d'en donner la raiſon, & de les concilier.

L A diſſolution d'une ſubſtance quelconque dans un liquide, ne
peut avoir lieu, qu'autant qu'elle ſe trouve réduite à ſes plus petites
molécules, à ſes parties primitives intégrantes. Si elle ſe trouve dans
cet état par l'effet de quelque circonſtance, les menſtrues qui ne pouvoient point avoir d'action ſur elle, lorſqu'elle étoit dans l'état d'aggrégation, s'uniſſent à elle facilement: c'eſt ce qu'on voit dans pluſieurs diſtillations, où la rencontre des ſubſtances réduites en vapeurs,
occaſionne leur union qui ne pourroit pas avoir lieu, ſans cette circonſtance; parce qu'il faut qu'elles ſoient très-diviſées, pour qu'elles
puiſſent ſe combiner enſemble: c'eſt auſſi ce qui arrive dans le cas

préfent. L'eau de chaux & les alkalis ne peuvent point diffoudre l'indigo, tant qu'il eft dans l'état d'aggrégation; mais le diffolvent, lorfqu'il a été réduit par la fermentation à fes molécules primitives intégrantes : les mêmes menftrues s'uniffent à lui, fans le fecours de la fermentation, mais feulement par l'effet de la chaleur ; lorfqu'on les applique à des herbes fraîches ou fanées ; parce que l'indigo qu'elles contiennent, s'y trouve dans un état de grande ténuité, & peut-être de foupleffe qui permet à la chaleur aidée du moyen de l'agitation, de le réduire à des molécules encore plus petites : d'ailleurs il fe trouve allié dans les herbes à une furabondance d'alkali volatil, qui doit le tenir très-divifé, & qui fait place aux molécules de la chaux, ou des alkalis fixes : on fait que ces deux dernières fubftances ont de l'action fur l'alkali volatil, & le dégagent des corps avec lefquels il eft allié : les matières extractives de la plante, peuvent auffi contribuer à faciliter la diffolution de l'indigo.

C'E S T par les mêmes raifons, que l'eau pure & bouillante diffout quelques molécules d'anir des herbes fraîches ou fanées, tandis qu'elle ne peut plus diffoudre les mêmes molécules, lorfqu'elles font dans l'état d'aggrégation. Les liqueurs alkalines froides & l'eau fraîche, n'ont pas la même action fur l'indigo des herbes ; parce que leurs molécules n'étant pas mifes en mouvement par celles du feu, ne peuvent pas opérer la divifion des particules d'indigo ; fans quoi il ne peut y avoir de diffolution. Ainfi les effets dont il eft queftion ne font pas contradictoires ; mais ils fe déduifent naturellement des loix générales de toute diffolution, de toute combinaifon ; & doivent être contraires entr'eux ; parce que les circonftances qui les accompagnent ne font pas les mêmes.

V.

Seconde fermentation des herbes d'anil.

J'A I dit dans l'Effai fur la fabrique de l'indigo, p. 69, que *les herbes d'anil qui ont fubi une première fermentation, trempées une feconde fois dans une eau pure, ne donnent plus d'indigo.* Je crois bien qu'en fuivant la pratique ordinaire, il eft très-difficile, pour ne pas dire impoffible, de retirer de l'indigo des herbes fermentées deux fois;

mais de nouvelles experiences m'ont indiqué le moyen de réuffir.

L O R S Q U E la première fermentation a été excédée, & qu'on pouffe la feconde trop loin, il eft certain qu'on ne retire plus d'indigo. Mais fi la première opération a été ménagée, l'extrait de la feconde fermentation, quoique plus noir que celui de la première, donne de l'indigo même affès beau, au bout de 8, 10, ou 12 heures, après un battage convenable; pourvu qu'on ajoute le précipitant en grande dofe, & qu'on avive la fécule, par le moyen de l'acide vitriolique.

S I l'on vouloit tirer partie de ce procédé, il feroit à propos, après la première fermentation, de tranfvafer les herbes dans une autre cuve, afin que celles du haut fe trouvâffent en bas, *& vice verfâ*; de ne mettre de l'eau qu'au niveau des herbes; d'ajouter feulement de l'extrait fermenté dans le haut de la cuve, & rien dans le bas; & furtout de ne point outrepaffer la feconde fermentation, qui peut être parvenue, fuivant les circonftances, au degré favorable, au bout de fix heures. Il faut effentiellement fonder dans ce cas la cuve dans le bas & au centre; & ne pas attendre pour la vider, que l'extrait du haut foit au même point que celui du bas. Ce procédé exige pour réuffir un artifte expert & furveillant; mais quels que puiffent être fes talents & fes foins, il n'obtiendra un fuccès complet, que par le moyen du précipitant, & par le procédé de l'avivage.

V I.

Avivage de l'indigo.

L E procédé par lequel les Levantins teignent le fil de coton en bleu, confifte à diffoudre l'indigo dans de l'huile de vitriol. Voyès la note de la p. 282, dans la lettre à M. le Baron de Souville. En répétant cet effai, j'ai penfé qu'on pourroit retirer l'indigo de cette diffolution: mon intention étoit de favoir fi cette fubftance avoit été altérée par l'acide vitriolique, comme quelques perfonnes le prétendent. (*a*) J'ai donc ajouté beaucoup d'eau à cette diffolution;

[*a*] J'ai fait dans cette vue quelques expériences dont je vais rendre

l'indigo s'est précipité au bout d'un certain temps; je l'ai lavé dans plusieurs eaux pures & chaudes; je l'ai fait égoutter & sécher; il étoit violet & de la plus grande beauté.

CETTE expérience donne un moyen facile d'épurer l'indigo & d'exalter sa couleur. Il s'agit de le réduire en poudre, de le tamiser très-fin, & de le mêler avec de l'huile de vitriol: mais comme cet acide ne laisse pas que d'être assès cher, & qu'il en faudroit une grande quantité, on ajoutera peu à peu, 6, 8, ou 10 livres d'eau pure & bouillante, par chaque livre d'huile de vitriol concentrée; on agitera le mélange pendant long-temps, & à plusieurs reprises, afin qu'il soit bien délayé dans la liqueur; enfin on la décantera après le repos, & après la précipitation de l'indigo.

---

compte sommairement; quoiqu'il ne m'ait pas été possible, de les pousser aussi loin que je l'aurois désiré, vu le manque des choses nécessaires.

L'acide vitriolique noir & phlogistiqué, ou régalisé, ou nitreux, concentré ou même affoibli par une égale quantité d'eau, a noirci en effet l'indigo, sans qu'il m'ait été possible de l'exalter par des procédés ultérieurs. J'ai éprouvé cet effet sur le Guatimalo, le Javan, l'Indien de deux sortes, & sur plusieurs espèces de l'Isle de France. Le plus beau, le plus fin, est celui qui est attaqué le plus facilement, & qui noircit le plus. Mais lorsque l'acide vitriolique est pur, loin de noircir l'indigo, il l'avive au contraire, il exalte sa couleur, & lui donne une nuance violette très-belle; ainsi l'on doit employer de l'huile de vitriol rectifiée, très-blanche & transparente.

Malgré le défaut apparent des indigots noircis par l'acide vitriolique, non pur, je ne sais pas, s'ils feroient moins propres à donner de belles teintures foncées: délayés dans une eau pure, ils lui communiquent une couleur bleue violette, foncée, très-belle. La couleur noirâtre qu'ils prennent, pourroit bien provenir du grand degré d'intensité du bleu; d'autant plus qu'ils ne font pas aussi noirs, étant parfaitement desséchés, & qu'ils reprennent alors une couleur bleue foncée, ou bleue violette, assès belle; celle-ci, lorsqu'on a employé l'acide concentré; celle-là, lorsqu'on a étendu cet acide dans partie égale d'eau.

Il seroit à désirer que quelque chimiste zélé pour la perfection des arts, entreprît de faire une suite d'expériences sur cette matière.

IL

I L feroit à propos de pétrir la pâte dans les mains, avec un peu d'eau pure, avant d'y mêler l'huile de vitriol, afin que la pâte fe délayât plus facilement dans l'eau.

S I la précipitation ne fe fait pas, on ajoutera une plus grande quantité de liqueur acidulée, dans la proportion ci-deffus, afin que l'eau foit moins denfe.

O N lavera le marc dans plufieurs eaux pures & bouillantes, enfin on le mettra égoutter, & on le fera fécher.

C E T T E opération ne doit fe faire, que dans des vafes de terre cuite, vernilés en dedans, ou encore mieux dans des vafes de verre.

C E procédé d'épurer & d'aviver l'indigo, eft plus fimple & plus efficace, mais plus coûteux que ceux que j'ai détaillés dans le cours de mon Effai fur la fabrique de l'indigo; & femble prouver, que la proportion d'huile de vitriol que j'ai dit dans cet ouvrage de mêler à l'eau pure, pour aviver l'indigo, n'eft pas affès forte.

V I I.

Anil de Palma.

C E T anil eft une quinzième efpèce que je viens de reconnoître dans les champs de ma terre de Palma. J'ignore d'où elle tire fon origine; mais je ne la crois pas naturelle à l'Ifle de France. Comme elle a une végétation affès prompte & vigoureufe, & qu'elle donne beaucoup de bel indigo, fuivant les effais que j'ai faits en petit, je vais la décrire briévement.

L'A N I L de Palma a les mêmes caractères que les autres anils. Il a déjà plus de fix pieds de haut, quoiqu'il ne foit encore qu'à fa première floraifon. Les tiges s'élèvent droites & font d'un brun pâle: les branches font d'un verd très-pâle, prefque blanc, & font droites: les épis des fleurs fortent des aiffelles des feuilles, & fe tiennent droits, mais les filiques font pendantes.

L E S fleurs ont cinq pétales; le fupérieur & les deux inférieurs font verd-pâle, & les deux latéraux d'un beau rouge; du refte les fleurs ne diffèrent point de celles des autres anils: j'ai feulement

T t

remarqué au piftil, un ftigmate blanc & fphérique,qui tombe vraifemblablement, lorfque les graines font fécondées.

LES folioles font petites, étroites, d'un verd-pâle dont la nuance eft plus foible en deffous qu'en deffus.La côte de la foliole eft très-
marquée, elle eft faillante, & la dépaffe un peu, & fe termine en
pointe.

LES filiques ont deux panneaux longitudinaux ; elles font vertes
jufqu'au moment de leur mâturité ; alors elles bruniffent ; elles font
courtes, droites,un peu grainelées,& contiennent des graines petites &
grifes, parmi lefquelles il y en a quelques-unes de noires, lorfqu'elles
ont été cueillies bien mûres : elles font féparées les unes des autres,
par des cloifons membraneufes, comme toutes les autres efpèces d'a-
nils, excepté le Sauvage & le Malgache.

VIII.

Fabrique de l'Indigo à Java.

JE viens de recevoir par le Vaiffeau *le Daliram*, arrivé de Batavia en cette Ifle le 30 Avril 1780,une inftruction imprimée en Hol-
landois fur la culture & fur la manipulation de l'indigo à Java. C'eft
M. de *Radermacher*, Confeiller de la Haute Régence à Batavia,&
Membre de la Société Littéraire des Arts & des Sciences de cette vil-
le, mon ancien ami, qui m'a envoyé ce mémoire, avec plufieurs autres qui renferment des chofes inftructives & utiles. Je lui rends des
grâces publiques de ma reconnoiffance. M. de *Stierling*, Capitaine
des Milices & Colon de l'Ifle de France, a eu la complaifance de tra-
duire cette pièce à ma follicitation.

D'APRÈS ce que l'auteur,M. *Dirk Goetbloed*, dit de la plante qu'on y cultive, pour en extraire l'indigo, il paroît que ce n'eft
ni l'anil-franc, ni l'anil-bâtard de St. Domingue. La defcription incomplète qu'il en fait, eft beaucoup trop fuccincte, pour reconnoître
fi elle eft une des efpèces d'anils que nous avons à l'Ifle de France;
mais fon mémoire m'a paru net, clair & précis. L'auteur ne s'eft attaché qu'à décrire l'art de l'indigotier, tel qu'on le pratique à Java.

& n'en a donné aucune théorie.

LA manipulation des Javans ne diffère essentiellement de la nôtre, que dans un seul point. Après avoir mis fermenter les herbes fraîches, pendant 19 à 20 heures, dans une eau qu'on a soin de filtrer à travers une toile ; parce qu'apparemment celle du pays est sale, ou bourbeuse, on met l'extrait dans des chaudières de cuivre ; & on lui donne trois ou quatre bouillons seulement, pendant lesquels on enlève l'écume qui se forme ; ensuite on filtre cet extrait, & on le bat. Cette pratique me paroît dispendieuse, embarrassante, & nullement profitable. Les colons de l'Amérique ont donc raison de supprimer l'ébullition de l'extrait, puisqu'elle ne dispense pas du battage ; & qu'elle ne peut pas contribuer à la précipitation du grain, ni à lui donner de la qualité, quoique l'auteur prétende le contraire; ce que je regarde comme l'effet d'un préjugé. Il y a tout à parier, que l'écume qu'on enlève avec soin, est chargée d'anir qui est perdu dans cette opération: d'ailleurs la cuisson présente, suivant l'auteur, des difficultés, pour en saisir le juste degré ; il dit que le trop ou le trop peu, nuisent au produit. Il est prouvé par l'expérience de l'Amérique, qu'on fait de très-bel indigo, sans cuisson. Si elle avoit la vertu de dégager les matières hétérogènes, qui sont alliées, ou combinées avec l'indigo, ce ne pourroit être qu'après le battage, & après la précipitation du grain; c'est-à-dire, lorsque les molécules sont aggrégées, & non lorsqu'elles sont dissoutes dans l'extrait. Ainsi il faudroit faire cuire l'indigo, lorsqu'il est en boue liquide; je veux dire, après la décantation de l'extrait, & avant la filtration de l'eau. Par ce moyen, la cuisson seroit moins dispendieuse & moins embarrassante. J'engage les artistes à tenter ce procédé, dont j'avoue que je ne me suis pas avisé. Il me paroît propre à dégager alors, non seulement quelques matières extractives, mais encore l'air qui est allié avec l'indigo ; & par conséquent, à faciliter la filtration, à épurer la pâte, à lui donner du corps, & à favoriser la dessication.

DU reste le degré de la fermentation & celui du battage sont tout aussi incertains à Java, que par tout ailleurs ; les indices qu'on donne, pour les reconnoître, sont aussi équivoques ; la plante demande autant de soins; elle ne fournit que trois coupes dans l'année; mais

T t ij

il paroît qu'on ne renouvelle pas les plantations touts les ans; l'auteur ne s'explique pas affès clairement là deffus.

LES Javans paffent la fécule liquide, au travers d'un tamis clair, comme j'ai confeillé de le faire; enfuite ils l'agitent. Ce dernier pro- cédé peut être affès avantageux, pour chaffer l'air interpofé entre les grains, & pour les réunir. Ils pétriffent la pâte dans les caiffes avec foin; & ils en forment des petits pains.

LEUR méthode pour la fécher a ceci de particulier. Ils ont l'at- tention de retourner les pains touts les trois jours; afin de préfenter à l'air toutes leurs furfaces. Cette pratique eft très-bonne; car j'ai obfer- vé que l'indigo que j'avois mis fur une toile claire, pour le deffécher, lorfqu'il eft en pâte, s'attache à la toile, de façon qu'on a bien de la peine à l'en détacher, fans le rompre, ou fans enlever des morceaux de la toile à laquelle il adhère, fi l'on a tardé trop long-temps à retirer la pâte. Mais en fuivant la méthode des Javans; il eft difficile de lui donner une forme régulière, je veux dire, d'en faire des cubes ou des paralélipipèdes; c'eft pour cela qu'ils la mettent en pains ou en gâteaux.

LES Javans font de très-bel indigo qui eft fort prifé en Europe. Peut-être doivent-ils la qualité fupérieure de cette denrée, à la plante & aux foins qu'ils lui donnent; ou à la bonté du fol.

L'AUTEUR ne parle point des moyens de rendre la fermenta- tion fimultanée, ni du précipitant, ni de l'avivage. Sans doute que touts ces procédés font inconnus dans le pays qu'il habite.

IX.

Procédé des Indiens, pour teindre les toiles de coton en bleu d'indigo.

DÈS long-temps je défirois connoître le procédé des Indiens de la Côte Coromandel, pour teindre les toiles de coton en bleu d'indigo. On fait que c'eft une des branches les plus confidérables du commerce de ces peuples, que leurs toiles bleues font plus belles & mieux teintes que celles du Bengale & de Surate, & que la couleur de ces toiles a plus de fixité, que celle des Siamoifes de Rouen.

Par cette raison, j'ai pensé que ce feroit rendre un service à quelques-
unes de nos manufactures, que de faire connoître la méthode des Indiens, de teindre les toiles en bleu.

M. de Mellis, Commissaire Général de la Marine, qui recherche
avec empressement toutes les occasions d'être utile au public, a bien
voulu envoyer à ma campagne deux Teinturiers Malabarres employés
au service du Roi dans cette colonie : ils y ont passé quelques jours.
Voici le procédé qu'ils ont suivi sous mes yeux ; il est entièrement différent de celui des Teinturiers François.

L E S Indiens pilent l'indigo, & le mettent avec un peu d'eau pure & froide ; ils agitent long-temps le mélange, & broyent le marc entre leurs mains ; ils laissent la liqueur reposer pendant quelques minutes, & la versent par inclination dans une grande jarre : ils ajoutent
de nouvelle eau sur le marc ; ils opèrent ensuite comme ci-devant, &
versent la liqueur dans la jarre : ils répètent la même opération plusieurs fois, & jusqu'à ce que la liqueur ne dépose presque plus de
marc : ils ajoutent de l'eau de chaux dans la jarre, mais en petite quantité ; & ils agitent long-temps le mélange ; ensuite ils couvrent la jarre avec une toile. Au bout de 15 ou 18 heures, plus ou moins, ils
agitent encore pendant long-temps le mélange, qui commence déjà
à entrer en fermentation ; ce qu'on reconnoît facilement à une odeur
fade qu'il exhale ; alors ils ajoutent dans la jarre la décoction des graines d'une plante du Bengale, dont je donnerai ci après la description,
& qu'ils appèlent *Tavera-vérai*, ou *Taverai-vérai*.

L E S Malabarres prétendent que cette décoction a la propriété
de fixer l'indigo sur la toile, & de dissoudre cette substance. Une livre
de graines qu'on met bouillir dans cinq ou six livres d'eau environ,
suffit pour une grande jarre pleine de teinture, environ une barrique ;
ils mêlent les graines & la décoction avec l'indigo dans la jarre.

A U défaut de Tavera-vérai, ils emploient les graines d'un arbre
de l'Inde, nommé *Cadeka*, ou *Cadekaye* en malabarre, & *Myro-
bolan* en françois.

C O M M E nous n'avions ni des unes ni des autres, l'opération
n'a pas réussi ; parce que la dissolution de l'indigo n'a pas pu se faire,
dans le peu de temps qu'ils ont mis à leur procédé, comme j'en

rendrai compte ci-après: fuivons en les détails.

Au bout de 15 ou 18 heures, ils agitent encore le mélange pendant long-temps, & couvrent chaque fois la jarre. Déjà la teinture rend une odeur très-fétide; ce qui prouve que la fermentation eſt très-décidée. Il y a des eſpèces d'indigo, qui fermentent plutôt les unes que les autres; ce font celles qui font alliées avec une plus grande quantité de matières extractives; d'ailleurs la température de l'air plus ou moins chaude, plus ou moins diſpoſée à l'orage, accélère ou retarde la fermentation.

Au bout de deux fois 24 heures, plus ou moins, la diſſolution de l'indigo doit être faite, lorſqu'on a employé des graines de Tavera-vérai: elle n'eſt point verte, au rapport des deux teinturiers, mais d'un bleu foncé. D'autres Indiens m'ont aſſuré qu'elle étoit verte: ce dernier rapport me paroît plus vraiſemblable. Je ſoupçonne que la vertu diſſolvante des Tavera-vérais, provient uniquement de ce qu'elles font fermenteſcibles, & qu'elles produiſent beaucoup d'alkali volatil. (*a*) Quoique le bain de teinture ſoit très-fétide, il ne paroît à ſa ſuperficie, ni fleurée, ni crême, ni bulles d'air. Ils agitent alors la liqueur pendant quelque temps; enſuite ils en verſent doucement une partie dans un autre vaſe, ſans attendre que tout le marc ſe ſoit précipité: ils n'en prennent que la quantité néceſſaire à la teinture d'une pièce, ou demi-pièce de toile. Ils l'étendent dans cette liqueur; enſuite ils la tordent au deſſus du vaſe, afin d'en exprimer la liqueur: cette opération ſe renouvelle bien des fois. Lorſqu'ils trouvent que la toile a pris une couleur aſſès foncée, ils l'étendent au ſoleil ſur un champ garni d'herbes.

Quand elle eſt ſéche, ils la lavent dans une eau pure, où elle décharge beaucoup d'indigo; & ils la mettent ſécher au ſoleil une ſeconde fois.

Comme la diſſolution de l'indigo n'avoit pas eu lieu, faute de

---

[*a*] Si cette conjecture eſt vraie, il y a lieu de croire, que les graines des plantes cruciformes, ou même celles de l'anil, opéreroient le même effet.

Tavera-vérai, ou parce que la fermentation n'avoit pas duré affès long-temps, les divers échantillons de toile qu'ils avoient voulu teindre, étoient d'un bleu très-pâle, terne & mal uni, quoique l'indigo qui fervoit à ces expériences, fut d'une couleur foncée affès belle, & très fupérieur en qualité à celui qu'on emploie à la Côte Coromandel, de l'aveu des deux teinturiers en queftion ; c'eft ce qui leur fit prendre le parti de plonger les toiles une feconde fois dans la teinture: & voici comment ils opérèrent.

I L S ajoutèrent un peu d'indigo dans la jarre, après l'avoir délayé & pétri avec les mains dans de l'eau de chaux, & dans une diffolution d'une terre glaife favoneufe, dont les blanchiffeurs fe fervent dans l'Inde, pour laver les toiles. Cette glaife doit avoir, felon eux, un goût légérement piquant ; c'eft la même qu'ils emploient dans la fabrique de l'indigo, & qu'ils mêlent en fi grande abondance avec cette fubftance. Comme on n'en a pas pu trouver ici qui eut le goût affès piquant, les teinturiers, pour y fuppléer, ont ajouté de l'eau de favon.

A P R È S avoir agité long-temps le mélange dans la jarre, ils ont verfé un peu de cette liqueur, dans celle contenue dans le vafe, où ils avoient plongé les toiles une première fois, afin de remplacer l'indigo qu'elles avoient enlevé dans la première opération : ils y ont plongé les toiles; ils les ont exprimées & tordues très-fouvent, & pendant une heure; enfin ils les ont expofées au foleil fur du gazon ; & lorfqu'elles ont été féches; ils les ont lavées dans une eau pure ; mais elles n'étoient guère mieux teintes que la première fois. Ils m'avoient prévenu, que le défaut de Tavera-vérai, ou de Cadeka, empêcheroit leur opération de réuffir.

I L S ajoutent toujours de cette terre glaife, au bain de teinture, & prétendent que cette matière contribue à la diffolution de l'indigo. Il fe peut que la fermentation ait plus de prife fur les molécules de l'anir, lorfqu'elles font interpofées entre celles de la glaife, & féparées les unes des autres ; que lorfque ces mêmes molécules bleues, dépofées au fond du vafe, ont entr'elles un contaƈt immédiat. Cette pratique explique le motif qui engage les Indiens indigotiers à mêler de la glaife avec l'extrait, en fabriquant de l'indigo. Elle donne auffi lieu de foupçonner, qu'il eft plus à propos, en fuivant le procédé des teinturiers européens, de mêler de la chaux en nature, avec le bain des cuves, que de l'eau de chaux ; ou au moins d'y mettre une certaine quantité de chaux ; afin de tenir difperfées les particules d'indigo : ainfi j'ai peut-être eu tort d'avoir préfumé le contraire.

LORSQU'ILS veulent donner aux toiles fines, une couleur bleue, plus foncée, qu'ils regardent comme plus belle, ils les teignent deux fois ; ils obtiennent par ce moyen une couleur extrêmement foncée & prefque noire ; mais les toiles communes, connues fous le nom de *demi-guinées*, ne fe teignent qu'une fois.

ILS ne mettent qu'une pièce de toile à la fois dans la liqueur contenue dans le vafe dont j'ai parlé; mais ils ajoutent, par chaque pièce de toile, un peu d'indigo en poudre dans la jarre, après l'avoir délayé & pétri dans les mains, avec un peu d'eau de chaux, & de la diffolution de la terre glaife dont j'ai parlé ; ils agitent long-temps le mélange, & ils verfent un peu de cette liqueur dans le vafe deftiné à recevoir les toiles. Moyennant ces remplacements continuels, la liqueur de la même jarre fert à teindre pendant long-temps une grande quantité de toiles; ainfi le bain du vafe fert toujours à la même opération.

LES Indiens ne veulent pas de vafes de métal, & préfèrent ceux de terre cuite à ceux de bois.

ILS ne communiquent aucune chaleur au bain; celle de l'atmofphère fuffit.

ILS n'emploient point la chaux en fubftance, mais feulement l'eau de chaux, & même en petite quantité.

ILS lavent les toiles foit écrues, foit blanches, dans une eau pure, avant de les plonger dans le bain; mais il faut qu'elles foient féches. La toile écrue, fuivant eux, prend mieux la teinture que la blanche ; & la toile neuve, mieux que la vieille.

JE leur avois fourni des échantillons de toile de chanvre par effai; ils ont mieux pris la teinture que ceux de coton.

ILS prétendent que plus l'indigo eft beau, plus il foifonne à la teinture, & plus la couleur de l'étoffe eft belle. Ils préfèrent l'indigo cuivré & le violet au bleu. Au refte ils affurent que dans toute l'Inde,

on

on ne fait point d'indigo auffi beau qu'à l'Ifle de France, & qu'ils n'en
ont jamais vu de pareil.

X.

Procédé des Indiens pour teindre en verd les toiles de coton.

L E S Indiens commencent par donner à la toile une première
teinture en bleu, fuivant le procédé que je viens de décrire ; enfuite
ils la mettent fécher au foleil ; & la plongent quand elle eft féche dans
une liqueur jaune préparée de la manière fuivante.

I L S pilent des racines de fafran des Indes [*Terra-merita*, ou
Curcuma] ; ils y ajoutent de l'eau fraîche & pure, & délayent bien
le tout : enfuite ils paffent la diffolution qui eft jaune, au travers d'une
toile, & la mêlent avec une diffolution d'indigo, préparée comme pour
la teinture en bleu ; ils verfent dans ce mélange une décoction de feuilles
de *Cadok*, & ils y plongent la toile ; ils l'expriment, la tordent & la plongent dans la liqueur à plufieurs reprifes ; enfuite ils la font fécher au
foleil : ils renouvellent cette opération une feconde fois ; & ils lavent
la toile dans une eau pure, après l'avoir féchée au foleil.

I L S délayent dans de l'eau froide le marc du fafran qui a fervi la
première fois ; ils paffent la liqueur à travers un linge ; & ils y plongent la toile, lorfqu'elle eft féche ; ils l'expriment, la tordent à plufieurs reprifes, & la mettent fécher au foleil. Ils plongent la toile une
troifième fois, dans la teinture verte, avec les mêmes façons que ci-devant ; & lorfqu'elle eft féche, ils la lavent dans une eau pure. On
conçoit que la toile étant imprégnée des molécules jaunes du fafran,
en décharge une partie dans la diffolution de l'indigo, chaque fois
qu'on l'y plonge ; & que le mélange du jaune & du bleu, donne le verd.

X I.

Defcription du Tavera-vérai.

P L U S I E U R S Indiens que j'ai confultés à l'Ifle de France, m'ont

U u

indiqué deux efpèces de plantes très-différentes pour le Tavera-vérai. Je prends le parti de les décrire l'une & l'autre, jufqu'à ce que de
nouvelles recherches appuyées par l'expérience, nous faffent connoître avec certitude, quelle eft celle des deux qui eft employée dans
la teinture. L'une eft une Crotalaire; l'autre eft une efpèce de Caffier.

Crotalaire du Bengale.

IL s'eft trouvé des graines de cette Crotalaire, parmi plufieurs autres, fur le Vaiffeau Anglois l'*Ofterley*, venant du Bengale, & pris
en 1779, dans les mers du Cap de Bonne-Efpérance, par M. le
Chevalier de St. Orens Capitaine de Vaiffeaux du Roi. Le fachet qui
contenoit ces graines étoit étiqueté en Anglois, *Indigo-fauvage du
Bengale*; mais la plante n'eft pas un anil, ni même indigofère; j'en ai
fait l'effai. J'en ai eu des graines qui ont très-bien levé dans mon jardin.

CETTE plante s'élève quelquefois à plus de fix pieds : fa tige eft menue, ronde & verte. Ses feuilles font lancéolées, longues de
18 à 20 lignes, larges de 4 à 5 lignes, rudes, velues en deffous,
d'un verd foncé, alternes, ayant un pétiole très-court.

LES fleurs viennent en épi à l'extrémité des branches, au nombre de 5, 6, & 7, plus ou moins, difpofées alternativement ; elles
font groffes, pédiculées, d'un beau jaune, & papilionacées ; elles ont
cinq pétales, dont le fupérieur formant l'étendard eft prefque fphérique;
il a une rainure dans le milieu : on voit fur le revers, des rayons
bruns qui partent touts du pédicule, & qui s'écartent de la rainure ;
de façon que les derniers rayons qui font les plus petits, forment avec
elle un angle plus ouvert que les autres : le pétale fupérieur fe ferme
pendant la nuit, & même pendant le jour, lorfque les graines font fécondées ; alors il enveloppe toutes les parties de la fructification ; il
a 8, 10 ou 12 lignes de long, & il eft prefqu'auffi large; les deux pétales latéraux font beaucoup plus petits & font oblongs; ces trois pétales font d'un jaune jonquille affès beau ; les deux pétales inférieurs
qui font d'un jaune très-pâle, tirant fur le verd, n'en font qu'un, qui
eft fermé, jufqu'à ce que la fleur fe fane, & qui enveloppe exactement

les organes de la génération; il a la forme naviculaire. Touts les pétales ont un onglet : le supérieur a deux petites taches brunes, presque
noires, & les deux latéraux en ont une auprès de l'onglet; les inférieurs
n'en ont point. La fleur a un calice verd-pâle qui tombe avec elle, &
qui est profondémenr divisé en cinq parties étroites & très-longues ;
elle prend en séchant une couleur orangée. Il y a dix étamines à sommets jaunes, portés sur autant de filets qui entourent le pistil; cinq d'entr'eux n'ont qu'une bourrelet jaune à leurs extrémités; cinq autres ont un
filet jaune très long, d'où il sort une poussière jaune ; ainsi que des
bourrelets. Le pistil a son style plus long que les étamines, mais il est recourbé; il a un stigmate jaune, & quelques poils velus à son extrémité,
qui sont blancs, & qu'on n'apperçoit qu'à la loupe.

LES gousses sont grosses, longues de 10 à 12 lignes, ayant deux
panneaux, d'abord blanchâtres, ensuite couleur de paille, & une pointe saillante à l'extrémité; elles contiennent des graines réniformes, plates, d'un gris foncé, ayant chacune leur cordon, au nombre de 10, 12
& 14, rangées sur la même ligne, sans cloison qui les sépare. Les gousses & les graines ressemblent beaucoup à celles de la Crotalaire de Madagascar qui est indigofère, & dont j'ai donné la description dans la
III. P. de mon Essai sur la fabrique de l'indigo, p. 199, sous le nom d'*A-
nil-Malgache*; mais elles sont plus grosses que celles de Madagascar; les
unes & les autres forment des espèces de grelots; mais leurs feuilles diffèrent essentiellement les unes des autres.

JE ne puis pas assurer que la plante soit vivace; j'ai lieu de présumer
qu'elle est bisannuelle : elle porte fleurs étant très-jeune, & long-temps
avant d'avoir pris tout son accroissement.

Petit Caffier du Bengale.

CETTE plante que plusieurs personnes prennent pour l'anil
d'Agra, n'est pas même indigofère. Feu M. de Commerson habile bo-
taniste, l'a reconnue pour être du genre des Caffiers. J'ignore si elle
est naturelle à l'Isle de France ; mais elle vient sans culture au Port-
Louis, dans quelques habitations de Moka, & à Palma. Il est vrai
que j'en ai semé des graines sur ma terre, au retour d'un voyage que

je fis en 1767 dans le Bengale. Les Malabarres lui attribuent des propriétés médicinales ; ils disent qu'elle est résolutive.

ELLE est annuelle & se multiplie d'elle-même : elle lève dans la
saison des pluyes, en Décembre ou Janvier, & meurt en Juin & Juillet, après avoir fructifié. Elle ne s'élève guère à plus de 15 pouces
de hauteur dans les bons terrains : elle n'a qu'une tige verte, d'où partent plusieurs branches vertes, rondes, mais un peu applaties & can-
nelées de deux côtés opposés. La plante n'est pas touffue. Les feuilles sont alternes, assès éloignées les unes des autres, ayant un pétiole
fort-long ; elles sont conjuguées ; elles ont six folioles rangées par paire, lisses, vertes, un peu plus pâles en dessous qu'en dessus, qui ont
chacune un pétiole très-court ; elles sont longues & larges, arrondies à
leur extrémité ; les dernières folioles sont plus grandes que les autres,
les premières sont les plus petites & sont presque rondes ; elles se ferment de nuit l'une sur l'autre, de façon que les deux dernières se touchent par leur parties supérieures, & les autres étant appliquées successivement sur celles qui les précédent, ont leurs parties supérieures sur le revers les unes des autres. On distingue à l'œil simple sur
chaque foliole des nervures qui partent de la côte du milieu, qui se
terminent à la bordure & qui font un angle ouvert. Les fleurs viennent aux aisselles de chaque feuille, au nombre de 2 ou 3, ayant
un pédicule court, un calyce pentaphille, verd, qui reste adhérent
jusqu'à parfaite maturité du fruit, & constamment ouvert ; chaque partie du calice est petite & obronde. Les pétales sont au nombre de cinq,
disposés en rose, de couleur jonquille, petits, obronds, concaves,
un peu plus longs que larges ; ayant un onglet de même couleur, ac-
compagnés de plusieurs petits stipules verds. Les étamines sont au
nombre de dix, elles sont toutes supportées par autant de filets verds,
assès courts, implantés dans le réceptacle autour du pistil ; elles sont
d'un jaune pâle, tirant sur le verd, avant l'épanouissement des pétales, & deviennent ensuite mi-blanches & mi-brunes. Le pistil qui
forme la silique est recourbé, beaucoup plus long que les étamines,
verd, ensuite couleur de paille, lorsque les semences sont mûres ; alors
la silique qui est pointue à son extrémité, a jusqu'à 6 pouces de longueur, en y comprenant le pédicule ; elle est toujours recourbée ; elle

affecte d'abord la forme quadrilatère ; enfuite à mefure qu'elle s'allonge & qu'elle groffit , elle devient ronde ; elle a deux panneaux qui font bruns , & liffes en dedans; elle contient 15 , 18 , & même 24 graines, qui font féparées les unes des autres , par une cloifon qu'on a peine à voir lorfqu'elles font mures; mais tandis qu'elles font vertes , on diftingue aifément en ouvrant une filique, une pellicule blanche qui enveloppe chaque graine en particulier. Les graines font vertes , tant qu'elles ne font pas mûres , & deviennent grifes , ou même brunes, lorfqu'elles font en parfaite maturité ; elles font liffes, luifantes, cylindriques , coupées à leurs extrémités en bec-de-flûte , fort dures & plus groffes que les femences de toutes les efpèces d'anils que j'ai décrites.

J'AVOUE que je penche à croire , que ce Petit Caffier du Bengale eft le véritable Tavera-vérai : cela eft d'autant plus à défirer , qu'il eft beaucoup plus commun à l'Ifle de France que la Crotalaire du Bengale , & qu'on pourra vraifemblablement le cultiver & le multiplier en France , puifqu'il eft annuel.

Fin Des Additions.

TABLE
DES CHAPITRES
PREMIÈRE PARTIE

Théorie de la fabrique de l'indigo.

CHAPITRE II.

Préceptes relatifs au Battage de l'indigo.

TROISIÈME PARTIE.

CHAPITRE I.

De la Mécanique du Battage.

CHAPITRE II

De l'Indigoterie.

V v

TABLE

DES ADDITIONS

Fin des Tables.

ERRATA

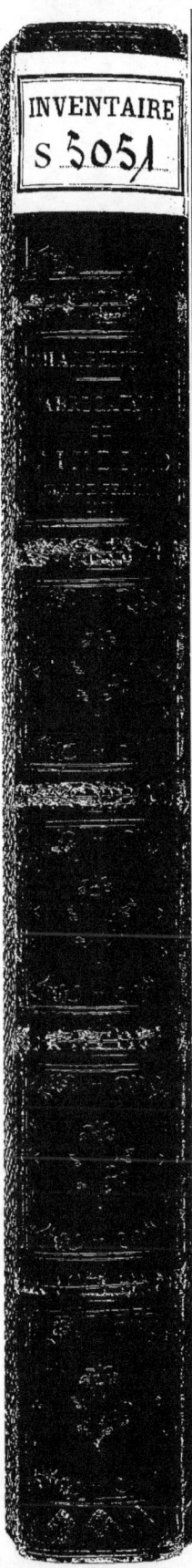

www.ingramcontent.com/pod-product-compliance
Lightning Source LLC
Chambersburg PA
CBHW050310030726
47505CB00003B/645